LA ESPADACHINA

LA ESPADACHINA LIBRO 1

MALCOLM ARCHIBALD

Traducido por
CARLOS ILICH VALENZUELA

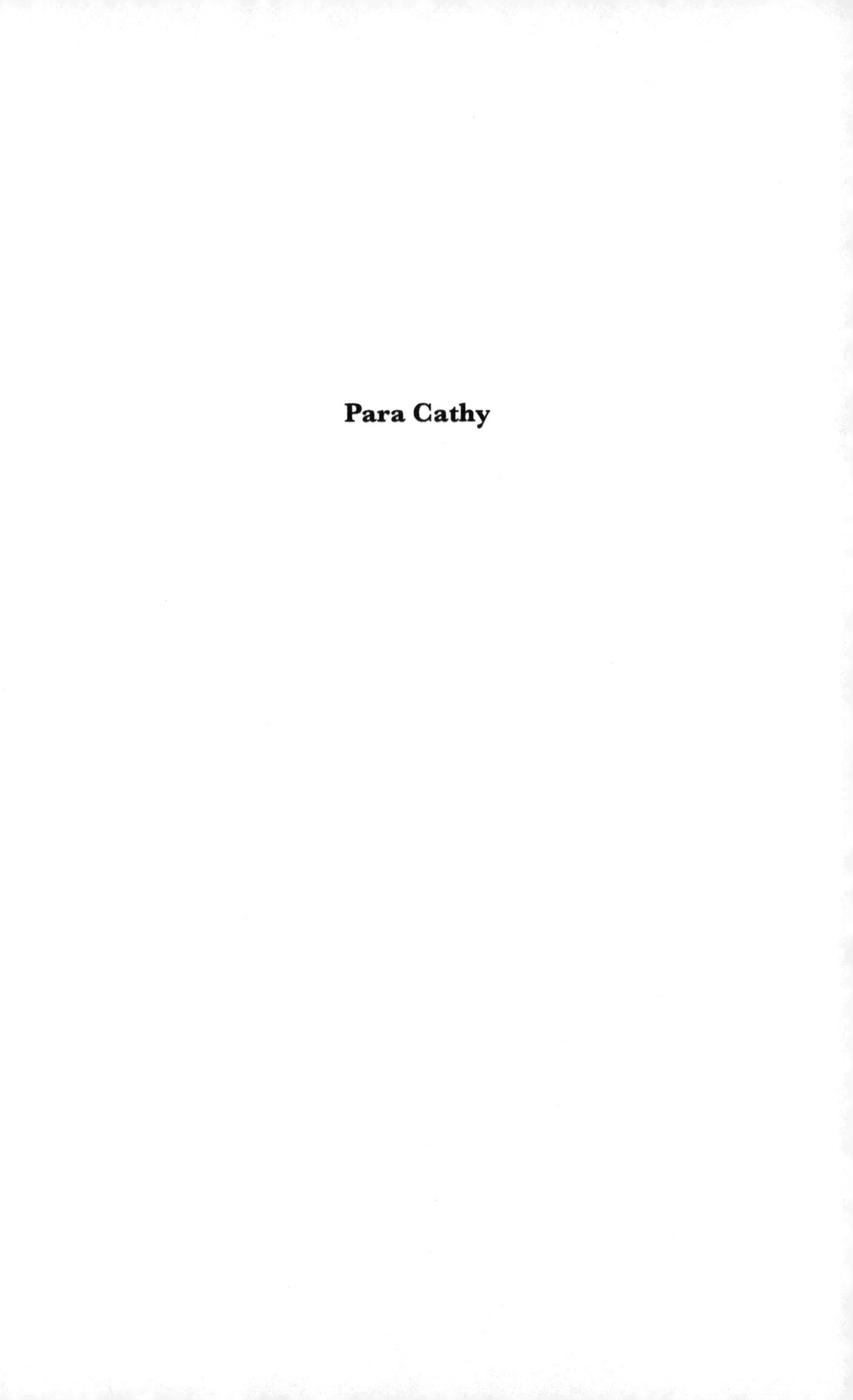

Para Cathy

PRELUDIO

El viejo sennachie levantó las manos al cielo y le habló a la congregación. Su cuerpo estaba opacado por el sol.

«Hace mucho tiempo, cuando era tan sólo un pequeño y la mayoría de ustedes aún no nacía, el mundo necesitaba grandes guerreros. La tierra de Alba ardía por la guerra de norte a sur y de este a oeste; los ríos se tornaron carmesí y los huesos rotos salaron los campos. Las llamas de los pueblos diezmados brillaban por todo el horizonte y el hollín del humo encontraba su hogar en las gargantas de los hombres y mujeres que sobrevivieron a la masacre.»

El cuentista miró a su audiencia por unos segundos, dejó que creciera la tensión, aunque sabía que ya habían escuchado esa historia miles de veces.

«Era la carencia de gloria y de toda la dulzura de la naturaleza enterrada en la tumba negra del terror y el viento que cantaba un triste lamento por todas las alegrías que la vida y la esperanza perdieron con el tiempo.»

«El reino clamaba por algo de paz.»

«Después de años de sufrimiento y dolor, cuando los

cuervos se daban un banquete con los cadáveres expuestos de los valles calcinados, los Reyes y Reinas y los Lores y Damiselas se reunieron para encontrar paz y consuelo de la constante devastación, y después de días y semanas y meses de discusiones, después de acumular montañas de muertos tan altas como la punta de una lanza de extremo a extremo, llegaron a una decisión.»

«Para ponerle fin a la lucha entre los hombres del Norte y la gente del Alba, habría una boda real. La hija del Rey de Alba habría de casarse con el hijo de la Reina de los Nórdicos, y el hijo de esa unión será quien reine ambas tierras en paz y prosperidad. Los guerreros Nórdicos y sus contrapartes de Alba entregarían sus armas y en su lugar se dedicarían al cuidado de la tierra y la pesca. La gente de ambos reinos estuvo de acuerdo hasta un punto de hastío. Los reyes y lores disolvieron sus ejércitos y quemaron sus barcos de batalla. Ya no había grandes armadas que rondaban la tierra ni navíos de barcos vikingos que arrasaban con las costas e islas, en su lugar había gente amante de la paz.»

«Olaf, el príncipe de los Nórdicos y Ellen, la princesa del Alba se encontraron en matrimonio y, como era de esperarse, la princesa quedó encinta. Conforme el reino se acostumbraba al extraño concepto de paz, la princesa creció y maduró, con el tiempo llegó la hora esperada. Entonces, la realeza y la nobleza se reunieron una vez más.»

«Las parteras y curanderas fueron convocadas por todo el reino para asistir al parto; los lores y consejeros se reunieron en el palacio real al pie de las grandes montañas blancas del norte y ambas naciones contuvieron el aliento en anticipación de su nuevo gobernante.»

«"Es un niño", surgió la noticia y luego, "no, es una niña".»

«Y después, "es un niño y una niña. ¡Tenemos gemelos!"»

«La confusión fue tan grande que ni siquiera la más sabia

de las curanderas ni la más experimentada de las parteras sabía con certeza cuál bebé había nacido primero. Discutieron y debatieron por mucho tiempo, hasta arrojaron huesos para decidir al azar, hasta que la naturaleza intervino y envió un eclipse que dejó en tinieblas al reino. Cuando el sol apareció de nuevo vieron que el problema se había resuelto, la bebé yacía muerta en su cuna y el bebé lloraba sano y vigoroso.»

«Hubo quienes dijeron que los Daoine Sidh, "la Gente de la Paz", las hadas cuyos nombres escasamente se pueden mencionar en susurros, habían raptado a la princesa y la sustituyeron con uno de los suyos. Nunca faltaba esa persona que culpara a la Gente de la Paz por todo lo que desearían que no sucediera.»

«Ahora sin rivales, el príncipe tenía asegurado el trono y reinó con paz los reinos del Alba y de las Tierras del Norte. Se volvió el Rey Noble con jerarquías de virreyes y lores bajo su mando, y desde que inició su reinado no hubo derramamiento de sangre en el Alba o en las Tierras del Norte.»

El Sennachie bajó las manos en el momento que el sol se escondió en el horizonte. Hubo un silencio tranquilo que sólo se vio interrumpido por el oleaje que se estrellaba con la playa rocosa de la isla conocida como Dachaigh.

Sentada al frente de la audiencia, junto a su madre y el viejo Oengus, Melcorka escuchó la historia con la boca y los ojos bien abiertos.

El cuentista permitió que la paz de la noche los rodeara unos momentos antes de continuar.

«Debemos recordar nuestro pasado y respetar a aquellos que resguardaron la paz que disfrutamos. Sin esa unión la guerra roja hubiera arrasado con los dos reinos, los barcos vikingos saquearían las costas y la brisa susurraría la sangre derramada en el mar.»

El cuentista bajó la mano, su rostro viejo y sabio brillaba

con el reflejo del horizonte pintado de ocre. La brisa del mar arrastró consigo la oscuridad del Este, se escuchó el llamado de un búho en busca de su pareja, sus ululares susurraban siniestros desde las tinieblas. La audiencia del cuentista se levantó para regresar a sus hogares y reconfortarse junto a sus chimeneas. Ninguno de ellos vio al cuentista cuando volteó al Oeste ni las lágrimas saladas que salían de sus ojos. Tampoco escucharon su lamento susurrado, «Que Dios se apiade del reino del Alba y de los tiempos que se avecinan».

Si tan sólo lo hubieran visto habrían entendido, pues ninguno de ellos había conocido la maldición de la guerra.

UNO

El océano siempre ha estado ahí. A donde quiera que ella viera, hasta que perdía el horizonte en la niebla en tres direcciones: norte, oeste y sur. Al este, si el día estaba despejado, lograba ver una leve línea azul que en el pasado le contaron que era el Reino de Alba.

«Algún día», se prometió, iría a esa tierra a ver lo que tenía. «Algún día»; pero no hoy. Hoy era un día ordinario; un día de ordeñar vacas, atender el heno y recorrer la costa para encontrar obsequios que trajo el mar.

Observó el paisaje una vez más, los pastizales rocosos y terrenos llenos de brezos y rocas llenas de liquen se esparcían por toda la isla: Dachaigh, la isla que llama hogar.

A lo alto, en el abismo brillante del cielo, se anunciaba la promesa de la primavera que se avecina, un cielo decorado con nubes vivaces que avanzaban con la brisa perpetua del mar.

Melcorka subió a una loma herbosa y su mirada, como siempre, miró al Este. Allá, en aquel lado de la isla estaba la Cueva Prohibida. Siempre se ha visto tentada a entrar desde que le prohibieron acercarse al lugar, en tres ocasiones se aventuró al lugar. Y en cada ocasión su madre la sorprendía antes de que llegara a la entrada.

«Algún día», se prometió, «algún día veré lo que hay dentro de la cueva y descubriré por qué la llaman prohibida». Pero hoy no será ese día; hoy tenía asuntos más importantes que atender.

Melcorka se levantó la falda y corrió por los pastizales hasta los campos de machar que rodeaban la playa. Normalmente encontraba algunos tesoros en la playa: una campana de cuerpo extraño o un pedazo de madera, un producto invaluable en esta isla carente de arboledas, o quizás hasta una planta extraña con piel robusta. Como siempre, Melcorka corrió de prisa, disfrutando la sensación del viento en su cabello y el crujido de los guijarros bajo sus pies descalzos en la playa. Recibió el baño fresco de la brisa en su rostro y escuchó el graznido de las aves marinas sobre ella y el rugido del oleaje que se estrellaba en los rompeolas en un frenesí rítmico a su alrededor. La vida era buena, siempre lo ha sido y siempre lo será.

Melcorka se detuvo y frunció el ceño: ese montículo es nuevo. Estaba en la marca de la marea alta, las olas se rompían en espuma plateada sobre ese montículo ovalado de algas marinas oscuras. No se trata de una foca ni de un animal encallado; era largo y oscuro, y parecía que se había arrastrado fuera del mar hasta la orilla del guijarro. Yacía tirado e inmóvil en su playa. Por un instante vaciló en acercarse; sabía, en cierta forma, que fuera lo que fuera le cambiaría la vida. Caminó lentamente y tomó una roca para protegerse, luego se acercó al montículo.

—¿Hola? —Melcorka sintió el nerviosismo en su voz. Intentó de nuevo —¿Hola? —El viento de la playa ensordeció sus palabras. Se acercó un poco más; el montículo era más largo que ella, del tamaño de un hombre adulto. Se inclinó y comenzó a retirar las tiras de algas marinas de encima. Había varias capas de algas, quitó meticulosamente las algas, asegurándose de desenredar las tiras que estaban hechas nudo, hasta que logró ver lo que yacía debajo.

—Sólo es un hombre —Melcorka dio un paso atrás—. Un hombre desnudo con la cara contra la arena —le dio un segundo vistazo para cerciorarse que estuviera completamente desnudo, lo miró fijamente y luego se acercó de nuevo—. ¿Sigues con vida?

Cuando no escuchó respuesta, Melcorka se agachó y le sacudió el hombro. No hubo respuesta. Lo intentó de nuevo con más fuerza—. Se ve que te arrastraste fuera del océano, hombre desnudo, así que estabas vivo cuando llegaste.

Un pensamiento repentino le llegó a la mente y decidió revisarle las manos y los pies. Tenía todos sus dedos y uñas—. Así que no eres un tritón —le dijo al cuerpo silencioso—. ¿Entonces qué eres? ¿Quién eres? —Melcorka le revisó el cuerpo—. Estás bien hecho, quienquiera que seas, y cicatrizado —le revisó la larga herida sanada que recorría sus costillas—. Madre sabrá qué hacer contigo.

Melcorka se levantó la falda sobre las rodillas y corrió de vuelta por el guijarro y el machar, volteando dos veces para asegurarse que su descubrimiento no se haya levantado y huido. Entró corriendo por la puerta de su casa y vio a su madre, Bearnas, trabajando en la mesa.

—¡Madre! Hay un hombre tirado en la playa. Puede que esté vivo y puede que esté muerto. Ven a verlo —la expresión de Melcorka se amplió y comenzó a susurrar—. Está desnudo, madre. Está completamente desnudo.

Bearnas dejó de elaborar un queso y la volteó a ver—. Llévame a donde está —dijo al tocar la cruz rota de peltre que colgaba de la correa de cuero en su cuello. Aunque su voz no cambió el tono dulce que siempre utiliza, no logró ocultar la inquietud en su mirada.

Un par de cangrejos pequeños se escabulleron del cuerpo

cuando Bearnas se acercó. Apretó los labios al ver la cicatriz—. Ayúdame a llevarlo a la casa.

—Está todo desnudo —señaló Melcorka—. Todo su cuerpo.

Su madre le sonrió sutilmente—. Tú también lo estás debajo de tu ropa —le recordó—. La figura de un hombre desnudo no te hará daño. Ahora ayúdame con uno de sus brazos.

—Está pesado —dijo Melcorka.

—Nos las arreglaremos —le dijo Bearnas—. ¡Ahora levanta!

Melcorka echó un vistazo debajo del torso del hombre mientras lo levantaban y sintió calor en su rostro, así que desvió la mirada. Notó los pies arrastrados del hombre y cómo dejaban un rastro sobre la arena y el guijarro mientras lo llevaban a casa —. ¿Quién crees que sea, madre? —preguntó mientras caminaban tambaleantes hacia la entrada de la cabaña.

—Es un hombre —dijo Bearnas—, y al parecer es un guerrero —procedió a examinarle el cuerpo—. Tiene buenos músculos pero no está fornido como un cantero o un granjero. Es delgado, terso y ágil —cuando Melcorka lo vio nuevamente creyó haber visto un brillo de interés en sus ojos—. Esa cicatriz es demasiado directa para tratarse de un accidente; esa es una herida de espada intencionada a matar.

—¿Cómo lo sabes, madre? ¿Alguna vez has visto una herida de espada? —Melcorka le ayudó a su madre a llevar al guerrero a su cama. Yacía ahí, con la espalda en la cama, inconsciente, lleno de manchas de sal y con arena enterrada en varias partes del cuerpo—. Supongo que es algo apuesto —Melcorka no podía controlar la dirección de su mirada. Cada vez sentía menos vergüenza, tampoco perdió su interés.

—¿Crees que es apuesto, Melcorka? —La mirada de Bearnas mostraba la sonrisa que ocultaba su boca—. Bueno, sólo mantén ocupada tu mente en otras cosas. ¿No tienes tareas que hacer?

—Sí madre —Melcorka no salió de la habitación.

—Andando entonces —dijo Bearnas.

—Pero quiero mirar y saber quién es...—las protestas de Melcorka cesaron de repente cuando su madre lanzó su tan habilidosa mano que hizo contacto con su persona—. ¡Ya voy madre, ya voy!

Pasaron dos días antes de que despertara el extraño. En esos días Melcorka revisaba cómo seguía cada hora sin falta y la mayoría de la población de la isla preguntaba por el hombre desnudo que encontró Melcorka. En esos dos días la casa de Melcorka fue el tema de conversación de la isla. Melcorka y Bearnas se volvieron el centro de atención una vez que despertó el hombre.

—No hemos presenciado algo así desde los días de antaño —dijo la Abuela Rowan mientras se sentaba en el banco de tres patas junto a la fogata—. No desde que tu madre era una jovencita como de tu edad.

—¿Qué sucedió en ese entonces? —Melcorka rejuntó su falda y se balanceó en la esquina de una banca de madera que estaba ocupada por dos hombres. Madre nunca me dice nada de los viejos tiempos.

—Será mejor que esperes a que ella te lo diga —la abuela Rowan asintió la cabeza y rebotó su cabello gris—. No me corresponde decirte algo que tu madre no quiera compartir —luego susurró—, escuché que tú lo encontraste primero.

—Sí, abuela Rowan —Melcorka respondió con un susurró.

La abuela Rowan miró a Bearnas. Su guiño resaltó las arrugas que Melcorka pensaba que se parecían a los aros de un árbol recién cortado—. ¿Qué te pareció? Un hombre desnudo sólo para ti... ¿Qué hiciste... a dónde miraste... qué fue lo que viste? —su carcajada siguió a Melcorka mientras huía a la otra habitación donde una manada de hombres y mujeres se habían reunido alrededor del extraño y preguntaban por su origen.

—Definitivamente es un guerrero —Oengus estiró su barba gris—, miren esos músculos, están tonificados a la perfección —le tocó el estómago del hombre con su dedo grueso.

—Ya los estaba viendo —dijo Aele, su esposa con una risa y miró de reojo a su amiga, Fino. Intercambiaron miradas y se rieron juntas de un recuerdo secreto.

Adeon, el alfarero, sonrió y tomó aguamiel de su cuerno—. Mírame a mí si lo deseas —dijo al posar para mostrar su físico desparramado carente de encanto.

—Quizás si fueras veinte años más joven —Fino se rió de nuevo—. ¡O treinta!

—Más bien cuarenta —dijo Aele y todo el mundo se rió.

Melcorka fue la primera en escuchar el quejido—. Escuchen —les dijo, pero los adultos no le hacían caso a las palabras de una chica de veinte años. El hombre se quejó de nuevo—. Escuchen —Melcorka habló más fuerte—. ¡Se está despertando! —Tomó el brazo de Bearnas—. ¡Madre!

El hombre se quejó de nuevo y se sentó en la cama. Miró a su alrededor y vio al grupo de personas que lo miraban atentos —. ¿Dónde estoy? ¿Qué es este lugar? —Preguntó. Su voz estaba ronca.

Ya que todos los adultos le comenzaron a responder al mismo tiempo, Bearnas intervino—. ¡Silencio! ¡Esta es mi casa y sólo yo hablaré! —Les ordenó.

En un instante todos se callaron a excepción del extraño, quien miró directamente a Bearnas—. ¿Eres la reina del lugar?

—No. No soy una reina. Sólo soy la dueña de esta casa —Bearnas se arrodilló frente a la cama—. Mi hija te encontró inconsciente en la playa hace dos días. No sabemos quién eres ni cómo fue que llegaste aquí —Bearnas volteó a ver a Melcorka —. Trae agua para nuestro huésped.

—Me llamo Baetan —dijo el hombre después de beber agua de la jarra que Melcorka sostenía frente a sus labios. Intentó levantarse y se retorció de dolor, luego agachó la cabeza en señal de saludo—. Mucho gusto, señora de la casa. Por favor tráigame al dueño de la casa.

—Aquí no hay tal cosa; no tenemos necesidad de algo por el estilo.

—¿Cuál es su nombre, mujer de esta casa? —Baetan se levantó un poco más. Sus ojos azules miraron a cada una de las personas frente a él.

—Me llamo Bearnas —dijo la madre de Melcorka.

—Bearnas; eso significa «portadora de victoria»; no es el nombre que se le da a un granjero, o a una mujer —Baetan bajó de la cama, balanceándose hasta la pared para apoyarse.

—Es el nombre que tengo —Bearnas le respondió serenamente—, y avergüenzas mi hogar al pararte desnudo enfrente de mis invitados.

Melcorka se dio cuenta que no era la única mujer en la habitación que miraba el cuerpo de Baetan. Sintió cómo se ruborizaba su rostro al desviar la mirada.

El hombre hizo caso omiso a la censura de Bearnas mientras se paraba derecho para mirarla—. He escuchado ese nombre; lo conozco —Baetan respiró profundo—. ¿Es usted pariente de la Bearnas? ¿La Bearnas de los «Cenel Bearnas»? Las piernas de Baetan le temblaban, a diferencia de su voz.

Bearnas miró a Melcorka antes de responder—. Soy esa mujer de la que hablas.

—No es como la imaginaba —dijo Baetan.

—Soy como soy y quien soy —la respuesta de Bearnas era enigmática.

—Entonces usted eres a quien vine a ver —el hombre se alejó de la pared—. Tengo un mensaje para ti.

—Di tu mensaje —dijo Bearnas.

—Han regresado —el hombre respondió sin decir más.

El cambio en la atmósfera fue repentino; pasó de tener

interés y un leve asombro a tensión y, Melcorka supuso, «miedo»—. ¿Quiénes han regresado? —Preguntó.

—Vete, Melcorka —Bearnas pareció darse cuenta de que Melcorka estaba examinando la desnudez del hombre con curiosidad sin disimulo—. Aún eres muy joven para esto.

—Tengo veinte años —respondió Melcorka.

—Oh, deja que la niña mire —dijo riendo la abuela Rowan —. No le hará daño ver el cuerpo de un hombre.

—No es lo que ve —dijo Bearnas—, es lo que podría escuchar.

La risa de la abuela Rowan siguió a Melcorka hasta la otra habitación—. Recordarás bien esa vista —le dijo.

Melcorka se paró tan cerca de la puerta como pudo mientras hablaban los adultos. Escuchó murmullos, seguidos de un silencio repentino cuando su madre alzó la voz—. Melcorka, aléjate de la puerta y empaca tus cosas. Nos iremos de Dachaigh.

Sólo eso bastó. Un minuto Melcorka estaba en el hogar que había conocido toda su vida y al siguiente su madre había decidido que se iban a ir.

—¿A dónde iremos? —Preguntó Melcorka—. ¿Por qué nos vamos?

—No preguntes, no discutas, sólo haz lo que te digo —Bearnas abrió la puerta y tocó el hombro de Melcorka—. Siempre has querido viajar y ver qué hay más allá de los confines de esta pequeña isla. Bueno, querida, hoy haremos justo eso —su sonrisa carecía de humor y sus ojos color avellana parecían mirar al alma de Melcorka—. Es tu destino, Melcorka, es tu derecho de nacimiento.

—¿De qué estás hablando? —Bearnas no dijo nada más y el día transcurrió en un frenesí para empacar todo.

—Bearnas —la abuela Rowan señaló a la ventana—. Tu amigo regresó.

Melcorka escuchó el llamado grave de un águila pescadora antes de que ésta aterrizara en el árbol de manzanas que estaba afuera de la casa. El ave no estaba quieta, tenía la mirada fija en la ventana de nuestra cabaña.

—Abre la ventana Melcorka —aunque Bearnas habló bajo su voz mostraba absoluta autoridad.

El águila voló al interior, y aterrizó sobre la cama, miró alrededor y saltó al brazo extendido de Bearnas.

—Bienvenido de vuelta Ojos-Brillantes —Bearnas acarició la garganta del ave.

Melcorka sacudió la cabeza—. No es «Bienvenido de vuelta», madre. Nunca hemos visto antes a esa águila.

—El águila pescadora es mi tótem animal —Bearnas parecía estar reflexionando, sus palabras eran silenciosas—. Tu tótem es el ostrero, se atenta si lo ves. Te guiará en tu camino.

—Madre... —Melcorka comenzó a hablar pero Bearnas salió de la habitación con el águila pescadora en su mano.

La abuela Rowan la vio partir—. Llegará el día en que agradezcas el vuelo de un águila, Melcorka —sus ojos estaban opacos—. Ese día no será hoy.

Baetan recibió ropas de una persona y se quedó parado en una esquina de la casa en su leine de lino, la camisa ubicua que todos, sean hombres o mujeres, usaban en la isla. El leine de Baetan luchaba por rodear su pecho mientras que sus pantalones sueltos de tartán apenas le cubrían las rodillas.

—Necesitamos un bote —dijo Baetan.

—Por supuesto —Bearnas asintió.

—No tenemos un bote —dijo Melcorka, pero la abuela Rowan la interrumpió al poner la mano sobre su hombro.

—Hay mucho que no sabes aún —dijo la abuela Rowan en voz baja—, será mejor que guardes tu lengua y dejes que el mundo revele sus maravillas ante ti.

—¿A dónde vamos? —Melcorka preguntó de nuevo—. ¿Iremos al continente de Alba?

—Mejor aún, iremos a ver al rey —le dijo Bearnas—, y eso es todo lo que sé.

—¿Al Rey? ¿Te refieres al Lord de las islas?

—¡No! —La voz de Bearnas se escuchó tan estruendosa que pudo destrozar granito—. No veremos al Lord de las islas. ¡Iremos ver al Rey Noble!

—Necesitamos un bote —insistió Baetan.

—Tenemos un bote —Bearnas ignoró la negación constante de Melcorka—. Sígueme.

Un grupo de aves marinas graznó al ver salir a Bearnas de la cabaña donde Melcorka había vivido toda su vida y caminó en línea recta, al Este, hacia el páramo creciente, hacia el sol de la mañana. Melcorka la siguió, titubeante—. Madre...

No preguntes, Melcorka —Bearnas vio a su derecha, hacia donde volaba en círculos el águila pescadora.

El viento occidental soplaba ligero sobre el páramo húmedo, les daba una mano amiga al empujarlas en su camino —. Madre... vamos hacia la Cueva Prohibida.

—Gracias Melcorka —Bearnas no intentó ocultar su sarcasmo. Ojos-Brillantes aterrizó y se balanceó en su hombro como si ese fuera su nido.

Una ligera cuesta en el páramo se transformó en un sumidero que se hacía más profundo con cada paso que daban mientras descendían por el camino estrecho rodeado de paredes de piedra. La cueva estaba frente a ellos; de tres metros de alto, era negra y fría. A Melcorka siempre le advirtieron que no se acercara a este lugar pero ahora su madre entró sin siquiera mirar a su alrededor.

—Madre... —después de años de querer entrar a explorar la Cueva Prohibida, Melcorka ahora titubeó en la entrada. Respiró profundo y avanzó.

A su alrededor sólo había oscuridad, la rodeaba como una capa, nítida, fría y con olor a sal. Escuchó el caminar lleno de confianza de su madre y el pisoteo fuerte de Baetan. Los pudo identificar por el sonido de sus pasos, aunque no sabía cómo ni por qué.

—Hemos llegado —aún con tanta oscuridad, Bearnas parecía saber exactamente dónde estaba. Se detuvo frente a un nicho en la pared y levantó dos antorchas de junco, tomó dos piezas de pedernal y generó chispas para encenderlas. Una luz amarilla los iluminó—. Sostén esto —le entregó una antorcha a Baetan—, no falta mucho.

Melcorka escuchó el agua antes de que pudiera verla, luego la luz de la antorcha reflejó a su izquierda y se dio cuenta que estaban caminando por una saliente rocosa con agua fluyendo a borbotones debajo de ellos. El sonido del oleaje se incrementó hasta que hizo eco dentro de la cueva—. ¿Dónde estamos?

—Esta cueva abarca del costado de la colina hasta una salida marina en los acantilados del este —explicó Bearnas—. Ahora quédate quieta y no estorbes —al agacharse, Bearnas empujó lo que Melcorka creyó era el muro de la cueva—. No es magia, Melcorka, ¡no te sorprendas tanto! Sólo es una cortina de cuero.

Dachaigh solía recibir visitas ocasionales de botes, normalmente eran botes pescadores que se salieron de su ruta debido a las fuertes tormentas del Océano Occidental, pero el bote que Bearnas reveló detrás de la cortina era diferente a los botes que Melcorka solía ver. Tanto la popa como la proa se elevaban a hasta un punto muy alto mientras que el casco era angosto y estaba hecho de tablones, en un diseño sobrepuesto de trincado. Tenía agujeros para seis remos en cada lado y en medio del barco había espacio para equipar un mástil. En la proa sobresalía la cabeza de un águila pescadora con expresión de grito y mirando hacia enfrente.

—¿Qué te parece Melcorka? —Bearnas dio unos pasos atrás.

—Es enorme —Melcorka no escondió su sorpresa—. ¿Pero de dónde salió?

—Lo guardamos aquí antes de que tú nacieras —dijo Bearnas—. No quería que lo supieras hasta que estuvieras lista.

—¿Lista para qué, madre?

—Hasta que llegara el momento de que partieras de la isla; y tuvieras que conocer al Rey; quería que lo supieras cuando llegara el momento de que supieras quién eres en realidad —Bearnas azotó la mano en el casco del bote—. ¿Te gusta?

—Sí me gusta —dijo Melcorka—. Pero yo sí sé quién soy. Soy Melcorka, tu hija. ¿Realmente vamos a ir a conocer al Rey?

—Es una belleza, ¿no es así? —Bearnas deslizó la mano sobre las marcas lisas del casco—. Lo llamamos «Separaolas» porque eso es exactamente lo que hace —cuando vio a su hija su mirada era serena y tranquila—. Sí, iremos a ver al Rey.

—¿Por qué? —preguntó Melcorka.

—Baetan me dio información que debemos entregarle —Bearnas dijo en voz baja—. Después de eso... —se encogió de hombros—, veremos lo que sucederá.

—¿Qué fue lo que te dijo Baetan? —preguntó Melcorka.

—Eso sólo yo debo saberlo —dijo Bearnas—. Si el Rey quiere que lo sepas, entonces él te lo dirá. O si nuestra situación cambia, entonces también lo sabrás.

—Quizás debamos ver al Lord de las islas —sugirió el viejo Oengus, quien apareció detrás de ellos.

—Sabes bien que no nos acercaremos a ese hombre —dijo Bearnas súbitamente—, y no quiero escuchar su nombre de nuevo —Melcorka presenció a su madre con una voz sombría que jamás había escuchado.

Melcorka se percató de múltiples luces que se reflejaban en el agua, una advertencia de que ya no estaban solos en la oscuridad. Cuando volteó hacia atrás vio que la mayoría de la población de la isla los había acompañado al interior de la Cueva Prohibida. Las antorchas resaltaron los pómulos y ojos hundidos, las frentes desgastadas por el clima y mentones determinados de los hombres y mujeres que conoció durante toda su vida. Algunos cargaban consigo variedades de paquetes y barriles, los cuales colocaron sobre el arrecife rocoso junto al bote.

—Madre, ¿no deberíamos ver a Donald de las Islas antes de ver al Rey?

—Harás lo que se te dice —Bearnas le enfatizó sus palabras a Melcorka con una nalgada punzante.

Oengus sacudió la cabeza y palmó el hombro de Melcorka —. Será mejor que mantengas la lengua guardada detrás de los dientes, pequeña.

—¿Pero por qué?

—Lo que ves frente a ti es historia —Oengus le dijo en voz baja— una historia muy antigua.

—Pero madre... —comenzó a decir Melcorka.

—¡Suficiente! —Cuando Bearnas levantó su mano Melcorka cerró la boca.

—Preparémonos para zarpar —dijo Oengus. A los pocos minutos todos se acercaron al barco—. Vamos Melcorka, ¡Tú también!

En una de las paredes de la cueva estaban atados unos troncos para deslizar el barco, pero incluso con ellos el Separaolas era más pesado de lo que Melcorka esperaba. Les tomó una hora maniobrar el barco hasta el agua, pero una vez dentro fue que mostró su verdadera forma; largo, bajo y elegante. Melcorka sintió en su interior esas ganas de zarpar en el bote hacia... no sabía exactamente a dónde. Sólo sabía que dentro de ella algo la estaba llamando.

A pesar de su barba gris y esa calva que brillaba a través de su cabello delgado, Oengus saltó a bordo como un jovencito, ató un cable alrededor de la popa y la sujetó en un amarre de piedra sobre el arrecife—. Todo listo, Bearnas.

Ojos-Brillantes voló hacia el mascarón de la proa, ahora dos águilas posaban al frente del barco y Melcorka no estaba segura de cuál de los dos se veía más feroz. Bearnas subió al Separaolas y caminó con facilidad hasta la proa—. ¿Ya estamos todos? —Aunque no habló con fuera, su voz se escuchó hasta el fondo de la cueva.

—Ya estamos todos—la respuesta que recibió fue un coro al unísono, a excepción de Baetan y Melcorka.

—¿Quiénes somos? —preguntó Bearnas casi cantando.

—Somos los Cenel Bearnas —el vitoreo resonó en la cueva.

Bearnas volvió a preguntar, esta vez con una mano en la oreja—. ¿Quiénes somos?

Todos respondieron de nuevo, esta vez más fuerte—. ¡Somos los Cenel Bearnas!

—¿Quiénes somos? —Esta vez Bearnas casi gritó su pregunta y el grito combinado de los isleños hizo que Melcorka se preguntara cómo es que estas personas que había conocido toda su vida lograron hacer tanto ruido. Melcorka vio a sus amigos y vecinos, los granjeros sonrientes y al alfarero gruñón, a los cortadores de turba y a los soñadores, al cuentista y al cavador de zanjas. Los conocía a todos pero aun así no los reconocía, «¿Quiénes son estas personas?».

—¡Somos los Cenel Bearnas! —Las palabras hicieron eco una y otra vez.

—¡Bien! ¡Entonces SEAMOS los Cenel Bearnas! —Bearnas gritó y los isleños vitorearon tres veces con tanto entusiasmo que le pusieron los pelos de punta a Melcorka. Se unió al festejo, alzando su puño al aire y estampando los pies en la cubierta, aunque no sabía a qué o porqué estaba vitoreando.

Los gritos se convirtieron en susurros que se desvanecieron bajo el ruido las olas y el aliento agitado de los isleños.

—Los Cenel Bearnas —Melcorka repitió esas palabras—, eso significa «la gente de Bearnas», pero tú no eres la jefa de una isla, madre.

—Todavía tienes mucho que aprender, Melcorka —dijo la Abuela Rowan—. Será mejor que mantengas la boca cerrada y mires, escuches y hagas exactamente lo que te dicen.

—Veo que trajeron provisiones, ¿Cuánto? —Preguntó Bearnas.

—Suficiente para un viaje de cinco días —Oengus respondió de inmediato.

—Eso debería bastar para nuestro viaje —Bearnas dijo en voz baja—. Es hora de que seamos quienes solíamos ser.

Los isleños se dispersaron dentro del bote, cada uno tomó su lugar en una de las bancas de madera que estaban enfiladas de estribor a babor, mientras que Bearnas se quedó en su lugar en la proa, Oengus fue a manejar el remo direccional en la popa.

Había un silencio a bordo, como si todos esperaran una señal. Bearnas la dio.

—Vístanse —dijo.

Los isleños abrieron unos cofres que estaban debajo de las bancas y cada uno extrajo un paquete. Se cambiaron lento y con cuidado, les tomó unos quince minutos, ahora el barco pasó de tener unos isleños, que vivían una vida tranquila atendiendo el ganado y cultivando cebada, a estar repleto de guerreros vestidos en cotas de malla. Melcorka miró extrañada a esas personas con las que había crecido y sin embargo no conocía en lo absoluto.

Posicionado en la proa, Oengus ahora se veía formidable con su casco de hierro en la cabeza y la cota de mallas que le cubría la barriga. La abuela Rowan estaba en el medio del barco, tenía en sus manos un remo que manejaba con tanta compostura como si estuviera cuidando las abejas de su colmenar. Lachlan, quien trabajó cultivando y empaquetando turbas toda su vida, sonreía mientras sus manos robustas recorrían el palo de su remo. Aun así sus presencias pasaban desapercibidas comparadas con mi madre, Bearnas, que vestía una cota de malla descendía hasta sus pantorrillas y un casco decorado con dos alas doradas.

Bearnas miró el resto del bote—. ¡Armas! —Exclamó. La tripulación hurgó en los cofres o en el fondo del bote. Cada uno tomó una variedad de espadas y lanzas, las cuales dejaron a un lado de las bancas.

Melcorka vio asombrada mientras su madre levantó una espada con empuñadura de plata.

—¿Están listos Cenel Bearnas?

—Estamos listos —respondieron de inmediato.

—¿Madre? —Melcorka sintió un temblor en su voz.

—¡Zarpemos! —La voz de Bearnas parecía rugir como la grava debajo de un portón de granja. Cuando miró a su hija a los ojos, su mirada mostraba algo de humor combinado con acero, con la fuerza, compasión y autoridad por sobre todo—. ¡Empujen!

—Los remeros más cercanos al arrecife empujaron para que el Separaolas se apartara de la tierra.

—¡Remen!

Los remeros comenzaron a remar en un solo movimiento, luego otro. Pronto el Separaolas comenzó a avanzar hacia el semicírculo de luz que guiaba al exterior.

—¡Remos adentro!

Los remeros guardaron los remos delgados sin pala y el Separaolas salió disparado de la cueva y azotó con el oleaje del Océano Occidental. La cabecera del águila se elevó tanto que parecía apuntar al cielo, luego el bote se niveló, causando que Melcorka sintiera un revoltijo en su estómago. El bote se alzó de nuevo. Ojos-Brillantes se balanceó con facilidad en la cima de la cabecera y liberó un canto brusco, luego comenzó a limpiar sus plumas. Una gaviota se acercó al bote, pero al ver al águila pescadora decidió no investigar el navío.

—¡Eleven el mástil! —Ordenó Bearnas, y sin esfuerzo aparente la tripulación erigió un tronco de diez metros de pino recto en el centro del bote. Oengus dio órdenes roncas desde la proa para asegurar las trinquetillas, y un penol fue levantado y asegurado en la cima del mástil y por último izaron una vela roja para impulsarse con la brisa.

—Fuera remos —ordenó Bearnas—, todos a la vez, como en los viejos tiempos.

—La abuela Rowan inició un canto y el resto de los remeros la acompañaron para remar al unísono, levantaron los remos con poco esfuerzo y Oengus dirigía orgulloso el navío desde la popa y Bearnas veía al frente desde la proa.

«El viento sopla, los mares crecen
Y un hombre grita descontrolado
Mi tierra es fértil hiuraibh ho-ro»

Melcorka tragó saliva y vio cómo el Separaolas le hacía honor a su nombre. Miró hacia atrás y vio cómo su hogar desaparecía en el horizonte.

—Ese es tu pasado, Melcorka —Oengus dijo con suavidad —, dile adiós, pues tu futuro te espera.

Melcorka no sabía qué sentir. Sentía tristeza e incertidumbre por un cambio tan súbito, pero entre sus dudas estaba escondido un ápice de emoción y asombro por todas las cosas que estaba segura que presenciaría.

«Espuma del mar y ciclones
Y una tormenta elemental los desgasta
Mi tierra es fértil hiuraibh ho-ro»

Melcorka miró a la tripulación del Separaolas, todos ellos eran personas que hasta hoy había conocido toda su vida, a granjeros tranquilos y pescadores de costa, a cazadores de huevos y cortadores de turbas; ahora agitaban esos largos remos mientras el bote se elevaba sobre la marea y azotaba como martillo, rompiendo las olas con su proa puntiaguda. El más joven de los isleños pasaba de los cuarenta y el más viejo era más que un anciano, sin embargo todos remaban con ánimo mientras cantaban como si el fuego de su juventud aún ardiera en su interior.

> «El fuerte viento los azota
> Y las olas espumosas los irritan
> Mi tierra es fértil hiuraibh ho-ro»

El canto continuó, verso tras verso con la dirección de la abuela Rowan, siguieron remando meciéndose de frente hacia atrás. Un rayo de luz se asomó por el este reflejado por las olas como miles de diamantes de luz, resplandecía en los rostros de los remeros.

> «Nunca perecerá su valor
> Esa tripulación llena de valentía
> Mi tierra es fértil hiuraibh ho-ro»

De repente la tripulación ya no parecía un grupo de granjeros y pescadores. El sol contrastaba en sus pómulos y quijadas apretadas y por primera vez Melcorka vio la fuerza escondida de estos rostros conocidos. Vio los ojos profundos y bocas firmes y se preguntó cómo estos hombres y mujeres se hubieran visto hace veinte o treinta años, cuando estaban en su plenitud.

«Al fin, vieron tierra
Y encontraron refugio
Mi tierra es fértil hiuraibh ho-ro»

—Por allá —la voz de Bearnas interrumpió los pensamientos de Melcorka—. Ese es el lugar a donde te diriges, Melcorka. Ahí es donde descubrirás tu destino.

DOS

Asomándose apenas por sobre el mar había un grupo de islotes rodeados por olas que invadían sus riscos para luego partirse en una cortina de espuma y rocío antes de que el viento occidental las despejara para darle paso al próximo oleaje que acumulaba fuerzas para su siguiente ataque violento, uno tras otro sin fin aparente.

El Separaolas bañó su proa con una marea errante que dejó a su paso agua salada a abordo, la cual recorrió el interior del bote, empapando a cada miembro de la tripulación y luego fluyó por los imbornales.

—Madre —Melcorka arqueó el cuello para ver la cima de los riscos—. ¿Por qué estamos aquí?

Bearnas apretó su remo direccional hasta que sus nudillos se tornaron blancos—. Estamos aquí para que encuentres tu destino.

Melcorka escuchó cómo la risa ronca de Oengus se detuvo de repente—. ¿Qué es lo que tengo que hacer madre?

—Encontrar tu destino —repitió Bearnas.

—¿Pero cómo haré eso? —preguntó Melcorka.

—Tu destino es averiguarlo —le dijo Bearnas—, no te lo puedo decir yo. Debes decidir qué es lo que harás.

Una marejada arrastró la nave y la elevó, acercándola a los riscos. Una voz provino desde las alturas, era distante, femenina y familiar; sólo las palabras se le escaparon a Melcorka por más que se esforzó a escuchar.

—¿Qué fue eso? —preguntó Melcorka.

Bearnas la volteó a ver pero no dijo nada.

—¿Escucharon eso? —Melcorka intentó de nuevo.

Nadie más en el Separaolas le respondió. Todos ignoraron a Melcorka cuando la voz se escuchó una vez más, etérea, navegando por su mente sin darle el lujo de las palabras—. Iré a la isla —decidió Melcorka.

—Navega más cerca Oengus —Bearnas ordenó en voz baja.

El barco se acercó lentamente a la isla, hasta que Melcorka vio una pequeña saliente que se asomaba sobre las olas, partiendo por el risco con una gran empinada. Melcorka siguió la pendiente con la mirada hasta que se desvaneció, luego tramó una ruta de ascenso por las alturas vertiginosas.

—Detente aquí Oengus, por favor —Melcorka se suspendió sobre la regala, balanceando sus pies descalzos mientras el Separaolas brincaba y se mecía con el ritmo del mar. Melcorka dio un vistazo atrás pero esa extraña persona que solía ser su madre no dijo nada. La voz se escuchó de nuevo, seductora, inquietante, en este lugar de olas tajadas y vientos rugientes.

Melcorka dio un pequeño salto desde el bote para aterrizar en la isla con una pisada ruidosa. Se balanceó con delicadeza y miró hacia arriba. Lo que vio desde el bote como una saliente definida resultó ser una grieta minúscula con el espacio tan reducido que apenas podía plantar los dedos de sus pies.

Melcorka miró desde su hombro pero el Separaolas se había alejado veinte metros de la costa, Oengus estaba sujetando el remo direccional y el resto de las miradas estaban fijas en ella.

La séptima ola de la marea empapó a Melcorka hasta las caderas y su rocío se elevó por los aires.

Las palabras aparecieron en su cabeza, tan claras como si alguien le hablara desde su hombro mientras caminaba por la saliente peligrosa—. Ahora estás sola Melcorka; decídete.

—¿Decidir qué? —el viento se apoderó de las palabras de Melcorka y las arrojó hacia las nubes precipitadas en el cielo.

Melcorka comenzó a escalar, buscando lugares para sujetarse con las manos y pies con la experiencia inconsciente que había acumulado en sus cientos de expediciones en busca de huevos de aves en los acantilados de Dachaigh. Dos veces se atrevió a ver sobre su hombro, en ambas ocasiones vio cómo el Separaolas se alejaba cada vez más y el viento desprendía la espuma del mar arremetedor. No tenía otra opción más que seguir subiendo.

Mientras escalaba, el risco parecía elevarse más, como si la distancia a la cima no disminuyera; sólo las nubes le permitían aproximarse. La voz había desaparecido, ahora sólo se escuchaba el aullido del viento y el estruendo de las olas al fondo del risco.

La saliente desapareció. El pequeño espacio que tenía para balancear sus pies dio paso a una superficie lisa de granito que se extendía hasta donde le alcanzaba la vista.

—¿Qué voy a hacer ahora? —le preguntó Melcorka al aire, entonces escuchó la voz extraña de nuevo.

«Sigue tu destino.»

—Bueno... —Melcorka escuchó la aspereza de su voz—...tal parece que mi destino inmediato es una larga caída hacia el océano.

Melcorka miró de nuevo hacia la cima y parpadeó al sentir una gota que provino de una saliente, logró distinguir una mancha borrosa en la pared del acantilado, a unos pocos metros de su rostro—. Eso es una cueva —dijo Melcorka—. ¿Pero cómo lograré subir hasta allá?

No hubo respuesta, la superficie del acantilado estaba compuesta de rocas verticales a excepción de una rama de arbusto lleno de espinas que se columpiaba de aquí a allá con la fuerza del viento.

—¿Me quedo aquí hasta que se me cansen los músculos o me arriesgo a alcanzar esa liana? —Melcorka contempló. Respiró profundo—. No tengo otra opción.

Melcorka miró hacia arriba, vio la rama delgada y espinosa, tensó los músculos y saltó. Por un instante pareció que quedó suspendida en el aire, sintiendo cómo la terrible caída la arrastraba, luego su mano derecha se agarró de la rama; las espinas le penetraron la piel, derramándole sangre, el dolor le robó el aliento. Se sujetó con fuerza, luchando por fijar los pies en el risco y gritó cuando el viento la desprendió y la azotó contra la pared de piedra.

Las espinas se adentraron más en sus manos, desangrándola aún más. Respiró profundo y comenzó a subir por la rama, poco a poco, rezando que la liana pudiera sostener su peso mientras ascendía lentamente sobre el risco, jadeando con dificultad y sudando por el miedo.

Al final logró subir hasta la boca de la cueva, descansó un momento para recuperar el aliento, luego se levantó, aullando al toparse con el techo bajo de la cueva, y miró a su alrededor. La cueva se extendía más allá de lo que podía penetrar la luz del sol, y el techado bajo que le impedía levantar la cabeza se encogía gradualmente.

Melcorka miró desde su hombro. El Separaolas se había alejado más de un kilómetro de la costa, opacado por un maremágnum de rocío—. Me han dejado sola —se dijo solemne. Con un repentino sentimiento de soledad, Melcorka se encorvó, respiró profundo y se adentró en la cueva, lentamente, hasta que sus ojos se acostumbraron a la oscuridad y pudo ver hacia dónde se dirigía.

La voz apareció de nuevo, haciendo eco en las rocas de la cueva, las palabras fueron difíciles de entender. Escuchó cómo llamaba su nombre, y lo escuchó de nuevo mientras avanzaba.

—¿Quién es? —sus palabras se repitieron en el eco de la cueva.

El techo se encogió aún más, obligándola a caminar con los hombros caídos, y las paredes estaban manchadas de verde debido a las constantes corrientes de humedad. A los cinco minutos comenzó a caminar en cuclillas, luego gateó, avanzando con la esperanza de que esa voz le indicara el camino.

Melcorka escuchó ese sonido desde que entró a la cueva, pero no le había prestado atención. Ahora se transformó de un simple murmullo a un rugido vigoroso. Melcorka tensa las piernas y se detuvo. La cascada descendió de repente frente a ella, un muro sólido de agua que caía desde el techo y arremetía por un hoyo en el suelo de la cueva. No había otro camino; debía decidir si regresaría por donde vino o si intentaría penetrar la cascada.

—Con que este es mi destino —Melcorka se sentó con las piernas cruzadas frente al muro de agua, intentando ver qué había del otro lado—. Quedarme sentada aquí mientras miro el agua correr —se recargó contra el muro de piedra—. Por alguna razón no creo que este sea el final.

Melcorka respiró profundo.

—Hay una luz del otro lado del agua, de otro modo no podría ver nada. Eso significa que la cascada tiene una salida; hay algo del otro lado —se levantó—. Puedo intentar cruzarla o puedo esperar a que suceda un milagro. Es mejor que lo intente y falle a que me rinda por el miedo a lo desconocido.

El canto silbante era nuevo, agudo y distinto. Melcorka vio una mancha rápida blanca y negra que entró en el agua, era un ave.

—¡Eso era un ostrero —dijo Melcorka—, el ave blanco y negro de la costa! —Recordó que su madre le había dicho que siguiera el camino del ostrero.

—Vaya remedio, ahí va mi destino —Melcorka se acercó y se adentró en la cascada, esperando encontrar algo de qué sujetarse. Al estirar el brazo, sus pies se resbalaron y cayó de frente, buscando frenética y sin éxito algo para sujetarse dentro del agua. Melcorka gritó y tropezó, pero sólo por unos metros, pues en ese momento cayó con fuerza contra una roca sólida. La cascada estaba detrás de ella y la cueva se expandió en todas direcciones frente a ella, ampliándose hasta transformarse en una caverna amplia y espaciosa.

Controlando los nervios que le estremecían las manos y piernas, Melcorka respiró profundo y caminó, tambaleándose en el suelo irregular hasta que llegó al otro extremo del túnel, donde la cueva se abría al mundo exterior.

—La he cruzado —se dio cuenta—, y estoy viendo el otro lado de la isla.

Una columna solitaria de piedra dividió la boca de la cueva, elevándose desde suelo hasta el techo. En ambos lados había un puente de piedra que se extendía hasta un par de pináculos gemelos que emergían desde el océano, los cual esperaban a Melcorka sobre una gran caída vertiginosa.

La voz regresó—. «Destino. Melcorka; debes elegir tu futuro.»

Era imposible ver ambos pináculos al mismo tiempo; Melcorka debía rodear la columna de piedra para verlos. Logró ver un objeto en la cima de cada pináculo, pero estaban rodeados por un velo de niebla que parecía sujetarse del risco.

—No puedo ver bien —dijo Melcorka—. ¿Qué debo elegir?

La niebla se disipó, partiéndose mientras Melcorka presenciaba cómo en un momento los pináculos estaban envueltos y de repente se habían liberado de su velo. En la superficie plana del pináculo izquierdo había un harpa con cuerdas doradas que reposaba sobre un almohadón de seda, una jarra de vino y una canasta con manzanas maduras lo acompañaban a un lado. El viento jugueteó con las cuerdas, seduciendo a Melcorka con su suave melodía, incitándola a caminar sobre el puente para probar la fruta. Melcorka sonrió y se acercó, vio cómo el puente de piedra se transformó en un camino de pavimento dorado, con unos barandales de roble pulido a sus lados.

Melcorka volteó a ver el pináculo de la derecha. Éste era más estrecho, no había canasta de frutas en la cima; no había almohadón de seda. En su lugar había únicamente una espada oxidada ensartada en un gran bloque de granito. El puente era tan angosto como el ancho de su pie, la superficie era áspera y repleta de humedad.

—Así que esas son mis opciones... un harpa que toca la música más encantadora que haya escuchado en mi vida, o una espada vieja y maltrecha.

Melcorka la miró de nuevo. No tenía experiencia con las espadas, pero ésa definitivamente no podía estar más desgastada, la hoja estaba oxidada y la empuñadura estaba dañada y en necesidad de reparación.

—Mi destino aguarda —dijo Melcorka con un tono casi burlón. Miró de nuevo el pináculo que poseía el harpa. Vio a un hombre ahí, desnudo como un recién nacido, divino de la muerte y esculpido como un dios, con sus músculos tersos y marcados y una sonrisa que derretiría un corazón de piedra. Le hizo señas para que fuera hacia él, atrayéndola al paraíso de música y lujos en donde presidía y Melcorka perdió el aliento con una salacidad repentina. El hombre divino se sentó en los almohadones de seda y rasgueó las cuerdas doradas del harpa y su música envolvió a Melcorka como una pasión líquida, rodeándola de pensamientos y sensaciones tan extrañas y a la vez tan encantadoras que abrió la boca y los ojos en asombro.

El canto agudo del ostrero le penetró la mente y Melcorka forcejeó su regreso por la niebla dorada. El segundo pináculo no había cambiado, seguía escueto, desalentador, frío, con la espada dañada incrustada en ese bloque áspero de granito.

Melcorka respiró profundo; ¿cuál era su destino? ¿Qué debería elegir? Miró más allá de los pináculos hacia donde el mar y el cielo se encontraban en la gruesa línea del horizonte, ininterrumpido por tierra o bote alguno.

El ostrero aleteó sobre la caverna y aterrizó frente a Melcorka.

—Bueno, ave blanca y negra, ¿no se suponía que debías guiarme? —dijo Melcorka.

El ostrero emitió su canto silbante y agudo y no se movió. La música del harpa se volvió más fuerte, seduciendo a Melcorka para que volteara a ver aquella plataforma una vez más. El hombre divino yacía sobre los almohadones relucientes, bebiendo de un cáliz dorado mientras su mano izquierda rasgueaba con ocio las cuerdas del harpa. El hombre la miró, le sonrió y le hizo un ademán para que se acercara.

Por un momento Melcorka permitió que sus ojos vagaran en el contorno del cuerpo de aquel hombre y que permanecieran donde desearan, y luego retrocedió.

—No —dijo Melcorka—. No me criaron para que viviera en la holgazanería y la disipación —se alejó y se dirigió al pináculo de la derecha, donde la espada permanecía en su lugar, escueta, poco atrayente, fea.

Melcorka respiró profundo, enderezó sus hombros y marchó por el puente angosto hacia esa plataforma. Mientras avanzaba, un viento emergente arrancó del suelo, levantando su leine hasta terminar inflada de la cadera y arrojando su cabello en un frenesí negro alrededor de su rostro.

Melcorka se acomodó el leine y retiró el cabello de su rostro, sujetándolo obstinadamente con su mano izquierda mientras continuaba avanzando. Había tomado su decisión, ya no había marcha atrás. Al dar un traspié el suelo debajo de ella se derrumbó, unos pedazos de piedra se desprendieron de las orillas del puente, cayendo en fila en dirección al mar. Melcorka vio cómo se desprendía una roca del tamaño de un puño e inconscientemente contó los segundos hasta que se desvaneció. Nunca escuchó su chapuzón.

—El puente está desapareciendo —se dijo a sí misma. Melcorka alargó sus pisadas y casi corrió hasta llegar al pináculo.

La espada permanecía en su lugar, inflexible, estática sobre su cama de granito, el lino de la empuñadura se había desprendido y se sacudía con las ráfagas de viento.

—Aquí estoy —gritó Melcorka—, ¿qué sucederá ahora?

No hubo respuesta.

—¿Dónde está mi destino? —Melcorka miró a su alrededor—. ¿Esto es todo?

Nada pareció haber cambiado. El pináculo aún permanecía sobre el mar, conectado a la isla por un estrecho puente de roca derruido. El viento continuó soplando... fue entonces que Melcorka se dio cuenta que algo sí cambió. Miró hacia el primer pináculo, donde el hombre divino estaba sentado sobre esos almohadones de seda mientras rasgueaba el harpa. Una neblina rodeó la torre, elevándose del mar como una serpiente grisácea que abría la boca para devorar la columna de roca. Mientras Melcorka lo presenciaba, la niebla envolvió al hombre divino, quien envejeció frente a los ojos de Melcorka.

El joven hombre se ensanchó de las caderas, su cabello se debilitó y se tornó canoso. Sus hombros se cayeron y su estómago se abultó, pronto ese apuesto hombre se convirtió en un hombre de mediana edad con bolsas bajo los ojos y pronto envejeció hasta quedar decrépito, mientras que al harpa se desprendió de su oro y la seda perdió su lustre.

—¿Y ahora qué? —preguntó Melcorka mientras el otro pináculo desapareció detrás de una cortina de niebla.

—«Será tu destino si la sujetas» —ahora escuchó claramente la voz en su cabeza.

—¿Si la sujeto?

Melcorka se asió de la empuñadura de la espada. No había nada más que sujetar. En cuanto lo hizo, el granito en el cual estaba incrustada comenzó a moverse. Melcorka retrocedió al ver cómo la roca se partía en dos, la parte superior se abrió mientras que la inferior se mantuvo fija en el pináculo. La espada era tan sólo una palanca; la realidad yacía dentro de la roca que abrió.

Melcorka se acercó; el bloque de granito estaba hueco y dentro de él se encontraba su destino. Yacía sobre una cota de mallas, tenía de metro y medio de largo y una hoja de metal bruñido, una empuñadura de bronce ornamentado y un agarre hecho de lino pulido. Melcorka la levantó, maravillada por su balance. La mano sujetaba la empuñadura a la perfección, como si hubiera nacido para blandirla.

—Me llamo Melcorka —dijo su nombre con timidez, luego lo repitió, esta vez más fuerte—. Me llamo Melcorka de los Cenel Bearnas —Melcorka levantó la espada en alto, probando su peso mientras la hoja emitía una canción que le resultaba extremadamente familiar pero a su vez la entusiasmó con un nuevo furor. La ola de poder que recorrió su brazo estalló dentro de su cuerpo, así que sonrió, y luego se echó a reír con esta nueva sensación.

—Te llamaré Defensor —dijo Melcorka al blandir y dar estocadas con la espada, como si lo hubiera hecho toda su vida.

Melcorka miró hacia el cofre de granito, levantó la malla de cota y se vistió de inmediato con ella; era tan ligera como una segunda piel. Se estiró de izquierda a derecha, sorprendida por la facilidad de movimiento. También había un casco de acero que parecía moldeado para su cabeza y una cuchilla larga que escondió debajo de su brazo izquierdo.

—Ahora parezco una guerrera —Melcorka se dijo a sí misma—. Lo único que me hace falta es la habilidad —vio a su alrededor—. Ahora, ¿cómo se supone que baje de esta isla?

Melcorka vio cómo aterrizó el rezón a unos pasos de ella. Los ganchos se arrastraron por la superficie hasta sujetarse. Una mano apareció y la cabeza de Oengus se asomó desde la orilla—. Con que aquí estás Melcorka —una sonrisa se mostró en su rostro canoso—. Bearnas dijo que elegirías la espada.

—¿Sabías de todo esto? —Melcorka señaló los pináculos gemelos con sus contenidos contrastantes.

—Todos los Cenel Bearnas se han sometido a esto —Oengus la escudriñó de pies a cabeza—. La cota te luce bien.

—¿Qué habría sucedido si eligiera el harpa?

—Oh, ya estarías muerta —Oengus dijo jovialmente—. ¿Vas a bajar o prefieres quedarte aquí para jugar con tu espada?

TRES

MELCORKA SE PARÓ sobre la proa del Separaolas y miró con asombro frente a ella. El continente del Alba era más extenso de lo que se había imaginado. Después de vivir una vida entera encerrada en los confines de una isla que podía recorrer en un solo día, la costa interminable del continente, llena de promontorios, caletas y playas arenosas era una vista impresionante. Detrás de la costa había una serie de colinas verdes y más allá se asomaban las crestas puntiagudas de las montañas azul índigo.

—Alba —dijo Bearnas en voz baja—. Ahora debemos navegar tan cerca de la capital como sea posible y darle nuestro mensaje al Rey.

Melcorka tocó la empuñadura de su espada—. Yo elegí la espada, pero no puedo usarla y aún no sé qué está sucediendo.

Bearnas sonrió—. Sí sabes; naciste para seguir el arte de la espada. Deja que Defensor te guíe.

—¡Yo la llamé así! ¿Cómo es que sabes su nombre?

—Defensor es el único nombre que ha recibido. La nombraron así desde antes de que naciera tu tátara abuela, y seguirá así mucho después de que hayas tomado el camino del guerrero.

Melcorka se echó a reír. —No soy una guerrera.

—¿Qué otra cosa podrías ser? —Bearnas levantó las cejas—. Está en ti.

—¿Pero cómo lo hago? ¿Cómo aprenderé a luchar?

—Esa pregunta tiene una respuesta sencilla —Bearnas puso sus manos sobre los hombros de Melcorka—. ¡Mírame niña!

—Sí madre —Melcorka fijó la mirada en los ojos de su madre. Eran firmes y brillantes, llenos de años de sabiduría.

—Nunca has de blandir tu espada a menos que sea por algo justo; debes defender a los débiles y a los justos; nunca matarás o lastimarás por diversión o malicia. ¿Entendido?

—Si madre. Entiendo.

—Bien —dijo Bearnas—. Nunca debes sentir placer por matar, ni matarás por venganza o crueldad. Se te ha dado un don, y debes usarlo con responsabilidad o el poder se drenará y se pondrá en tu contra. ¿Entendiste?

—Entiendo —dijo Melcorka.

—Bien—. Aunque Bearnas no sonrió había una gran compasión en su rostro—. Elegiste entre una vida de pereza y lujos o una vida de devoción y deber. Elegiste lo segundo. Tu nombre será reconocido Melcorka; los sennachies contarán los relatos de tus hazañas, y los bardos cantarán sobre tus proezas; o morirás en una zanja y el viento cantará sus melodías en tus huesos. Ese es el camino del guerrero.

—Fue una decisión difícil a que tomé.

—Fue tu decisión —dijo Bearnas—. Si usas tu espada para el bien, defiendes a los débiles y te opones a la tiranía, entonces Defensor luchará para ti. No luchará en nombre de la injusticia o del mal. Recuérdalo bien Melcorka.

—Lo haré —dijo Melcorka.

—Entonces esto te ayudará a no olvidarlo —dijo Bearnas y,

con toda la tripulación del Separaolas como testigo, se acercó y le besó la nariz a su hija. El vitoreo resultante no hizo nada para reducir el rubor en el rostro de Melcorka.

—¡Bearnas! ¡Por allá! —El grito provino del mástil—. ¡Barco a la vista! ¡Barco a babor!

—No lo pierdas de vista —ordenó Bearnas.

—Necesitaré más de un par de ojos —la respuesta fue inmediata. —Hay más de un barco. Hay dos... tres... cuatro... es toda una flotilla Bearnas.

—Voy a subir —aunque Bearnas no volvería a tener cincuenta años de nuevo, trepó la jarcia como una adolescente para acompañar a Oengus en la cofa del mástil—. Melcorka —llamó desde arriba—, sube.

Oengus bajó por el estay de popa para darle espacio a Melcorka—. La cubierta se ve pequeña desde aquí arriba —Melcorka se balanceó en la cofa sin miedo a las alturas.

—No mires la cubierta —sugirió Bearnas—, no hasta que te acostumbres, de lo contrario perderás el balance por el mareo —Bearnas apuntó al norte—. Mira hacia allá y dime lo que ves.

Melcorka apartó la mirada de la cubierta del Separaolas y miró hacia el norte. El continente se veía más claro desde la cofa, las montañas eran más grandes, definidas y escuetas de lo que esperaba y la costa se extendía perpetuamente hacia el Sur. Lejos de la costa, en formación de medialuna, había fila tras fila de barcos.

—¿Quiénes son? —preguntó Melcorka.

—El enemigo —dijo Bearnas en voz baja —los hombres del Norte. Volvieron.

—¿Ellos son de quienes habló Baetan?

—Ellos son de quienes habló Baetan —Bearnas dijo en voz baja—. Por derecho el rey debería ser el primero en saberlo; por derecho debe ser él quien tome la decisión. Sin embargo ya no hay forma de ocultarte de ellos. Ellos son los enemigos de tu sangre Melcorka.

—¿Hemos luchado contra ellos? —Melcorka retiró el cabello de sus ojos. Le resultó sencillo balancearse sobre las crucetas con sus piernas sujetas alrededor del tronco frío del mástil—. Recuerdo las historias del sennachie, pero creí que eran sólo eso. Sé que yo no luché contra ellos, pero Madre, tú estás vestida como una mujer guerrera, y toda la gente de la isla te trata con respeto. ¿Y quiénes son los «Cenel Bearnas»? ¿Eres la líder?

Cuando Bearnas la volteó a ver, Melcorka vio una preocupación más allá de su humor—. ¡Tantas preguntas para una sola mujer y eres mi hija! A estas alturas debería quedarte claro que no somos unos simples isleños Melcorka.

—¿Qué es lo que somos madre?

—Somos lo que somos. Nos llaman cuando nos necesitan.

—¿Nos necesitan ahora? —Melcorka miró la flotilla que se acercaba cada vez más—. ¿Vamos a atacarlos?

—Sabes contar Melcorka. ¿A cuántos barcos logras ver?

Melcorka analizó la flotilla—. Treinta... no, hay más detrás de ese promontorio.

—Ese es el Cabo de la Ira: el Cabo de viraje —dijo Bearnas —. La costa altera la dirección de la marea, en vez de fluir de sur a norte ahora correrá del este al oeste.

—Hay más que provienen detrás del promontorio del Cabo de la Ira —dijo Melcorka—, muchos más.

—Ahora, cuenta cuántos barcos tenemos nosotros.

—Uno —Melcorka respondió de inmediato.

—¿Aún crees que deberíamos atacarlos?

El viento cambió, azotando la vela contra el mástil solitario. Melcorka sacudió la cabeza—. No. No deberíamos —dijo Melcorka.

—¿Pero sí quieres? —La mirada de Bearnas era tenaz.

—Sí quiero —asintió Melcorka.

—Mujer guerrera —dijo Bearnas. Alzó la voz—. ¡Remos traseros! Oengus, vira hacia el Sur. Baetan: marca el ritmo para los remeros.

Baetan golpeteó el casco con la empuñadura de su espada, acelerando el ritmo de los remadores para que el Separaolas le hiciera honor a su nombre y arrasó por la marea. La tripulación respondió al llamado pero después de media hora la vejez les dominó y comenzaron a jadear cada vez que agitaban los remos.

—¡No se detengan! —alentó Bearnas mientras Oengus los guiaba a través de unos arrecifes, donde el mar se partía en manchas plateadas contra las rocas lamosas.

Melcorka vio que los remos de estribor casi rosaban con las rocas exteriores, y la estela meció el barco, arrojando rocío sobre la tripulación. Una familia de focas los miró con sus ojos cafés y redondos.

—Melcorka —Bearnas opacó los jadeos de la tripulación—, regresa al mástil y sigue vigilando al norte. Infórmame todo lo que hagan los nórdicos.

La flota nórdica se volvió más distante, sus velas se perdieron en el velo del atardecer. Melcorka perdió la cuenta de sus números mientras la flota cambiaba de formación para rodear el promontorio.

—Nos dirigiremos al Sur —ordenó Bearnas—, luego al Este. Ahí hay una bahía cubierta donde ni siquiera los nórdicos podrán desembarcar.

Podríamos navegar todo el trayecto hasta Alcluid y marchar desde ahí —sugirió la abuela Rowan.

—Eso significaría que crucemos el territorio del Lord de las Islas —dijo Bearnas—. Y no estoy preparada para hacer eso.

En estas grandes latitudes la noche tardaba en llegar, permitiendo que la luz del sol se enrojeciera lentamente en el Oeste hasta convertirse en un atardecer impresionante de escarlata y oro que perecía conforme el sol se escondía en el horizonte. Y luego la oscuridad se volvió intensa, ininterrumpida salvo por la tenue fosforescencia de las olas que se rompían en los arrecifes invisibles y en las palas de sus remos.

—Remen lento y seguro —ordenó Bearnas—, el sonido se propaga bastante en la noche.

—¿Puedes escucharlos? —preguntó Melcorka.

El sonido era particular, el canto grave y rasposo de miles de hombres que gruñían sobre las olas y la marea del mar. La canción era poderosa, una oda a la masacre que se avecina, un grito de guerra en nombre de Odín y Thor.

—No vienen a saquear— Melcorka levantó su espada y sintió cómo la adrenalina del combate recorría desde su mano hasta el resto de su cuerpo—. Vienen a conquistar, esa es la canción que están cantando.

—Pero ya no somos enemigos —dijo Oengus—. Compartimos al mismo rey.

—Pero no la misma sangre —le recordó Baetan. Se paró en la popa del Separaolas y tocó la empuñadura de su espada—. Nuestros días de paz han terminado.

—Si es así entonces que Dios se apiade del reino de Alba —dijo Bearnas en voz baja—, no estamos preparados para la guerra.

—¿Cómo fue que terminaste en el mar? —Melcorka le había querido preguntar eso desde que encontró a Baetan en la playa. Su cordialidad le contuvo la curiosidad hasta ahora.

—Los nórdicos destruyeron mi aldea —Baetan dijo en voz baja—. Fui el único sobreviviente.

—Eres un guerrero —Melcorka dijo sin delicadeza—. No sabía que había guerreros en Alba.

—Los tenemos —le dijo Bearnas—. Los conocerás en su momento.

El estruendo del oleaje contra los acantilados los alertó del peligro, y el brillo de la espuma plateada les mostró en dónde se encontraba. En lo alto, las estrellas resplandecían en el abismo oscuro del cielo.

—Busquen el tramo de oscuridad entre las olas —ordenó Bearnas—, y teman sólo lo que puedan ver —avanzó hacia la popa y tomó control del remo direccional—. Recuerdo bien esta costa. Obedezcan mis órdenes cuando las de —dijo.

Melcorka vio la oscuridad entre dos líneas del oleaje y sabía que esa debía ser una apertura en el acantilado.

—Guarden remos, bajen el mástil —ordenó Bearnas.

El Separaolas se sacudió con la oleada que regresaba de los riscos mientras la tripulación desataba los estayes que mantenían seguro al mástil para posicionarlo en la cubierta del bote. Melcorka observó, incapaz de ayudar mientras admiraba esas habilidades desconocidas que mostraban estos hombres y mujeres adultos que creía que conocía de toda la vida.

—¡Remos! —Bearnas ordenó en voz baja—. A un cuarto de velocidad.

El Separaolas apenas lograba avanzar contra la marea que se alejaba a pesar de que Baetan continuaba su ritmo y los remadores gruñían con esfuerzo. Melcorka observó cómo las estrellas desaparecieron en un instante.

—¿Brujería?

—Para nada —dijo Oengus —. Párate derecha y levanta la mano. ¡Adelante! —Melcorka hizo caso y levantó la mano, tocando roca sólida—. Estamos entrando a otra cueva —dijo Melcorka—. No sabía que hubiera tantas cuevas en el mundo.

—Esta no es una cueva, pequeña —dijo Bearnas—. Es algo mucho mejor; este es un túnel.

Después de avanzar cuidadosamente por el túnel, con los remos de ambos lado rozando contra las rocas, el Separaolas emergió de nuevo a un espacio abierto, con un vistazo circular del cielo estrellado sobre ellos.

—Viren a babor —Ordenó Bearnas—directo contra la pared de roca.

El Separaolas se aproximó lentamente al risco de granito-que se había alisado por las caricias constantes del mar-—. Guarden remos —dijo Bearnas—. Deprisa —la tripulación levantó justo cuando la nave tocó algo duro y Bearnas ató una soga sobre una roca protuberante—. He utilizado este desembarcadero antes —explicó—hace muchos, muchos años — Bearnas miró hacia arriba—. Esa saliente nos resguarda de la vista y la entrada angosta nos asegura que ninguna marea brusca llegará a dañar nuestro barco.

—Madre... —inició Melcorka.

—Desde ahora puedes llamarme Bearnas —le respondió Bearnas.

—Nunca me contaste de tu pasado —Melcorka tocó la empuñadura de la espada que ya reposaba natural sobre su espalda, como si siempre hubiera estado ahí.

—Así es, no lo hice —asintió Bearnas—ahora ve a dormir. Tuviste un día atareado y mañana no será más tranquilo.

Melcorka no logró conciliar el sueño sobre los tablones de la cubierta del Separaolas, en su lugar se quedó mirando las estrellas que conocía sobre este ambiente desconocido. Su mente se entretuvo con una infinidad de preguntas, como querer saber quién era ella o qué es lo que iba a suceder el día siguiente.

Melcorka tocó su espada y experimentó una emoción inmediata de poder, la cual se desvaneció una vez que retiró la mano. Fue así como se dio cuenta; el poder provenía de la espada, no de ella. Aún era la chica isleña que siempre ha sido. ¿Por qué fue que su madre le ocultó tantas cosas? ¿Y cuál era el pasado misterioso de su madre?

—Quizás lo averigües, y quizás no sea así —la abuela Rowan se sentó sobre ella, sonriendo y obviamente adivinando lo que estaba pensando—. Tu futuro debería ser más importante que el pasado de tu madre. Mientras tanto hazle caso al consejo de tu madre y duerme un poco, Dios sabe que lo necesitas. Sólo Él sabe lo que nos traerá mañana.

—No dormiré —dijo Melcorka.

La sonrisa de la abuela Rowan creció al aterrizar un dedo torcido sobre los párpados de Melcorka—. Buenas noches, querida.

El sol salió antes de que despertara, Melcorka vio que toda la tripulación estaba ocupada y un salmón recién pescado se rostizaba sobre unas piedras calientes, junto con una agua fresca de serbas.

—¿Decidiste acompañarnos, dormilona? —La abuela Rowan le entregó una taza de peltre—. Bebe, come y lávate Melcorka, y luego ve a revisar tu espada.

Estaban en una cuenca ovalada rodeada de riscos de treinta metros de alto, y el túnel de roca era el único pasaje al exterior. Una variedad de árboles se aferraban de las salientes minúsculas de las paredes, actuando como un escudo de los aires.

—¿Cómo subiremos para allá? —Melcorka estudió la pared del risco.

—Hay un camino —Bearnas tocó el pendiente de cruz que colgaba de su cuello—. Y luego nuestro viaje comenzará —Bearnas acarició la garganta de Ojos-Brillantes y luego lanzó al águila hacia los cielos—. Andando, mi precioso, ve a vivir tu vida. Tú y yo no nos volveremos a ver.

—¿No se volverán a ver? —preguntó Melcorka.

La mirada de Bearnas siguió al águila mientras surcaba las alturas del cielo desnudo de la mañana—. Esta es mi última aventura Melcorka. Mi destino aguarda —Observó los alrededores de la cuenca—. Pronto tú deberás caminar tu propio destino.

—Madre, no lo entiendo —dijo Melcorka.

—Lo harás cuando llegue el momento —la sonrisa de

Bearnas era gentil—. Sólo acepta lo que esté por venir.

—Hora de partir —dijo Baetan—. La mañana se está terminando. Tomaré la retaguardia —tomó su espada significativamente—. Tengo cuentas pendientes con los nórdicos.

El camino era más amplio que un dedo pero no más que una mano, precario con sus rocas resbalosas y raíces enredadas que se desprendían por la superficie. Era tan empinado que incluso las cabras montañesas le temerían. Bearnas los guio a trotes, saltando los obstáculos como si fuera una joven de veinte años y no una madre madura. Los demás la siguieron, olvidándose de sus edades mientras escalaban la subida.

El risco los llevó a una meseta, donde unas rocas incrustadas de hielo sobresalían en un mar de arbustos. Bearnas no se tomó el tiempo para admirar la vista de las colinas cercanas o de las montañas rocosas distantes. Su paso se transformó en galope, saltando por las ciénagas sin detenerse, y saltando sobre las corrientes que se abrían camino hasta el acantilado, avanzando sin problema los kilómetros de terreno. Detrás de ella los hombres y mujeres del Cenel Bearnas la siguieron en una hilera pequeña, Melcorka estaba al final y Baetan la seguía a diez pasos de distancia.

El sol estaba a punto de llegar a su cenit cuando Bearnas levantó la mano derecha en alto. La hilera se detuvo de inmediato, Oengus detuvo a Melcorka al plantar un dedo sobre su frente. Bearnas bajó la mano para tocar su nariz y los Cenel Bearnas levantaron la cabeza para olfatear el aire.

—Humo —la voz baja de la abuela Rowan fue escuchada por todo el grupo—. Carne quemada.

Bearnas apuntó a Oengus y Melcorka antes de agacharse hasta que desapareció entre el brezo que se mecía con el aire. Apuntó con la cabeza hacia tierra adentro.

Oengus le llamó a Melcorka con el dedo y se movió hacia la izquierda, lejos de la columna y hacia las colinas. Se mantuvo ocupado mientras Melcorka lo seguía, preguntándose cómo este hombre se mantenía con energías por tanto tiempo.

La hilera estaba a unos diez minutos detrás de ellos antes de que Melcorka presenciara una cortina de humo azul que se elevaba en una columna enorme hasta los cielos. Melcorka tocó el hombro de Oengus.

—Lo veo —la voz de Oengus era rígida—. Lo que verás lo recordarás para siempre. ¿Te sientes fuerte Melcorka?

Ella asintió.

—Claro, eres la hija de tu madre —el guiño que le mostró fue incompatible con su acción de desenvainar la espada de su espada—. Toma —Oengus le dio un trozo de grasa—. Engrasa la hoja de tu espada con esto; te ayudará a desenvainar un poco más rápido. Quizás te salve la vida en situaciones donde cada segundo cuente.

Oengus esperó a que Melcorka regresara la espada en su vaina, luego introdujo las manos en una turbera y se untó la cara con el lodo negro, asegurándose de cubrirse los pómulos y la frente—. Estas partes reflejan la luz —le dijo en voz baja—, cúbrelas.

Melcorka siguió su consejo, siguiendo su ojo crítico.

—Mantén la cabeza bajo el horizonte —dijo Oengus—. No te muevas muy rápido y por el amor de Dios mantente en la dirección del viento para evitar a las bestias —Oengus asintió y se deslizó entre los brezos altos, serpenteando hasta llegar a una pequeña cumbre que se asomaba sobre el la nube espesa de humo azul.

Los dos se agacharon al subir por la cumbre, manteniendo las cabezas debajo de la copa de las plantas púrpuras mientras le echaban un vistazo al humo.

Lo que alguna vez fue un pequeño «clachan», una aldea campesina, que ahora era tan sólo un osario. Lo que solían ser quince cabañas de piedra y techos de turba que rodeaban un granero, ahora eran quince hogueras funerarias ardientes. Lo que solía ser un ganado ahora era la conclusión de una masacre de vacas dispersas, a excepción de tres, cuyos cuerpos mutilados estaban siendo rostizados en unos grandes espetones. Lo que solía ser una comunidad próspera ahora era la última morada de unos cadáveres dispersos sobre un campo ensangrentado y tres jóvenes mujeres desnudas gritaban de terror mientras las tenían atadas con unas cuerdas robustas bajo la mirada sonriente de un grupo de hombres rubios con espadas largas.

—Yo conocía este lugar —dijo Oengus en voz baja—, hace mucho tiempo.

—¿Qué sucedió? —preguntó Melcorka.

—Cómo puedes ver, esto es obra de los vikingos —Oengus dijo en voz baja—. Parece que un pequeño grupo saqueador encontró este lugar —Oengus apuntó con la cabeza hacia la devastación—. Esto es común para nuestros vecinos del otro lado del mar.

Melcorka luchó para contener sus náuseas al recibir el olor de los cadáveres y la sangre—. Nunca había visto algo tan horrible en mi vida.

—Sé que así es —dijo Oengus—. Y verás cosas peores, mucho peores. Esto es sólo el comienzo.

Uno de los guerreros nórdicos tomó la mano de la más joven de las prisioneras y la levantó, riéndose de ella cuando gritó espantada. Otros tres le dieron algunos consejos, sus voces e idiomas no concordaban con la masacre que los rodeaba.

—Debe tener unos diez años —dijo Oengus.

—Debemos detenerlos —Melcorka habló con urgencia —no podemos dejar que las maten también.

—Ellas se alegrarán de morir cuando les llegue la hora —dijo Oengus—. Los nórdicos no son buenos con sus esclavos.

Melcorka se horrorizó cuando se dio cuenta del destino que

les aguardaba a las tres mujeres—. Tenemos que ayudarlas.

—¿Nosotros dos? —La voz de Oengus mostró algo de burla —. ¿Un hombre de barba gris y una pequeña que nunca ha experimentado la guerra contra un grupo saqueador de vikingos? —Oengus sacudió la cabeza—. Ese sería un encuentro bastante breve.

La pequeña chica gritó de nuevo, y una vez más el más grande y robusto de los nórdicos la levantó del cabello y la subió a su hombro, riéndose.

Melcorka sacudió la cabeza—. No podemos quedarnos a ver.

Oengus se encogió de hombros—¿Y qué sugieres? —le preguntó—. Debe haber unos veinte guerreros.

Aunque Melcorka sólo tocó la empuñadura de su espada para sentir consuelo, Defensor liberó una ola de poder que le recorrió el brazo y la llenó con emoción. Melcorka no reconoció su propia risa—. ¿Sólo veinte?

Melcorka —Oengus intentó sujetarla del brazo con una mano.

Melcorka se liberó, desenvainó a Defensor, liberándole un chirrido al acero y corrió hacia adelante, sintiendo un cosquilleo de nerviosismo acompañado de una ola de ira salvaje—. ¡Hola nórdicos! Me llamo Melcorka y les ordeno que dejen a esas chicas en paz.

—¡Melcorka! —Oengus le gritó al seguirla, pero Melcorka ya estaba varios metros más cerca de los nórdicos.

El guerrero vikingo arrojó a la chica a un lado como si fuera un saco de granos y liberó su espada de la vaina que la resguardaba—. Se ve que quieres morir hoy —le dijo casual. Su espada era larga y rebosante de uso, y la sostenía con tanta familiaridad que incluso Melcorka sabía que se estaba enfrentando a un experto. El guerrero también tenía una vieja herida, la pierna izquierda no tenía apoyo, un detalle que Melcorka no ignoró.

—Uno de nosotros morirá —las palabras hicieron estruendo cuando las pronunció Melcorka.

El vikingo se jactó y avanzó, con la frente en alto y la espada bajo la cintura. Melcorka sintió a Defensor sacudirse entre sus manos, esperó a que el vikingo se acercara, se dio vuelta y corrió. Su risa áspera la siguió, incrementándose cuando Melcorka se tropezó y cayó.

El guerrero caminó sobre ella mientras se daba vuelta para mirarlo desde abajo. Casi de manera perezosa, el vikingo posicionó su espada sobre la garganta de Melcorka, pero ese pequeño titubeo le otorgó a Melcorka el tiempo suficiente para patearle la pierna herida y abanicar a Defensor mientras él se retorcía. La espada penetró el lado izquierdo del vikingo, entre su tercera y cuarta costilla, derramando sangre en una nube carmesí. Melcorka retorció su espada, la liberó, se levantó y lo remató con una estocada en el corazón.

—¡Uno! —gritó Melcorka mientras blandía a Defensor—. Vengan, hombres del norte; ¡vengan y enfrenten a Melcorka!

Los vikingos estaban ansiosos por complacerla, tres de ellos desenvainaron y corrieron hacia ella mientras otro guerrero liberaba su hacha de un tronco para entretenerse con la matanza.

Melcorka esperó hasta que sus atacantes estuvieran cerca, se percató que el hombre de la izquierda le bloqueaba la espada al hombre de en medio; él no era una amenaza inmediata. En su lugar Melcorka rebabó los ojos del hombre de la derecha, quien era el más peligroso de los tres, y continuó de modo que la punta de Defensor se encontró con la nariz del hombre central y casi se la parte en dos. El hombre gritó y se agarró la cara, ahora sólo quedaba el hombre de la izquierda. Melcorka vio el odio en la mirada del vikingo al ver caer a sus compañeros; sabía que estaba demasiado enojado para pensar bien.

—¡Ven a mí, «berserker»! —le dijo para provocarlo, y se hizo a un lado para darse espacio y poder blandir su espada mientras el nórdico rugía su promesa incoherente y corría directamente hacia ella. Aunque el hombre avanzaba a toda velocidad, a Melcorka le pareció que estaba corriendo con lentitud.

Melcorka elevó a Defensor para bloquear el ataque con facilidad, sintiendo el impacto de los aceros, giró su espada en un movimiento de media luna y apuntó hacia arriba y a los lados de modo que la espada del vikingo se desprendía de su agarre y salió volando por los aires. El hombre la miró estupefacto por un instante pero se recuperó y se lanzó sobre ella, empalándose la garganta con la espada de Melcorka.

—¡Melcorka! —gritó y se preparó para su siguiente desafío.

Al presenciar la muerte de sus camaradas, el hachero se volvió más precavido. Rodeando a Melcorka, movió el hacha entre sus manos, buscó una oportunidad o debilidad antes de iniciar la batalla.

Ella lo esperó con seriedad, sintiendo el poder y habilidad de pelea recorriendo su interior.

Por fin el hachero avanzó, creando una finta contra las piernas de Melcorka antes de retroceder para propinar un hachazo que le hubiera penetrado la cabeza y partido su cuerpo a la mitad de no ser porque logró bloquearla con el costado de Defensor. Su espada rebanó el mango de madera del hacha por lo que el hachero se quedó con treinta centímetros de fresno inútil. Melcorka se recuperó, hizo una finta dirigida a los ojos del hombre con un tremendo movimiento de arriba abajo que lo emasculó y continuó subiendo hasta destriparlo con un corte limpio. El vikingo cayó en un silencio agonizante, y miró cómo sus intestinos lo cubrieron en una escena grotesca de rosa y gris.

—¡Cenel Bearnas! —gritó Melcorka.

Les tomó todo ese tiempo al resto de la banda de guerra nórdica para alcanzarla. Escuchó el zumbido de una lanza en el aire, agachó la cabeza para esquivarla sin problemas y se burló de ese atentado. La lanza fue acompañada de dos flechas; sus vuelos eran como el grito de un viento demente, pero Melcorka arrasó con una del aire e ignoró la segunda.

—¡Cenel Bearnas!

—¡Odín! —la respuesta provino de un gran número de gargantas—. ¡Odín y muerte!

—¡Una muerte rápida para ustedes! —gritó Melcorka mientras los nórdicos formaban un semicírculo alrededor de ella, con el fuego y el humo de la aldea en llamas elevándose detrás de ellos, resplandeciendo un color naranja que contrastaba con el cielo y sus nubes manchadas de morado.

Se acercaron de prisa, diez jóvenes vestidos con cotas de malla que se habían opacado con el aire salado de sus travesías en el mar y sus rostros manchados de sangre por las masacres incontables de los aldeanos, vestían cascos cónicos de hierro sobre la cabeza y sandalias tachonadas de hierro. Le arrojaron una lluvia de lanzas y después desenvainaron sus espadas largas y rectas para atacar; diez nórdicos iracundos contra una mujer sin experiencia. Pero Melcorka tenía a Defensor y el poder de la espada dictó su lucha. Mientras se acercaban, Melcorka apoyó su peso en el pie izquierdo por lo que sus atacantes tuvieron que redirigir su ataque, topándose entre ellos por sus ganas de matar. Melcorka esperó hasta que estuvieran tan juntos que terminaron bloqueando los brazos de sus espadas, luego se acercó con unos movimientos controlados con Defensor que les privó de sus piernas a tres hombres y los dejó gritando sobre sus muñones. El siguiente hombre titubeó por un instante y eso le costó la vida, Melcorka le dio una estocada con Defensor directo en la garganta.

—Deja algo para mí —la casi sonrisa de Oengus brilló a través de su barba. Desenvainó el sable de dos manos de su espalda y realizó una tajada trasversal, cortando a uno de los nórdicos casi a la mitad.

Melcorka asintió en apreciación mientras el resto de los nórdicos se dio vuelta para huir. Ella corrió hacia ellos, alcanzó y mató al más lento de ellos y luego arrojó a Defensor a otro guerrero.

—¡No! —Oengus extendió una mano de prohibición. Fue demasiado tarde. La espada giró, con la hoja sobre la empuñadura; una, dos, tres veces hasta que se incrustó en la columna del fugitivo.

Melcorka miró al hombre caer de frente. Lo que no vio fue la lanza que un joven guerrero lanzó hasta que rasgueó a su lado, el asta le alcanzó rozar en el costado de la cabeza. Melcorka gritó de dolor y cayó de rodillas, agarrándose la herida.

Al escuchar sus gritos y verla caer, media docena de nórdicos corrieron hacia ella, rugiendo su grito de guerra: —¡Thor! ¡Thor! ¡Thor!

Melcorka no pudo levantarse a tiempo. Aturdida, vio a Oengus dar seis pasos frente de ella y se quedó parado, con su sable listo, para recibirlos. —¡Ten cuidado Oengus! —tuvo dificultad para hablar, la visión se le nubló al ver cómo se desarrollaba la pelea.

Oengus era como una roca, un monumento de granito rodeado por una marea de vikingos que se estrellaba contra él y se partía. Melcorka se levantó a la fuerza mientras Oengus mataba al primer hombre con una rápida estocada en la entrepierna, luego esquivó un hachazo, le cortó el tendón del pie de un tercer atacante y le partió la nariz a otro atacante con la cresta del casco. Melcorka dio un paso adelante y se detuvo al sentir pánico. ¡Ella no es una guerrera! Es una isleña; nunca había blandido una espada hasta hace unos días y ciertamente no había matado a un hombre hasta ahora.

Oengus se echó a reír al intercambiar espadazos con un ágil joven pelirrojo, suspiró cuando su oponente le rozó el cuello y rugió triunfante cuando le penetró el pecho con el sable.

Melcorka dio un paso atrás, impactada por la sangre fresca y los cuerpos quebrantados del campo de batalla. Esto era mucho peor de lo que había imaginado, peor que su peor idea del infierno.

—¡Vengan perros del norte!—gritó Oengus cuando dos guerreros lo atacaron al mismo tiempo, uno de cada lado. Esquivo al hombre de la derecha y blandió su espada a su izquierda, pero fue demasiado tarde para bloquear la espada del joven guerrero, la cual le atravesó el vientre en dirección de su riñón. Su rugido de dolor erizó la piel de Melcorka.

—Oengus —Melcorka se cubrió la boca con las manos mientras las espadas de los vikingos se elevaban y caían. Oengus, el monumento de granito de hace apenas unos momentos, era ahora un hombre viejo, un juguete de estos jóvenes guerreros. Lo mataron lentamente, cortándolo en pedazos mientras caía rendido, y riéndose de él mientras derramaban su sangre —. ¡Oh por Dios no!

—¡Cenel Bearnas! —la consigna se elevó por los aires, —. ¡Cenel Bearnas!

Se aproximaron en formación de cuña con Bearnas al frente, los hombres y mujeres que Melcorka había conocido toda su vida como granjeros pacíficos ahora blandían espadas y hachas con tanto aplomo como el más valiente de los campeones. Arremetieron contra los nórdicos, los cortaron en segundos, luego se dividieron en parejas y buscaron en el «clachan» por cualquiera que hubiese sobrevivido.

—Madre —Melcorka no pudo contener su estremecimiento. Las lágrimas le dominaron la cara y se derramaron por su mentón—. Oengus... hice que le mataran.

Bearnas se paró frente al cuerpo de Oengus—. Él eligió el camino del guerrero y murió como guerrero —dijo en voz baja

—. Le había llegado la hora; tú no tienes nada que ver con eso.

—Si tan solo no hubiera...

Bearnas puso dos dedos sobre los labios de su hija. —No puedes saber lo que hubiera o no sucedido Melcorka —dio un paso atrás—. ¿Cómo perdiste a Defensor?

—Se lo arrojé a un nórdico —explicó Melcorka.

—Ahora sabes que es Defensor quien tiene el poder y la habilidad, no tú. Eres su conducto. Sin ti Defensor es sólo una espada. Sin Defensor, tú eres sólo una isleña. Hasta que obtengas más práctica, se necesitará de la fusión de los dos para crear a un guerrero. La próxima vez que luches, no sueltes por nada a tu espada.

—Nunca lucharé de nuevo —Melcorka sacudió la cabeza, aún en llanto, mientras presenciaba esa escena espantosa y el cuerpo mutilado de Oengus—. Nunca.

—Toma —al recuperar a Defensor del cuerpo de su última víctima, Bearnas se lo arrojó a Melcorka—. Límpialo y mantenlo a salvo.

Baetan envainó su espada—. Tuviste suerte —le dijo a Melcorka—. Esa fue solo una expedición de saqueo, sólo una aldea nórdica que jugaba a ser... Vikingo.

En cuanto tomó a Defensor, Melcorka sintió cómo regresó su valor—. ¿A qué te refieres Baetan?

—La flota que vimos tenía la armada nórdica, guerreros de verdad y entrenados, no asesinos que atacan en grupo como estas bestias —Baetan escupió en el cuerpo nórdico más cercano—. Esos matones que te asustaron son sólo una sombra de un verdadero Vikingo —la expresión que le mostró a Melcorka podía congelar un volcán—. ¿Realmente creíste que habías vencido a un guerrero nórdico en una pelea justa? Tienes mucho que aprender, Melcorka, antes de poder enfrentarte al muro de escudos nórdico.

CUATRO

Con la sombra del helecho entretejido cubriendo el tenue brillo de la hoguera de turba, la tripulación del Separaolas acampó por la noche. Melcorka empujó a Defensor a un lado de su cama de brezo cortado y ponderó sobre los eventos del día. Había matado a hombres y presenciado la matanza de hombres de mujeres. Había sentido el poder de Defensor y experimentó la verdadera impotencia el instante que la espada abandonó su mano. Además, se sentía responsable por la muerte de Oengus.

—No fue tu culpa —Bearnas estaba acostada a su lado. Se acercó y le habló con una voz más baja—. Estás confundida. No sabes quién eres o cómo te sientes.

Melcorka asintió—. En un momento era una guerrera intrépida y luego sólo era yo, una chica de Dachaigh que nunca había estado en el continente y mucho menos se había confrontado a los vikingos cara a cara.

—Eres ambas —dijo Bearnas—, y no eres ninguna. Tus experiencias de vida se quedaron en la isla. La vida te dio buena salud y un cuerpo en forma, capaz de enfrentar a todos los climas que trajeran el viento y el mar, capaz de escalar las rocas empinadas en busca de huevos de ave y nadar contra las corrientes y mareas más fuertes. En cuerpo eres tan capaz como te es posible.

—No me había dado cuenta de eso —dijo Melcorka.

—Date cuenta ahora. Haz vivido a la intemperie toda tu vida, en toda clase de climas; nunca estuviste enferma un solo día de tu vida y es poco probable que suceda ahora —Bearnas le dio una palmada en el brazo—. Eres el material en bruto perfecto para ser un guerrero; lo que te hace falta es la habilidad y el deseo.

Melcorka desvió la mirada—. Cuando sostuve a Defensor tenía la habilidad suficiente para diez guerreros.

Bearnas sacudió la cabeza—. No Melcorka; cuando sostuviste a Defensor, era la espada la que tenía la habilidad para diez guerreros. La espada retiene la habilidad del guerrero para quien fue diseñada y para quien la ha blandido. Conforme crezca tu conocimiento, Defensor te transmitirá sus habilidades hasta que eventualmente seas una guerrera experta, pero tendrás que aprender.

—¿Cómo puedo aprender?

Bearnas sonrió al mencionarle «las tres pe»—. Practicar, practicar y practicar.

—Y yo te enseñaré —dijo Baetan desde el otro lado de la hoguera —. Dios sabe que si atacas a los nórdicos tan precipitadamente como lo hiciste con estos piratas necesitarás toda la experiencia que puedas obtener, sin importar lo útil que sea tu espada.

Melcorka tocó la empuñadura de Defensor, disfrutando de la sensación que el más mínimo de los contactos le otorgaba—. Quiero aprender —no quiso admitir lo asustada que estaba cuando se separó de la espada—. También quiero saber dónde estamos y hacia dónde nos dirigimos.

Bearnas le retiró la mano de Defensor—. No drenes su poder Melcorka. Guárdalo para cuando realmente lo necesites. ¿Así que quieres recibir una lección de geografía?

—Sí Madre.

—Te dije que me llamaras Bearnas.

—Sí ma... Bearnas.

—Muy bien, acércate —con la llama de la hoguera como fuente de luz para guiarse, Bearnas tomó una rama y dibujó un mapa en un pedazo expuesto de tierra—. Este es un boceto del reino de Alba; es como una doble uve vertical con las puntas apuntando hacia el Este y un gran número de islas irregulares al Oeste.

Melcorka asintió—. Sí, Bearnas.

—Muy bien —Bearnas ensartó su rama en el mapa, indicando la costa Noroeste—. Desembarcamos aquí y viajamos cerca de veinticuatro kilómetros hacia tierra firme. Y aquí estamos ahora —Bearnas indicó otra parte del mapa con la rama —. Y tenemos que llegar con el Rey, quien creemos se encuentra en Dun Edin, aquí... —su rama se movió hacia el Sur hasta una punta en la costa Este del mapa—, a unos cuatrocientos kilómetros de donde estamos —Bearnas miró al cielo nocturno —y para llegar ahí tenemos que cruzar Drum Albain, la vértebra de Alba, la montaña más empinada y escueta del reino.

Melcorka asintió—. Hoy cruzamos montañas. Nunca había visto una.

—Sé que así es —asintió Bearnas—. Ahora escucha y aprende; la tierra de Alba ha sido lugar de disputa por siglos. Sus residentes se enfrentaron a las legiones de hierro romanas, a los sajones germánicos y a los anglos y por supuesto a los nórdicos, y en todo ese tiempo también se enfrentaron entre ellos.

—Nunca he presenciado una guerra —dijo Melcorka.

Bearnas ignoró ese comentario. —Nos dividimos en dos mitades, los galeses en el Oeste y los pictos en el Este. Tuvimos que unirnos como una sola nación para enfrentar a los enemigos, y desde entonces nos convertimos en Albanos excepto por... —Bearnas apuntó a un área en el Noreste—. Esto es Fidach. Ese es el último bastión de los pictos. No le juran lealtad a nadie excepto a su rey y son independientes en todos los aspectos, y sin lugar a dudas son los guerreros más violentos del reino. No le temen a nadie, ni a los guerreros del alba, ni a los nórdicos, ni a los mismos dioses ni demonios, hombres o bestias. Por suerte no iremos a ese lugar.

Melcorka asintió—. No me acercaré a Fidach —prometió.

—Bien. Mañana iremos a las colinas. No habrá nórdicos ahí, pero habrá varios peligros esperándonos. Duerme un poco; lo necesitarás sin lugar a dudas.

CINCO

Observar las montañas en el horizonte y experimentar de primera mano fueron dos cosas diferentes. Melcorka inclinó los hombros y caminó fatigada hacia adelante y subió, siempre hacia arriba. El sendero silvestre había comenzado en los brezos del campo pero ahora se serpenteaba, angosto y empinado, sobre una cuesta de derrubios de ladera corrediza. Melcorka se tropezó, murmuró una palabra que a su madre no le hubiera gustado escuchar, se reincorporó y continuó avanzando en una de las hileras cortas de los Cenel Bearnas.

Miró hacia adelante, más allá de las cabezas de sus compañeros que oscilaban de arriba abajo, hacia donde el camino se desaparecía en la ladera, luego vio más allá de la montaña lisa de granito azul que se extendía por la niebla enrolladora. No podía ver la cima; sólo estaba consciente del vasto espacio a su alrededor y el vacío que hacía eco en las colinas. En dos ocasiones escuchó algo llamando desde la niebla, por lo que le advirtió a los demás.

—Puede que sea un ciervo —le dijo la abuela Rowan—, o un

lobo. La niebla distorsiona los sonidos, lo que crees que es algo espectral podría ser el sonido ahogado de una bestia.

—Podrían ser los nórdicos —dijo Melcorka.

—No, aquí no hay nada que les sirva. No hay gente que esclavizar, monasterios que saquear, ni guerreros con quienes probar el filo de sus espadas —la abuela Rowan sacudió la cabeza—. No Melcorka; aquí no hay nórdicos —Rowan caminó unos pasos más antes de detenerse para decirle algo sin dar la vuelta—, quizás haya monstruos, pero no vikingos —su carcajada hizo eco por unos segundos y, alterándose en un estruendo espantoso en la niebla, se transformó en algo sobrenatural.

—No existen los monstruos —Melcorka se dijo a sí misma, pero ahora que la abuela Rowan le había metido esa idea en la cabeza comenzó a ver criaturas y siluetas en cada roca y en cada remolino y contorno de la niebla. Escuchó el sonido antes de ver algo más, Defensor estaba listo en su mano cuando emitió su advertencia—. ¡Algo está saliendo de la niebla!

Los demás se dieron vuelta, Bearnas instantáneamente corrió para el ataque—. En esa dirección, por aquella roca —Bearnas apuntó a un gran pedazo de granito erosionado, a unos treinta metros adelante—. ¡Escóndete detrás de esa roca!

Melcorka permaneció en la retaguardia, con la espada en las manos, esperando a recibir lo que sea que emergiera hasta que Baetan la sujetó con su mano enorme y la llevó hasta la roca.

—¿Qué estás haciendo?

—¡Voy a enfrentarlo! —Melcorka blandió su espada—. ¡No huiré de ningún monstruo, sin importar lo feroz que sea!

—¡Tonta! —Baetan le agachó la cabeza. —¡Mantente escondida y atenta! Esta no es la clase de enemigo que puedas enfrentar.

—¡Puedo luchar contra cualquier monstruo!

Melcorka intentó levantarse. Vio una gran nube de polvo y unas piedras pequeñas bajando por el derrubio, alejándose de la niebla, y luego vio cómo la tierra misma se estremecía conforme la parte superior del derrubio se derrumbaba sobre ellos, ganando velocidad e ímpetu con cada metro que avanzaba.

—¡Es una avalancha! —gritó Bearnas—. Todo el mundo bajen lo más que puedan y sosténganse de algo sólido.

Melcorka vio como la mitad de la montaña se aproximaba a ella, esa masa gris y negra bajó con estruendo, acelerando con cada metro que descendía. Por un momento se le quedó viendo, hipnotizada, luego se agachó e intentó escarbar un hoyo en el suelo delgado y suelto detrás de la roca para esconderse.

La avalancha ya estaba sobre ellos, con el rugido de cien dragones, chocando contra la gran roca y dividiéndose en dos corrientes feroces en cada lado, hasta que la presión de las alturas causó que derrubio se acumulara contra la roca, provocando que se desbordara.

El ruido era horrible, un rugido constante en que el chasquido de las rocas individuales se perdía en un océano de piedras en movimiento. Melcorka sintió un dolor punzante en el cuello cuando una piedra aterrizó sobre ella cuando completó su trayecto sobre la enorme roca que los protegía. Esa pequeña piedra pronto fue acompañada por otras que caían poco a poco hasta volverse una lluvia constante debido a la presión de la corriente que arremetía contra la cima de la gran roca.

Melcorka observó a su alrededor. Los Cenel Bearnas se estaban resguardando de la mejor forma que podían mientras la corriente de derrubios y guijarros y piedras rodantes se formaba en sus costados. Entonces vio hacia atrás y pudo ver un gran afloramiento de rocas a unos cincuenta metros detrás de ellos que estaba parcialmente inmóvil y acumulaba el despojo de la avalancha.

Melcorka logró agacharse de nuevo justo a tiempo para

esquivar una piedra del tamaño de su puño e intentó encogerse lo más que pudo. La acumulación del derrubio se estaba volviendo más profunda con el paso del tiempo, las piedras que se acumulaban sobre ellos a una velocidad alarmante. Pronto quedaron atrapados en una pequeña isla que se encogía poco a poco con flujo del mar interminable de derrubio.

—Mantente agachada —advirtió Bearnas—. Entre más alta esté tu cabeza más probable será que una roca errante te hiera.

Melcorka escuchó el grito antes de darse cuenta de lo que sucedió. Fino intentó moverse de su lugar cuando una roca errante la golpeó en la pierna, destrozándole la rodilla. Cayó de lado y la corriente derecha de la avalancha se la llevó. Melcorka la vio forcejeando dentro del derrubio, intentando escapar esas millones de piedras que caían en cascada sobre ella, algunas, tan grandes como su cabeza, le sepultaron su cuerpo herido. Sus gritos continuaron, se convirtieron en leves gimoteos y pronto se perdieron en el rugido de las piedras.

Como si hubiera cumplido con su deber, la avalancha comenzó a amainarse, su estruendo se convirtió en un refunfuño y luego, silencio.

—Perdimos a Fino —dijo la abuela Rowan en voz baja.

—Era su tiempo —Bearnas miró al resto de su grupo—. ¿Hubo alguna otra pérdida?

Además de unas cuantas cortadas, raspones y moretones, el grupo estaba ileso.

—Esas piedras no cayeron por su cuenta —Baetan miró hacia la cima, hacia la niebla esclarecida—. Alguien debió provocar la avalancha.

—O algo —dijo la abuela Rowan—. Hay cosas extrañas en la niebla.

—Escuchen —Baetan puso la mano sobre la empuñadura de su espada—. Las criaturas de la niebla no silban así.

Fue entonces que lo escuchó Melcorka, un silbido leve,

como de una flauta, se escuchó a los lados y a lo alto. En su subconsciente se había percatado de los sonidos y sólo ahora se dio cuenta de lo prevalente que eran.

—Gregorach —Bearnas envainó su espada lentamente—. Los hijos de la Niebla. Formen un círculo, Cenel Bearnas. No desenvainen.

—¿Quiénes? —preguntó Melcorka.

—Los Gregorach; los MacGregor, los hijo de Gregor, hijo de Alpin, una raza real que fue hurtada de su derecho real y sus tierras —la abuela Rowan se escuchó preocupada—. Desde que quedaron sin tierras han vivido como nómadas y marginados, vagando por las tierras de Alba; los reyes y lores los contratan para realizar asesinatos clandestinos. Si quieres que alguien realice tu trabajo sucio, cualquier asesinato o saqueo nocturno, los MacGregor son los mejores para el trabajo.

—¿Son peligrosos?

—Si alguien les pagó para matarnos entonces estamos muertos —Bearnas no se escuchó asustada—. Pero puede ser que sólo nos estén poniendo a prueba para ver quiénes somos.

El silbido continuó y luego se detuvo. Sólo se escuchaba el sonido del viento que soplaba entre las rocas, y el grito de un águila en lo alto de la montaña.

—¿Quiénes son ustedes? —una voz se escuchó estruendosa, no se sabía de dónde provenía—. ¿Qué asunto tienen aquí?

—Somos los Cenel Bearnas —respondió Bearnas. El desenvaine de su espada fue silencioso y siniestro sobre esa cuesta de derrubio—. Estamos cruzando estas tierras para visitar al rey.

—Bearnas —Baetan parecía tenso —nos tienen rodeados.

Melcorka miró alrededor; al principio no podía ver nada, luego se dio cuenta que algunas de las piedras no eran piedras; había movimientos en el derrubio, había un hombre parado ahí; no estaba solo.

Se elevaron del suelo, uno por uno, hasta que rodearon a los

Cenel Bearnas. Hace un minuto el suelo estaba vació, ahora había cincuenta hombres rodeando al pequeño grupo de isleños. Todos vestían camisas color piedra o cotas de malla grises, sus rostros estaban pintados con cenizas. La mitad blandía «claymores», las espadas de las Tierras Altas, y el resto portaba unos poderosos arcos cortos recurvados, con flechas de punta ancha que apuntaban a Bearnas y a su gente.

—Dejen sus armas o les disparamos —un hombre alto se separó de las filas Gregorach —. Me llamo MacGregor.

Melcorka se enfocó en él; apuesto de la muerte, con una ligera sonrisa que acentuaba su rostro saturnino y barbudo que sólo se remarcaba con su cabello que le llegaba al cuello. Su estatura era un poco más alta que los demás y su cuerpo era más esbelto que muscular, aun así su presencia era la de un hombre que demandaba respeto.

—Conservaremos nuestras armas —dijo Bearnas con cautela—, y por cada uno de los nuestros que mates, mataremos a cuatro de los tuyos.

Hubo un silencio tenso hasta que Bearnas habló de nuevo.

—Desenvainen —ordenó en voz baja—. MacGregor no está jugando. Tuvimos la mala suerte de cruzar Drum Albain cuando los Hijos se encontraban en ella.

Melcorka sintió la excitación al desenvainar a Defensor. La espada parecía más ligera que el día anterior y ahora era más fácil de maniobrar. Dio un paso adelante hasta que Baetan sacudió la cabeza.

—Quédate con nosotros Melcorka. No rompas el círculo —se escuchó nervioso.

Bearnas miró a su alrededor —. Bueno MacGregor, te toca la siguiente jugada en este juego de ajedrez.

—Bienvenida, Bearnas —la sonrisa de MacGregor era de puro placer—. Tu nombre es conocido en toda la tierra de Alba. ¿Hacia dónde se dirigen?

—Dun Edin —dijo Bearnas—. Tenemos un mensaje para el Rey.

—Real es mi linaje —la sonrisa de MacGregor no desapareció al dar una pequeña señal con su brazo derecho que hizo que los arqueros bajaran sus armas—. Los dejaremos cruzar Drum Albain sin peligro, Bearnas de los Cenel Bearnas.

—Madre, ¿cómo es que ese hombre conoce tu nombre? —preguntó Melcorka.

—No hagas preguntas, pequeña —dijo la abuela Rowan—, así no te dirán mentiras.

Melcorka entonces guardó la lengua entre los dientes y no dijo otra palabra.

Fue un trayecto de siete días para cruzar el corazón de granito de Alba, la presencia umbría de los Gregorach los seguían a modo de escolta al frente y a los lados. En ocasiones Melcorka lograba verlos; a veces se mezclaban con los precipicios de granito o se escurrían en la niebla que ahora declaraban como su hogar. Se comunicaban en silbidos en vez de palabras y caminaban sin emitir sonido alguno.

Avanzaron por salientes angostas cuyos suelos daban paso a una caída interminable al abismo, y los caminos serpenteantes que sólo los ciervos y los Gregorach conocían, donde un paso en falso significaría caer por una cuesta de granito. En la segunda noche se detuvieron en la cresta de una cumbre irregular, el viento arrastraba la lluvia del Oeste y el cielo del norte se manchó de un leve color naranja.

Melcorka se levantó, cautivada por la vista de cumbres que recorrían una serie de cordilleras que recorrían el horizonte—. Estas montañas son interminables —dijo Melcorka.

—Sí tienen fin —Bearnas dijo en voz baja—, pero en lugar de mirar al sur y al este Melcorka, mira las nubes del norte y dime, ¿qué es lo que ves?

—Veo un atardecer naranja —Melcorka respondió de inmediato.

—El sol se pone al oeste —señaló Bearnas—. Lo que ves es el reflejo de los incendios en las nubes del norte.

—¿Vikingos?

—Vikingos —Bearnas respondió sin emoción—. Parece que están quemando su camino al Sur de Alba —Bearnas siguió la línea de las montañas más adelante—. Debemos acelerar el paso o los vikingos llegaran poco después de nuestro mensaje —Bearnas tocó a Defensor—. Sigue tu entrenamiento Melcorka. Apenas hemos comenzado. Los vikingos son guerreros intrépidos y Alba se ha olvidado del arte de guerra.

—Andando entonces —Baetan desenvainó su espada—. Déjame mostrarte cómo se lucha sin tu espada mágica.

—Deja a Defensor —la abuela Rowan le arrojó su espada—. Usa la mía.

Baetan le sonrió a Melcorka a través de la hoja de su espada. Melcorka apretó la empuñadura de su espada prestada y le devolvió la sonrisa. Ambos vestían sus leine, la camisa de lino de la región, y unos pantalones que les llegaban a las rodillas, con los pies descalzos para plantarse firmes en el suelo húmedo.

Melcorka se agachó, realizó una finta a la izquierda y se dobló del dolor al recibir el bloqueo de Baetan. Tensó los músculos y realizó una estocada, Baetan la esquivó haciéndose a un lado.

Sus audiencias, tanto los Cenel Bearnas como los Gregorach se quejaron del espectáculo.

—Vamos, Melcorka —gritó la abuela Rowan—. Sé que puedes hacerlo mejor.

—Sí, vamos Melcorka —alentó Baetan—. Si yo fuera un vikingo ya estarías muerta.

Melcorka lo intentó de nuevo, esta vez realizó una finta a la derecha y luego a la izquierda antes de dar una tajada en las piernas de Baetan. Él saltó sobre la hoja y le dio un golpe certero con la parte plana de su espada en la espalda de Melcorka y se rió al escucharla gemir.

—¡Muerta de nuevo Melcorka! Nunca me vencerás.

Melcorka se talló la espalda, mostrándole un ceño fruncido a Baetan—. Eso no era necesario —le dijo.

—Todo se vale en el amor y la guerra —gritó Bearnas—. ¡Continúen! No seas amable con ella Baetan. Entre más rápido aprenda más grandes serán sus probabilidades de supervivencia.

Melcorka suspiró y se agachó de nuevo, Baetan le sonrió para provocarla. Esta será una larga noche.

Después de unos momentos los Gregorach se alejaron de lo que evidentemente parecía un duelo unilateral.

—No te detengas —ordenó Bearnas cuando Melcorka perdió el aliento por otro golpe de la espada de Baetan.

Cada noche, cuando los Cenel Bearnas dormían y los MacGregor se desvanecían en la oscuridad, Melcorka practicaba sus técnicas de combate, los hombres y mujeres de la isla se turnaban para enseñarles sus habilidades particulares. Melcorka sentía un crecimiento en sus habilidades, era más ágil, más atrevida con cada lección, aunque nunca logró vencer a Baetan. Cada noche, cuando daban fin a la última sesión desgarradora, Melcorka dormía el sueño de los exhaustos.

—Melcorka —Bearnas la empujó con un pie indolente una hora antes del amanecer del quinto día—. Eso hora de irnos.

El día les presentó más senderos minúsculos donde se podía ver hacia abajo para observar un par de águilas que volaban en círculos sobre los acantilados. Había más crestas filosas de granito resbaloso debido a las lluvias horizontales y donde el viento amenazaba con arrebatarlos del suelo y arrojarlos hacia el abismo. Había más cuestas con rocas sueltas que se deslizaban al pisarlas y los MacGregor que danzaban más adelante, con más seguridad en sus pasos que cualquier cabra de montaña. Había más paisajes espectaculares de crestas y cordilleras y glaciares vacíos donde el agua de los lagos misteriosos se vertía helada y tranquilamente bajo los cielos plomizos. Hubo más paradas en las cascadas que descendían por el costado de los riscos llenos de musgo o que rugían por los desfiladeros angostos, donde los serbales le daban sombra a estanques profundos y las truchas esperaban a pescadores ávidos y el agua era tan fría y cristalina como el hielo ártico.

El grupo se detuvo en la cuesta al norte de una colina con pasto que unas ovejas pardas habían pastado tanto que parecía tan resbaloso como el cristal, Melcorka apuntó al este, donde una colina cónica apuntaba a una estrella brillante en el cielo. Esa colina parecía llamarla, como si tuviera una fuerza atrayente.

—¿Qué es esa colina?

Baetan le cerró la boca con un dedo—. Calla, y no apuntes con el dedo; utiliza la barbilla si es necesario.

—¿Por qué?

—Ese es «Schiehallion» la colina sagrada de los Caledonios. No es un lugar al que debas apuntar, o referirte con algo que no sea miedo.

Melcorka analizó la colina; aunque estaba en medio de otras colinas, parecía sobresalir por su cuenta, su figura era única entre las cumbres filosas o suavizadas con el hielo.

—¿Por qué es sagrada? —preguntó Melcorka.

Baetan bajó la voz aún más—Ese es el hogar de los «Daoine Sidh», la Gente de la Paz.

—¿Las hadas?

Baetan dio un paso atrás, su rostro se palideció—. No utilices su nombre verdadero, pueden escucharte—. Baetan miró a los alrededores como si esperara ver a la Gente de la Paz emerger de las sombras.

—¿Acaso son tan peligrosos? —preguntó Melcorka.

—Es mejor que los evitemos —dijo Baetan.

—¿Pero quiénes o qué son?

—Nadie lo sabe —Baetan habló con seriedad —. Hay quienes dicen que son ángeles caídos que vinieron a la tierra, otros dicen que vienen de un reino espiritual, y otros creen que son los seres antiguos, personas que estuvieron aquí antes que nosotros los reemplazáramos. Sabemos que beben la leche de los ciervos y se roban a nuestros bebés, sabemos que viven bajo tierra o dentro de las montañas y sabemos que crean su propia música —Baetan se encogió de hombros—. Si nos mantenemos alejados y resguardamos a nuestros bebés hasta que los bauticemos, estaremos a salvo. Si los molestamos al utilizar su nombre verdadero entonces estaremos cortejando con un peligro que ni el acero podrá protegernos.

Melcorka escuchó en silencio, tal como lo hacía con todas sus lecciones—. Gracias Baetan —Melcorka acercó la mano a la empuñadura de Defensor pero no la tocó. De no ser porque Baetan dijo que el acero no los protegería de la Gente de la Paz, entonces no intentaría usar su espada.

Las cuestas de Schiehallion se desvanecían en el horizonte cuando los Cenel Bearnas se encontraron con un río tan largo que no podía rodearse. Melcorka miró a ambos lados pero no podía verle el fin al río; era un mar miniatura, con olas que se encorvaban y rompían en la orilla e islotes semiocultos a lo lejos.

—Hay un pequeño ferry que nos puede transportar de dos en dos —dijo MacGregor —o podemos viajar en estilo.

—Viajar en estilo —dijo Melcorka sin pensar.

MacGregor levantó un dedo de su mano izquierda y emitió un silbido largo y grave. Su gente, hombres y mujeres, lo acompañaron poco a poco hasta que Melcorka vio aparecer un pequeño «birlinn» detrás de uno de los islotes de madera.

Era una barca larga y baja, similar a Separaolas excepto que la proa y popa eran más pequeñas. Miró cómo se aproximaba, el agua se partía bajo su proa picuda y su docena de remos que transformaban al loch en un mar de espuma blanca. Un mástil solitario se elevó en medio del barco, con un bauprés que se recorría recto cerca de la cima, sujetado a las regalas con sogas gruesas.

—Es rápida —dijo Melcorka.

—Es la nave más rápida en todo el reino de Alba —MacGregor no intentó ocultar su orgullo—. Y es la más adaptada para el combate —se paró sobre una piedra cuadrada que se imponía dos metros sobre el loch y plantó sus pies en un hueco perfectamente cuadrado.

—Todos mis ancestros se han parado en este lugar por generaciones —dijo MacGregor—. Mucho antes de que hubiera reyes en Alba.

Mientras se aproximaba el «birlinn», MacGregor alteró el tono de su silbido y los remos salieron del agua. El birlinn se deslizó sobre la superficie y se detuvo a la perfección justo frente a donde estaba MacGregor. Subió al francobordo sin mojarse los pies.

Bearnas fue la siguiente en subir, y luego el resto de los Cenel Bearnas. Los remadores, hombres y mujeres de leine azul con gris, eran tan callados como el resto de los Gregorach.

—Llévennos al Sureste —ordenó MacGregor, y el timonero en la popa marcó el ritmo con un tambor enorme. Fue entonces que Melcorka vio a la mujer que estaba sentada en la popa, rasgueando las cuerdas de un harpa mientras el birlinn se deslizaba en las olas. Había un hombre a babor y otro a estribor sobre unas estructuras de madera, ambos estaban en constante vigilancia.

—Mis castillos flotantes —dijo MacGregor—. En una batalla mis hombres arrojan flechas y lanzas sobre cualquier enemigo.

—Esa es una buena idea —dijo Melcorka. Después de recibir el consentimiento de Bearnas, subió al castillo de proa y observó los alrededores. La vista era mejor y la cubierta de madera le otorgaba una plataforma amplia para luchar. Esta era otra pequeña lección del arte de guerra.

—¡Velas! —gritó MacGregor.

El sonido del lino anunció el descenso de la vela desde el bauprés. Melcorka sonrió al ver la insignia de un roble y una espada levantando una corona: puede que MacGregor sea un hijo de la Niebla pero claramente no teme anunciar su presencia en este loch.

Con la fuerza de la vela aumentando el poder de los remos, el birlinn aceleró en dirección al Sur, surcando el loch sin esfuerzo aparente por parte de los remadores. Melcorka vio cómo dejaban atrás un gran número de montañas, y luego viajaron a través de las islas dispersas, cada una rica en follaje denso y una que resguardaba un asentamiento religioso donde monjes amistosos se paraban bajo una cruz áspera y los saludaron a su paso.

—Babor, levanten remos; saluden de vuelta. Estribor, levanten remos: esperen.

Melcorka no pudo evitar sonreír ante la vista del barco al saludar a los monjes de la isla.

—Sigan remando —ordenó MacGregor y al instante los remos regresaron al agua. Siguieron navegando, más allá de la vegetación verde de las islas hasta la orilla sur del loch.

MacGregor apuntó al Este y al Sur —allá está Flanders Moss. Sólo los Gregorach conocemos los caminos secretos y senderos del pantano. Una vez que lo crucemos estarán por su cuenta.

Bearnas asintió—. Tu ayuda será apreciada MacGregor.

Melcorka nunca había visto algo similar a Flanders Moss. Era un pantanal cubierto de niebla que se extendía por kilómetros interminables, el Río Forth atravesaba su centro con una serie de vueltas erráticas y curvas que sólo confundirían a cualquier intruso, salvo a los expertos y sólo los MacGregor eran los expertos del lugar.

Una vez más hubo niebla que se elevaba de los estanques tranquilos y recorría las espirales del río, flotando sobre los vados y nublando en todas direcciones por lo que Melcorka no estaba segura en qué dirección estaba caminando. Sólo podía confiar ciegamente en MacGregor al seguir sus pasos.

—¿Acaso también hay monstruos en la niebla? —Melcorka le preguntó a la abuela Rowan, quien le sonrió.

—No que yo sepa Melcorka. Sólo hay Gregorach.

—Y aquí es donde los dejo —MacGregor mostró un extraño terreno de tierra seca al señalar al Este—. Esta es la planicie de Lodainn, con el mar escocés, el Fiordo de Forth al norte, donde desemboca el Río de Forth. Viajen al Este y llegarán a Dun Edin, donde el Rey se sienta en su trono.

Bearnas le extendió la mano—. Eres un buen hombre MacGregor. Si alguna vez necesitas un favor, sólo dilo y los Cenel Bearnas vendremos a ti.

MacGregor tomó su mano—. Si por alguna razón se encuentran al norte del Río Forth, busquen la niebla y ahí encontrarán a MacGregor —metió la mano en una pequeña faltriquera al costado de su cinturón y mostró dos pequeños silbatos de hueso—. Esto llamará a uno de mis hijos Bearnas. Guarda un silbato para ti y... —le arrojó un hueso a Melcorka—. Ese es para ti Melcorka, hija de Bearnas.

—Gracias, —Melcorka guardó el pequeño hueso en la faltriquera de su cinturón aunque dudaba que alguna vez lo llegaría a utilizar.

Bearnas tocó la cruz rota de su cuello cuando los Gregorach se desvanecieron en el pantanal de Flanders Moss. Se quedó mirando hasta que se convirtieron en un recuerdo, suspiró y se dirigió hacia el este, más allá de la tierra repleta de campos amplios divididos para el cultivo donde unos agricultores de pectorales amplios observaba a ese grupo de guerreros con sospecha preocupante.

—¿Cuán lejos queda Dun Edin? —preguntaba Bearnas a en cada asentamiento y villa que se encontraban y cada vez la respuesta indicaba menos tiempo que la anterior.

Luego una noche acamparon en las laderas del norte de las gentiles colinas de Pentland, su viento era suave sobre los brezos y las tierras al Este y Oeste estaban repletas de cultivos fértiles.

—Sólo dos centinelas esta noche —decidió Bearnas—, y quiero que todos estemos listos antes del amanecer. Mañana a esta hora estaremos en la entrada del palacio real, dándonos un festín real de puerco y aguamiel. Habrá arpistas tocando sus bellas melodías y sennachies reales para entretenernos con mentiras del pasado.

—No más campamentos en la lluvia, colinas ventosas y noches empapadas —prometió Baetan—. Le informaremos al Rey sobre los Vikingos y llamará al ejército —sonrió—. Y luego veremos lo valientes que somos.

—Ve a dormir —Bearnas le dijo directamente a Melcorka—. Mañana conocerás al Rey.

Melcorka sintió unos nervios repentinos. Sabía que sólo era una chica isleña sin experiencia con la espada o en el arte de la guerra. No tenía nada que ofrecerle al Rey, nada que mostrar. Había viajado por el reino de Alba para ver a un hombre que no sabía que existía en sus pocos años de vida. Y mañana se vería con él frente a frente; el rey con toda su gracia y ella con sólo lo que llevaba puesto.

Melcorka respiró profundo y miró a Defensor. También tenía su espada. Se sentó, incapaz de controlar sus pensamientos, hasta que Bearnas le puso su mano fría en la frente—. Descansa Melcorka. Sucederá lo que tenga que suceder y todo saldrá mejor si estás descansada.

Melcorka miró a los ojos de su madre y sonrió. No le quedaban dudas cuando Bearnas estaba presente.

—¡Ahí está! —la abuela Rowan apuntó al horizonte y todos los Cenel Bearnas dejaron lo que estaban haciendo para mirar al este.

El sol naciente contorneó Dun Edin, el fuerte de Edin que fue construido sobre una gran piedra en la cima de una cresta empinada. Con la silueta negra que contrastaba con el amanecer y el cielo púrpura que se desvanecía lentamente, las almenas de la fortaleza real estaban escuetas por su simplicidad. Los muros seguían el contorno del cuello volcánico como si la fortaleza fuese orgánica, una adición a la roca viviente sobre la que se construyó. Recorriendo la cresta desde la fortaleza hasta la colina en forma de león a más de un kilómetro al Oeste estaba el pueblo, el más grande de Alba. A pesar de la hora temprana se podían ver el humo que emergía de las casas en unas columnas amistosas de color azul.

—A los buenos vecinos de Dun Edin les gusta levantarse temprano —dijo Bearnas con una sonrisa—. No hay dormilones en la presencia del Rey.

Melcorka aseguró la hebilla que sostenía su espada, lamió la palma de su mano y se embarró el cabello para disimular que lo tenía bajo control para controlar sus nervios.

La abuela Rowan liberó una ligera risita—. Te ves bien, querida. Somos los portadores de malos presagios; ¿realmente crees que al Rey le interés cómo cuida su cabello la más joven entre nosotros?

—Quizás lo haga —Melcorka se defendió—. No quiero traerle vergüenza al grupo.

Otros en el grupo acompañaron a la abuela Rowan en su carcajada estruendosa, luego Bearnas intervino—. Nunca harás eso Melcorka —Bearnas tomó su posición al frente de la hilera y comenzaron su última marcha hacia Dun Edin.

—Esperen a ver el castillo real —dijo Baetan—. Seda y satín y oro, con sillas acolchonadas y mesas repletas de fruta y los mejores cortes de venado; salmón de los ríos y un grupo de bellas mujeres que...

—Dudo que me interesen las mujeres bellas —Melcorka respondió con una aspereza en su voz.

—Por supuesto que no —dijo Baetan con una sonrisa—, ¡pero sí me interesan a mí! ¿Quizás una corte de hombres apuestos sean más de tu agrado?

—Deja de molestarla —Bearnas gritó sobre su hombro—. Es demasiado joven para esa clase de cosas.

—¡Madre! —rezongó Melcorka, lo cual causó gran deleite entre los Cenel Bearnas.

—Tú ya estabas casada a su edad —dijo la abuela Rowan—. Y él no fue tu primer hombre —le dio un leve codazo en el hombro y los demás en la hilera se echaron a reír—. Ni el segundo... ¡ni tu tercero!

—¡Madre! —Melcorka rezongó escandalizada de nuevo.

—Hay muchas cosas que no sabes de tu madre —dijo la abuela Rowan—. Y mucho de eso nunca lo sabrás.

Alguien comenzó a cantar, y los demás acompañaron la lírica después de la primera estrofa y dominaron la planicie de Lodainn con la música del lejano Oeste al cruzar por las granjas tranquilas y las pequeñas aldeas que rodeaban las iglesias de paja o las enormes casas de madera de los terratenientes.

—¡Ahí está! —la abuela Rowan señaló la fortaleza de piedra que se sentaba sobre la roca viviente—. Ya casi llegamos.

Debajo de la fortaleza y extendiéndose por la cresta extensa hasta la colina en forma de león –que la gente nombró la Silla de Arturo-estaba el pueblo de Dun Edin, el cual estaba silencioso. Unos cuervos negros volaban en círculos alrededor del humo que emergía punzante sobre los techos de paja.

—Algo anda mal —dijo Bearnas—. Algo está muy mal aquí —levantó la mano para detener al grupo—. Baetan, realiza reconocimiento. Lleva a Melcorka contigo; necesitará la experiencia. Nos quedaremos en esa arboleda —Bearnas señaló un pequeño grupo de robles.

Baetan le asintió a Melcorka, se aseguró que su espada estuviera sujetada en su cinturón y dirigió la marcha en un trote rápido y esquivo.

Encontraron el primer cuerpo al aproximarse a la colina como Silla de Arturo.

—La asesinaron por la espalda —Baetan habló sin emoción al observar el cuerpo de la mujer —. ¿Ves cómo cayó? Alguien le dio un hachazo en la coronilla.

Melcorka observó el cuerpo desplomado. Debió tener unos treinta años, tenía un rostro delgado y arrugado. Su boca estaba abierta como si emitiera un grito silencioso y permanente. Continuaron avanzando con cautela.

—¿Quién pudo haber hecho eso? —preguntó Melcorka.

Baetan no respondió. Su rostro estaba pálido.

El segundo cuerpo estaba unos pasos más adelante, y el tercero justo después. Luego se encontraron con una familia entera; un hombre, una mujer y tres niños, todos fueron asesinados mientras huían.

—Vamos Melcorka —Baetan ya no se detuvo a examinar los cuerpos que incrementaban alarmantemente conforme se acercaban al pueblo. No había señales de batalla ni resistencia, sólo de matanza y masacre. Todos los muertos eran civiles indefensos.

—Ten cuidado —Baetan se escuchó tenso. Se pararon frente a la estacada delgada que actuaba como barrera defensiva y miraron la calle principal y sus numerosos callejones que se precipitaban en ángulos rectos en ambos lados del camino.

Las casas habían sido destruidas o aún liberaban el humo de los incendios recientes, la calle estaba repleta de cadáveres. Incluso aquí, tan cerca de la fortaleza real, la gran mayoría de los cuerpos eran de civiles, además de uno que otro guerrero, tanto de Alba como del norte.

—Los nórdicos tomaron el pueblo —no había emociones en la voz de Baetan—. Los nórdicos han capturado Dun Edin.

Melcorka señaló los dos vikingos muertos que logró distinguir—. Por lo menos algunos pagaron el precio.

—No los suficientes, ni por un poco —dijo Baetan—. Debieron tomarnos por sorpresa —se sacudió la cabeza—. Sólo espero que la fortaleza haya sobrevivido. Vamos Melcorka — Baetan se escabulló por las aberturas que se habían creado en la estacada—, mantente cerca y por el amor de Dios mantén tu mano en la empuñadura de tu espada.

El dúo se movió con cautela, escabulléndose entre las casas al avanzar por la cresta larga que consistía el pueblo de Dun Edin. Cada edificio revelaba nuevos horrores llenos de muerte y cuerpos mutilados; mujeres, hombres y niños, incuso perros y gatos yacían atascados en el suelo con su propia sangre coagulada.

—Los vikingos no conocen la piedad —Baetan dijo en voz baja. Había una ligera línea de sudor en su rostro.

Melcorka asintió, incapaz de hablar. Las escenas fueron idénticas a la aldea que descubrieron en el norte, excepto que aquí era cien veces peor.

La fortaleza real miraba desde arriba al pueblo, sus muros de piedra aparentemente impenetrables, su torre alta que encapotaba la planicie de Lodainn y más allá, sus muros que se elevaban a lo alto desde el risco en cada lado excepto uno, donde un puente levadizo cruzaba una profunda zanja defensiva.

—Será difícil capturar eso —Baetan analizó la fortaleza con una mirada experimentada.

—El Rey debe estar adentro, esperando su oportunidad para lanzar un contraataque —Melcorka dijo esperanzada.

—Quizás —dijo Baetan—, pero los estandartes reales no están elevados. El jabalí azul de Alba debería mostrarse en donde sea que resida el Rey.

—¿Deberíamos continuar?

Baetan asintió—. Con mucho cuidado. Esos nórdicos no eran unos simples saqueadores sino guerreros experimentados —Melcorka nunca lo había escuchado tan nervioso.

El dúo avanzó de nuevo, Melcorka siguió de cerca los movimientos de Baetan, manteniéndose en la sombra de los edificios mientras se aproximaban a la cima de la cresta empinada. Melcorka se retorció al pasar por una iglesia, donde dos monjes habían sido crucificados en una puerta sólida de madera.

Uno seguía vivo y gimió cuando los vio.

—Debemos ayudarlo —dijo Melcorka al ver cómo el hombre se retorcía en sus ataduras y les mostraba una mirada agonizante.

—Lo haré —dijo Baetan—. Será mejor que apartes la mirada —le dio una estocada en el pecho—. Si lo hubiésemos desatado —explicó—, sufriría por horas antes de morir lentamente.

Melcorka no respondió. No podía mirar al hombre muerto. Sintió náuseas.

La cresta incrementó su pendiente al acercarse a la fortaleza.

—Mira —señaló Baetan— el puente levadizo está abierto —el estrépito de su espada contra el muro de roca de una casa pareció resonar como el estruendo de los címbalos. Melcorka desenvainó a Defensor. El poder de la espada comenzó a recorrer sus hombros. Cerró los ojos en señal de alivio al sentir cómo el miedo se iba de su cuerpo al recibir un nuevo valor de la espada.

—¡En marcha Baetan! —Melcorka apoyó a Defensor sobre su hombro—, yo lideraré.

Baetan la tomó del brazo—. Quédate detrás de mí —Melcorka nunca lo había visto tan nervioso—, los nórdicos podrían estar adentro.

Sus pasos hicieron eco sobre los tablones del puente levadizo, emitiendo un fuerte chasquido al pisar la roca viviente del otro lado. La portería se elevaba sobre ellos, de roca escueta y hogar de tres hombres de la guardia. Yacían muertos, decorando el suelo de pierda.

—¿Cómo lograron hacer esto los vikingos? —preguntó Baetan. Miró a su alrededor. —En el nombre de Dios, ¿qué sucedió aquí? ¿Cómo lograron pasar a los guardias?

Melcorka sacudió la cabeza—. No lo sé. Vamos a cazar unos vikingos.

—Me preocupa más que pudieran estar cazándonos a nosotros —dijo Baetan—. ¡Mantente cerca y por el amor de Dios no hagas nada a menos que yo te lo diga!

La fortaleza seguía la figura del volcán, elevándose con un monte basáltico central donde residía el salón real. Lo rodeaba un muro de cuatro metros de alto, con un escalón defensivo y almenas, el interior estaba repleto de edificaciones, algunas de piedra, otras de madera. Las moscas volaban multitudinarias en forma de nubes horrendas, zumbando sobre docenas de cuerpo, alimentándose de su sangre y carne mutilada. Un perro se escabulló cerca, con el hocico enrojecido y una mirada culposa. Lo dejaron ir.

—No hay vikingos —Melcorka dijo decepcionada.

—No hay nadie —dijo Baetan—. No hay nadie con vida; sólo hay muertos. Busca en las casas.

Investigaron las casas una por una, encontraron un guerrero muerto por ahí, a una mujer por allá, unos cuantos ancianos con las cabezas destrozadas—. Heridas de hacha —dijo Baetan—. Los mataron porque no les eran valiosos.

—¿Valiosos?

—Esclavos —dijo Baetan—. Es por eso que hay tan pocos muertos; los vikingos se los llevaron como esclavos —Baetan miró hacia el salón real—. Sólo nos queda un lugar por visitar; vamos Melcorka.

La puerta estaba abierta, se mecía gentilmente con la brisa sempiterna. Baetan entró primero, seguido de cerca por Melcorka.

El interior era todo lo que le habían prometido a Melcorka, tenía un estrado elevado donde reposaba el trono esculpido del Rey y tres mesas largas que recorrían el largo del salón. El interior había sido decorado con ramas verdes y flores, las cuales yacían marchitas y descoloridas, mientas que los restos de comida sobre las mesas y el suelo indicaban que se había preparado un banquete.

—Esto es lo que sucedió —supuso Baetan—. Este fue un festín. Sospecho que el Rey preparó un festín para recibir al grupo de vikingos en señal de paz y amistad. Los nórdicos los acompañaron en la mesa con el resto de la corte real y los traicionaron.

Melcorka se estremeció —. ¿Harían algo así?

—La traición es la segunda naturaleza de los vikingos —Baetan pateó una manzana mordida que yacía en el suelo—. Sólo hay una manera de saber si un vikingo no miente.

—¿Y cuál es esa? —preguntó Melcorka.

—Que no está hablando —Baetan no sonrió por su propia broma —. No tienes experiencia con ellos Melcorka, sólo recuerda que para ellos engañar a sus enemigos es casi tan importante como el valor mismo. Entre más sonrían y hagan promesas, más se preparan para matar.

Melcorka miró en el interior del salón las mesas volteadas y los restos de las festividades, comida aplastada y esperanzas rotas. Había un cuerpo debajo de la mesa, un pequeño que no podía tener más de ocho meses de edad—. Lo recordaré.

—Será mejor que regresemos con Bearnas —dijo Baetan—. Espero que ella sepa qué hacer ahora.

Bearnas escuchó sus recuentos. —Saquearon Dun Edin pero no le hicieron nada a la planicie de Lodainn, hasta ahora. Capturaron al Rey y a su corte y desembarcaron un ejército en el norte —Bearnas suspiró—. Esta fue una operación bien planeada. Capturar al Rey y a los nobles dirigentes mientras el ejército principal asola su camino hacia el Sur.

—¿Pero por qué no le hicieron nada a la planicie de Lodainn?

—Esta es una de las zonas más dóciles y fértiles de Alba —dijo Bearnas—. ¿Para qué arruinar un área que pronto te pertenecerá?

—Eso es lo que pensé —dijo la abuela Rowan—. Esté no es un saqueo o una guerra. Se trata de una conquista. Los nórdicos desean apoderarse de Alba.

—Yo creo que ya lo hicieron —dijo Baetan—. Con el Rey muerto o como esclavo, y con su corte y oficiales mayores desaparecidos, no hay nadie más que pueda organizar una resistencia.

—Excepto nosotros —dijo Melcorka.

Bearnas y Baetan la voltearon a ver mientras la abuela Rowan se daba la vuelta para ocultar su sonrisa.

—Eres muy joven —dijo Baetan—. Será mejor que nos

vayamos de Alba, vayamos a Erin o incluso a la tierra de los Sajones, por más bárbaros que sean.

—Te rindes muy rápido —dijo Melcorka con aspereza.

—Bearnas —Lachlan barba blanca levantó la mano—. Tenemos compañía —apuntó al Oeste.

—¿Cuántos? —Preguntó Bearnas sin titubear.

—Yo diría que unos doscientos jinetes vikingos y unos mil marchando a pie, se dirigen hacia acá.

Bearnas se levantó—. Es hora de irnos.

—¡Podemos enfrentarlos! —Melcorka tocó la empuñadura de Defensor—. No podemos seguir huyendo.

—No podemos contra un número tan grande —dijo Bearnas—. Nosotros somos quince y sólo Baetan es un guerrero en su apogeo —Bearnas calmó las protestas de Melcorka con un ceño fruncido—. ¡No discutas conmigo niña! Conozco una fortaleza donde podremos decidir qué hacer.

Baetan mostró su perplejidad.

—El Castillo Gloom —dijo Bearnas. —Ni siquiera los vikingos más intrépidos lograrían encontrar esa fortaleza, e incluso si lo hicieran, nunca se la podrían arrebatar al Condestable.

—El nombre no me parece acogedor —dijo Melcorka.

—Tampoco Lodainn, al parecer —le dijo Bearnas.

—Los nórdicos se aproximan de prisa —advirtió Lachlan.

—Síganme —Bearnas dijo en voz baja, se levantó y emprendió un trote rápido hacia el norte, en dirección a la costa del mar, una ensenada conocida como el Fiordo de Forth. Los demás la siguieron, Baetan retomó su lugar en la retaguardia, a una docena de pasos detrás de Melcorka.

Mantengan un paso firme —dijo Bearnas sobre su hombro —, no se detengan.

El suelo hacia el norte se transformó en una empinada, cubierta de arboledas y asentamientos aislados que hasta ahora no habían recibido la visita de los nórdicos. Varios hombres y mujeres vieron pasar a los Cenel Bearnas, se veían estoicos e indiferentes, preocupados sólo por el pequeño pedazo de mundo en el que vivían, la firmeza de los surcos de arado, el peso de los granos o la producción de leche de una vaca. A menos que el mundo exterior les afectara de algún modo, lo ignorarían con la esperanza de que no los perturbaran.

Más allá de la planicie de Lodainn, el Fiordo de Forth se extendía brillante y azul más allá de los pantanales de Flanders Moss hasta el frío del Mar Oriental. El área más fértil de todo Alba, era una mezcla de campos de arado y bosques, hogar de cientos de casas e iglesias con techo de paja.

—Es difícil creer que una guerra se aproxima —dijo Melcorka. —Este Lodainn es tan diferente a los riscos y colinas de nuestra isla —incluso mientras hablaba sintió la vibración de miles de hombres en marcha y escuchó el retumbo de la música marcial.

—¿Esos son los nórdicos? —le preguntó a Baetan—. ¿Es ese otro ejército nórdico?

Baetan mostró una confusión obvia.

—Escuchen —Melcorka alzó la voz—. ¡Escúchenme todos! Hay otro ejército aquí.

Bearnas alzó la mano y la fila se detuvo.

La vibración en el suelo se incrementó y el sonido se volvió más fuerte.

Ese es un segundo ejército —confirmó Bearnas—. Y proviene del Oeste —apuntó hacia una loma llana que se elevaba unos treinta metros sobre la planicie—. Melcorka, sube y dime lo que está sucediendo; ¡de prisa niña!

Melcorka corrió por el pasto resbaladizo hasta la cima de la loma. Primero volteó hacia el Sur, donde el ejército nórdico había cambiado de dirección. En vez de seguir a los Cenel Bear- nas, avanzaron al Oeste y se reforzó con cientos de infanterías.

Marcharon decididos con la caballería en la caravana y rangos, cada tercer infante portaba un arco. Los otros infantes blandían lanzas, hachas o espadas largas. Al frente cabalgaba un pequeño grupo de hombres que abanderaba el estandarte de un cuervo negro de alas caídas. Melcorka intentó contarlos, agrupándolos en decenas y luego en centenas, deteniéndose cuando llegó a treinta.

—Treinta veces cien; eso significa que hay tres mil infantes; además de la caballería —Melcorka sacudió la cabeza—. No sabía que había tanta gente en el mundo —volvió a sacudir la cabeza y volteó al Oeste, por donde se aproximaba el segundo ejército.

El número del segundo ejército era mucho mayor, cientos y cientos de hombres marchando en grupos y legiones, cada uno portaba estandartes diferentes, coloridos, valientes y desafiantes. En la delantera –rodeado de un grupo de bailarinas y músicos-cabalgó un grupo de tres hombres que abanderaban el mismo estandarte –un jabalí azul sobre un fondo amarillo-. El hombre de en medio era alto y con una barba pequeña, mientras que sus acompañantes eran mayores, musculosos y portaban unas hachas enormes.

—Ese es Urien, el tío del Rey —Baetan acompañó a Melcorka a la cima de la loma—. Y este —recorrió la mano sobre el grupo inmenso de hombres—, debe ser el ejército real de Alba —esa fue la primera vez que había sonreído en el día—. ¡Ahora los vikingos verán que Alba no sólo tiene cortesanos sumisos, mujeres, aldeanos y pueblerinos indefensos!

El ejército marchó furioso por los campos fértiles en sus grupos innumerables, cantando y entonando desafíos al paso de los hombres que blandían una gran variedad de armas.

—Esos son demasiados soldados —dijo Melcorka.

—Lo son —coincidió Baetan.

—¿Lucharán? —preguntó Melcorka.

—Lucharán por el jabalí azul de Alba —dijo Baetan—, y morirán por el jabalí azul de Alba.

—No nos uniremos a la batalla cuando ésta inicie —decidió Bearnas cuando vio a ambos ejércitos—. Nuestros números son insignificantes en una batalla de miles.

—¡Quiero luchar! —dijo Melcorka al tocar la empuñadura de Defensor.

—Ya tendrás otras oportunidades —dijo Bearnas tranquilamente.

—Pero esta batalla podría terminar la guerra —protestó Melcorka.

—Reza por que eso sea cierto Melcorka, aunque no creo que ese sea el caso —Bearnas removió la mano de Melcorka de su espada—. Mira y aprende pequeña.

—Ya no soy una pequeña —la protesta de Melcorka se vio interrumpida cuando la abuela Rowan se echó a reír y le puso dos dedos sobre los labios.

—Serás menos pequeña después de hoy —le dijo a Melcorka.

Los nórdicos enviaron a un batallón de cincuenta guerreros adelantándose a caballo en dirección hacia el ejército Albano mientras el resto continuaba su marcha despiadada.

Los albanos vitorearon al ver la caballería nórdica, blandieron sus armas y elevaron un gran grito de desafío. El ejército se dispersó por la planicie, cada grupo iba liderado por su estandarte, la mayoría blandía lanzas o armas que Melcorka supuso que fueron fabricadas a base de herramientas de arado; o espadas largas que parecían no tener filo o que estaban oxidadas por la falta de uso. La mirada de Melcorka fue atraída por un hombre alto pelinegro que montaba un caballo blanco en medio de una centena o más de jinetes. Vestido en una chaqueta acolchada verde y blandiendo una lanza corta y una espada que quizás fueron utilizadas en los tiempos de su abuelo, el hombre pelinegro cabalgó con una confianza evidente incluso desde esa distancia. Y luego Melcorka miró hacia el frente del ejército, donde un pequeño número de hombres esperaban con espadas desenvainadas o con hachas en las manos.

—Esos son los campeones —explicó Baetan—, los mejores luchadores de los clanes. Ellos darán el ejemplo y esperan morir y ser recordados por la gloria de sus acciones.

Melcorka asintió; cuando tocó a Defensor comprendió el camino de un héroe. Era una buena forma de ser recordado.

Los Cenel Bearnas observaron cómo el grupo de avanzada nórdica rodeó al ejército albano, manteniéndose a distancia de la lluvia de hondas y lanzas que tamborileaban en el suelo cercano. Cabalgaron rápidamente con lanzas cortas rebotando en la montura; arcos y espadas largas sueltas en sus vainas, provocaron a los albanos con su presencia y se retiraron, manteniendo una sombra vigilante a unos cien pasos del ejército albano.

Más y más albanos emergieron conforme el sol llegaba al último cuarto de su vida e iniciaba su lento descenso en el Oeste.

—No tenía idea de que hubiera tanta gente en el mundo —dijo Melcorka.

—Un gran ejército —la abuela Rowan habló en voz baja—, es difícil de comandar.

—Anochecerá dentro de cuatro horas —dijo Bearnas—. La oscuridad le dará la ventaja a los albanos; ellos conocen el terreno mejor que los nórdicos.

La caballería nórdica galopó frente a las filas del ejército albano y luego regresó a su fuerza principal sin prisa. Mientras observaba Melcorka, los nórdicos se detuvieron en una loma arbolada y formó tres hileras de infantería, la caballería tomó su posición en los flancos. Comparado con el ejército estridente albano, ellos estaban ominosamente callados, salvo por las órdenes broncas de un pequeño grupo de líderes abanderados con el estandarte del cuervo de alas caídas. Una vez que entraron en formación se pararon, en espera, mostrando frente con sus escudos circulares y pintados a los lados.

—Se ven testarudos —dijo Melcorka.

—Se ven bastante peligrosos —Baetan se escuchó nervioso de nuevo.

Los albanos avanzaron de prisa, vitoreando, gritando, blandiendo sus espadas mientras gritaban desafíos para alentarse entre ellos e intimidar a sus enemigos. Los campeones avanzaron valientes en el frente, algunos resplandecían con sus tartanes brillantes decorados con joyerías ornamentales, otros vestían sus cotas de malla y cascos, o con el pecho desnudo y un kilt corto. Detrás de ellos los músicos resonaban los cornos o chasqueaban los címbalos mientras los sennachie contaban orgullosos las largas historias de batallas antiguas.

Detrás del estandarte del cuervo, el más alto de los vikingos retumbó un cuerno montado plateado y la infantería se dividió en dos hileras al frente para formar un cuadrado y la tercera hilera se conformó de caballería. Con otro retumbo la primera hilera presentó sus escudos en forma de barrera interconectada, se extendían dos escudos de alto que recorría toda la formación. El sol se reflejó en los escudos de metal.

—Un muro de escudos —dijo Bearnas calladamente —esperarán a recibir la carga de los albanos, espada contra espada y hacha contra hacha.

El estruendo de los albanos incrementó conforme se aproximaban a los nórdicos, blandiendo sus armas, con los estandartes en los aires y una ola de entusiasmo. Formaron un gran arco frente a los nórdicos, superándolos en número dos a uno, y se detuvieron con el barullo que incrementó para formar un poderoso torrente que ascendió hasta los cielos.

—Si sólo se necesitara de ruido los albanos ya habrían ganado la guerra —dijo Bearnas.

—Deberían ser capaces de abrumar a los nórticos —Melcorka no podía contener su entusiasmo.

—Observa —Bearnas dijo calladamente—. Hemos olvidado lo que habíamos aprendido la última vez que luchamos contra los vikingos —suspiró—, esta será una dura lección que asumir Melcorka. Es sabia la mujer que se mantenga alejada de esta batalla.

—¡Nos los comeremos vivos! —Melcorka estiró el cuello para observar lo que esperaba que fuera una masacre—. Luego los nórdicos del norte se irán de regreso a sus tierras.

—Tal vez sea así —Baetan no se escuchó tan confiado como sus palabras sugerían.

El ejército albano guardó silencio repentinamente. Los abanderados elevaron sus estandartes y los campeones avanzaron con orgullo y bravura.

—Nórdicos —gritó uno de los campeones, su voz se elevó sobre los aires—. Mi nombre es Fergus de los «Cenel Gabrain» y les desafío a que me enfrenten a un combate justo o que se marchen de esta tierra.

Un gran vitoreo emergió de los rangos albanos, pronto se detuvo, y de inmediato vino la respuesta de los nórdicos. Una sola palabra, fuerte y clara, repetida una y otra vez.

—¡Odín! ¡Odín! ¡Odín!

Melcorka quedó atónita al presenciar cómo el cuervo del estandarte nórdico se transformaba. Las alas se enderezaron y extendieron y su cabeza caída se estiró, abriendo el pico como si estuviera a punto de atacar. Los vikingos emitieron un rugido, como el ladrido de un perro y chocaron las espadas contra los escudos en un redoble rítmico y constante.

—¿Vieron la bandera?

Baetan asintió—. Ese es el Estandarte del Cuervo —dijo

solemne—. Se dice que los nórdicos nunca perderán una batalla cuando el cuervo extiende sus alas.

El redoble se detuvo de repente y los arqueros dentro del muro de escudos apuntaron alto, tiraron de sus cuerdas y dispararon, acompañados por los otros que se habían escondido en las lomas arboladas de cada lado.

Melcorka vio las flechas elevarse a centenas, suspendidas en el aire momentáneamente antes de descender sobre los rangos albanos. Antes de que la primera oleada oscureciera los cielos, fue seguida por un segundo ataque, luego por otro cuando la primera lluvia silbó hasta caer sobre la tierra de los albanos. Una serie de gritos se escuchó cuando los hombres que estaban impacientes por pelear hace tan sólo unos momentos se miraban horrorizados y atónitos por las monstruosidades emplumadas que brotaban de sus pechos y estómagos, brazos y piernas.

—¡Cobardes! —la voz de Fergus de los Cenel Gabrain se escuchó mientras las flechas continuaban su vuelo, debilitando los rangos albanos poco a poco. Los campeones elevaron sus espadas y avanzaron corriendo hacia los nórdicos, aullando sus lemas y atacando contra los escudos de madera de tilo.

La hilera frontal de los vikingos se estremeció bajo la fuerza bruta del asalto y algunos de los nórdicos se vieron forzados a retroceder unos pasos. Melcorka claramente vio cómo una espada albana cortó a través de un escudo nórdico, partiéndolo del centro, luego el albano avanzó, liberando su espada para dar una estocada; una fuente de sangre chorreó por los aires, manchando al albano de carmesí mientras levantaba la cabeza para anunciar su triunfo. Un segundo campeón albano se estrelló contra el muro de escudos, luego uno más, las espadas arremetían de arriba abajo, pedazos de madera de tilo volaban por los aires como aserrín que despojaba un carpintero demente conforme se doblegaba la hilera nórdica.

—¡Estamos ganando! —Melcorka fue a buscar la empuñadura de Defensor.

—Observa —Bearnas le detuvo la mano.

Una lanza nórdica emergió entre el muro de escudos, penetró a Fergus y se escabulló. Fergus miró hacia abajo para ver sus intestinos caer lentamente del estómago, luego aulló su consigna mientras caía sobre sus entrañas horribles y sangrientas, agonizando sin dejar de pelear. Más nórdicos dieron estocadas con sus lanzas desde la seguridad de los escudos, eligiendo sus objetivos, matando, mutilando y debilitando la fuerza de los albanos. Al mismo tiempo los arqueros continuaban sus asaltos, disparando una lluvia constante de flechas que silbaban en el aire hasta caer sobre el ejército albano, matando, hiriendo, mutilando y debilitando con el paso de los minutos. Mientras observaba, Melcorka se dio cuenta que el suelo estaba lleno de soldados muertos, algunos por una flecha solitaria, otros recibieron tantas que parecían erizos.

Otro campeón cayó víctima de un hacha nórdica que le cortó por debajo de los escudos, privándolo de sus piernas. El campeón gritó al caer, agitando su espada hacia los vikingos con una ira impotente.

Se escuchó una sola palabra del comando nórdico y el retumbo de un cuerno de vaca, el muro de escudos avanzó parejo hacia las masas albanas.

—Bearnas; debemos ayudarlos —suplicó Melcorka—. Si lanzamos un ataque por la retaguardia quizás podríamos distraerlos.

—Somos menos de veinte personas; un guerrero, una cachorra, y trece viejos o ancianos. Allá hay más de tres mil guerreros nórdicos, disciplinados y en su apogeo. Quédate quieta; mira y aprende. Más adelante le darás uso a tu espada, te lo prometo.

El cuerno nórdico se escuchó de nuevo y el muro de escudos continuó avanzando, cada paso venía acompañado de un grito ronco. Ahora quedaban pocos campeones albanos, cada uno luchaba fieramente contra los escudos entrelazados, en todo momento el Estandarte del Cuervo los miraba desde arriba, con la boca abierta y aleteando sus alas, alentando a los guerreros nórdicos a realizar mayores hazañas.

Incluso cuando caían en masa, los albanos emitieron un rugido estruendoso. Sus estandartes se alzaron de nuevo, el Jabalí Azul de Alba, el Gato Descontrolado del Clan Chattan y los otros estandartes valientes y desafiantes que le hacían frente a los guerreros disciplinados que habían capturado a su Rey y sometiendo a los habitantes de la capital a la esclavitud.

A pesar de sus pérdidas, a pesar de la muerte de todos salvo uno de sus héroes, los albanos se unieron de nuevo, caminando sobre sus muertos y retirando a sus heridos que se retorcían de dolor. Blandieron sus armas, realizaron un grito largo que mezclaba el dolor, ira y enojo y retomaron la marcha. El Jabalí Azul estaba en la caravana, sostenido en el aire por un campeón con sangre en su rostro y el mango de una lanza brotando de su costado. Una vez más Melcorka vio a ese joven pelinegro con la chaqueta acolchada y la espada desgastada. Estaba de pie con el resto del ejército que seguía vivo y luchando, pero ahora la batalla parecía estar en su contra. Los albanos arremetieron contra el muro de escudos como una marejada humana, una horda de hombres gritones que atacaban con sus espadas y báculos, hachas y manguales contra la doble fila de escudos, lanzas delgadas y espadas largas.

Por cinco minutos los albanos cortaron y chocaron contra los escudos, los hombres del frente caían víctimas de las espadas y lanzas mientras que la retaguardia seguía recibiendo la lluvia constante de flechas. Melcorka vio al Jabalí Azul a pocos metros del Cuervo; el estandarte real de Alba enfrentaba su hocico contra el pico del símbolo nórdico. Luego el Jabalí se retorció y cayó, ondulándose en medio del enorme vitoreo de los nórdicos y los quejidos desesperanzados de los albanos.

El hombre pelinegro seguía de pie, aún luchaba con el resto. Aunque sus hombres caían a su alrededor, él parecía inmune, un guerrero bendecido en medio de la batalla. Los albanos continuaron luchando, teniendo el éxito ocasional al lograr herir o hasta matar a uno de los nórdicos, pero cada escudero que eliminaban se veía reemplazado de inmediato y las filas se mantenían intactas gracias a las órdenes del cuerno. Luego el muro de escudos avanzó de nuevo, las espadas nórdicas se asomaban por arriba, las hachas por debajo y cada vez más albanos caían en cúmulos amontonados sobre el suelo manchado de sangre de la planicie de Lodainn.

—¡Odín! —Esa única palabra, gritada en señal de triunfo, retumbó sobre el ruido de la batalla—. ¡Odín!

Los cuernos vikingos se escucharon de nuevo; la formación del muro de escudos se transformó. Se abrió por la retaguardia conforme esos guerreros comenzaron a rodear por los costados sin romper la formación. Al salir, los jinetes que se habían mantenido junto a sus caballos durante toda la pelea los montaron y cabalgaron en dos pares de columnas que rodearon las ahora extendidas filas de guerreros.

Unas flechas nórdicas salieron volando y silbaron en dirección del suelo de la loma donde se escondían los Cenel Bearnas. Melcorka escuchó un grito mudo y vio a uno de los hombres mayores retirar la flecha que se había incrustado en su pecho. Lentamente se deslizó en el suelo y murió sin emitir un sonido.

Melcorka le extendió la mano hasta que Bearnas suavemente la detuvo.

—Observa la batalla —dijo Bearnas—, observa cómo no debes luchar.

—¡Retrocedan! —el grito de advertencia de Melcorka se perdió en el ruido de la batalla—. ¡Ahí viene la caballería!

—¡Agáchate! —Bearnas ordenó súbitamente—. Todo el mundo manténgase abajo y no se muevan—. Sujetando con fuerza el hombro de Melcorka, la forzó al suelo—. Aún no has presenciado a la caballería Melcorka, y no querrás conocerla ahora.

Yaciendo sobre su rostro, Melcorka tuvo una vista severamente limitada del final de la batalla. Vio lo suficiente. El muro de escudos nórdicos se había abierto en una doble fila larga que avanzó sobre la masa furiosa de albanos mientras la caballería los rodeaba para atacar los flancos y retaguardia vulnerables.

Melcorka esperaba que la masa indisciplinada de albanos entrara en pánico y se dispersara. Algunos lo hicieron. Algunos arrojaron sus armas y huyeron, pero la mayoría intentó luchar el mayor tiempo posible; se juntaron en pequeños grupos o se apoyaron espalda con espalda para intercambiar golpes con la caballería nórdica en enfrentamientos desiguales que invariablemente resultó en una matanza de albanos, aunque a Melcorka le alegró ver que esta vez había más bajas nórdicas que en el resto de la batalla.

—Están tomando prisioneros —indicó Melcorka—. Están derribando y atando a algunos sobrevivientes.

—Que Dios los ayude —dijo Baetan—. Mejor muerto que ser esclavo de los nórdicos.

—Manténganse quietos —Bearnas habló en voz baja—. Por el amor de Dios no se levanten o nos uniremos a los prisioneros.

La caballería nórdica se tomó su tiempo, pinchando los cuerpos albanos con sus lanzas, matando a los heridos de gravedad y guiando a los prisioneros a un claro entre las lomas arboladas donde unos guerreros con lanzas los recibieron con escarnios y risas burlonas. Melcorka vio al joven pelinegro con el resto, estaba sangrando de una herida en la coronilla.

—Que afortunados son los que murieron —dijo Baetan.

—Nos iremos al anochecer —ordenó Bearnas—. Hasta entonces nos mantendremos quietos y no nos moveremos.

—¿Podemos rescatarlos? —demandó Melcorka.

—No —decidió Bearnas—. Nos quedaremos aquí hasta que sea seguro —respiró profundo y miró la masacre en el campo—. Y cuando nos movamos, lo haremos deprisa.

La tortura inició cuando el sol se aproximó al horizonte Occidental. Melcorka observó a los nórdicos mientras éstos instalaban una estructura de postes verticales antes de desnudar a uno de los prisioneros. Lo ataron mientras aún sangraba y se resistía, le ataron las manos y las piernas entre dos postes verticales. Los guerreros se reunieron cuando un hombre alto se acercó con un hacha. Mientras vitoreaban, el hombre con el hacha le partió y separó las costillas de la columna, una por una, antes de removerle los pulmones y desprenderlos sobre su espalda.

—El águila de sangre —dijo Baetan en voz baja—. Tendrá suerte si muere rápido.

—El resto se sentirá afortunado de morir —dijo Bearnas—. Es hora de marcharnos. Aprovecharemos los últimos rayos de sol mientras ellos se entretienen.

SEIS

SE ALEJARON de la loma y se escabulleron en dirección al norte mientras se ponía el sol sobre la planicie de Lodainn. Nadie habló debido a los eventos horridos que presenciaron. Melcorka pensó en la batalla que suscitó y en la masacre que sufrió el ejército real que se prolongó por tres horas en manos de la fuerza menor y mejor disciplinada de los nórdicos.

—¿Ahora qué? —preguntó Melcorka cuando el Fiordo de Forth apareció a lo lejos.

—Ahora nos dirigimos al Castillo Gloom a planear nuestro próximo movimiento —dijo Bearnas—. ¿Alguien vio caer al Jabalí Azul?

—Yo sí —dijo Melcorka.

—¿Luchó con valentía?

—Estaba al frente de la batalla —dijo Melcorka—. Y luego cayó.

—Entonces no hay esperanza —dijo Baetan—sin el jabalí la sangre del rey estará perdida.

La abuela Rowan liberó una ligera risa—. ¿Por qué lo dices? ¿Ya no hay esperanza sólo porque murió un principillo?

Muchos han muerto y muchos más morirán. Un príncipe es tan bueno como el siguiente, y una mujer valiente es tan buena como cualquier príncipe.

—¿Acaso no lo viste? —preguntó Baetan—. Destruyeron al ejército real como si no fueran la gran cosa.

—Destruyeron a la turba —dijo Bearnas—. Una muchedumbre que sabía menos sobre la guerra que yo sobre cómo volar.

—Era el único ejército que teníamos —la voz de Baetan quedó dominada por el pánico—. Ahora no tenemos modo de defendernos contra ellos.

—Vayamos al Castillo Gloom —Bearnas lo tranquilizó—. Podremos estar más tranquilos y decidir qué haremos ahora.

—¿Cómo cruzaremos el Fiordo de Forth? ¡Los vikingos estarán ahí! —Baetan estaba a punto de perder el control.

—Encontraremos un bote —dijo Bearnas—. Andando.

La orilla del Fiordo tenía casas dispersas, unas cuantas cabañas de pescadores con pequeñas balsas para pescar y barquillas de cuero, y un grupo de prostitutas aterradas que se escondía de la ira de los vikingos.

—No hay un barco lo suficientemente grande para llevarnos a todos —dijo Baetan.

—Entonces tomaremos las balsas —le contestó Bearnas—. Somos catorce así que tomaremos los necesarios. Reúnanlos todos.

—Y dense prisa —dijo la abuela Rowan en voz baja—. Miren tierra adentro.

—Al principio Melcorka no podía comprender lo que estaba viendo; una serie de puntos rojos que lentamente aumentaron su tamaño—. Incendios —dijo Melcorka.

—Incendios —coincidió Bearnas—. Los nórdicos se han deshecho de los protectores y ahora procederán a saquear, violar y matar toda la noche.

—También vienen en camino —advirtió la abuela Rowan.

—Debemos huir —dijo Baetan.

—Nos quedaremos —le dijo Bearnas—y reuniremos las balsas. La mayoría será arrastrada por la marea alta de la playa.

Las pequeñas balsas tenían espacio para una sola persona, la más grande tenía espacio para tres mientras que la barquilla lograba albergar a cuatro miembros de manera ajustada. Se había formado una flotilla considerable cuando Bearnas quedó satisfecha de tener suficientes barcas para trasportar a cada hombre y mujer de los Cenel Bearnas a través del Forth.

—Átenlas todas —ordenó Bearnas.

—No tenemos cuerdas —dijo Baetan.

—Desenreden los cedazos —Bearnas obviamente se forzó a mantenerse con calma—. Debe haber uno en cada choza.

Antes de que estuvieran listos la luz de la luna iluminó las olas partidas del Forth y un millón de estrellas brillaban sobre el abismo del cielo nocturno. Unas líneas plateadas se dirigían sigilosamente hacia la costa del norte, ahora negras y anodinas.

—Melcorka —Bearnas sujetó el brazo de su hija—. Tenemos que hablar.

—¿Madre? —Melcorka dejó que la alejara del grupo—. ¿Qué sucede?

—No tenemos mucho tiempo —dijo Bearnas—, así que escucha bien lo que te voy a decir.

—Sí, Madre.

Bearnas se quitó el pendiente de media cruz del cuello. Ahora colgaba de sus dedos—. Esto no tiene valor —le dijo—, sólo es peltre y está quebrado, como puedes ver, pero quiero que te lo quedes.

—Pero madre; lo has tenido toda tu vida. Nunca te he visto sin ese pendiente puesto.

—Es un recuerdo de tu padre —Bearnas dijo cortante—. Así que tienes tanto derecho de tenerlo como yo —Bearnas le puso el pendiente alrededor del cuello y lo sujetó—. Llévalo siempre contigo. Algún día te será de gran utilidad.

—Siempre me dijiste que no mencionara a mi padre —dijo Melcorka.

—Es lo único que tengo para recordarlo —dijo Bearnas—, además de ti. Ahora deja de preguntar.

—Melcorka tocó la cruz partida—. Gracias.

—Nunca te he dado joyas de ningún tipo, ni otra clase de obsequios —dijo Bearnas—, y esta es una pobre excusa, pero tenme siempre presente y recuérdame con cariño si es posible.

—Madre, hablas como si fuéramos a separarnos.

La sonrisa de Bearnas era tan tierna como cualquiera que le haya mostrado a su hija—. Un abrazo, por favor; concédeme sólo un abrazo—. Bearnas aplastó a Melcorka con su abrazo, la sostuvo tan cerca que parecía que sus cuerpos estuvieran a punto de fusionarse.

—Madre —Melcorka sintió la calidez de sus lágrimas —¿Qué sucede madre?

—Recuérdame con cariño —repitió Bearnas. Soltó a su hija y la sujetó de los hombros por un segundo, luego la abrazó brevemente y la liberó—. Márchate Melcorka —le dio una palmada el brazo y se dio vuelta.

Las nubes ocultaron la luna de modo que su luz pálida se filtraba creando sombras danzantes sobre la costa y resaltaba la espuma del vaivén del Forth. Un viento austral arrastró el olor del humo mientras esperaban.

—¿Listos? —Bearnas miró a su gente—. Quedan tan solo un par de kilómetros para llegar a la costa septentrional.

—Listos —le respondieron.

El agua era más fría que la del mar occidental, y su oleada era más corta y pronunciada. El grupo empujó la flotilla de la playa de guijarros de modo que las barcas se agitaron y brincaron unos cuantos metros sobre las olas. Melcorka se sentó en una barca, tomó el remo poco familiar y remó hacia las aguas oscuras. Se asustó cuando el cable que la unía a la balsa adjunta se sacudió con el remar de la tripulación que se dirigía a otra dirección.

—Rema en dirección al Norte —ordenó Bearnas—. A mi señal, listos: ¡Remen!

Los remos y palas se adentraron en el mar y empujaron. La flotilla se movió lentamente en el Forth, su estado precario demostró ser difícil de controlar e imposible de maniobrar. Melcorka sufrió con su barca cuando ésta se sacudía de un lado al otro con cada pedaleo de su zagual.

—¿Quién dijo que construir un bote circular era una buena idea? —Melcorka maldijo en voz baja cuando la embarcación se movió en círculos sin control; al meter su zagual en el agua volvió a maldecir cuando remó inútilmente y se detuvo cuando la soga se estiró repentinamente.

—¡Alto! ¡Guarden silencio! —Bearnas se escuchó prominente sobre el ruido de los remos y maldiciones silenciosas.

Melcorka guardó su zagual con gusto. Cuando el ruido de la flotilla cesó logró escuchar el arrullo de las olas, el canto de un ave y algo más a la distancia. Era un sonido uniforme, como la marcha de pisadas disciplinadas o el impulso de cientos de remos en el mar. Melcorka respiró profundo; un bote se encuentra en el Forth, aproximándose de prisa desde el Este mientras ellos, una flotilla de pequeñas barcas de pesca, se encontraban completamente vulnerables ante cualquier clase de ataque.

Pronto se escuchó la voz de un hombre dando órdenes, grave y ronca, hablando en nórdico. El ritmo de los golpes y el sonido de los remos se incrementaron.

—Vienen hacia acá —dijo Melcorka.

—Remen con fuerza —ordenó Bearnas—, ¡no se detengan!

Levantando sus remos y zaguales, los Cenel Bearnas intentaron mover su embarcación con urgencia hacia la costa Norte, hasta que Baetan desenvainó un cuchillo para liberar su balsa —. Cada bote por su cuenta —gritó—, ¡aléjense tanto como puedan!

—¡No! —advirtió Bearnas, pero fue demasiado tarde. Sin la soga que las mantenía unidas, las barcas se dispersaron en el Forth, los zaguales y remos se agitaban precipitados en el agua.

La voz del vikingo emitió un desafío y se encendió una antorcha, iluminando su reflejo naranja sobre las olas pronunciadas. Melcorka vio la cabeza de un dragón tallada en madera asomándose sobre su balsa; un mástil alto emergente y el reflejo de la antorcha sobre una fila de escudos circulares. La silueta de un hombre apareció en la proa, gigante, con hombros amplios y una melena de cabello largo. El viento traicionero revoloteó las nubes que cubrían la luna por lo que su luz iluminó momentáneamente al vikingo, mostrando una cara marcada con las espirales azules de un tatuaje cubriendo su perfil izquierdo. Cuando las nubes volvieron a ocultar la luna, el rostro del vikingo regresó a las tinieblas, una figura opaca en un barco que se acercaba con el impulso de cien remos.

Melcorka se dio cuenta que su balsa se dirigía hacia el barco vikingo, espirándose fuera de control sin importar hacia donde remara. Miró rápidamente hacia atrás, donde los incendios de la costa de Lodainn aún se podían distinguir, mientras que la costa del Norte era tan oscura como el cielo nublado.

Más antorchas surgieron del barco vikingo, mostrando más siluetas de hombres. Melcorka los escuchó hablar y se percató del olor distintivo del humo de las antorchas de junco. Guardó su zagual e intentó alejar su balsa del barco nórdico con un empujón, logrando únicamente que girara sin control.

Uno de los vikingos se paró sobre la regala y dirigió su antorcha en la dirección de Melcorka. Ella ignoró su desafió resonante. Una lanza salió disparada y cayó en el agua a unos cuantos metros de ella. Estiró su mano para tomar su espada pero incluso ese pequeño movimiento perturbó el balance de la balsa; giró sin control, cambiando su vista del barco vikingo a la costa de Lodainn.

Se escuchó otro rugido del barco dragón y de repente cambió de rumbo. Para el alivio de Melcorka el barco se elevó, permitiéndole ver una fila de escudos y los rostros duros de los guerreros que remaban al mismo tiempo. El hombre alto seguía de pie sobre la proa y por un segundo Melcorka lo miró directamente; sobresalía del resto de los hombres del barco, con cabello trenzado que descendía hasta sus hombros y un tatuaje que decoraba su rostro. El barco dragón se alejó; Melcorka escuchó los gritos roncos de hombres, luego el choque de metal contra metal, luego silencio. Tomó su zagual una vez más e intentó continuar su avance, ahora más lento; esta vez su balsa respondió, moviéndose toscamente de lado hacia el Norte, por lo menos eso esperaba.

Melcorka se asustó cuando escuchó un alarido desde el Oeste y escuchó la voz de Bearnas gritando órdenes, y luego se escuchó una vez más el choque de espadas.

—¡Madre! —Melcorka tocó la empuñadura de su espada—, ¡ya voy! —el poder de la espada recorrió su cuerpo una vez más mientras tomaba el zagual y lo impulsaba con fuerza en el agua, pero sólo provocó que diera vueltas sin control—. ¡Madre! —gritó mientras el ruido de la batalla incrementaba. Se escuchó el rugido de los hombres y su canto repetitivo y siniestro—, ¡Odín! ¡Odín!

Melcorka miró impotente desde su balsa, sus ojos atentos hacia el Oeste mientras las antorchas brillantes del barco se reflejaban sobre las olas, permitiéndole ver el contorno de la batalla. El barco dragón se había adentrado en el centro de la flotilla de los Cenel Bearnas, la batalla seguía en progreso. Melcorka se frustró por su inhabilidad de participar. Vio la figura de los hombres iluminados con las antorchas, escuchó un alarido arrastrado, seguido del ruido del agua cuando algo, o alguien, cayó dentro del agua.

Luego las antorchas se apagaron. Los sonidos continuaron, convirtiéndose lentamente en una serie de duelos aislados que desaparecieron uno por uno. El silencio dominó el Fiordo, salvo por el vaivén del mar y el canto de una gaviota nocturna. Hubo una calma absoluta y luego el ritmo uniforme de los remos se escuchó de nuevo. Después hubo silencio.

Melcorka enfundó de nuevo a Defensor, levantó el zagual y comenzó a propulsarse lenta y cautelosamente hacia el lugar donde suscitó la batalla, esperando encontrar a algún sobreviviente. Había cuerpos flotando en el Forth, la abuela Rowan tenía un tajo en la cara, muerta, Aedon el alfarero dejó un rastro de sangre espesa, un vikingo cuyos intestinos flotaban junto a él, alimento para las gaviotas merodeadoras. Había trozos dispersos de botes pesqueros, una balsa volcada y una lanza vikinga. No había sobrevivientes; nada podía darle esperanza.

Finalmente Melcorka encontró a Bearnas, estaba flotando boca arriba con dos heridas masivas en su pecho y había perdido su brazo derecho. Melcorka se acercó a ella, pero su cuerpo se hundió lentamente en el Forth. Estaba sola y sólo había oscuridad en el mundo. Tomó la media cruz que le dio su madre y la acarició.

—Sabías que esta sería nuestra despedida —dijo mientras las lágrimas cálidas salían de sus ojos—. Me estabas diciendo adiós —dijo mientras su voz desaparecía lentamente—. ¿Por qué no me lo dijiste madre?

«Aún no es tiempo para afligirse», esa voz era familiar; la escuchó en esa gran isla acantilada cuando obtuvo a Defensor.

—Mi madre... —dijo Melcorka.

«Aún no es tiempo para afligirse», la voz se repitió calladamente.

—¿Quién eres? —Melcorka no esperaba una respuesta.

«Llegó la hora de que sigas tu destino, guerrera».

Quizás fue debido a la claridad de la voz, pero Melcorka sintió un consuelo en su duelo. Tenía otras cosas en qué pensar; debía llegar a la costa Norte del Forth, tal como dijo Bearnas. Presionando con su zagual, Melcorka intentó de nuevo. Una vez que dominó la técnica se dio cuenta que su avance se volvió adecuado, si no es que rápido. Conforme avanzaba la noche, las nubes oscurecieron la luna y las estrellas, los incendios de la costa de Lodainn se disminuyeron y desaparecieron, luego el mar se volvió oscuro, permitiendo una chispa de fosforescencia ocasional que otorgaba desahogo de la densa oscuridad. Melcorka continuó impulsándose, intercalando el zagual de izquierda a derecha con cada golpe. No había señal de progreso, no había estrella amiga que la guiara, no había punto de referencia ni baliza, nada excepto la noche perpetua y el sonido del vaivén del mar.

La noche continuó serena en una oscuridad abundante que la envolvió, escondiendo la bondad del pasado y las penas amargas del presente, permitiendo que se preocupara por su madre y los isleños que había conocido toda su vida, permitiéndole recordar los eventos sangrientos de la batalla del día anterior. ¿Acaso la matanza en Lodainn ocurrió hace apenas unas horas? Pareció una eternidad, hace una vida entera, un milenio lleno de gritos de hombres mortalmente heridos y el estertor de los guerreros muertos, con la visión de un estandarte que mostraba un cuervo viviente y la imagen de la caída del jabalí azul del Alba, cayendo, cayendo, cayendo sobre las filas de vikingos victoriosos y las hachas de guerra que le cortaban las piernas a los hombres valientes de un solo desliz. Y luego estaba esa imagen final y horrorosa del cuerpo de su madre que se hundía en las profundidades.

Al fin, demasiado tarde, Melcorka sintió el final de la noche. Comenzó con el más tenue de los brillos sobre el horizonte oriental, una banda de oscuridad más clara que se trasformó en un matiz rosado que se extendía sobre el mar, lento y seguro, luego más rápido cuando el sol nacía de nuevo. Melcorka se sentó en su balsa, ahora remando mecánicamente con los brazos adoloridos y los ojos demasiado agobiados para abrirlos completamente y demasiado desafiantes para cerrarlos.

El amanecer no trajo consigo esperanza, solo una visión del mar infinito que se extendía en todos los horizontes. Las olas iban acompañadas de más olas, algunas tan azules como el cielo veraniego, otras cerúleas y otras de un verde intenso con puntas sacudidas por el viento ligero.

—Estoy sola —Melcorka se dijo a sí misma—. No hay nadie que me salve excepto yo —sabía que la marea baja la había adentrado en el mar, por lo que la costa de Alba debería estar en esa dirección, más allá del horizonte. Tomó su zagual, dejó atrás al amanecer y remó hacia el Oeste. Por primera vez en su vida estaba realmente sola. Siempre había tenido a su madre o alguno de los isleños para ayudarla. Ahora no había nadie ni nada, ni siquiera el rastro de tierra en el mar.

«Sola». Melcorka pensó en los gritos y aullidos de la noche anterior. Esperaba que por lo menos uno de los Cenel Bearnas haya llegado a la costa Norte del Forth sano y salvo. Deseaba que pudiera quedarse con ellos. Deseaba que su madre siguiera viva. Deseaba que la hubieran matado en su lugar. Deseaba cualquier cosa en vez de su realidad.

No lo vio venir hasta que aterrizó a su lado, el ave blanca y negra con patas rojas y un pico largo del mismo color altivo.

—Eres un ostrero —dijo Melcorka—. Mi ave tótem y el animal al que sigo.

El ostrero se aterrizó junto a ella en la pequeña banca de la balsa, de mirada brillosa y firme, la cruz en su pecho le recordó la vieja historia que una vez había ayudó a ocultar a Jesucristo cuando huyó a las Islas Occidentales de Alba mientras lo perseguían los romanos, que ahora es el Señor de las Islas.

—Eres mi guía —Melcorka se tambaleó de cansancio y por falta de alimento. El ave no se movió—. Muy bien —reprendió Melcorka—, será mejor que hagas tu trabajo antes de que muera aquí —tomó su zagual una vez más, lo insertó en el agua y se propulsó hacia adelante—. Si no me guiarás entonces tendré que utilizar mi juicio.

El ostrero emprendió el vuelo de nuevo, volando en círculos sobre la balsa antes de dirigirse al Suroeste.

—¿En esa dirección? —se preguntó Melcorka, intentando averiguar qué hacer, suspiró y alteró su curso para seguir al ave blanca y negra. Cuando una borrasca repentina trajo la lluvia, arqueó la cabeza para beber cuanta agua fresca le era posible, arrepintiéndose por no haber traído comida consigo, y continuó remando. Ignoró el calambre en sus piernas y espalda por su postura agachada inusual, ignoró el dolor en sus brazos y hombros y continuó persiguiendo el horizonte que se alejaba constantemente.

El sol ascendía a sus espaldas y a la derecha, aumentando el calor conforme avanzaba el día. Su sed incrementó mientras los brazos se le debilitaban. Continuó remando mientras el ostrero volaba en círculos sobre ella, volando un cuarto de kilómetro más adelante y de regreso, una y otra vez, alentándola a continuar.

Cuando el sol alcanzó su cénit a mediodía y comenzó su largo e inexorable descenso, Melcorka vio algo al Suroeste; una línea oscura del otro lado del mar. La vista la revigorizó y remó con más fuerza mientras la silueta gradualmente tomaba la forma de una línea costera con una serie de colinas borrosas en el horizonte.

El ostrero voló en círculos de nuevo, volando cada vez más bajo hasta que casi le rozaba la cabeza, luego alteró su curso ligeramente, bamboleando sus alas. Melcorka lo siguió una vez más, remando con fuerza hacia el atardecer. ¿Acaso han pasado apenas veinticuatro horas desde la batalla de Lodainn?

El brillo naranja no era mayor que un alfiler cuando lo vio, luego creció al tamaño de la uña mientras remaba en su dirección, fue entonces que se dio cuenta que se trataba de una llamarada. A estas alturas perdió de vista al ostrero y tuvo que seguir su llamado silbante en la profunda oscuridad.

Melcorka escuchó el sonido del vaivén de las olas antes de ver ese destello plateado, mientras que el fuego había crecido de tal modo que sus llamas parpadeaban en la oscuridad. Remó hacia el oleaje hasta que la balsa se atascó con algo, luego se arrastró con sus extremidades exhaustas y entumidas, y entró en el agua fría que le llegaba a las rodillas.

El hombre emergió detrás del fuego y la observó arrastrar su balsa hasta una playa de guijarro suelto sobre una hilera de algas secas que marcaban los límites de la marea alta.

—Me preguntaba qué era lo que estaban guiando los ostreros —le dijo con calma—. Tengo preparado un té de ortigas, un poco de estofado de pescado y crema de avena.

Cuando Melcorka intentó responderle su voz emitió un ronquido seco. Dio un paso adelante, pero sus piernas cedieron de cansancio. No sintió la caída, sólo la fuerza del hombre que la atrapó antes de que tocara el suelo.

—Te tengo —su voz era reconfortante—. Estás a salvo conmigo.

SIETE

Todo daba vueltas a su alrededor, los árboles, arbustos y el mar se mezclaban en un remolino constante que no podía controlar ni comprender. Parpadeó, cerró los ojos y los abrió de nuevo. El rostro de un hombre apareció en medio de toda la confusión; un extraño que no reconocía.

—¿Quién eres?

—Soy Bradan el Errante —la voz del hombre era clara y lenta.

—Mi nombre es Melcorka nan Bearnas.

—Mucho gusto, Melcorka nan Bearnas, hija del océano —Bradan se agachó a su lado, su rostro largo estaba sereno—. No comiste nada anoche así que supongo que deberás tener hambre. ¿Recuerdas en dónde te encuentras? —Bradan señaló los restos ardientes de su fogata, el oleaje suave que se escuchaba en la playa a unos metros de ellos y la barquilla volcada que yacía junto a un arbusto espinoso.

Melcorka lo tomó del brazo y se levantó de su cama de helechos recién cortados—. Cuidó de mí —le dijo.

—Necesitabas atención —respondió Bradan.

—¿No quiere saber de dónde provengo? —preguntó Melcorka. Se percató que Bradan era más alto que ella y de complexión delgada, con un rostro largo rodeado de un rebelde cabello castaño.

—Me lo dirás si así lo deseas —dijo Bradan.

—¿No tienes curiosidad? ¿Viste a una chica flotando en el mar y no le preguntarás por su origen?

—Me lo dirás si así lo deseas —repitió. Su sonrisa era leve pero bien recibida.

—Estábamos cruzando el Fiordo —Melcorka se sintió obligada a decirle—. Nos interceptó un barco vikingo —Melcorka esperó que él le preguntara más. Se paró frente a ella, mirándola a los ojos mientras la brisa marina meneaba su cabello negro y el leine de lino que cubría su cuerpo.

—¡Defensor! —dijo agitada, sorprendida por haberse olvidado de su espada—, ¿dónde está mi espada?

—Aquí está —Bradan señaló bajo el arbusto—. Está junto a tu cota de mallas y la daga.

—Melcorka levantó a Defensor y la sostuvo cerca antes de fruncir el ceño—. Yo estaba usando esa cota.

—Lo sé —dijo Bradan—. La próxima vez que remes una barquilla te será más fácil si no la llevas puesta. Debió ser una experiencia extenuante.

—Gracias por tu consejo —dijo Melcorka—. ¿Fuiste tú quien me quitó la cota?

—No tenía caso que la llevaras puesta y ahora estás más cómoda sin ella.

—¿Qué derecho tenías de quitarme la ropa? —Melcorka sintió cómo la dominaba su ira.

—Ninguno —asintió Bradan—, excepto el de ayudarte como pudiera —su mirada la confrontó con tranquilidad.

Melcorka cubrió su pecho por instinto, sus brazos apenas

ocultaban sus senos cubiertos por lino. Dio un paso atrás mientras la vergüenza luchaba con su enojo.

—Ahora —dijo Bradan—, mientras te pones esa cota de mallas que no necesitas te serviré algo de crema de avena —ignorando la mirada iracunda de Melcorka, Bradan se acercó a la olla que reposaba suspendida sobre las brasas de la fogata—. Necesitarás comida, independientemente de lo que pienses hacer hoy —dijo mientras mezclaba las brasas hasta que se encendieron. Una pequeña flama emergió de ellas.

—Me dirijo al Castillo Gloom —dijo Melcorka.

Bradan sirvió un poco de crema en un plato de madera y le agregó leche de un pequeño calabacino—. Esa será una gran caminata —le dijo—. Será mejor que comas primero.

Melcorka logró controlar sus emociones una vez que se puso la cota de nuevo—. ¿Quién eres?

—Ya te lo dije. Mi nombre es Bradan —dijo al tomar un bastón largo del suelo para revolver las brasas hasta que aparecieron más llamas.

Melcorka inspeccionó sus alrededores—. ¿Vives aquí? —probó la crema y vio que era comestible, se la acabó lentamente.

Bradan le guiñó el ojo, levantó otro pequeño calabacino cerca del fuego, le quitó la tapadera y vertió sus contenidos en la crema—. Miel. Le da un poco de sabor.

Melcorka lo saboreó con cautela, descubriendo que le gustaba su dulzura y sonrió—. Nunca había probado algo así.

—¿Nunca has probado la miel?

Melcorka sacudió la cabeza—. No de esta forma.

—Pues ya lo hiciste —le dijo con una gran sonrisa.

—¿Dónde la conseguiste? —Melcorka probó un poco más de esa crema dulce.

—De las abejas —Bradan le dijo solemne.

—¡No me refiero a eso! —dijo Melcorka—. No te imagino cuidando abejas en este lugar.

—Existen abejas silvestres además de domésticas —dijo Bradan.

Melcorka lo volteó a ver—. ¿Qué es lo que haces, además de elaborar miel y quitarles la ropa a mujeres extraviadas que te encuentras en la playa? ¿Dónde vives? —Melcorka miró a su alrededor—. ¿Es aquí a donde llamas tu hogar?

Bradan se encogió de hombros—. Vivo sobre el suelo que tocan mis pies y camino hacia donde me lleven los caminos.

—¿No tienes hogar? ¿Ni familias? ¿Ni amigos? —Melcorka no podía comprender tal cosa. Toda su vida había estado rodeada por personas listas para ayudarla o darle consejo cuando lo necesitara. Sólo ha pasado una noche sola y no disfrutó esa experiencia. La idea de vivir sola todo el tiempo era... aterradora. Melcorka sacudió la cabeza—. ¿Cómo haces para sobrevivir?

—Soy un errante —Bradan no dijo más.

—¿Sólo? —Melcorka lo miró fijamente—. ¿No tienes miedo? Espera... —ponderó al tomar el bastón de Bradan—. ¿Esta es tu arma? ¿Es un bastón mágico? ¿Tiene poderes especiales?

—Sólo es una vara de madera —dijo Bradan—, endrino para ser precisos.

—¿Y cómo te defiendes? —preguntó Melcorka.

Bradan sonrió—. No tengo nada de valor que atraiga a los ladrones, y no hay honor para un guerrero que derrote a un hombre solitario que camina con un bastón.

Melcorka tocó la empuñadura de Defensor. Aunque sólo ha tenido su espada por unas semanas no podía imaginar su vida sin esa presencia reconfortante—. Eres un hombre valiente.

—Sólo soy un hombre —respondió Bradan.

Melcorka terminó su desayuno—. Gracias por tu ayuda —le dijo—, es hora de que me vaya al Castillo Gloom.

Bradan revolvió la olla—. Si eso es lo que deseas —miró cómo Melcorka enganchó su espada en la espalda y comenzó a caminar por la playa. Después de unos segundos le gritó—. Está hacia el Oeste; te diriges al Norte.

Melcorka se detuvo—. No lo sabía. ¿Conoces el camino?

—Conozco el camino —confirmó Bradan.

—¿Me podrías indicar el camino a seguir? —Melcorka no quería admitir que no tenía idea de dónde se encontraba el Castillo Gloom, sólo que se encontraba al Norte del Fiordo.

—Puedo llevarte —dijo Bradan—, pero sólo si no objetas mi compañía.

Melcorka intentó no mostrar su entusiasmo—. Supongo que no, siempre y cuando no te aleje de tu destino.

—Soy un hombre errante. El camino que siga siempre será igual al que le precedió —Bradan levantó una pequeña pieza de tweed y la envolvió sobre su olla, taza y cuchara antes de enrollarla y suspenderla sobre su espalda—. ¿Lista?

—Lista —respondió Melcorka.

—Nos tomará tres días llegar al Castillo —dijo Bradan—, quizás cuatro. También habrá Vikingos merodeando en el camino así que quizás tendremos que desviarnos —Bradan dirigió su mirada hacia Defensor—. Veo que eres una guerrera. ¿Sabes utilizar esa cosa?

—Sé utilizar esta cosa —respondió Melcorka.

Bradan resopló—. Bueno esperemos que no tengas que usarla.

Los dirigió al Oeste, siguiendo la orilla de la playa las primeras horas, luego dio zancadas tierra adentro a paso largo y constante que cortó distancia sin mostrar cansancio. Melcorka lo siguió lo más de cerca que pudo, observando de reojo cómo le rebotaba el trasero bajo esas mallas. No dijo nada, aunque los pensamientos e imágenes que le venían a la mente eran extraños, indeseados y perturbadoramente placenteros.

Mientras caminaban, Bradan recolectaba comida que devoraba de inmediato o la guardaba en su costal. Levantó manojos de moras de los arbustos y le entregó la mitad a Melcorka; Bradan tomó plantas y trozos de corteza de los árboles para masticar, en ocasiones se detenía cerca del campo de un granjero para espigar lo que pudiera de sus cultivos rezagados.

—Por allá —Melcorka miró al Fiordo, el mar resaltó su color placentero bajo el sol mañanero—. Los vikingos se encuentran en esa dirección.

—Los vikingos están en todas partes —dijo Bradan—. ¿Acaso no hueles el humo? Están aquí al igual que en Lodainn.

—También se encuentra al Noroeste —dijo Melcorka.

Bradan agachó la cabeza y alargó sus zancadas —. Estarás a salvo en el Castillo Gloom.

Se encontraron con la primera granja incendiada la mañana siguiente, el cadáver del granjero y su esposa yacían abiertos de la espalda entre los escombros quemados.

—Muerte —Melcorka ya se estaba acostumbrando a ver cuerpos mutilados.

—Aquí había niños —Bradan señaló unas prendas pequeñas—. Debieron llevárselos como esclavos.

Siguieron avanzando, manteniéndose al margen de los campos arados, cerca de las arboledas. Una vez escucharon el ruido estridente de los cantos y se escondieron detrás de los cordoncillos elevados de un campo abierto y vieron a sesenta vikingos contoneándose en el camino.

—No tienen miedo —dijo Bradan.

—No tienen nada a qué temerle —recordó Melcorka—. El rey está muerto o cautivo, el ejército de Alba fue masacrado y no queda nadie que pueda oponer resistencia. El Jabalí Azul fue pisoteado por las pezuñas de los Nórdicos.

Bradan sacudió la cabeza antes de que Melcorka se levantara—. Otros dos nórdicos se aproximan.

Los nórdicos rezagados reían con furor mientras paseaban detrás de sus camaradas. Uno se detuvo a unos pasos de Melcorka y Bradan. Jugueteó con su ropa y comenzó a orinar.

Cuando la orina le salpicó en la cara a Melcorka, ella exclamó con disgusto y se levantó en un solo movimiento—. Maldito asesino... —mientras gritaba desenfundó a Defensor. El nórdico era joven, con una barba castaña bien arreglada. El guerrero abrió la boca asombrado al ver a esta mujer iracunda que surgió de la tierra, levantó las manos y tomó el hacha que colgaba de su cinturón.

Melcorka recibió con gusto la ola de poder excitante mientras atacaba al vikingo. Vio cómo el hombre levantaba su hacha, cómo la expresión asombrada en su rostro se trasformó en enojo y luego en miedo, luego Defensor le rebanó el cuello y la cabeza del joven salió volando por los aires, propulsada con un chorro de sangre, hasta caer en el suelo. Antes de que la cabeza tocara la tierra, Melcorka continuó su ataque y enfrentó al segundo vikingo, quien estaba forcejeando la espada de su cinturón.

Sin titubear Melcorka le dio una estocada en el vientre, atravesándolo de un solo empujón. La espada entró sin problemas y el guerrero no pudo hacer más que gritar, Melcorka rebanó hacia arriba, destripando al invasor. El vikingo colapsó, derramando sangre e intestinos por igual.

—Entonces sí eres una guerrera —Bradan la observó de lejos—. Ya no te orinarán encima.

—No pareces sorprendido —Melcorka limpió su espada con la ropa de su primera víctima.

—Sólo un guerrero blandiría una espada como esa —Bradan dijo con cautela—, y sólo un guerrero inexperto mataría a dos vikingos de esa manera tan ruidosa con sus compañeros dentro de su rango auditivo.

Melcorka abrió la boca para protestar, pero reconoció que

Bradan estaba en lo correcto y en su lugar enfundó la espada en su lugar.

—Es hora de irnos —aunque Bradan no parecía caminar con prisa, sus largas zancadas cubrieron una distancia tan considerable que Melcorka tuvo problemas para seguirle el paso. Escuchó a los vikingos detrás de ellos y volteó a ver a Bradan, quien continuó mirando hacia adelante sin mostrar expresión alguna en su rostro.

—Vienen tras nosotros —dijo Melcorka.

—Así es —asintió Bradan.

Ambos continuaron su camino mientras el rugido de los vikingos se volvía más estridente.

—Se están acercando —dijo Melcorka.

—Tal parece —asintió Bradan.

—¿Puedo matarlos? —preguntó Melcorka.

—Aún no —dijo Bradan—. Sólo los más rápidos nos seguirán el paso. Entre más avancemos, más dificultad tendrán para alcanzarnos, y los más lentos se quedarán atrás. Cuando sólo queden unos pocos perseguidores, entonces podrás matarlos.

—¿Pero qué pasará si me matan primero?

—Entonces estarás muerta y ya no podrás hacer más preguntas.

Las palabras de Bradan eran tan lógicas que Melcorka no tuvo oportunidad de responder. Siguieron caminando con al paso de Bradan, atravesando los campos abiertos sin intención de esconderse, serpenteando entre las arboledas y vadeando ríos sin titubear.

—Se están acercando —advirtió Bradan. No volteó a verla —. Hay tres guerreros frente a nosotros y cinco más se acercan a unos cien pasos detrás de nosotros.

—¿Qué hay del resto?

—Están demasiado lejos como para preocuparnos —Bradan dijo casualmente.

—¿Cómo lo sabes? —Melcorka no dudó en sus palabras.

Bradan se encogió de hombros—. Puedo escuchar un poco y siento la vibración de sus pisadas en el suelo y también puedo olerlos en el aire —Bradan la miró de reojo y le sonrió por primera vez desde que la conoció—. Todos tienen un olor distintivo.

Melcorka no perdió la oportunidad para preguntar—. ¿A qué huelo yo?

—Sal marina —Bradan respondió de inmediato—, y al humo de nuestra fogata, y un poco de sangre —Bradan pensó por unos segundos—. Y como mujer.

—¿Mujer?

—Mujer —repitió Bradan—. Será mejor que empieces a matar si así lo deseas —Bradan volteó a ver por dónde vinieron y se sentó en el tocón de un árbol caído y sostuvo sus bastón frente a él.

Los primeros tres guerreros corrieron con los pisoteos de hombres muertos del cansancio. Eran jóvenes, vestidos de pieles pesadas sobre sus cotas de malla, yelmos redondos en sus cabezas y espadas largas blandidas para el ataque. Se detuvieron incrédulos cuando vieron a Melcorka casualmente parada frente a ellos. Mató al primero sin emitir un sonido y le tajó el brazo derecho a otro antes de que el tercero agitara su espada frenéticamente en su dirección. Melcorka bloqueó el ataque con facilidad, desarmó al guerrero con un movimiento de la muñeca y estocó la punta de defensor en el pecho de su atacante. El guerrero con un brazo yacía de rodillas mientras veía la sangre que derramaba del muñón de su brazo.

—Tal parece que los mataste sin problema —dijo Bradan—. Los cinco siguientes están mejor preparados.

—¿En qué sentido?

—Están dispersos y menos cansados —dijo Bradan—, sus pisadas son más firmes; los dos del centro son más pesados, y los que vienen por los flancos tienen armas más ligeras.

Melcorka asintió—. Mataré a los más peligrosos primero, luego iré por el resto.

Bradan golpeteó su bastón en el suelo—. Eres una guerrera hábil pero, ¿serás capaz de derrotar a cinco vikingos al mismo tiempo?

—Pregúntamelo de nuevo dentro de cinco minutos —sugirió Melcorka—, si es que aún sigo con vida.

Bradan asintió—. Sabré la respuesta dentro de cinco minutos —respondió—, o también habré muerto.

—No pareces preocupado por la posibilidad de morir.

Él se encogió de hombros—. Si ha llegado mi hora, entonces que así sea—. Bradan volvió a golpetear su bastón en el suelo y le mostró una sonrisa torcida—. O quizás tengo fe en ti.

—Pero no me conoces.

—Aquí vienen —Bradan se escuchó casual, luego se reclinó —. No te tardes mucho; todavía falta mucho por recorrer.

El par de vikingos del centro los alcanzaron cuando Bradan terminó de hablar, ambos cargaban armaduras pesadas y hachas de doble filo, sus cotas de malla se extendían hasta las rodillas. Los tres guerreros que llegaron después vestían unos leine de lino y pantalones holgados, cada uno estaba armado con cuchillas largas que apuntaban al cielo.

Melcorka sintió esa ola de poder familiar cuando desenfundó a Defensor. Los dos hacheros se detuvieron al verla, se miraron fijamente y se echaron a reír.

—Sólo es una mujer —dijo uno de ellos—, y un hombre con bastón.

—Tú encárgate de ella —dijo su compañero—. Yo miraré —al terminar de hablar, el guerrero encajó su hacha en el suelo y se recargó en el tronco de un árbol.

El primer hachero balanceó su arma con ambas manos y rodeó a Melcorka lentamente. Ella lo esperó, mirándolo a los ojos, alerta por la presencia de los tres vikingos con cuchillas en los flancos. El hachero tenía unos treinta años, juzgó Melcorka, y al juzgar por las cicatrices de su rostro era un veterano. Ella esperó a que estuviera dentro del rango del hacha de su enemigo, luego saltó por los aires emitiendo un ruido. El hachero se sorprendió y dio un paso atrás, pero Melcorka no se le acercó, en su lugar atacó al vikingo con cuchilla más cercano, cortándole una de las piernas a la altura de la rodilla antes de enfrentar al hachero de nuevo.

—Has perdido a uno de tus amigos —le dijo Melcorka.

El hachero no dijo nada. Cortó la distancia entre ellos en un instante, agitando con un movimiento espiral que hubiera sido una técnica formidable e imposible de contrarrestar, pero Melcorka logró esquivarlo y le dio una estocada con ambas manos como si fuera una lanza, atravesándole las costillas. El vikingo murió sin emitir un sonido, cayendo en el suelo antes de que su hacha aterrizara a su lado.

El segundo hachero corrió hacia ella, agitando su arma de lado a lado mientras cubría distancia con pasos largos. Esta vez Melcorka balanceó la hoja de Defensor sobre su hombro y esperó a su enemigo, juzgando su ataque hasta que terminara de agitar de derecha a izquierda y el hacha estuviera en su punto más lejano antes de que ella atacara con fuerza con un tajo trasversal para bloquear cualquier ataque posible. El vikingo vio venir la espada de Melcorka y emprendió una retirada, pero ella alteró su ataque con un impulso explosivo de fuerza que le permitió a Defensor atravesar la empuñadura del hacha y decapitar al vikingo, su cabeza giró hasta tocar el suelo.

—¡Te tengo! —uno de los vikingos con cuchilla se escabulló por los matorrales y atacó la corva de Melcorka con su espada.

—¡No lo creo! —Bradan atacó la muñeca del vikingo con la punta de su espada, inmovilizándolo.

Melcorka volteó a verlo y atacó con Defensor a diestra y siniestra, decapitando al vikingo con cuchilla y tajando el muslo del hachero, dañando la vena femoral, causando que derramara grandes cantidades de sangre.

El último vikingo en pie se quedó parado, rindió su arma, se dio vuelta y huyó. Melcorka no lo persiguió.

—Gracias —le dijo a Bradan—. Me salvaste la vida.

—Eran saqueadores, no guerreros —Bradan se encogió de hombros y se levantó—. Tengo curiosidad de saber qué es lo que quieres en el Castillo Gloom —le dijo—. En Alba no hay lugar menos accesible que ahí.

—Mi madre me dijo que estaría a salvo en el Castillo Gloom —le respondió—. Ella quería que fuera para allá, y eso es lo que haré —curiosamente, Melcorka no sintió dolor por el recuerdo de su madre, sólo entumecimiento.

—Quizás sea lo mejor que cumplas el deseo de tu madre —asintió Bradan—. No creo que haya nórdico en ese grupo que nos siga hasta ese lugar.

—El hombre que sobrevivió podría conseguir más.

Bradan sacudió la cabeza—. Ese nórdico no admitirá que siete hombres fueron derrotados por una mujer. En vez de eso va a reportar que los emboscó un gran número de guerreros Albanos.

—Eres un hombre sabio —Melcorka lo miró con un nuevo discernimiento—. Pero se trató de una mujer y un hombre quienes los derrotaron.

Bradan le mostró una larga y serena sonrisa—. Así es.

Ambos continuaron su aventura al paso de las zancadas engañosas de Bradan y Melcorka dando trotes para seguirle el paso. Mientras se dirigían al Oeste los campos dieron paso a los páramos extensos que asilaban pequeños asentamientos de crianza de ganado protegidos por pequeñas estacadas. Dentro de poco el páramo se convirtió en un bosque enmarañado que entorpecía el paso hacia una serie de colinas rodantes y plagado de valles con ríos.

—Estas son las colinas centrales —dijo Bradan. No son las más altas ni las más empinadas de Alba, aun así son el hogar del Castillo Gloom —Bradan se detuvo por un momento—. Dicen que los espíritus de los muertos rondan estos lugares cuando cae la niebla, y los hechiceros y brujos aprovechan la oportunidad para reunirse en sus guaridas recónditas.

—¿Es eso cierto? —Melcorka ocultó su temor—. Nunca he visto a un espíritu o una bruja o un hechicero.

—Tampoco yo —Bradan le mostró una pequeña sonrisa—. Quizás esta sea una experiencia interesante.

Melcorka respiró profundo antes de entrar al bosque, los árboles bloqueaban el cielo y el suelo bajo sus pies tenía una densa cubierta de hojas caídas y un sinnúmero de flores primaverales.

—En este lugar hay lobos —advirtió Bradan—, y osos y jabalíes.

Melcorka miró a sus alrededores; el denso follaje bloqueaba su vista en todas direcciones—. Nunca en mi vida había entrado a un bosque.

Bradan le tocó el brazo—. Sólo es un lugar más —le dijo—. La mayoría de los animales nos evitará. Sólo los hambrientos o desesperados podrían atacarnos —Bradan guardó silencio—, y los osos.

Melcorka respiró profundo—. Tampoco me he visto un oso.

—Lo reconocerás si lo ves —Bradan caminó por debajo de una rama caída, atravesó una serie de ortigas se abrió paso por un camino espinado con su bastón.

No se encontraron con osos o lobos en el bosque, y el único jabalí que vieron era un macho que se cruzó en su camino como un destello marrón, desapareciendo antes de que Melcorka tocara su espada.

—Henos aquí —Bradan se detuvo—, este camino lleva al Castillo Gloom.

El camino se enrolló frente a ellos, lo suficientemente amplio como para que dos personas caminaran lado a lado o para un jinete, los árboles en los flancos carecían de hojas, apenas había espacio entre ellos y sus ramas se erguían hacia el cielo como esqueletos que clamaban su lluvia.

—Aquí no hay aves —dijo Melcorka de repente—. Ni un par de alas en el cielo—. Escuchó atenta, pero sólo le respondió el siseo del viento que corría por las ramas y un distintivo pero distante crujido de una corriente.

—No hay aves —confirmó Bradan—, y esta es la única ruta para llegar al Castillo Gloom —ambos avanzaron por el camino mientras este se volvía más angosto y oscuro con cada paso que daban hasta que llegaron a un barranco empinado cuyos bordes se derrumbaban bajo sus pies. Un río rugía con fuerza en el fondo del precipicio, espumando con cada roca que azotaba. Melcorka podía ver el resto del camino del otro lado del precipicio, elevándose con una cuesta empinada con corrientes de agua en ambos lados, los cuales se precipitaban hasta el río como cascada. Un hombre apoltronado bajo un árbol que se encontraba en un talud distante, estaba apoyado de una lanza corta mientras los miraba atento.

—¿Cómo vamos a cruzar? —preguntó Melcorka.

—Utilizando eso —Bradan apuntó a una doble cuerda que colgaba de la rama de un roble y llegaba hasta otro roble del otro lado del río—. Yo iré primero.

—¿Qué hay de él? —Melcorka señaló al lancero.

—Ya sea que me deje cruzar o me mate —dijo Bradan con una sonrisa dispareja—, esperemos que suceda lo primero.

—Iré yo primero —decidió Melcorka—. No será capaz de

matarme tan fácilmente si eso es lo que pretende —Melcorka trepó por el árbol, se balanceó sobre la doble cuerda y avanzó lentamente hacia el otro lado del río. El barranco se expandió debajo de ella y el rugido constante del agua no calmó sus nervios mientras las cuerdas se agitaban con su peso. Melcorka vio que el lancero la observó atento hasta que llegó a la mitad del camino, luego tomó una escalera que estaba detrás del árbol y subió a una plataforma de madera desgastada. Desde ahí podía dominar el puente de cuerda y a quien fuera que lo cruzara.

—Alto ahí —dijo con calma—, anuncia tu propósito en el Castillo Gloom.

—Mi nombre es Melcorka de los Cenel Bearnas —respondió Melcorka mientras contemplada el precipicio debajo de ella.

—¿Y cuál es tu propósito? —el guardia elevó su lanza, listo para arrojarla. Detrás de él había un abasto de lanzas.

—Refugio —dijo Melcorka.

—¿Qué hay de tu compañero?

—Él es Bradan el Errante —dijo Melcorka—. Él es mi guía.

—Su nombre es reconocido—, el guardia alzó la voz—. Saludos, Bradan el Errante.

Bradan levantó la mano en señal de respuesta—. Saludos, centinela.

—¿Abogarás por esta mujer Bradan? —El guardia no bajó su lanza.

Así es —dijo Bradan y el guardia por fin retiró su lanza y regresó a su puesto como si nada hubiera sucedido.

Melcorka completó su sendero, le regresó el saludo informal al guardia y esperó a que Bradan la alcanzara. La lluvia se intensificó, golpeteando los árboles e incrementando la fuerza de ambas corrientes.

—Eso es el Raudal de las Penas —Bradan señaló la vorágine

a su derecha—, y ese es el Raudal del Afecto —dijo señalando a su izquierda—. Te recomiendo que no caigas en ninguno de los dos. Vamos —dijo señalando el camino.

Una vez que cruzaron el río el camino se enrolló entre las dos corrientes, la superficie se volvió resbalosa por la lluvia torrencial, un gran número de agujeros atrapa tobillos yacían escondidos debajo de las hojas caídas, el trayecto se elevó entre los árboles. Más adelante, después de una hora de trayecto empinado, llegaron a un claro que se extendía quinientos pasos. La lluvia y el viento se detuvieron como si se los hubieran ordenado. El silencio repentino parecía siniestro.

—La zona de muerte —Bradan golpeteó el suelo con su bastón—. Si algún enemigo lograra llegar hasta este lugar, tendrán que cruzar hasta el muro exterior mientras los centinelas les disparan flechas —dijo al mostrar una sonrisilla—. Esperemos que no crean que somos hostiles.

Un par de lanceros resguardaban la entrada arqueada de un muro de piedra, en la cima otros guardias vigilaban en silencio.

—Este es Bradan el Errante y yo soy Melcorka de los Cenel Bearnas —cuando Melcorka dio su anuncio, la compuerta se elevó lo suficiente para dejar entrar el par. Dentro de la entrada había una fosa con un puente levadizo y más adelante se encontraba el Castillo Gloom. Al verlo, Melcorka sólo pudo pensar en piedras. El castillo estaba construido sobre una base de piedra, sus muros eran de piedra y una torre de roca redonda que se elevaba hacia el cielo gris.

El camino de la entrada se encontraba con el frente del castillo, desde ahí se podía apreciar el sendero cubierto de árboles que se extendía por kilómetros, serpenteando su curso hasta llegar al Forth y su corriente que llegaba hasta el mar.

—Aquí viene Campbell el Condestable sonriente —dijo Bradan en voz baja—, mantén tu espada enfundada y tus palabras silenciadas con este hombre, incluso en este momento tiene a seis arqueros listos para dispararnos.

Melcorka resistió la tentación de desenfundar a Defensor. En su lugar miró al hombre imponente que se contoneaba hacia ellos desde la puerta de la torre. Era tan ancho como alto, su melena pelirroja formaba una cortina sobre su rostro y sus largos brazos colgaban a sus costados—. Se ve como un granjero.

Bradan refunfuñó—. Ese hombre tiene la costumbre de levantar prisioneros y lanzarlos desde los muros, una vez le arrancó la garganta de un invasor sajón.

—Y ese fue el mordisco más suculento que haya probado —rugió el Condestable, demostrando que no había problemas con su capacidad auditiva—. Bienvenido seas, Bradan el Errante —la empuñadura de su espada sobresalía detrás de su hombro izquierdo cuando volteó a ver a Melcorka—. No hablas mucho para ser mujer.

«Con usted basta para hablar por los dos» estuvo por ser la respuesta de Melcorka, en su lugar le mostró una pequeña cortesía—. Gracias Condestable.

La sonrisa del Condestable era amplia y relajada—. Siempre soy amable con mis invitados —le contestó—. A menos que no me agraden.

—Entonces esperemos que seamos amigos —Melcorka respondió con gentileza.

«¿En este lugar se encuentra alguien de mi gente?» era una pregunta que Melcorka deseaba hacer desde que llegaron al Castillo Gloom—. ¿Ha llegado alguien de los Cenel Bearnas?

El Condestable sacudió la cabeza—. Aquí sólo hospedo a uno de los Cenel Bearnas; un guerrero llamado Baetan.

—¿Puedo verlo? —Melcorka esperaba malas noticias pero intentó esconder la angustia enfermiza que amenazaba con dominarla.

—Por supuesto —dijo el Condestable—, por aquí —la

dirigió a la torre central, donde una escalera espiral se abría paso hasta la cima —. Tenemos a un gran número de personas aquí; refugiados de los problemas que plagan el reino de Alba.

Melcorka asintió ya que fue incapaz de responder por la pérdida de su madre. La angustia perduraba en el fondo de su mente desde que dejó el Fiordo. Desvió la mirada para esconder las lágrimas que la deshonrarían como guerrera.

—¿Conocías a todos los Cenel Bearnas? —el Condestable se escuchó genuinamente consternado.

Bearnas era mi madre —respondió Melcorka.

El Condestable asintió—. Es difícil perder a una madre Melcorka. Quizás Baetan pueda decirte más— le dijo.

Bradan entró después de Melcorka a la cámara de piedra llena de hombres y mujeres. Lo primero que los recibió fue el hedor de personas sucias; lo segundo fue un sentimiento de depresión. No había espacio para caminar, todos estaban parados en grupo o sentados contra la pared o bien yacían acostados en el piso de piedra, algunos portaban armas, otros sufrían heridas o lesiones, y todos tenían una expresión de derrota.

—Me llamo Melcorka de los Cenel Bearnas —dijo Melcorka—, y busco información sobre mi gente —miró a cada persona hasta que encontró a Baetan, estaba durmiendo bajo una ventana. Abriéndose paso entre la multitud, Melcorka le dio una patada—. Baetan, ¡despierta!

Baetan despertó del golpe, se reincorporó y la miró fijamente—. ¿Pero qué?... ¡Melcorka! ¡Creí que habías muerto!

—Aún no —le contestó—. ¿Cómo murió mi madre?

—Luchó con valor —Baetan le respondió de manera abrupta—. El barco vikingo se estrelló contra nuestra flotilla. Bearnas saltó a bordo para luchar pero fue asesinada. Un vikingo alto con un tatuaje en su rostro la mató con su hacha.

Melcorka asintió—. Lo vi desde lejos —le dijo—, si me encuentro de nuevo con él, lo mataré —Melcorka decidió escrudiñar la cámara en busca de algún rostro familiar—. ¿Sobrevivió alguna de mi gente?

—No —dijo Baetan al sacudir la cabeza—. Todos fueron asesinados. Los vikingos les dieron caza como si fueran animales, disparándoles flechas en el agua. Los pocos que lograron abordar el barco fueron masacrados.

—Sin embargo tú sobreviviste —dijo Melcorka—, de nuevo.

—Tuve suerte —dijo Baetan—. Una corriente me alejó del barco vikingo.

—¡Fue tu pánico lo que le provocó la Muerte! —la voz de Melcorka se elevó.

Melcorka sintió la mano de Bradan en su hombro—. Ahora no pequeña —la voz de Bradan era casi inaudible dentro de este lugar de sufrimiento—. Acompáñame; ¡vamos! —Bradan la alejó aunque ella quería quedarse.

Melcorka se encontró con las escaleras que daban con las almenas desde donde parecía que se mostraba todo el reino. Melcorka dio una gran bocanada de aire fresco.

—Mi madre está muerta.

—Lo sé —contestó Bradan—. Te escuché decírselo a Baetan.

—Toda mi gente está muerta —dijo Melcorka.

—También escuché eso —dijo Bradan.

—No tengo a nadie.

Bradan no dijo nada mientras Melcorka se acercaba a la orilla más alejada de la torre y miró al Noroeste, en la dirección donde se encontraba la isla donde había vivido la mayor parte de su vida. En ese lugar no había nadie que la esperara. La isla estaba vacía; solía ser un lugar conocido, lleno de recuerdos de personas que habían fallecido. Todo secreto que su madre había guardado de su vida pasada murió con ella.

Melcorka volvió a respirar profundo y sintió cómo su aflicción estremecedora la consumió en su interior. Había trascurrido varios años desde la última vez que lloró y creyó que no lo volvería a hacer. Melcorka retiró la mano de Bradan de su hombro cuando sintió que la dominaron sus emociones.

—Llora —Bradan dijo gentilmente—. Llora como si el mundo se fuese a acabar. Me aseguraré que nadie te vea.

Melcorka sintió el estallido de las penas en su interior, dominándola de modo que perdió el control de su cuerpo. La consumieron las lágrimas cálidas que derramaban sus ojos y recorrían descontroladas por su rostro, empapando sus ropas como si hubiera entrado una vez más al agua salada del Fiordo. Melcorka sintió como si se estuviera desmoronando.

Al tiempo que Melcorka cesó su llanto, el sol se había ocultado y el aire fresco le acariciaba el rostro. Lloró hasta que se le agotaron las lágrimas. Bradan estaba parado cerca, inmóvil y callado.

—Has de pensar mal de mí —dijo Melcorka—, verme llorar como una pequeña.

—Pensaría peor de una mujer que no llorara por la muerte de su madre —Bradan respondió gentilmente—. Espera un poco más si deseas esconderles tu dolor a los demás. La lluvia llegará en diez minutos.

Melcorka no sintió la lluvia que se llevó sus penas, tampoco el viento frío que la acompañó. Levantó el rostro a los cielos y permitió que la naturaleza le purificara las heridas de su pérdida. La realidad se había escondido en el fondo de su interior; siempre supo que sería de este modo, escondido, y podría pensar en su madre en los malos días venideros. También sabía que a pesar de que nunca lograría deshacerse completamente de ese dolor, se desvanecería con el tiempo. Los recuerdos se fortalecieron dentro de ella; el tiempo para llorar se ha terminado. Ahora es tiempo de recibir su venganza contra los hombres que mataron a su gente.

—Ven Bradan —dijo con detalle—. Tengo mucho trabajo que hacer.

—¿Qué deseas hacer?

—Matar vikingos —dijo Melcorka mientras pensaba en el hombre tatuado del barco vikingo.

OCHO

—¡Despierten! —Melcorka le dio una patada a la puerta de la cámara donde dormían los refugiados. El ruido resonó dentro del cuarto abarrotado—. ¡Despierten!

Todos respondieron con letargia, hombres y mujeres, dos de los tres niños presentes despertaron mientras la otra intentaba ignorar la orden premonitoria de esta mujer extraña con la espada enorme y mirada atormentada.

—¿Por qué nos despiertas a esta hora?

—¿En el nombre de Dios quién eres tú?

—Mi nombre es Melcorka la Espadachina —Melcorka ignoró sus protestas—. Hemos sido derrotados por los vikingos. Nuestro ejército fue masacrado, nuestro rey fue tomado prisionero, nuestras mujeres fueron violadas, nuestros guerreros torturados, nuestra gente ha sido esclavizada, nuestras tierras han sido arrasadas y conquistadas, y todo lo que hemos podido hacer es huir en busca de refugio.

Todos la vieron con ojos viejos, derrotados y con desesperanza.

—¡Es tiempo de contraatacar!

Baetan se puso de pie—. Sólo eres una pequeña —le dijo—, inexperta en el arte de la guerra y sin experiencias de vida. ¿Quién eres tú para decirnos qué hacer? —Baetan vio a su alrededor en busca de apoyo—. Sólo eres una mujer. Alba necesita de un hombre que la lidere, con habilidad en sus brazos y experiencia en la guerra.

—¿Un hombre como tú? —Melcorka marcó sus palabras con burla—. ¿Un hombre familiarizado con la derrota? ¿Un hombre que sobrevive mientras el resto de su aldea es masacrada? ¿Un guerrero que entra en pánico en cuanto ve un barco vikingo? —Melcorka sacudió la cabeza—. No Baetan; Alba no necesita de ti para liderar un contraataque.

Baetan tomó la empuñadura de su espada—. Un hombre al cual los vikingos no han logrado matar; un hombre que ha luchado contra ellos con su habilidad y no con la ayuda de una espada mágica.

Melcorka estaba a punto de tomar a Defensor cuando Bradan la detuvo.

—Esa no es una buena idea —intervino Bradan. ¿Acaso no es mejor unir fuerzas para combatir al enemigo que luchar los unos contra los otros?

Melcorka respiró profundo—. Tienes razón, Hemos perdido muchos buenos guerreros como para matarnos entre nosotros. Debemos pensar en una estrategia.

—¿A qué se debe todo este ruido? —un par de guardias del Condestable entraron en la cámara, inspeccionaron el lugar con sospecha en sus miradas—. ¿Qué sucede aquí?

—Sólo tenemos una discusión —Bradan les dijo con calma —. Estamos averiguando qué opciones tomar.

—¿El Condestable está enterado de esto? —preguntó el más viejo de los guardias.

—No —respondió Melcorka.

—Al Condestable le gusta estar informado de todo lo que sucede en su castillo —dijo el guardia.

—Si desea informarle —dijo Bradan—, esperaremos a que llegue para continuar nuestra discusión.

ESPERARON sentados sobre una banca de piedra que recorría todo el cuarto superior del castillo, Campbell el Condestable estaba sentado sobre una silla de madera tallada, escuchando a Melcorka mientras se ponía de pie. Unos días atrás ella habría estado demasiado nerviosa como para hablar con tantas personas desconocidas, pero ahora sólo podía pensar en el resultado final.

—Los vikingos saquearon el castillo real y la capital; nos derrotaron rotundamente en batalla —dijo Melcorka—. Ahora tenemos estas opciones: podemos vivir lo que queda de nuestras vidas huyendo de ellos, como fugitivos en nuestras tierras. Podemos huir y ser exiliados en tierra de otros. Podemos rendirnos y convertirnos en esclavos, o podemos luchar.

Melcorka sintió cómo la desesperanza dominaba la habitación cuando los refugiados se negaron a mirarla a los ojos o se miraron entre ellos con pena.

—Capturaron el Dun Real y derrotaron a nuestro ejército en cuestión de horas —dijo un hombre de cara larga—. ¿Qué podemos hacer nosotros? Yo digo que huyamos del país y busquemos refugio en otro lugar. Podríamos ir al Sur con los sajones o quizás al Oeste hasta Erin, o a Cymru.

—A donde vayamos los vikingos irán también —dijo una mujer. Estaba sosteniendo a su bebé junto a su seno—. Yo digo que nos rindamos. Ellos ganaron la guerra; seguro serán misericordiosos en tiempos de paz. Creo que es mejor que mis hijos crezcan como esclavos a que mueran ahora mismo.

—Los vikingos no serán misericordiosos —dijo Baetan calladamente.

—¿Cómo lo sabes? —preguntó la mujer—. No tienen motivos para matarnos. Nos han derrotado.

—Masacraron mi pueblo —dijo Baetan—. No dejaron a nadie vivo; hombres, mujeres y niños por igual. Le arrebataron los bebés a las madres, los arrojaron al aire y los empalaron con la punta de sus lanzas. Masacraron a los hombres y violaron a las mujeres, no discriminaron por edad, tanto a pequeños como ancianos les tocó la misma suerte. Rendirse no es una opción.

—Entonces luchamos —dijo Melcorka simplemente—. Reuniremos a todos los guerreros que sobrevivieron la batalla y lucharemos.

—Aquí estamos —dijo un hombre de unos treinta años. La cicatriz en su rostro era reciente y pulsativa—. Somos todos los guerreros que sobrevivieron, suficientes para tripular un bote pequeño —el hombre mostró una sonrisa torcida—. Espero que los vikingos estén muertos de miedo.

—Habrá otros —dijo Melcorka—. Los vikingos no acabaron con todos. Habrá granjeros y pescadores, leñadores y cazadores —Melcorka se detuvo momentáneamente para que fluyeran sus ideas—. Todavía viven los MacGregor.

—¿Los Hijos de la Niebla? —dijo la madre—. Primero confiaría en los vikingos.

—Podemos pedirle ayuda al Lord de las Islas —dijo Melcorka—. Tiene barcos y hombres.

Baetan sacudió la cabeza—. Él no nos ayudará. Está más emparentado con los vikingos que con Alba.

—La familia real de Alba también estaba emparentada con los nórdicos —señaló Melcorka—. Eso no les ayudó de mucho.

—Ahora Alba ha caído —dijo el hombre pelirrojo—, el reinado de las Islas está vulnerable. Los Nórdicos tendrán barcos por toda la costa Oeste de Alba al igual que en el Norte. Ellos pueden atacar y saquear a discreción.

—No son tan tontos —dijo Baetan—. Ni siquiera ellos atacarían las Islas. El Lord tiene su propia flota poderosa y sus galeones son experimentados por sus guerras con Erín. No caerán tan fácilmente como lo hizo Alba.

—Dejemos las Islas fuera de esto por ahora —sugirió Bradan—. Existen otros aliados que podrían ayudarnos.

—¿Quiénes? —preguntó la mujer—. ¿Los sajones del Sur? Dales una excusa y vendrán a tomar el reino y dirán que nos hicieron un favor; no son de confianza. Cymru está demasiado ocupado vigilando su frontera del Este con los sajones y su costa del Oeste con los saqueos de Erín, y ellos están demasiado ocupados luchando entre sí. No tenemos a nadie, y sólo quedamos unos pocos.

Melcorka elevó la voz—. Está Fidach —lo que dijo fue tan impactante que llenó la habitación de silencio.

—¿Pedirle ayuda a los pictos? —dijo Baetan—. Sería más fácil hacer que el diablo componga la biblia y se vista de ángel —al decir eso miró alrededor para obtener seguidores—. Los pictos eran nuestros enemigos jurados siglos antes de que llegaran los Nórdicos.

—¿Cuándo fue la última vez que luchamos con ellos? —preguntó Melcorka—. ¿Cuándo fue la última vez que alguien luchó con la gente de Fidach? Nadie lo ha hecho desde que nací.

Hubo un silencio perdurable hasta que habló el Condestable—. Los pictos son personas que no lucharán sin una causa justa. Sólo ellos pudieron repeler a los legionarios romanos, y fue aquí que los romanos construyeron un gran muro de piedra para mantenerlos alejados. Los nórdicos no se meterán con Fidach.

—Serán buenos aliados —dijo Melcorka.

—Ir a Fidach como emisario sería un trabajo peligroso —Baetan dijo con seriedad—. Nadie que haya entrado a esas tierras ha logrado regresar. He escuchado rumores sobre que coleccionan cabezas y se comen a sus enemigos.

—Yo he ido a Fidach —dijo Bradan—, y regresé sin que me comieran.

—¡Já! —el Condestable le dio una palmada a su pierna—, ia todo el mundo le agrada Bradan el Errante! ¿Por qué te dejaron con vida Bradan?

—Por esto —Bradan mostró su bastón—. Un hombre con bastón no es amenaza para nadie. Si hubiera ido acompañado de un ejército el viento ya estaría silbando a través de mis huesos, pero viajé en son de paz y así fue como partí.

—Si hubieras liderado un ejército tus huesos ya estarían en una sopa —rugió el Condestable, luego se rió de su propio chiste.

Todos se espantaron cuando un puño golpeó la puerta con fuerza. El Condestable se puso de pie cuando entró el centinela.

—¡Señor! —el centinela se dirigió al Condestable, ignorando al resto de la multitud—. Un grupo armado se acerca al río.

—¿Cuántos?

—Más de veinte, señor. Todos vienen a caballo —el centinela se mostró atento al hablar.

—Oh Dios mío —gimoteó la mujer —. iNos han encontrado los vikingos!

—¡Silencio! —dijo el Condestable —. ¿Se trata de los vikingos, centinela?

—No lo sé, señor. No cabalgan como fugitivos.

El Condestable sonrió—. Bueno Melcorka, parece que se cumplió tu deseo de enfrentar a los vikingos —se puso de pie—. ¡Llama a los guardias!

—¡Yo también iré! —dijo Melcorka al tocar la empuñadura de Defensor—. Tengo personas que debo vengar.

—Entra y siéntete bienvenida, siempre y cuando no te interpongas en el camino de mis hombres —el Condestable vociferó para que le trajeran su cota de mallas antes de descender por las escaleras.

—Ten cuidado Melcorka —dijo Bradan—. Cuídate la espalda.

—Me cuidaré de todas partes —prometió Melcorka.

—No sólo te cuides de los vikingos —dijo Bradan—. Creo que existe una amenaza más cercana —la mirada que le dirigió a Baetan fue significativa cuando repitió—, cuida tu retaguardia.

El Condestable lideró veinte hombres al río, todos equipados con cota de malla, cascos redondos hechos a medida, lanzas y arcos. Marcharon a redoble, obedeciendo las órdenes de su líder sin titubear y se reunieron a los dos hombres que ya estaban en posición vigilando el punto de encuentro.

Los guerreros del lado opuesto se congregaron en masa, algunos a caballo, otros de pie, sosteniendo las riendas.

—Esos son caballos nórdicos —dijo el Condestable en voz baja—. Prepárense arqueros —dijo alzando la voz—¡Forasteros! ¡Identifíquense!

Un hombre pelinegro avanzó su caballo tres pasos más delante de los demás—. Mi nombre es Douglas de Douglasdale —gritó—. Y estos hombres son sobrevivientes de la batalla de la Planicie de Lodainn —a pesar de la herida reciente en su frente y la sangre que se había secado en su rostro, el hombre se paró firme y orgulloso.

—Están cabalgando caballos nórdicos —dijo el Condestable.

—Muchos de nosotros también tenemos armas nórdicas —dijo Douglas—. Sus antiguos dueños ya no pueden darles uso.

Melcorka estrechó la mirada—. Ya había visto a ese hombre en algún lado —dijo en voz baja.

—¿Qué asunto tienen con mi castillo? —preguntó el Condestable.

—Escuché que se estaba organizando una resistencia en este lugar —respondió Douglas de inmediato.

—Melcorka asintió—. Le creo. Lo vi en batalla en la Planicie de Lodainn. Vestía una cota antigua y una espada que habría sido anticuada hace cincuenta años.

—¿Luchó?

—Luchó —confirmó Melcorka.

—Extiendan el puente —ordenó el Condestable—, bajen sus armas muchachos.

Melcorka observó mientras dos centinelas empujaron un tronco y jalaron de una cuerda. No vio el mecanismo que hacía funcionar el movimiento del largo puente de madera que poco a poco se abrió paso hasta el otro lado del río.

—No nos extendieron el puente a nosotros —observó Melcorka.

—Ustedes no lo necesitaron —dijo el centinela.

A pesar de la estrechez del puente y la terrible caída al abismo, Douglas no titubeó en cruzar sobre su caballo y lideró a sus hombres al otro lado. Desmontó una vez que llegó del otro lado y esperó a sus hombres, a cada uno de ellos.

—¿Quién está organizando la resistencia? —le preguntó al Condestable—. Todos los campeones fueron ejecutados en la Planicie de Lodainn y el Rey está preso.

—Yo —dijo Melcorka—. Mi nombre es Melcorka, la Espadachina de los Cenel Bearnas.

—¿Cuántos guerreros tienes a tu disposición? —le preguntó Douglas directamente.

—No tengo guerreros. Los nórdicos mataron a toda mi gente.

—Yo tengo veintidós —dijo Douglas—, todos ellos provienen son Fronterizos de los pantanos del Sur. Tengo jinetes audaces de Liddesdale, Teviotdale, Annandale y del bosque Ettrick... por lo menos los que sobrevivimos.

—Todos vienen a caballo —observó Melcorka.

—Somos jinetes —dijo Douglas—. Tuvimos que luchar a pie en Lodainn —se encogió de hombros—. Tú viste cómo termino eso.

—Te vi luchar —dijo Melcorka.

Douglas mostró una sonrisa extrañamente juvenil—. Tuve que tomar prestada las armas de mi abuelo. Un día antes de que marcháramos unos saqueadores se robaron mi armadura —su risa tuvo un cálido recibimiento en ese lugar lúgubre—. Tendré mucho trabajo qué hacer una vez que derrotemos a los Nórdicos.

—¿Crees que podremos vencerlos? —preguntó Melcorka—. No muchos se atreverían a pensar así.

Douglas la observó—. ¿Existe algo que un hombre sagaz no se atrevería a hacer?

A Melcorka ya le agradó este hombre—. Entonces hay esperanza —le dijo.

Douglas sonrió—. Hay más que sólo esperanza —afirmó—. La victoria es segura. Todo lo que debemos hacer es afinar los detalles.

NUEVE

—Estamos discutiendo nuestro próximo plan de acción —explicó Melcorka mientras entraban al castillo—. Propuse pedirle ayuda al Lord de las Islas y a los pictos de Fidach.

—Ambos serían buenos aliados y enemigos peligrosos —dijo Douglas. Volteó a ver a sus hombres—. Cuento con veintidós jinetes y puedo reclutar más en la frontera del Sur. Los sajones serán más audaces sin nuestras espadas para detenerlos pero podremos lidiar con ellos una vez que venzamos a los nórdicos.

—Utilizaste una espada vieja en batalla —dijo Melcorka.

—La espada de mi abuelo —le respondió Douglas—. Y la de su padre antes de él.

—La blandiste bien.

—Hasta que se rompió —dijo Douglas. Su sonrisa esclareció sus ojos.

Gracias al respaldo de Douglas, Melcorka fue capaz de ganar apoyo con sus ideas. Baetan estaba de acuerdo, aunque con dificultad, que valía la pena pedir ayuda a los pictos—. Aunque no creo que nos ayuden —añadió.

—Si no nos ayudan —señaló Douglas—, estarán rodeados

por vikingos tanto en tierra como en mar. ¿Realmente crees que los nórdicos los dejarán en paz? Piensa en el botín que podrían obtener en Am Broch, el castillo real de Fidach, ¡y piensa en todas las jovencitas pictas!

Bradan sacudió la cabeza—. No creo que los nórdicos los ignoren.

—Tampoco yo —dijo Douglas—, ahora lo que necesitamos es convencerlos del hecho.

—Se requerirá de un hombre valiente para ir con ellos —señaló Baetan.

—Yo iré —se ofreció Bradan—. Drest de Fidach me conoce.

—Yo iré a las Islas —decidió Baetan—. Conozco a Donald —dijo al mirar de reojo a Melcorka—. Aunque no espero mucho de su respuesta.

—Yo iré a reclutar las familias de la frontera —dijo Douglas—, o lo que quede de ellas después de la batalla en la Planicie de Lodainn —miró fijamente a Melcorka—. La próxima vez que luchemos quiero hacerlo a caballo. No somos soldados de infantería, somos jinetes.

—Vamos a reclutar cuantas fuerzas podamos y nos reuniremos en algún lugar conveniente para todos —dijo Melcorka—. Sugiero que nos reunamos donde las fuerzas nórdicas estén más débiles para poder congregarnos con fuerza.

Baetan refunfuñó—. Nuestros hombres probablemente terminen luchando entre sí. No me imagino a los jinetes de los pantanales del sur luchando lado a lado con los pictos de Fidach.

—Ya sea que luchen lado a lado o sean derrotados por los nórdicos —indicó Bradan—. Tendrán que aprender.

—Has decidido a dónde iremos todos —le dijo Baetan a Melcorka—, y mientras nosotros hacemos todo ese trabajo, ¿qué estarás haciendo tú? ¿Jugarás con tu cesto de mimbre?

—Yo acompañaré a Bradan a Fidach —decidió Melcorka—.

No conozco los pantanales del Sur y sé que Donald de las Islas no era amigo de mi madre. Creo que no sería político de mi parte en ir para allá.

—Entonces partiremos antes de conocernos bien —dijo Douglas.

—¡No, por Dios! —rugió el Condestable—. ¡Nadie entra a mi castillo sin mi permiso ni se va a sin recibir mi hospitalidad! Tenemos la tradición de preparar festines de despedida y eso es lo que haremos esta noche.

—Nunca he ido a un festín —dijo Melcorka.

La risa del Condestable hizo estruendo en el castillo—. ¿Nunca? Entonces juro por Dios, Melcorka, ¡mañana tendrás recuerdos que te durarán para siempre! —al terminar de hablar el Condestable aplaudió—. ¡Saqueen los almacenes! Traigan las mesas. Quiero comida y bebidas para todos. Quiero baile, música y risas. ¡Les mostraremos a esos nórdicos que nunca conquistarán nuestro espíritu!

Pareció que los vasallos y sirvientes aparecieron de la nada y ese castillo lúgubre pasó de ser un lugar en guerra y pena a un lugar de risa y entretenimiento. El Condestable ordenó que se instalaran mesas largas en el salón principal y en su jardín, las grandes antorchas destellaban una luz intensa conforme se disipaba el sol en el occidente y las estrellas se asomaban en el cielo de terciopelo negro.

—Acompáñame Melcorka —el Condestable puso su brazo semejante al tronco de un roble sobre el hombro de Melcorka—. Te sentarás en mi mesa.

Hacía apenas veinticuatro horas que Melcorka entró a una cámara llena de desesperanza, pero ahora la música y canciones resonaban en el castillo y el Condestable se aseguró de que todos participaran. Había dos músicos con harpa en un estrado elevado ambientando el festín de cinco tiempos, desde sopa de cebada, salmón, venado y res hasta una variedad de verduras que Melcorka jamás había probado en su vida, seguido de deliciosas manzanas y peras, fresas y moras recién cultivadas, bañadas en crema producida por un gran número de vacas.

—Nunca he visto tanta comida en un solo lugar —confesó Melcorka—. ¿Cómo mantienen fresca toda esta fruta?

—Con hielo, querida —dijo el Condestable—. Tenemos sótanos profundos repletos de hielo del invierno —dijo sonriente—. Disfrútalo Melcorka, pues no volverás a ver tanta abundancia si los nórdicos retienen el control. Serán épocas de hambruna para todos excepto para los Lores y amos de la creación; los hombres de los barcos dragón y sus mujeres.

Melcorka le dio un mordisco a una manzana crujiente—. Me gustaría preparar un festín como este algún día —miró las mesas concurridas a su alrededor—. Nunca creí que algo así fuera posible.

Una media docena de sirvientes se ocupó en limpiar las mesas, tres gaiteros iniciaron su estridencia, acompañados de un par de tamboreros y arpistas. Melcorka nunca había presenciado algo así y observó cautivada mientras los hombres y mujeres se reunían en parejas y bailaron en el salón. El ritmo de la música le elevó el espíritu y sonrió con los demás y los acompañó en su canto, aunque no conocía la letra de la canción.

—Ten, prueba esto —el Condestable le entregó un cuerno montado en plata—. Te gustará.

Melcorka tomó el cuerno—. Es aguamiel —tomó un trago tentativo—. De muy buena calidad.

—Es aguamiel de brezo —la sonrisa del Condestable lo hizo parecer varios años más joven—. Nuestras abejas recorren las colinas del lugar —levantó su cuerno—. «Alba gu brath.»

—«¡Alba gu brath!» —repitió Melcorka —¡Alba por siempre!

Se sonrieron el uno al otro y el Condestable fue a pasear,

sirviendo aguamiel en cada cuerno vacío y cerveza de brezo en las jarras de peltre, en todo momento se echaba a reír por cuanta broma escuchara, bailando con mujeres sonrientes, besándose con labios dispuestos y tomando su papel como anfitrión.

—No pareciera que haya lanzado prisioneros desde el muro o matado a un hombre en combate en su vida —Douglas apareció al lado de Melcorka—. Mañana habrá cabezas adoloridas —su sonrisa encendió sus ojos de avellana.

—La mía incluida —Melcorka se terminó el contenido de su cuerno y buscó más aguamiel.

—¿Bailamos? —preguntó Douglas.

—No sé bailar —admitió Melcorka.

—Yo te enseño —Douglas la tomó del brazo—. Arriba.

—Pero... —Melcorka miró alrededor en busca de apoyo. Bradan estaba recargado contra el muro, apoyado con su bastón. Levantó la mano en aprobación y le mostró una pequeña sonrisa antes de desviar la mirada. El resto de las personas en el salón y el jardín estaban ocupados cantando o bailando, bebiendo hasta reventar y rieron toda la noche. El mundo real puede esperar; hoy es momento de ocultar el terror con la risa inducida por el aguamiel y danzar en lugar de huir.

—Así... —Douglas tomó la mano derecha a Melcorka con la suya y la tomó de la cadera con la izquierda—. Deshazte de esa espada —le dijo—. No puedes bailar con una espada en tu espalda, o... —retiró la daga de su funda —una daga en tu cadera —le entregó ambas a un sirviente—. Cuida bien de esto —le dijo—. Si se extravían también lo harán tus orejas, y la cabeza que las sostienen.

—Cuidaré bien de ellas —prometió el hombre.

Melcorka se echó a reír, bebió de un trago la mitad de su cuerno lleno de cerveza y puso su brazo en la espalda de Douglas—. Eres un hombre musculoso —dijo al tallarle la espalda con la mano, sintiendo su fuerza. Luego exploró más abajo—. Incluso esta parte de ti. Debes cabalgar bastante.

—Realizo muchas cabalgatas —Douglas le empujó la mano—. En los pantanales pasamos la mayor parte de nuestras vidas sobre una montadura. Nos endurece esas partes.

—Me agrada —Melcorka le dio una nalgada.

—Igual que a mí —la voz de Douglas era suave y profunda.

La música cambió, volviéndose más salvaje conforme avanzaba la noche. Los hombres y mujeres daban vitoreo y gritos al danzar, con las manos sueltas, dando pisotones en el suelo de piedra mientras las antorchas enviaban sus sombras sobre las paredes. En determinado momento Melcorka formó parte de un grupo de diez personas que bailaban en una fila que recorría todo el salón, y luego todos estaban de pie en el patio en una fila serpenteante mientras se contoneaban por todo el lugar. El ritmo cambió conforme un tono grisáceo anunciaba el amanecer; algunos dormían en las esquinas mientras aún servían bebidas y la música suavizaba su tono. Había danzas lentas y tranquilas que llevaban a las parejas a las recámaras aisladas en busca de intimidad, Melcorka se percató de su popularidad cuando todos los hombres dentro del Castillo Gloom ansiaban su compañía y ella intercambió besos y caricias con personas que jamás había visto.

—Eres muy popular Melcorka de los Cenel Bearnas —le dijo una mujer sonriente.

—Así parece —asintió Melcorka—. Nunca había hablado con tantos hombres en mi vida.

—Me llamo Anice —dijo la mujer—, soy la esposa del Condestable —era una mujer pequeña y regordeta, al igual que amistosa, sus ojos azules se adueñaban de todo lo que había a su vista.

—Buenas noches para usted Anice —Melcorka intentó

mostrar cortesía mientras bailaba al mismo tiempo y sólo logró tropezarse con sus pies, lo cual le causó gracia a Anice.

—Ya son buenos días de nuevo —Anice la corrigió mientras le ayudaba a reincorporarse—. La segunda mañana del festín, o quizás la tercera.

—¿El tiempo corrió tan rápido?

—Así es —dijo Anice—, y ese joven pelinegro te está observando de nuevo.

Melcorka miró de reojo—. Douglas el Negro —exclamó.

—Un Douglas tan negro como los puede haber —asintió Anice—. Será mejor que duermas con él y satisfagas sus deseos, o si no irá a la guerra incompleto.

Melcorka abrió los ojos impactada—. Nunca he compartido la cama con un hombre.

—¿No? —Anice retrocedió y la miró de pies a cabeza—. ¡Y eres una criatura con una figura tan bien formada! Pero qué desperdicio. Será algo bueno para ti también, o irás a la guerra sin conocer los placeres que un hombre te puede dar —Anice empujó a Melcorka en dirección de Douglas—. ¡Vayan y disfruten!

Douglas la estaba esperando con los brazos abiertos y ojos animados por los días y noches de fiesta y bebidas. La tomó de la mano y subieron danzando por las escaleras circulares hasta llegar a una habitación oscura, esperaron a que otra pareja sonriente se fuera y se apresuraron hasta una cama de brezo suave, con la compañía del sol que se asomaba por las ventanas en forma de flecha y las melodías del arpista.

—Diste una buena batalla en la Planicie de Lodainn —dijo Melcorka.

—Fue un mal día para Alba —dijo Douglas—, pero cada día tiene su fortuna—. Le mostró una sonrisa—. Me viste; ¿te gustó lo que presenciaste?

—Me gustó bastante —Melcorka sintió el fuerte latir de su

corazón. Su cuerpo también mostró varios gestos que la emocionaban y asustaban por igual—. Me gustas mucho.

Su sonrisa la rodeó de dicha—. Mira esto —le dijo y al mostrarle una pieza cuadrada de lino fino manchado de sangre —. Este es mi trofeo de ese día en Lodainn.

Melcorka suspiró—. Ese es el Jabalí Azul; ¡el estandarte real!

—Lo sé —Douglas lo volvió a guardar con una sonrisa—. Es bello, ¿no es así? —Douglas deslizó su mano firme sobre el cuerpo de Melcorka, perdurando en ciertas áreas—. Pero comparado contigo no es más que la cola del diablo.

—Oh... —Melcorka sintió cómo esas manos exploraban su cuerpo, cerró los ojos y permitió que estos nuevos sentimientos, extraños y maravillosos, la guiaran. A Douglas no le fue difícil reconfortarla y le ayudó con todo lo que le causaba inseguridad.

Después, mientras yacía a su lado, Melcorka miró su propio cuerpo impactada y al de Douglas con asombro.

—No tenía idea de que sería así —dijo Melcorka.

Douglas le sonrió, extendió su brazo y la acarició—. Cambia todo el tiempo. A veces te haces visitar el cielo con una liberación instantánea de tensión, otras te deja frustrado cuando las cosas no suceden como deberían—. La acarició del cuello a las rodillas y en otras partes en el camino—. Con un cuerpo como el tuyo no deberías tener problemas en encontrar un compañero cuando lo necesites.

Melcorka no dijo nada mientras acercaba sus dedos hacia él —. Muéstrame otra vez —lo invitó—, veo que estás listo —en ese momento Melcorka no quería otro compañero. Quería a Douglas el Negro pues estaba enamorada. Este hombre está destinado a ser su compañero de vida. Había encontrado una parte de su destino. ¿Y la otra...?

—Debemos derrotar a los nórdicos —dijo Melcorka, aunque por primera vez desde vio la flota nórdica en la costa de Alba, éstos pasaron a ser parte secundaria de su vida. Todo lo que quería era a este hombre, tan seguido como pudiera y por el mayor tiempo que le fuera posible.

—Eso haremos —prometió Douglas al subirla sobre su cuerpo y mostrarle una sonrisa—. Sólo que no en este momento —dijo mientras entraba en ella de nuevo. Una vez más Melcorka se olvidó de los vikingos y barcos Dragones y la guerra para eliminarlos de Alba, pues había asuntos más importantes que requerían su total atención.

—Querida Melcorka —la voz de Douglas era gentil en su oído—. Creo que me estoy enamorando de ti.

Melcorka cerró los ojos y permitió que las olas de placer la estremecieran en su interior.

El canto dulce de un mirlo la despertó mientras yacía en una profunda felicidad. Al saber que su vida había cambiado para siempre, se estiró en su cama de brezo y abrió los ojos. A su alrededor había hombres y mujeres, algunos vestidos, otros a medias, y muchos tan desnudos como vinieron al mundo, en distintas posiciones de sueño o despiertos, mientras el aire entraba por la ventana en forma de flecha para deshacerse del olor estancado de personas que bebieron y durmieron demasiado. Melcorka sonrió, se reincorporó y liberó un gemido cuando su cabeza y estómago se quejaron de esos movimientos innecesarios.

—Oh por Dios —dijo al sostener su cabeza y regresar al brezo—. ¿Qué has hecho conmigo?

No estaba segura de qué era pero, si el dolor en su cabeza o los movimientos incómodos de su estómago. Melcorka decidió atender de inmediato lo segundo y buscó un lugar aislado para cumplir con sus demandas. Se dio cuenta que no estaba sola, una media docena de personas, hombres y mujeres, también atendían las necesidades de la naturaleza como consecuencia de varios días de festines, danzas y alcohol.

. . .

—¿DISFRUTASTE del festín? —el Condestable estaba tan sonriente como siempre mientras merodeaba por sus dominios —. ¡Anice me contó que tuviste otras primeras experiencias además del festín! —Su sonrisa hizo estruendo en la cabeza de Melcorka como si fuera el martillo del diablo. Se retorció del malestar.

—Sí, gracias Condestable.

—¡Grandioso! —El Condestable por poco la derriba al darle una palmada en la espalda—. ¿Entonces ya estás lista para luchar contra los vikingos? Supongo que ya estás equipada y preparada.

En ese momento Melcorka no se sentía capaz de mantenerse de pie, mucho menos de luchar—. Sí, Condestable —le respondió—. ¿Podría pedirle a algún sirviente que me traiga mi espada por favor? La entregué al principio del baile.

—Tu espada es un arma curiosa —parecía que el Condestable gritó cada palabra—. Tu colega la está examinando en este momento. Creo que se encuentra en el patio.

—¿Douglas el Negro? —Melcorka sonrió al recordar sus memorias.

—No, el otro.

—¿Bradan? No creí que tuviera interés por las espadas —dijo Melcorka.

—No, Baetan el sobreviviente —el Condestable siguió su camino, silbando mientras recorría su castillo.

Fue profunda y repentina la ansiedad de Melcorka mientras se apresuraba al patio del castillo. Baetan estaba rodeado por una multitud de espectadores llenos de admiración mientras les demostraba varios movimientos con Defensor.

—Ah, ahí estás Melcorka —la volteó a ver mientras ella se apresuraba al patio, retorciéndose del dolor que le causaban sus movimientos—. Estaba examinando tu espada.

—Sí, esta espada mía —Melcorka intentó arrebatarle a

Defensor.

Baetan la esquivó con facilidad—. Tiene un buen balance —se volvió a apartar, evadiendo a Melcorka en cada uno de sus intentos para recuperarla—. Sin esta espada no eres más que una niña, ¿no es así? Una niña de veinte años que no tiene experiencia en la batalla, mucho menos en liderazgo, y aun así intentas formar ejércitos y enfrentar a los nórdicos—. Baetan sostuvo a Defensor en los aires mientras Melcorka intentaba recuperarlo en vano.

—Devuélveme mi espada —demandó Melcorka.

—Tendrás que hacer algo mejor que eso —se burló Baetan —. ¡Pareces una niña! —luego adoptó un tono agudo en su voz —, devuélveme mi juguete, por favor Baetan. No es tuyo, es mío.

Un par de espectadores se echó a reír. Melcorka dio un paso atrás. Vio legar a unos jinetes de la Frontera, se paró detrás de la multitud y observó. Hombres con el rostro cínico y mirada dura que han vivido sus vidas defendiendo la frontera del Sur contra los saqueos sajones, Melcorka estaba segura que le notificarían a Douglas de los sucesos del patio, y cómo Baetan la hizo quedar en ridículo al ser incapaz de recuperar su espada.

Anice se abrió paso al frente de la multitud, observando sin decir nada. Bradan estaba al fondo apoyado de la pared con su bastón inclinado frente a él. Melcorka no podía verlo a los ojos.

—Di por favor —Baetan sostuvo a Defensor en lo alto—. Di «por favor Baetan, ¿podrías devolverme mi espada?»

Un joven entre la multitud estalló en risas y otros lo acompañaron cuando Melcorka retrocedió sin saber qué hacer. Sabía que con la ayuda de Defensor podría luchar a la par con Baetan, y que sin su espada no era más que una torpe joven isleña que nunca fue capaz de golpearlo una vez en varias sus sesiones de práctica. Este guerrero fornido la haría añicos en segundos. Suspiró y agachó la cabeza.

—Tienes razón Baetan —se escuchó la derrota en su voz—. Sólo soy una chica joven e inexperta —miró hacia arriba para verle el rostro triunfante—. No puedo arrebatarte a Defensor de las manos. ¿Me lo puedes regresar?

Bradan estrechó la mirada y golpeó el suelo con su bastón, el sonido resonó en el silencio repentino del patio. El canto de un mirlo solitario dominó el castillo.

—Sólo si me ruegas —Baetan apuntó al suelo de piedra frente a él—. De rodillas, niña, y ruégame para que te entregue la espada—. Baetan le sonrió a la multitud creciente—. Incluso entonces puede que no te la regrese. ¡Esta espada es demasiado buena para una mujer!

Algunos de los jóvenes se echaron a reír con fuerza por el comentario. Melcorka lo volteó a ver mientras le sacudía la cabeza.

—De rodillas te dije. Arrodíllate frente a mí.

Melcorka vio a Bradan sacudir violentamente la cabeza mientras ella se arrodillaba. Hubo un estruendo de risas entre la multitud, más fuerte que antes.

—¡Ahora ruégame! —ordenó Baetan.

—¿Así? —Melcorka alzó los brazos en pose de súplica, con las manos presionadas entre sí—. ¿O así? —de repente Melcorka se impulsó hacia adelante, presionando los dedos estirados directamente en los genitales de Baetan. Él jadeó y cayó de rodillas mientras Melcorka se ponía de pie y le arrebataba a Defensor de su agarre debilitado, luego le propinó un golpe en el hombro con la parte blanda de la espada.

—Así es como lidiamos con los brabucones —dijo Melcorka, después lo golpeó de nuevo, el impacto produjo un ruido satisfactorio—. ¡Vamos chicas! ¡Mostrémosle lo que hacemos con los brabucones!

Unas cuantas mujeres de la audiencia se unieron al linchamiento mientras los hombres observaron, el perturbado de

Baetan sufrió patadas y bofetadas mientras se apresuraba hacia la entrada del castillo, fue rodeado por la multitud de mujeres. Al llegar a la puerta se detuvo, empujó al suelo a una de las mujeres y tomó la espada de uno de los guardias.

—¡Te partiré a la mitad! —rugió al levantar la espada, listo para atacar, en ese momento Bradan lo golpeó en la garganta con la punta del bastón, levantándole la quijada.

—No vas a matar a nadie —dijo sin elevar la voz—. Tú iniciaste este lío y Melcorka lo terminó, eso es todo.

Anice apartó a las mujeres—. Tú no eres un guerrero —le dijo a Baetan—. No eres un hombre de verdad —le arrebató la espada de las manos y se la regresó a su dueño—. Márchate de este castillo. ¡Señoritas! —su voz era clara y comandante—¡Sosténganlo y traigan un poste!

—¡No pueden hacer esto! —Baetan retrocedió mientras un grupo de mujeres lo atrapó y lo sostuvieron con fuerza. Otras trajeron un tronco de árbol de unos tres metros, tan ancho como la pantorrilla de un hombre y con la corteza aún en su lugar—. ¡Prepárenlo y llévenselo! —ordenó Anice.

—¡No! —protestó Baetan mientras las mujeres lo desnudaban y lo encimaban a horcajadas contra el poste, lo rebotaron penosamente mientras lo desfilaban por el castillo. Melcorka observó cómo lo rodearon las mujeres y algunos hombres, burlándose, riéndose, golpeándolo con varas, arrojándole frutas y huevos, corriendo alrededor del poste para azotarle las piernas y cuerpo mientras se intentaba balancear y proteger sus partes más sensibles del contacto con la corteza.

—Se la pensará dos veces antes de amedrentar a otra mujer —dijo Anice—. Normalmente utilizo el poste en los hombres que han abusado de sus esposas o en las mujeres que le han sido infieles a sus esposos.

Después de darle una vuelta al castillo las mujeres llevaron el poste hasta la cuesta del río en los límites del castillo y arrojaron a Baetan por el Raudal de la Pena. Sus ropas y espada fueron lanzadas después de él.

—Y no regreses —Anice le aconsejó a Baetan quien, lastimado, lleno de moretes y cohibido, se fue cojeando, aún desnudo con las ropas entre las manos. Desde lo alto lo observó la multitud de mujeres burlonas.

—Me temo que has perdido a tu emisario de las Islas Melcorka —dijo Anice.

Melcorka asintió—. No creo que haya sido una pérdida.

Las mujeres se estaban riendo de regreso al interior del castillo mientras contaban sus respectivos papeles en el linchamiento de Baetan.

—Vaya golpe el que le propinaste —dijo una rubia gorda con entusiasmo—. ¡No podrá dormir con una mujer en mucho tiempo!

—Así es —asintió Melcorka, luego miró a sus alrededores—. ¿Alguien ha visto a Douglas el Negro? No está aquí.

Bradan levantó la mano—. Yo sé dónde está —dijo al abandonar su lugar junto al muro—. ¿Deseas verlo?

—Por supuesto que sí —Melcorka siguió a Bradan a través del patio hasta un pequeño edificio en el muro más lejano.

—No está solo —advirtió Bradan cuando estaban a solas.

—Oh —Melcorka luchó contra su decepción repentina—. ¿Está con alguno de los jinetes de la Frontera?

—No —Bradan tomó del brazo a Melcorka—. No está con ningún hombre. ¿Estás segura que deseas continuar?

Melcorka sintió un desliz de pavor—. Sí, estoy segura —Bradan la guio hasta el cuarto—. Entraré sola —dijo Melcorka.

—Como desees —Bradan se retiró.

Melcorka abrió la puerta. Douglas le estaba dando la espalda a la entrada, yacía sobre una cama de paja y una mujer pelirroja gemía debajo de él. Inconsciente de que estaba siendo observado, Douglas le susurró en el oído.

—Querida Eilidh, creo que me estoy enamorando de ti.

Melcorka cerró la puerta con cuidado. Bradan la estaba esperando a tan solo diez pasos de la entada—. Es hora de que nos marchemos a Fidach —dijo Melcorka—, después iré a las Islas.

—Iré por mis cosas —dijo Bradan con calma.

DIEZ

—Ten cuidado de los pictos —advirtió el Condestable desde el puente levadizo—, son seres caprichosos. Drest puede ser encantador o astuto dependiendo del día o del viento —miró hacia el cielo—. Ten cuidado porque el clima está por cambiar y los ríos se desbordarán al norte de las tierras altas —bajó la voz—. Y ten cuidado con la Gente de la Paz; tu ruta los lleva muy cerca de Schiehallion —extendió la mano—. Les deseo toda la suerte a ambos. Cuando regresen al sur asegúrense de darnos una visita.

Mientras Melcorka y Bradan bajaban por el sendero, el Condestable les gritó—. Y tengan cuidado con el druida de Brude, su nombre es Broichan. Él los someterá a varias pruebas.

«Broichan, ese nombre parecía estar rodeado de maldad», las palabras del Condestable siguieron a Melcorka colina abajo por el camino boscoso y se mezclaron con la imagen de Douglas que la acosaría en sueños durante su viaje al Norte.

—He escuchado hablar acerca de los druidas —dijo Melcorka dos días después mientras se apiñaban en un agujero en la nieve sobre las tierras altas centrales—. Ellos eran los sacerdotes de los tiempos antiguos.

—Eran y todavía son los sacerdotes de Fidach —Bradan atendió la pequeña fogata, lo único que prevenía que murieran congelados en esa cresta que miraba al Este.

—Escuché que practican sacrificios humanos y se comen los bebés de sus enemigos —dijo Melcorka al devorar con delicadeza la pierna de una liebre que mataron durante el día.

—Ellos cuentan con gran sabiduría y conocimientos de la naturaleza y los hábitos de las aves, plantas y animales —Bradan bebió una infusión de hierbas y vegetación que recogió debajo de la nieve.

—Meten a sus prisioneros de guerra en hombres de mimbre enormes y los queman vivos —recordó Melcorka.

—O así lo cuentan sus enemigos —sonrió Bradan a través del humo de la fogata—. Sólo un tonto hace caso a las palabras de un enemigo, y tú no eres una tonta.

—Quizás sea cierto —Melcorka ignoró el cumplido tácito—. Es mejor estar preparados para enfrentar estas cosas, ¿no lo crees?

—Tienes razón en estar preparada —Bradan le dijo solemne. Volteó hacia afuera para ver cómo la ventisca horizontal arrojaba nieve en la entrada de la guarida—. A los druidas también se les conocen como magos, igual que los reyes magos de la biblia. Yo no pienso que los magos sean malas personas, aunque no sean cristianos.

—Escuché que los druidas practican las artes oscuras y convocan demonios de ríos y loches—. Los jugos de la liebre recorrieron la barbilla de Melcorka cuando levantó la cabeza—. San Columba tuvo que enfrentarse a un monstruo de río en el Ness cuando vino a estas tierras.

—Nos cuidaremos de los monstruos —prometió Bradan con

solemnidad—, aunque para ser honestos he recorrido cada rincón de Alba y Erín y nunca me topé con uno.

Melcorka se limpió la barbilla con el dobladillo de la capucha de viaje que le regaló Anice—. Eres un hombre sabio Bradan. ¿De dónde eres?

Bradan se encogió de hombros—. No estoy seguro de si soy o no un hombre sabio; no me siento como un sabio así que dejaré que los demás lo decidan por mí —Bradan se terminó su comida y limpió el plato con la nieve fresca.

—¿Y de dónde eres?

Bradan se quedó callado por lo que pareció una eternidad —. Soy de donde sea que esté en ese momento —su sonrisa se retorció cuando la volteó a ver—. He sido un errante desde que tengo memoria, por favor no me pidas que lo mida en meses o años porque no puedo.

Melcorka descartó los restos de la liebre con nieve derretida —. Eres un hombre lleno de misterios Bradan.

—No lo soy —le respondió—. Sólo soy yo, no tengo muchos misterios de los cuales hablar. Soy exactamente lo que parezco —Bradan tomó su bastón del suelo—, soy un hombre que deambula por la tierra con su bastón.

—Eres un hombre honesto —le dijo Melcorka—. Eso habla mucho de ti.

Bradan se reclinó y golpeteó el suelo con su bastón—. Parece que estás contemplando tus pensamientos —le dijo—. Dime qué te aqueja.

—No qué sino quién —dijo Melcorka. Las palabras se precipitaron de su boca de manera tan desconsiderada y amarga como el aguanieve de la primavera, su intensidad era casi poética—. ¡El amor de los hombres es falso y pobre de la mujer que caiga en sus engaños! Aunque sus palabras elegantes sean dulces, esconden sus corazones en el fondo de su ser. No volveré a creerles sus susurros secretos, no volveré a tomarlos de la mano con cariño, no volveré a creerles sus besos dulces...

—¿Hablas de todos los hombres o sólo te refieres a uno en particular? —Bradan golpeteó la punta de su bastón en el suelo.

—Se trata de Douglas. Permití que él...

—Compartiste tu cuerpo con él, pensando que era algo exclusivo, y te lastimó descubrir que pensaba diferente —dijo Bradan.

Melcorka desvió la mirada, asintiendo esa afirmación.

—¿Fue esa tu primera vez con un hombre? —la voz de Bradan era gentil.

Una vez más Melcorka asintió.

—Entonces no será la última —le dijo Bradan—. La memoria perdurará mucho más que el dolor —guardó silencio por un momento—. No estaba en las intenciones de Douglas el lastimarte.

Melcorka no podía comprender las emociones que se encontraban en conflicto en su corazón. Sólo sabía que las acciones de Douglas empeoraron la agonía que sentía por la pérdida de su madre. No pudo contestar.

—Háblame por medio de tus sentimientos —invitó Bradan.

—No puedo expresarlos —dijo Melcorka.

Bradan guardó silencio por un momento—. Cuando lo puedas hacer yo tendré oídos para escucharlos.

Melcorka no dijo nada.

—Por ahora duerme —sugirió Bradan—, aún tenemos un largo camino por recorrer.

—No puedo dormir —dijo Melcorka.

—Entonces descansa todo lo que puedas —Bradan se acercó. Melcorka se acurrucó junto al fuego, y las tres veces que despertó en medio de la noche vio que Bradan no se había movido. Sus ojos la miraban atentos.

ONCE

La nieve quedó escueta sobre la punta de la montaña cónica que dominaba las colinas cercanas, el color blanco contrastaba con el cielo brillante y una ligera neblina navegaba por las cuestas inferiores.

—Schiehallion —dijo Bradan en voz baja—. La montaña sagrada. Evitamos ese lugar como la plaga y los pozos más profundos del infierno.

—He escuchado cosas acerca de ese lugar —dijo Melcorka. Miró más allá de las colinas cercanas, una cordillera puntiaguda que se extendía por varios kilómetros hasta la cima sagrada—. ¿Alguna vez has ido a ese lugar?

—Jamás —dijo Bradan—. No es un lugar que debas visitar. Los «Daoine Sidh», la Gente de la Paz, no son seres que desees conocer —al decir eso Bradan le apartó la mirada—. Te invitan a que pases la noche y te quedarás ahí por toda la eternidad.

—¿Son tan hospitalarios? —preguntó Melcorka con una sonrisa insegura.

—¿Alguna vez has escuchado el cuento de los dos gaiteros? —Melcorka no tuvo tiempo para responder—. Hace tiempo, dos gaiteros que viajaban al Norte después de una boda en Dun Edin cuando se encontraron una bella doncella, parecida a ti.

—No soy bella —negó Melcorka.

—Sí que lo eres. Por favor no interrumpas mi historia.

Melcorka desvió la mirada sin sonreír.

—Vaya que era bella, tan fresca como el pasto en pleno verano, de cuello como un cisne, ojos cuyo color asemejaban una mañana de primavera, su piel tan clara y suave como la de un bebé recién nacido y su cabello le fluía hasta los hombros como hebras de avena madura—, Bradan golpeteó el suelo con su bastón—, parecido al tuyo.

—Mi cabello es negro —dijo Melcorka.

—Así es —asintió Bradan—. Estaba asegurándome de que estuvieras prestando atención.

—Te escucho —Melcorka forzó una pequeña sonrisa.

—Esta bella mujer, idéntica a ti salvo por el color de su cabello, mostró una sonrisa que encantaría a las aves de los árboles o al sol del cielo y le dijo a los gaiteros que iba camino a la boda de su hermana pero no tenían música para complementar la cerveza y aguamiel. Los gaiteros sintieron simpatía y por supuesto le ofrecieron sus servicios.

—Los gaiteros tienden a ofrecer sus servicios cuando hay cerveza y aguamiel de por medio —dijo Melcorka, luego levantó la mano en señal de disculpa por haber interrumpido de nuevo.

Bradan continuó—. «Tenemos cerveza», repitió la mujer pues sabía cómo convencer el corazón y la mente de un gaitero —, «también aguamiel y whisky».

Los gaiteros quedaron ahora más dispuestos y la acompañaron a la boda, riéndose de sus bromas, admirando su manera de caminar y enamorándose de ella con cada palabra y sonrisa que se mostraba en sus labios.

—Los hombres son así —dijo Melcorka—, al principio.

—Algunos hombres son así al principio, y se mantienen así hasta el final —dijo Bradan en silencio.

—O así lo dicen —dijo Melcorka—, no he conocido a un hombre así.

—Quizás lo has hecho, quizás no —dijo Bradan—. ¿Puedo continuar con mi historia?

—Sí, por favor Bradan. Cuéntame acerca de esta bella mujer de cabello avenoso que no se parece en nada a mí y de esos dos hombres que se enamoraron de ella pero que no permanecerán leales.

—Ella los dirigió hasta una pequeña colina herbosa en el centro de un claro circular. En medio de la colina estaba una puerta tallada de madera fina, la cual abrió sin tocarla, y los guio por unas escaleras hasta una recámara subterránea donde el novio y la novia los esperaban junto cientos y cientos de invitados. Todos vitorearon por la llegada de los gaiteros, ¿pues qué sería de una boda sin un gaitero? Elogiaron a los gaiteros con aguamiel y cerveza y toda la comida que podían comer. Había música y baile y festines que dejarían en vergüenza incluso al del Castillo Gloom que en comparación no sería más que una merienda para un indigente, los gaiteros tocaron su música toda la noche. La mañana siguiente su anfitrión les entregó monedas de oro por las molestias y los guio de regreso al mundo exterior.

Sin embargo cuando emergieron todo había cambiado. Regresaron a su clachan sólo para descubrir que había desaparecido, las casas eran ahora montículos de brezo y no había sonido además del viento silbante. El cementerio estaba lleno de piedras grabadas con los nombres de las personas que conocían y todos los hombres y mujeres a quienes les hablaron los miraron con incertidumbre. Eventualmente encontraron a un sacerdote y le contaron su historia, pero las monedas de oro que se ganaron se convirtieron en bellotas y en el instante que el sacerdote mencionó el nombre de Jesucristo los gaiteros se convirtieron en polvo. Sólo una cosa era segura y era que ambos mencionaron una fecha. Los gaiteros habían conocido a San Columba en persona.

Bradan se detuvo y volteó a ver a Melcorka—. San Columba murió hace cuatrocientos años y esa historia me la contó el mismísimo cura frente a una hoguera de turba la primavera pasada.

—¿Y qué sucedió? —preguntó Melcorka.

—La mujer que era tan bella como tú era la princesa de la Gente de la Paz. Sedujo a los gaiteros con sus encantos, de la misma manera que tú puedes hacerlo, y los tentó a entrar a Elfhame, el reino de las Hadas, cosa que tú nunca harás.

Melcorka dejó de objetar por los cumplidos—. ¿Por cuánto tiempo estuvieron en Elfhame? Dijiste que sólo fue por una noche.

—Y ese es el poder de la Gente de la Paz —Bradan habló con seriedad—. Pueden alterar el tiempo y espacio, causando que los gaiteros experimentaran el paso de los siglos mortales como si se tratase de una noche —Bradan miró hacia el Oeste—. Por eso evito a la Gente de la Paz y las tierras cercanas a Schiehallion. Es mejor no entrometerse con lo que no comprendes.

Melcorka asintió—. Lo tendré en mente —dijo solemne, aunque en su corazón ya no tenía amor por el mundo de los hombres ni nada que tuviera que ver con ellos.

Aun así cuando caminaban con el viento que arrastraba las nubes oscuras repletas de nieve, Melcorka no pudo evitar recordar los cumplidos que le hizo Bradan por medio de su historia, pero se esforzó por esconder su sonrisa. El dolor que le causó Douglas se estaba debilitando, sin embargo aún la carcomía por dentro y no estaba lista para perdonar.

El susurro apareció en el viento y entre los brezos. Iba y venía, dejándose escuchar por capricho. Melcorka miró a su alrededor intentando localizar el origen del sonido, pero no vio nada fuera de lugar. Aun así sabía que alguien estaba cerca, hablando sin emitir voz. Había una memoria dentro de ella de una voz sin origen, y escuchó con un tono de emoción que estaba enlazado con aprensión.

—Estás tensa —dijo Bradan al leer su humor.

—No es nada —respondió Melcorka, recibiendo con gusto el breve toque de Bradan en su brazo.

Siguieron caminando, dejando atrás las colinas nevadas hasta llegar a una arboleda cuyos árboles estaban dispersos, congelados y torcidos por el viento de las colinas hasta quedar deformes con una torcedura diferente presente en cada uno. Hacia el norte, a zancadas, con el paso de las horas hasta llegar al momento del día donde la luz se mezcla con la oscuridad y lo tangible se vuelve irreconocible. Las formas se distorsionaban a lo lejos, los árboles se suavizaron con el cielo rosado del crepúsculo y el canto de las aves tranquiliza el final del día.

Frente a ellos hubo un movimiento repentino y fugaz, un matiz borroso de café y gris, y el destello brillante en los dientes.

—¡Por San Bride! —exclamó Bradan en voz baja—, ¡lobos!

—Sólo uno —Melcorka tomó su espada.

—Sólo uno y sus amigos —dijo Bradan—. ¡Mira! Están persiguiendo a alguien.

Melcorka vio las figuras largas y hambrientas que revoloteaban entre los árboles. Primero vio uno, luego otro, y finalmente al resto de la manada, corrían en una misma dirección en busca de su presa. Frente a ellos, jadeante, corría un anciano vestido en harapos cafés, descalzo y de barba gris. Cargaba entre sus brazos una bolsa de piel de tejón.

—Ya lo tienen —dijo Bradan—. No podrá escaparse.

—¡Podemos ayudarlo! —Melcorka frunció el ceño cuando Bradan la detuvo del brazo—. Déjame ir Bradan.

—Esa es una manda de lobos —dijo Bradan—, si los dejamos se comerán a ese anciano y podremos escapar. Si interferimos se comerán al anciano al igual que a nosotros y no tendremos escapatoria. No deseo terminar en el estómago de veinte lobos.

El líder de la manada estaba a quince pasos de alcanzar al anciano. Su hocico estaba abierto y su lengua jadeaba de fuera dejando un rastro de saliva en el suelo y su pecho. Era enorme, casi del mismo tamaño que un hombre adulto, de pelaje plateado y astuto por la edad, iba seguido de los jóvenes ambiciosos que querían su posición y un legado de hembras desesperadas por desgarrar al hombre indefenso al que perseguían.

—No —Melcorka sacudió la cabeza—. No podemos sacrificar a un hombre viejo sólo para salvarnos.

—Morirá sin importar lo que hagamos —Bradan habló sin emoción—. Es probable que lo haya desterrado su aldea porque ya no es útil, o quizás se trate del sobreviviente de un ataque vikingo.

—Quédate aquí si así lo deseas —dijo Melcorka—, o huye si así lo prefieres. La opción es tuya.

—No podrás sola contra una manada de lobos —advirtió Bradan, pero lo dijo cuándo Melcorka ya se había ido.

Los ojos del anciano estaban completamente abiertos del miedo cuando miró de reojo sobre su hombro. Los lobos se estaban acercando, uno de ellos emitió un aullido desgarrador.

—¡Aquí! ¡Mírenme! —Melcorka corrió hacia ellos, blandiendo a Defensor sobre su cabeza—. ¡Vengan por mí, lobos!

Tres de las hembras dejaron de perseguir al anciano y se lanzaron contra Melcorka. Dos de ellas eran jóvenes, con la mirada vacía y costados delgados, los cuales indicaban que no hubo buenas cazas durante el invierno. La tercera era más vieja y ladina; se mantuvo en la retaguardia hasta que las primeras jóvenes estaban atacando a Melcorka, entonces se escabulló para atacarla por la retaguardia.

Una vez más la sensación de poder fluyó dentro de Melcorka. Atacó de derecha a izquierda, cortando a las dos lobas por la mitad en pleno salgo—. Este va para ti —gritó Melcorka, sintió el aliento caliente de la loba mayor en su nuca, se tiró al suelo y elevó su espada para que la loba aterrizara en ella, cayendo de costado y liberando un aullido mientras se revolcaba en su sangre.

Cuando Melcorka se puso de pie y torció a Defensor para zafarlo de la loba, vio al anciano caer bajo las patas del líder de la manada—. ¡Allá voy! —gritó—. ¡Resiste!

El macho alfa levantó el hocico y gruñó triunfante, sus labios se contrajeron para revelar unos feroces dientes blancos. Melcorka saltó sobre los cuerpos de las hembras y le dio una estocada al lobo. El macho alfa liberó un chillido agudo y se retorció para morder la espada, en ese momento Melcorka retorció su hoja dentro del animal. El lobo malherido volvió a liberar un aullido, se retorció y murió. Melcorka lo pateó a un lado.

—¡Quédate detrás de mí! —gritó Melcorka al pararse entre el anciano y la manada—. ¡Detrás de mí!

Los ojos del anciano estaban bien abiertos—. ¡Lo que quieres es mi oro! —el hombre estaba tan perplejo que Melcorka lo empujó con el pie a una distancia segura.

—¡Si valoras tu vida harás lo que te digo!

—Sólo quieres mi oro —dijo el hombre en un susurro nervioso.

—No nos importa tu oro —reprendió Melcorka—. ¿Podrías ir detrás de mí para que estés a salvo?

—Yo lo cuido —dijo Bradan—. Concéntrate en los lobos y deja a este anciano en mis manos.

—¡Creí que tenías miedo!

—¡Sí tengo miedo! —gritó Bradan—. ¿Ahora podrías ahuyentar a esos lobos antes de que me muera del susto?

Parte de la manada huyó tras la muerte de su líder. Los que quedaron eran los más atrevidos; aquellos cuya hambre o el deseo de matar eran más poderosos que el miedo.

—¡No les daré mi oro! —el anciano se encorvó sosteniendo la bolsa de piel de tejón contra su pecho.

Melcorka respiró profundo y tocó el hombro del anciano—. Está bien padre. No nos sirve de nada el oro. Sólo intentamos salvarle la vida.

—No pueden tenerlo —gritó el anciano.

—Avísame si se acercan por los flancos —Melcorka abanicó la espada hacia los lados para mantener alejados a los lobos. En respuesta los animales retrocedieron y gruñeron, mostrando sus dientes blancos y feroces.

—No te preocupes; ¡me escucharás gritar! —Bradan levantó su bastón.

—Retrocedan despacio, llévate contigo al anciano —Melcorka se alejó esperando resguardarse o por lo menos proteger su espalda contra un árbol. Los lobos la siguieron, babeando y gruñendo, con las cabezas cerca del suelo mientras esperaban por una brecha en sus defensas.

—¡Se acercan por la izquierda! —advirtió Bradan.

Melcorka se agachó y agitó la espada desde abajo, intentando cubrir sus flancos al igual que su frente. Vio la figura delgada que emergió contra ella, se agachó y atacó con una tajada, pero el lobo logró esquivar el ataque al saltar hacia un lado. Melcorka recobró el balance y atacó con otra tajada poderosa que logró cortarle las patas frontales. El lobo aulló y cayó al suelo, la criatura intentó alejarse arrastrándose. El resto de la manada sucumbió ante un frenesí canibalesco y uno a uno clavó su mordida sobre su compañero herido mientras éste chillaba en agonía.

—Ahora es cuando, ¡date vuelta y corre! —gritó Bradan—, ¡hazlo mientras siguen ocupados!

—¡No! Si hago eso no dudarán en ir tras nosotros —en lugar de huir Melcorka avanzó contra el festín de lobos. Ninguno la vio venir ya que estaban demasiado ocupados comiéndose a su amigo, Melcorka logró matar a dos antes de que le prestaran atención, se arqueó y batió su espada cerca del suelo, el ataque logró cortarle las patas a dos lobos más. Los remanentes de la manada se dieron vuelta y huyeron aullando.

—Ahora sí estamos a salvo —dijo Melcorka mientras limpiaba a Defensor en la piel de uno de los lobos muertos—. Los que sobrevivieron tendrán mucho qué comer aquí.

—Resguardemos de la noche a este hombre... —Bradan miró a su alrededor—. ¿Dónde está?

—¿Qué? —Melcorka miró entre los árboles—, no puedo verlo. No dejaste que lo atraparan los lobos, ¿verdad?

—Por supuesto que no —Bradan golpeteó el suelo con la punta de su bastón—. Algo no está bien Melcorka. Estaba aquí hace unos momentos y ahora no hay rastro de él—. Bradan revisó el suelo—. No hay rastro de pisadas ni nada que indique hacia dónde fue.

—Quizás tenía miedo de que le fuéramos a robar su oro —dijo Melcorka.

—Quizás sí, quizás no —Bradan no intentó suprimir su estremecimiento—. Dondequiera que se encuentre, ese hombre no desea nuestra compañía y yo no deseo la suya. Andando Mel, salgamos de aquí.

—¿Mel? Nadie nunca me había llamado así.

—¡Andando! —Bradan la tomó de la manga y la alejó de ese lugar.

Avanzaron de prisa, haciendo cuanta distancia les fuera posible entre ellos y los lobos antes de que cayera la noche, encontraron un área relativamente segura cerca de una pared de piedra y prendieron una fogata enorme para mantener alejado a cualquier depredador que merodeara cerca.

—Quiero salir de estas colinas lo más pronto posible —Bradan se mantuvo cerca del fuego—. He escuchado que aquí reside una criatura; un hombre enorme y gris.

—Y un anciano pequeño de barba blanca con una bolsa de oro —Melcorka se acurrucó cerca del fuego con Defensor a su lado—. Me pregunto quién era ese hombre.

—A veces te encuentras con cosas extrañas en el camino —dijo Bradan—. A veces es mejor aceptarlos como misterios, dejarlos fuera de tu mente y alejarte de ellos.

Melcorka lo volteó a ver—. Hoy me ayudaste a pesar de que estabas asustado.

Bradan se encogió de hombros—. Por poco huía y te dejaba a tu suerte.

—Existe una gran diferencia entre por poco y hacer algo —dijo Melcorka—. Gracias Bradan.

—Intenta dormir un poco —Bradan desvió la mirada—. Todavía falta mucho antes de que lleguemos a Fidach.

—Mel —dijo Melcorka en voz baja, ignorando el hecho que Bradan la escuchó—. Me agrada.

DOCE

Escucharon el canto leve y suave a través del siseo del viento
—. No reconozco a esa ave —dijo Melcorka—. Suena como el
canto de los Gregorach, sólo que más ligero.

—Yo tampoco lo reconozco —Bradan golpeteó el suelo con
su bastón—. Nunca he estado en este lugar.

Entraron en un llano, el pasto bajo sus pies era suave y
verduzco, el sol se escondía detrás de unas nubes malvas y
proyectaba sus sombras por todo el valle, cerca de ellos había un
rebaño de ciervos que pastaban sin miedo de su presencia.

—Son tan dóciles que parecen mascotas —dijo Melcorka
felizmente mientras una cierva trotó hacia su pareja.

—Demasiado dóciles —dijo Bradan—. Nunca había visto
algo así, aunque sí he escuchado rumores —agachó la cabeza—.
Por aquí Melcorka. Este lugar no me gusta.

Se escuchó otro canto leve, casi imperceptible aunque claro
en la mente de Melcorka.

—¿Escuchas eso? —preguntó Bradan. Se detuvo para que el
susurro se intensificara alrededor de ellos, luego continuaron
caminado, ahora con más prisa.

—Lo escuché —dijo Melcorka—. Ha estado con nosotros todo el día, presente y escondido.

—¿Cómo lo describirías? —Bradan sostuvo su bastón como un arma.

—Etéreo —dijo Melcorka en voz baja.

—Hablamos sobre la Gente de la Paz hace uno o tres días —dijo Bradan—. Hoy tenemos la oportunidad de conocerlos. Que Dios se apiade de nosotros.

—Melcorka sintió que su corazón se aceleró de repente. Tomó la empuñadura de Defensor—. No me llevarán a su reino tan fácilmente.

—Ya estamos ahí —le respondió Bradan—. Mira a tu alrededor.

Los venados seguían pastando con tranquilidad, ignorándolos como si no estuvieran ahí, mientras tanto una multitud de liebres de montaña aparecieron saltando. Se escuchó el canto de un mirlo; el sonido era tan melancólico que Melcorka deseaba que durara para siempre.

—Es tan bello —dijo Melcorka.

—Esta es la tierra de las Hadas —dijo Bradan—. Elfhame, donde los humanos son indeseados y sin embargo se quedan para siempre.

—¿Cómo llegamos aquí? —Melcorka mantuvo su mano firme en defensor.

—Caminamos a través de un portal —le respondió Bradan—. No lo vimos y sin embargo estaba ahí, en alguna parte de las colinas que dejamos atrás. Date la vuelta, ¿puedes ver el camino por el que llegamos?

Una luz verdosa y tenue los rodeó, desvaneciendo lentamente la silueta de los árboles, no podían ver el cielo o las colinas de donde descendieron—. No puedo ver nuestra ruta —confesó Melcorka.

—Tampoco yo —Bradan golpeteó el suelo con su bastón—.

Sin embargo sabemos que las colinas están ahí, igual que la nieve y el viento. Es de noche mas no está oscuro, tampoco hay luz.

—Esto no está bien —dijo Melcorka.

—No llegaremos a Fidach —dijo Bradan.

—Estás asustado —dijo Melcorka—. Nunca te había visto así. No les temiste a los vikingos ni al Castillo Gloom. Le temes a la Gente de la Paz más que a los lobos.

—Cualquier mortal puede matarme —dijo Bradan—, y ese sería el fin de todo. Los lobos podrían comerme y ese sería mi fin, pero la Gente de la Paz no son mortales y yo le temo a lo inmortal.

—Vayamos a presentarnos y ver lo que quieren con nosotros —Melcorka elevó la voz—. ¡Mi nombre es Melcorka, la Espadachina de los Cenel Bearnas! Éste es Bradan el Errante. ¿Qué es lo que quieren de nosotros?

El silbido se detuvo abruptamente. El silencio los rodeó, tan gentil como los ojos de los ciervos, tan relajante que Melcorka no estaba segura si deseaba acostarse a dormir o echarse a correr dominada por el pánico. Aún se lo preguntaba cuando una mujer de mediana altura salió de la figura cambiante de un árbol que estaba frente a ellos. Llevaba puesto un bello blusón blanco y negro que le cubría hasta las rodillas, y su cabello pelirrojo estaba trenzado sobre su cuello, al verlos les mostró una sonrisa.

—Mucho gusto, Melcorka de los Cenel Bearnas —Melcorka escuchó esas palabras en su mente y juraría que la mujer no habló en ningún momento —Mi nombre es Ceridwen.

—Mucho gusto Ceridwen —Melcorka no retiró su mano de Defensor—. ¿Eres una Persona de la Paz?

—¿Eres tú una de las personas de guerra?

—Bradan es un hombre de paz —dijo Melcorka—, no porta

armas salvo por su bastón. Yo fui una guerrera y lo seré de nuevo.

—Portas una espada de acero —dijo Ceridwen—. ¿La has usado?

—Así es —Melcorka miró a su alrededor pero no vio a nadie más dentro de esa luz surreal. Reconoció la voz clara de Ceridwen—. Ya nos conocíamos —le dijo—, sobre un pináculo en la costa Oeste de Alba. Tú sabes todo acerca de esta espada.

Ceridwen pareció flotar hacia ellos. Les extendió su mano diminuta—. Déjame tocar la empuñadura de tu espada Melcorka.

—Desenfundaré —Melcorka se detuvo al ver la reacción alarmada de Ceridwen—. ¡No Ceridwen, no te haré daño! Sólo quiero que te sea más fácil tomarla. Mira... —Melcorka se arrodilló en el suelo de modo que la empuñadura de su espada fuera fácil de tomar.

Ceridwen se acercó con cautela y se detuvo— Es una espada conocida —le dijo. Se acercó más y tocó la empuñadura —. Derwen hizo esta espada. Fue hace mucho tiempo, hace muchos años, y Derwen la hizo para Caractacus, quien fue traicionado por una mujer. Era la espada de Calgacus, el espadachín que se enfrentó a las legiones de hierro del Sur durante la época de los héroes —Ceridwen recorrió la funda con su mano, asegurándose de no tocar el acero de la hoja—. Fue la espada de Arturo, quien enfrentó a los sajones y ahora es la espada de Melcorka.

—Es una espada de fina elaboración —dijo Ceridwen—, creada en la fragua de Derwen. Fue hecha con valiosos minerales rojos, Derwen pisoteó sobre fuelles de piel de buey para calentar el carbón tanto como el infierno mismo. Los minerales se derritieron y cayeron a través del carbón hasta los niveles más bajos del horno, creando una masa sin forma cuyo peso era igual al de un niño grande.

Melcorka la escuchó e intentó recrear en su cabeza el origen de su espada y su historia.

—Era normal que los aprendices llevaran el metal a la bigornia, pero Derwen llevó ese metal él mismo, y eligió sólo lo mejor para recalentarlo y darle forma de barra. Hizo que los druidas de su tiempo bendijeran la barra, y un santo que vino del Este, un joven fugitivo de Judea que huyó de la ira de los romanos.

—¡El mismo Jesucristo! Melcorka apenas susurró su nombre.

—Si tú lo dices —dijo Ceridwen—. Y Derwen cortó su pedazo de acero en pequeñas franjas, las reposó en agua bendita por el santo y el jefe druida de Caractacus, y las extendió más y más antes de unirlos con una destreza que sólo Derwen poseía. Al utilizar estas operaciones juntas logró balancear el templado del acero, dejándolo duro a lo largo y lo suficientemente flexible para doblarlo a la mitad y que regresara a su forma original. Derwen probó la espada y la volvió a probar, luego la endureció y afiló con sus propias manos y con un toque de su magia —Ceridwen pareció titubear, su figura parecía mezclarse con el aire y sus alrededores—. Al final, en la última forja, Derwen esparció su polvo blanco de diamantes y rubíes en el acero derretido para evitar que se oxidara y para proteger su filo.

—Es una espada grandiosa —asintió Melcorka.

—Nunca habrá otra de su altura —le dijo Ceridwen—. Sólo unos cuantos pueden blandirla e incluso entonces sólo lo pueden hacer por ciertas razones. No podrá blandirse apropiadamente por hombres o mujeres de débil voluntad, o aquellos con maldad en sus corazones. La espada sólo puede usarse para el bien.

—Mi madre me dijo que sólo debo usarla por las razones correctas —dijo Melcorka.

Ceridwen sonrió—. Tu madre era una mujer sabia. Ella cuida de ti.

—La extraño —dijo Melcorka en voz baja. No pudo decir nada más al respecto—. ¿Cómo sabes tanto acerca de mi espada?

—Me lo dijo, y recuerdo cuando la hicieron —Ceridwen se echó a reír al ver la expresión en el rostro de Melcorka—. ¿O quizás sólo estoy jugando contigo?

—Creo que estás jugando —Melcorka se puso de pie—. Pero te agradezco por la valuación de la espada —entonces miró de reojo a Bradan—. Tenemos un poco de salmón con nosotros, y moras frescas del arbusto. ¿Quieres acompañarnos?

Ceridwen se echó a reír nuevamente—. Normalmente es mi gente quien ofrece su hospitalidad en su casa.

—Su generosidad es bien conocida —dijo Melcorka—, existen relatos de hospitalidad que no tiene fin.

La sonrisa de Ceridwen no se inmutó—. Esos relatos han sido exagerados.

—¿Comemos? —la voz de Bradan se estremeció con un miedo ajeno al que mostró cuando estaban con los lobos o los vikingos.

—Comeremos —la sonrisa de Ceridwen incluyó a Bradan sin aliviar su pavor.

—Y después Melcorka y yo seguiremos nuestro camino —dijo Bradan—. Tenemos mucho por hacer y muy poco tiempo para hacerlo.

—Eso puede ser cierto, —dijo Ceridwen.

Los tres se sentaron alrededor de una pequeña fogata y utilizaron unas hojas enormes como platos, los venados seguían pastando a cien pasos de ellos.

—Veo que me tienes miedo Bradan —dijo Ceridwen con suavidad—. ¿Por qué es eso?

—Perteneces a la Gente de la Paz —Bradan respondió con

honestidad—, he escuchado historias de hombres y mujeres que fueron raptados por tu gente.

—¿Crees que te raptaré, Bradan el Errante? —la voz de Ceridwen era burlona y sus ojos traviesos—. Yo creía que un errante no desearía nada mejor que deambular en nuestro reino.

—Sólo si regresase a salvo y a tiempo —dijo Bradan.

—¿Acaso soy tan aterradora? —Ceridwen terminó su bocado de salmón—. No me siento aterradora. Después de todo, es Melcorka quien porta la espada de Calgacus y tú tienes un gran bastón, en cambio yo —Ceridwen bajó la mirada para revisarse—, yo sólo tengo mis manos.

—Creo que tienes mucho más que eso —dijo Melcorka con franqueza—. Tienes conocimiento y poder.

—¿Si es así por qué no me temes? —preguntó Ceridwen.

Melcorka se encogió de hombros—. ¿Por qué debería temerte? ¿De qué me serviría? ¿Acaso el miedo me serviría de protección? ¿Me ayudaría de algún modo? —Melcorka no sabía de dónde provenían esas palabras, sólo sabía que eran genuinas y que las había dicho antes de poder detenerse.

—Calgacus tiene una sucesora merecedora —dijo Ceridwen—. Sólo unos pocos guerreros han blandido esa espada.

—¿Quiénes fueron? —preguntó Melcorka.

Ceridwen se acercó para tocar la empuñadura de Defensor nuevamente—. Caractacus de los Catuvellauni, Calgacus de los Caledonii, Arturo de Camelot, Bridei de los pictos, Kenneth MacAlpin de Alba... conoces esos nombres.

—Conozco esos nombres —asintió Melcorka—. Caractacus y Calgacus lucharon contra los legionarios, Arturo contuvo a los sajones, Bridei derrotó a los anglos en Dunnichen, y Kenneth unió a los escoceses y a los pictos, a excepción de los hombres de Fidach...

—Todos ellos fueron grandes hombres que lograron grandes hazañas —dijo Ceridwen—. Me pregunto, ¿qué hará Melcorka? —Ceridwen alzó una ceja—. Eres la primera mujer en blandir esa espada; ¿qué harás con ella?

—¿Por qué vino a mí? —preguntó Melcorka—. ¿Por qué yo? Sólo soy una chica isleña.

La risa de Ceridwen se detuvo de inmediato—. Eres quien eres, Melcorka; la sangre de tus padres corre por tus venas, y ahora debes forjar tu propia leyenda. Elegiste la espada y ella te eligió a ti; eso no fue casualidad. Fue el destino.

—El ostrero me guio.

—Así lo hizo, ¿no es así? Sin embargo solamente te guio, tú debiste aceptar su guía. Pudiste haber elegido el harpa y una vida de tranquilidad y lujos. Esa era tu otra opción —Ceridwen se reclinó contra el tronco de un manzano. Su floración no llegaría hasta dentro de dos meses, volviéndolo un árbol ideal para descansar.

—¿Cómo sabes estas cosas? —preguntó Melcorka.

—Creo que lo que deberías preguntar es, ¿qué clase de destino forjaremos para nosotros la espada de Calgacus y yo? —Ceridwen miró fijamente a los ojos de Melcorka—. ¿Hacia dónde te diriges Melcorka de los Cenel Bearnas o Melcorka de Alba?

—Fidach —respondió Melcorka simplemente— Los nórdicos han invadido Alba. Derrotaron al ejército real y esclavizaron al rey. Están quemando y violando en su camino por el reino.

—Entonces usarás la espada de Calgacus y Kenneth, Arturo y Bridei para repelerlos —dijo Ceridwen—. ¿Ese es tu destino?

—No puedo repeler a los nórdicos —dijo Melcorka—, sólo soy una chica isleña.

—¿Entonces por qué te diriges a Fidach? —la pregunta de Ceridwen fue directa.

—Para reclutar guerreros—dijo Melcorka—. Sólo soy una mensajera.

—¿Para reclutar a quiénes? —aunque la voz de Ceridwen era tan gentil y clara como siempre, su sonrisa había desaparecido—. Fuiste tú quien dijo que los nórdicos han esclavizado al rey. El gran rey está con los nórdicos. ¿En nombre de quién se reunirán los pictos de Fidach? ¿Por cuál causa es por la que lucharán?

—Por la libertad de Alba —dijo Melcorka.

—¿Por qué habría de importarles la libertad de Alba? —Ceridwen se puso de pie— No puedo decirte cómo continuar, o dónde yace tu destino. Debes decidir qué hacer, y qué decir cuando te reúnas con los pictos, si eso llegase a suceder.

—Lo intentaré.

—Tú portas la espada —Mientras Ceridwen se acercaba a ella, sus pies no provocaban sonidos sobre el pasto—. Ven conmigo y quizás pueda ayudarte—. Su mano era blanca y suave cuando tomó la de Melcorka—. Estás a salvo; te doy mi palabra que regresarás dentro de poco tiempo a tu reino.

—Confío en ti —respondió Melcorka sin decir más.

La sonrisa de Ceridwen la llenó de calidez—. Lo sé —su tacto era ligero como el rocío de la mañana mientras guiaba a Melcorka a través del claro verduzco hacia una pequeña colina en su centro. Cuando se acercaron la colina pareció aumentar su tamaño hasta que Melcorka vio una puerta arqueada de madera que se abrió en silencio mientras se aproximaban.

—Ven a mi hogar —invitó Ceridwen.

—¿Estamos en Elfhame? —preguntó Melcorka.

—Este lugar es donde sea que creas que es —la respuesta de Ceridwen fue enigmática—. ¿Confías en mí?

—Confío en ti —dijo Melcorka.

—Entonces mantén segura tu confianza —Ceridwen cruzó por la puerta hacia una habitación enorme llena de luz y risas.

Melcorka inmediatamente sintió que estaba sonriendo, aunque no sabía por qué. No podía ver las paredes de la habitación, sólo una luz dorada que se mezclaba con un matiz verde que probablemente provenía del pasto de arriba o las plantas que parecían un componente orgánico de este lugar. Melcorka vio hombres y mujeres que danzaban y cantaban, comían y bebían, sin embargo no podía discernirle los rostros o determinar cuán viejos o jóvenes eran. Todo estaba borroso y disperso mientras observaba, la música que provenía de la nada entraba y salía de su cabeza.

—¿Te agrada? —preguntó Ceridwen.

—Jamás había visto algo parecido —dijo Melcorka—, pero sí, me agrada.

La risa de Ceridwen causó cosquilleos como una cascada en primavera—. Muchas personas desean quedarse para siempre.

—Puedo comprender por qué querrían eso —Melcorka observó una mesa larga cubierta de un mantel hecho de la más fina de las sedas y cargada de las manzanas más rojas y las peras más verdes que jamás haya visto.

Un hombre pequeño sonriente y con hoyuelos apareció bajo el hombro de Melcorka. Vestía de verde y tenía un rostro apuesto que parecía casi femenino, le ofreció una bandeja con fresas que decoraban una cama de crema.

—No me les uniré —Melcorka recordó los relatos de Bradan— Te agradezco la oferta.

El hombre hizo una reverencia y se retiró, solo para ser reemplazado por otros, hombres y mujeres con tanta gracia que Melcorka no pudo evitar sentirse torpe; y eran tan bellos que le hicieron sentirse más fea como nunca en su vida.

—No te preocupes —Ceridwen habló directamente en su cabeza—, eres lo que eres y eres más bienvenida por ello.

—¿Por qué me siento bienvenida y a salvo cuando otros les temen?

—Porque elegiste el peligro en lugar de la seguridad y la hospitalidad en lugar de la huida, y rehusaste el oro que estaba ahí para que lo tomaras —Ceridwen parecía que hablaba siempre en acertijos.

Melcorka sacudió la cabeza—. No comprendo.

—Si hubieras comprendido la naturaleza de la prueba no habrías actuado con tu corazón —dijo Ceridwen. Levantó la mano y un hombre apuesto apareció a su lado.

—Ya había visto esa bolsa —dijo Melcorka cuando el hombre levantó una bolsa de piel de tejón.

—Pudiste haberme abandonado y tomado el oro —dijo el hombre—, en vez de eso decidiste ayudar —su sonrisa estaba abierta cuando se transformó en el hombre viejo que estaba siendo perseguido por los lobos y nuevamente cambió a la apariencia del joven frente a Melcorka.

—No entiendo —dijo Melcorka.

—Ni deberías —le dijo Ceridwen cuando el hombre con la bolsa de piel de tejón se desvaneció.

—¿A dónde me llevas? —preguntó Melcorka.

Ceridwen le sonrió de reojo—, te llevo con alguien que te ayudará a decidir tu camino —le dijo—. Acompáñame y no tengas miedo.

—No tengo miedo —Melcorka habló solamente con la verdad mientras seguía la figura blanca y negra.

Aunque sabía que había entrado por una puerta Melcorka no sabía si estaba afuera o adentro mientras seguía a Ceridwen. Sus pies no producían sonido en el suelo, tampoco podía saber si había pasto suave o piedra dura bajo sus suelas. Sabía que se estaba moviendo, sabía que sus piernas se levantaban, sin embargo no sentía el esfuerzo. De lo único que estaba segura era que Ceridwen estaba a su lado y de esa voz clara y melodiosa dentro de su cabeza que le aseguraba que estaba a salvo siempre y cuando mantuviera su confianza.

—Aquí estamos —dijo Ceridwen mientras entraban a otra habitación que bien podría ser afuera o adentro, o incluso sobre las nubes. Escuchó algo similar al tintineo de las campanas o la risa de niños felices, no estaba segura, cuando tres mujeres se deslizaron por otra puerta redonda que apareció en una pared cambiante. Las mujeres caminaron tomadas de la mano hacia Melcorka.

—Esta es Melcorka de los Cenel Bearnas —dijo Ceridwen.

La apariencia de las mujeres de los lados era esbeltas, curvilíneas y serenas como Ceridwen, sin embargo la belleza de ambas palidecían insignificantes comparadas con la chica que tenían entre ellas. Era más alta que ellas y su cuerpo era el de una diosa, con pecho orgulloso que forzaba el delgado vestido de lino que los cubría, y sus caderas eran tan anchas como las de una joven adulta. La chica sonrió al ver a Melcorka y pronto frunció el ceño al ver la empuñadura de la espada que colgaba detrás de su hombro izquierdo.

—¿Tienes una espada? —Su voz era tan melódica como la de Ceridwen, quizás un poco más grave, luego agitó la cabeza, su cabello bermejo creó una aureola brillante sobre su cabeza.

Antes de explicarse, Melcorka recordó las enseñanzas de su madre—. Sé cortés con los desconocidos —era algo que Bearnas siempre solía decir—, y recibirás cortesía a cambio.

—Mi nombre es Melcorka Nic Bearnas —repitió las palabras de Ceridwen—, ¿cómo debería llamarte?

—¡Oh! —la chica se cubrió la boca con la mano—. ¡Lo siento mucho! No quise ofenderte. Es sólo que nunca había visto una espada. Mi nombre es Maelona.

Melcorka le sonrió por su disculpa. La chica se había

sorprendido, no fue su intención ser grosera—. Maelona es un nombre encantador —dijo Melcorka—. Significa princesa divina, ¿o me equivoco?

Maelona miró de reojo a la mujer de su derecha, quien asintió.

—No sabía lo que significaba mi nombre —dijo Maelona—. Gracias Melcorka. Tu nombre también es encantador, ¿qué significa?

—Lo desconozco —admitió Melcorka con franqueza—. ¡Nadie me lo enseñó! —no pudo evitar sonreír, cosa que Maelona imitó de inmediato.

—Su nombre completo es Maelona Nic Ellen —Ceridwen habló con suavidad, sus ojos de avellana estaban fijos en los de Melcorka.

—Maelona Nic Ellen —Melcorka repitió el nombre con diligencia—. Maelona, hija de Ellen —la importancia de las palabras no las comprendió al principio—. Sólo conozco de una Ellen y ella fue una reina... ¿eres una princesa divina? —Melcorka guardó silencio en cuanto se percató de la verdad—. Oh, dulce María, madre de Cristo. ¿Eres esa pequeña?

—Maelona es esa niña —asintió Ceridwen.

Melcorka sintió una sensación de emoción—. Entonces las viejas historias son ciertas —dijo—. La Gente de la Paz tomó a la princesa legítima y dejó a un sustituto en su lugar.

Ceridwen flotó hacia Maelona—. Ella es una princesa sin reino, no obstante es una princesa.

—Nunca había conocido a una princesa —dijo Melcorka. Se arrodilló sin saber qué más hacer—. Soy su fiel sirvienta, su alteza.

—¿De qué me hablas? —Maelona parecía confusa—. ¿De quién eres sirvienta? De pie Melcorka, ¿qué clase de juego es este?

Ceridwen dio un paso atrás con una pequeña sonrisa que se

asomaba a la orilla de su boca. No dijo nada mientras Maelona se acercó para ayudarle a Melcorka a ponerse de pie.

—No quiero que la gente se arrodille ante mí —dijo Maelona—. Sólo quiero que la gente sea tan feliz como yo —sostuvo la mano de Melcorka—. ¿Por qué portas esa espada?

—Porque su reino está en peligro, su alteza —dijo Melcorka—. Los nórdicos están en todas partes.

—¿Mi reino? ¿A qué te refieres? Yo no tengo reino —Maelona se veía bastante confusa.

—Te lo explicaremos —dijo Ceridwen con suavidad—. Ahora despídete de Melcorka.

—¿Nos veremos de nuevo? —Maelona se escuchó bastante joven a pesar de haber estado en Elfhame mucho antes de que Melcorka naciera.

—Podría ser —dijo Ceridwen—. Eso dependerá de las acciones de Melcorka.

—No estoy segura de entender —dijo Melcorka.

—Confía en tu guía —dijo Ceridwen—, y sigue tus instintos —Ceridwen miró a Melcorka a los ojos—. Será sabio de tu parte que no le menciones esto a tu compañero. Su miedo hacia nosotros lo controla. Si supiera lo que presenciaste aquí también te incluiría en ese miedo, y tu destino con él no se ha cumplido del todo.

—Seguiré tu consejo —mientras Melcorka le respondía las dos mujeres guiaron a Maelona por la puerta y Ceridwen llevó a Melcorka a través del festín hasta el claro en el bosque donde Bradan esperaba sentado y a solas bajo una arboleda de robles.

—¿Iremos a Fidach? —preguntó Bradan. Parecía que no se percató que Melcorka estuvo ausente.

Ceridwen sonrió—. No puedo decir tu futuro —le dijo—. Tú mismo debes crearlo.

—No es eso a lo que me refiero —dijo Bradan.

—Lo sé —Ceridwen sonrió una vez más—. Dejarán este

reino con mi paz y a salvo —tocó a Melcorka del brazo con gentileza—. Nos volveremos a ver. Demuestra que eres merecedora de tu espada. Y confía en tus instintos.

—Deberíamos irnos ya —susurró Bradan—, antes de que cambie de parecer.

—Estaremos bien —dijo Melcorka. Cuando se dio vuelta Ceridwen se había desvanecido. Sobre ellos apareció la figura borrosa de un ostrero que voló hacia el cielo, su pico rojo dirigiendo su curso y sus alas resplandecían blancas y negras.

TRECE

—Vamos —Bradan sostuvo la manga de Melcorka —corre, por el amor de tu alma inmortal, ¡corre!

—No entiendo lo que sucedió aquí —Melcorka avanzó con dificultad detrás de Bradan—. No corremos peligro; Ceridwen era amigable...

—La Gente de la Paz nunca son amigables Melcorka; te engañan y te dicen lo que quieres escuchar. ¡Corre niña, corre!

Los ciervos ya no pastaban en el campo verduzco y la niebla relajante se trasformó en una lluvia pesada que punzó la piel de Melcorka y recorrió todo su cabello. Bradan la arrastró a través de los árboles torcidos por el viento hasta una cuesta de brezo áspero dañada por la corriente y marcados con cientos de rocas de diferentes formas y tamaños manchadas de liquen.

—Sigue corriendo —dijo Bradan—, no conozco los límites de Elfhame pero sé que entre más nos alejemos de esa criatura más seguros estaremos.

—Creo que Ceridwen era mi ave protectora —dijo Melcorka—, mi ostrero.

—Eso es lo que quiere que pienses —dijo Bradan—. Son maldad pura. Corre por tu alma.

Ambos corrieron hasta que el aire ardía dentro de sus pulmones y cada respiro se convertía en un jadeo pesado. Corrieron incluso cuando sus piernas se doblegaron y cada zancada traía consigo una agonía intensa en sus muslos y pantorrillas. Corrieron tanto que ya no podían ver la cresta del Schiehallion y estaban conscientes que no podían ir más lejos, aun así siguieron corriendo, dando estocadas tambaleantes seguidas de zancadas torpes hasta que cayeron lado a lado en una cama de dulce brezo.

—Aquí no —Bradan habló entre jadeos—. Por allá, donde los árboles sobresalen del agua.

—¿Por qué ahí? —preguntó Melcorka.

—Serbales —Bradan apenas podía hablar—, protegen contra la magia.

Se arrastraron unos cincuenta metros, con el rostro pegado al brezo, y cuando llegaron a los árboles Bradan se agarró del tronco más cercano como si la vida se le escapara del cuerpo.

Melcorka lo acompañó, por poco lloraba del cansancio—. Era amigable —protestó.

—Toma unas hojas —Bradan cortó una docena de las ramas inferiores del árbol—. Mézclalas con agua —ahuecó las manos para tomar agua de la corriente y trituró las hojas dentro de un vaso—. ¡De prisa Melcorka! ¡Los Daoine Sidh podrían venir en cualquier momento!

Melcorka hizo caso, curiosa—. Realmente no creo que estemos en peligro —le dijo.

—¡Nunca confíes en los Daoine Sidh!

Bradan bebió de la infusión, mirando de reojo a Melcorka para asegurarse de que hiciera lo mismo—. El serbal es una protección —le dijo—. Los Daoine Sidh le temen a los serbales. No sé por qué, pero lo hacen.

Los serbales formaban un pequeño grupo junto a una cabaña abandonada. Se sentaron junto a una corriente que liberaba agua turbosa y café río abajo hasta una ciénaga pantanosa de un valle amplio. Sobre ellos había colinas redondas y vacías, y detrás de ellas se apreciaban unas montañas demacradas de granito, algunas se escondían detrás de la luz que desaparecía en el ocaso. No había ruido salvo el flujo del agua y el zumbido de los insectos.

—Deberíamos estar a salvo aquí —Bradan recobró la compostura. Le echó un vistazo a la base de los árboles—. Hace años que esperaba encontrar un serbal caído para fabricar un bastón. No parece que exista tal cosa.

—¿No puedes simplemente cortar uno? —preguntó Melcorka.

—Eso traería mala suerte. No hay cosa más infortunada que dañar un serbal, excepto claro encontrarse a los Daoine Sidh.

—O los nórdicos —le recordó Melcorka.

La sonrisa de Bradan fue forzada pero bien recibida—. O los nórdicos —admitió.

—Le temes a la Gente de la Paz, incluso a una mujer, incluso de Ceridwen, quien no hizo nada para amenazarnos —Melcorka sacudió la cabeza—. No lo entiendo en lo absoluto.

—Te conté la historia de los gaiteros —dijo Bradan—. Existen muchos como ello. Los nórdicos te matarán, los lobos te comerán, y ambos finales son malos, pero los Daoine Sidh se robarán tu alma inmortal. Son una clase diferente de maldad.

Melcorka tocó la empuñadura de Defensor—. Parece que conocen mi espada.

Bradan se recargó en el tronco de un serbal—. No estoy seguro de que eso sea bueno o malo Melcorka. Si esa espada fue portada por tantos campeones: Calgacus, Arturo, Bridei, entonces quizás se espera que tú seas una campeona también. Todos esos hombres son famosos: Calgacus luchó contra los romanos y Arturo unió a la gente contra los invasores sajones y formaron una nación orgullosa hasta que lo traicionaron. Bridei derrotó a los invasores anglos en Dunnichen —Bradan golpeteó el suelo con su bastón—. ¿Qué espera esa espada de ti?

—Sólo es una espada —dijo Melcorka—. Me otorga el poder y la destreza de un guerrero, pero no controla lo que hago. Yo estoy a cargo, no al revés.

Bradan sacudió la cabeza—. Si esa es una espada mágica entonces tiene tanto poder sobre ti como tú sobre ella, Melcorka. Si los Daoine Sidh están involucrados... —Bradan respiró profundo sin terminar esa idea—. Espero que sepas lo que estás haciendo.

—Fue mi madre quien me guio a Defensor —dijo Melcorka—. Y fue mi madre quien me dijo que el ostrero es mi guía. Ella no me habría engañado. Mi madre me advirtió que Defensor sólo debería ser usada para el bien y no para el mal.

Bradan respiró profundo—. En el nombre de Dios espero que tu madre haya tenido la razón, Melcorka. Realmente lo espero. Los Daoine Sidh no son de fiar... —Bradan desvió la mirada—. Vayamos a dormir. Estaremos a salvo entre los serbales. Mañana llegaremos al Dun de Ruthven y desde ahí solo nos quedará un día para llegar a Fidach.

—Este fue un día interesante —Melcorka se preguntó si debería mencionar a Maelona, pero supuso que Bradan estaba demasiado angustiado como para lidiar con más información de la gente de la Paz y decidió no decir nada más—. Me alegra que estés aquí Bradan. No habría sabido el camino por mi cuenta —decidió decirle. Fue grato verlo sonreír.

CATORCE

El Dun de Ruthven se elevaba del suelo del Valle Spey como una isla rocosa sobre un mar de brezo, y detrás de él se encontraban las Montañas grises de Monadhliath.

—Podemos comer aquí —dijo Bradan—, y luego subiremos al Páramo de Dava, la frontera de Fidach.

El castillo fue construido sobre una loma pequeña, sus muros de piedra seca y sistema complejo de entrada estaban diseñados para dejar perplejos a los atacantes. Hubo un tiempo en que fue una fortaleza formidable pero después de dos generaciones de paz en el reino de Alba ya no había necesidad para una estructura tan defensiva y fue abandonada a la suerte de la intemperie y el clima.

—Está vacío —dijo Bradan—. Vamos, entremos.

Con los muros de piedra como refugio del viento congelante de las colinas, Bradan reunió unas ramas sueltas de los árboles torcidos que rodeaban el castillo y pronto encendió una fogata en el centro del patio abierto.

—Hora de un bannock de avena —dijo con una sonrisa—. Tomé unos puños de avena del granero abandonado que pasamos esta mañana, y aquí está un poco de grasa de la gallina que capturamos el otro día —Bradan mostró una sonrisa que mostraba su recuperación del susto en Elfhame—. Guardé mis últimas pizcas de sal marina para una ocasión como esta.

Melcorka observó a Bradan mientras mezclaba la avena y la grasa en una roca plana, agregó una pizca de sal y agua fresca del Río Spey. Enrolló la pasta resultante en forma de un círculo pequeño, la calentó en el fuego hasta que el bannock quedó crujiente y lo probó.

—Así está bien —dijo Bradan, luego cortó el bannock por la mitad y lo compartió con Melcorka—. Comida digna de un rey o un viajero y sabe mucho mejor si se come en el exterior.

—Mucho mejor —asintió Melcorka cuando lo probó. En ese momento, con la vista impresionante de las colinas de Monadhliath en el Oeste y las piedras de Ruthven dándoles refugio, Melcorka no deseaba nada más que estar con Bradan, recorriendo los caminos de Alba al aire libre. El horror de los nórdicos parecía tan distante que por poco se olvidaba de ello.

—Eres un buen hombre, Bradan —dijo Melcorka.

Bradan se sonrojó y desvió la mirada—. Sólo soy un hombre —respondió—. Y no hay nada bueno en mí.

Acercándose un poco, Melcorka le tocó el brazo—. Tus bannock de avena son deliciosos —le dijo solemne—. ¿Qué más puede pedir una mujer?

—¿Qué más podría ofrecer? —Bradan se escuchó tan cínico que Melcorka decidió cambiar de tema.

—¿De quién es este castillo? ¿Y quién vive en esas colinas?

—Esta es la provincia de Badenoch —Bradan estaba feliz de hablar de cualquier cosa que no se tratara de él—, la tierra del Clan Chattan, el clan del gato.

—Clan del gato —Melcorka jugó con esas palabras en su boca—. Me gusta ese nombre —le sonrió a través del humo leve de la fogata—. Eres un hombre instruido, Bradan, además de un gran creador de bannocks.

Una vez más Bradan desvió la mirada. Melcorka se acostó y cerró los ojos. A pesar de todo lo que sucedió, estaba feliz. Sintió la presencia de Bradan cerca de ella y sabía que estaba segura con él. No era como Douglas que se aprovechó de ella.

—Mañana el Páramo de Dava —dijo Bradan—. Luego a Fidach.

—Mira —Melcorka se le acercó y recogió un pedazo de bannock de la túnica de Bradan—. Te faltó un pedazo —al levantarlo con delicadeza, Melcorka lo puso en los labios de Bradan. Su lengua se asomó, tomó el pedazo de comida y se alejó.

—Gracias, —le dijo.

—No tienes por qué agradecerme —dijo Melcorka—, te debo tanto que nunca podré pagártelo, a menos que haya algo que desees.

Cuando Bradan la miró fijamente a los ojos por lo que pareció una eternidad, Melcorka sintió una gran tristeza dentro de él—. No me debes nada, Melcorka. No hay nada que recompensar.

Melcorka se alejó. No estaba segura de qué era lo que esperaba, sus emociones aún eran demasiado inmaduras para reconocer los deseos intensos que yacían en su interior—. Buenas noches Bradan —le dijo.

QUINCE

El par llegó a la cima del Páramo de Dava, miraron al norte de una gran planicie fértil de Fidach, a lo lejos se alcanzaba a ver el azul brillante del mar y una serie de campos y loches. Melcorka estrechó la mirada mientras intentaba concentrarse en las figuras coloridas y brillantes que podía discernir en el horizonte, más allá de los límites del páramo y del lado extremo de un río.

—¿Qué es eso?

—Esa es la entrada de Fidach —dijo Bradan—. Podrás verla mejor cuando lleguemos —Bradan golpeó el suelo con su bastón—. Y una vez que la veas sabrás lo extraños que son los pictos.

Los ciervos los habían seguido desde hace tiempo, siguiéndoles el rastro en el páramo cuando buscaban comida en un ambiente imperfecto para su especie.

—Es raro ver ciervos en los páramos —dijo Bradan—. Algo o alguien debió haberlos perturbado.

—¿Más lobos? —Melcorka instintivamente tomó la empuñadura de su espada.

—No es hora para que estén activos. Quizás se trata de personas —dijo Bradan.

—¿Cazadores? ¿O vikingos? Melcorka sintió una ligera sensación de aprehensión. Han pasado tantos días desde la última vez que vieron a un nórdico que Melcorka se había olvidado del motivo de su viaje.

—Quizá se trate ambos —dijo Bradan—. O quizás los pictos de Fidach están activos. Estamos cerca de su territorio. Esto es la frontera, las ciénagas del Noreste de Alba.

Mientras observaban un águila dorada emitió su canto desde lo alto. Voló en círculos, una vez, dos veces, luego cantó otra vez. Entonces otra águila la acompañó.

—Una pareja en celo —dijo Melcorka—. Están cazando lejos de las montañas.

—Puede que nos estén cazando a nosotros —dijo Bradan—. Los pictos pueden domar a las grandes aves y usarlas para la guerra, o para persecuciones.

—Están de cacería —asintió Melcorka—, pero no a nosotros.

Las dos águilas descendieron dando pequeños círculos sobre los ciervos, y mientras las observaba Melcorka, volaron en picada a gran velocidad. Cada una aterrizó sobre la cabeza de un ciervo y mientras se aferraban de las astas, sus grandes alas doradas les cubrieron los ojos a sus presas.

—¿Pueden matar? —preguntó Melcorka.

—Nunca había visto algo así —confesó Bradan.

Observaron cómo los ciervos, en un estado de pánico por el peso repentino en sus cabezas y su completa e inesperada ceguera, corrieron descontrolados por el páramo, lado a lado mientras las águilas se postraban sobre sus cabezas.

—¿A dónde se dirigen? —preguntó Melcorka.

—Las águilas los están guiando hacia los hombres que las controlan —le dijo Bradan—. Los ciervos están condenados y ahora morirán. Ese es su destino.

Melcorka observó a los ciervos cuando dieron un salgo a ciegas por el páramo, hacia el Noroeste, hasta que desaparecieron—. Me entristece que se tengan que morir —dijo Melcorka.

—Toda muerte es triste —concordó Bradan—. Ahora debemos estar preparados para cualquier cosa que nos envíen los pictos de Fidach —golpeteó el suelo con su bastón—. Desearía que nos hubiéramos embarcado en una travesía diferente, una ajena a la guerra y sangre.

Melcorka asintió—. Cuando era pequeña estaba feliz en mi reino en la isla. No conocía nada más allá de sus costas. No deseaba más pues no sabía que era posible tener más. Entonces, cuando crecí un poco, soñé con conocer Alba y visitar las maravillas del reino. Soñé con aventura y romance, en princesas de oro y doncellas de seda y satín. Ahora he visto aventuras y los defectos de los príncipes, envidio a la pequeña que solía ser. Estaba a salvo en mi isla.

—La niñez debería ser un castillo seguro y los padres deberían proveer protección contra el mundo adulto y su crueldad, opresión y avaricia —concordó Bradan— Le da tiempo a los niños de crecer y desarrollarse, de reunir fuerzas para los desafíos que les presente la vida.

—¿Tuviste una niñez como esa? —preguntó Melcorka con delicadeza.

—He errado toda mi vida —a Bradan lo tomó por sorpresa—. Mis recuerdos más tempranos son los de caminar y eso es todo lo que sé.

—Sabes más que la mayoría de los hombres que he conocido —Melcorka extendió la mano para tocarle el brazo—. Y más gentil que la mayoría.

—¿Incluso más que Douglas de la pasión? —la boca de Bradan estaba torcida de un modo que Melcorka no reconoció.

—Mucho mejor que Douglas de la pasión —Melcorka se

sonrojó mientras hablaba. Los recuerdos de Douglas se volvieron vívidos y el paso del tiempo y la experiencia se aseguraron de que no todo fuera desagradable.

Bradan abrió la boca para decir algo, pero decidió no hacerlo y la cerró de inmediato sin emitir sonido alguno.

—Desearía no haberme acostado con él —Melcorka adivinó en qué dirección corrían los pensamientos de Bradan.

—Se acostó contigo, señorita —dijo Bradan—. Eras demasiado inexperta para reconocer su naturaleza real. Existen muchos hombres iguales que él.

—Ahora sé que debo alejarme de los de su tipo en el futuro —dijo Melcorka—, a menos que necesite un hombre—. Melcorka se echó a reír por la expresión de Bradan—. Vamos Bradan, seguramente tienes las mismas necesidades que los otros hombres. ¿Acaso no deseas a una mujer?

Cuando Bradan apartó la mirada Melcorka supo que una vez más eligió las palabras equivocadas—. Tenemos compañía —dijo Bradan—. No mires ahora pero hay jinetes en nuestros flancos.

Melcorka asintió. Llegó la hora de cambiar el curso de sus pensamientos. Unos minutos después miró de reojo discretamente y vio a cinco jinetes en cada lado, se trataba de hombres de cabello largo con capas que les cubrían el cuerpo y portaban lanzas proyectiles—. ¿Son hostiles?

—Serán hostiles si creen que nosotros lo somos —dijo Bradan—. Mantén las manos alejadas de tu empuñadura.

—Quizás son los cazadores de las águilas —dijo Melcorka.

—No veo águilas ni ciervos —le dijo Bradan—. Esta es una patrulla fronteriza picta, se están asegurando de que no representemos una amenaza para sus tierras.

Los jinetes cabalgaron con tranquilidad, reclinados en la montura con sus pies extendidos en estribos largos. Cabalgaron en fila y con una relajación que hacía creer que su hogar era este páramo de brezo marrón donde el viento arrastraba el canto solitario del sarapico y sus colinas rodantes y calladas.

—Los nórdicos no han llegado a este lugar —Melcorka señaló con la mirada a una pequeña y tranquila cabaña que reposaba bajo una torre de humo púrpura.

—Esta es la frontera de Fidach —le recordó Bradan—. Si los nórdicos perturban la paz aquí los pictos actuarían de nuevo.

Melcorka miró de reojo a los pictos de cada lado—. No se ven particularmente feroces.

—Estos son los guardianes del páramo —le recordó Bradan —, no son una patrulla de guerra. Simplemente nos están observando.

Melcorka gesticuló hacia la empuñadura de su espada—. No serán de mucha utilidad contra los saqueadores vikingos.

Bradan sonrió y golpeteó el suelo con su bastón—. ¿Cuántos hombres logras ver?

—Diez —dijo Melcorka—. Cinco de cada lado.

—Yo diría que hay otros veinte a cinco minutos de distancia —Bradan habló en voz baja—, y otros dos se encuentran a diez pasos de nosotros en este momento —Bradan se detuvo para ajustar las agujetas de sus zapatos de cuero de modo que Melcorka se detuviera a su lado—. Si miras con atención hacia ese arbusto de brezo que está a cinco pasos a tu derecha podrás ver que la coloración no está bien mientras que esa roca del lado contrario no es tan sólida como parece.

—¿Pictos? —Melcorka sintió una aceleración repentina en su corazón.

—Pictos —confirmó Bradan—. Pueden disfrazarse de cualquier cosa de la naturaleza con solo una capa y unas ramas o trozos de pasto.

Melcorka volvió a observar sus alrededores, ya no veía el páramo como una tierra casi vacía sino como un lugar de amenazas y engaños.

—Lo que ves de los pictos quizás no sea la realidad —dijo Bradan—. Los pictos comprenden la naturaleza de este lugar mejor que nadie, quizás más que la Gente de la Paz. Recuerda que fueron los pictos quienes derrotaron a los anglos en la batalla de Dunnichen —Bradan miró de reojo a Defensor—. Tu hombre Bridei portó esa espada ese día, y los cuerpos de los anglos se apilaron tan alto como la envergadura de una lanza y abarcaron hasta el horizonte.

—Para ser un hombre sin arma conoces mucho sobre la guerra.

Bradan sonrió—. Un hombre con bastón debe saber a quién evadir.

Los jinetes se acercaron más cuando dejaron el páramo y descendieron hacia la frontera de Fidach. La tierra fértil estaba dividida en varios campos de cultivo y teñidos de azul por el humo que provenía de las cabañas con techado de paja y. Unas arboledas resguardaban del viento a las granjas pequeñas mientras el mugido del ganado se paseaba encantado en el aire tranquilo.

—Este río es la frontera real —Bradan se detuvo en la orilla de un río torrencial, una cuerda doble y delgada estaba atada a un poste que se estaba conectado a una roca prominente en la otra orilla. Un bote yacía bajo la cuerda, atado por una cuerda más delgada—. Y ese es el ferry —Bradan alzó la voz—. ¡Capitán! ¡Queremos cruzar!

Un hombre calvo salió del interior de una cabaña de paja cercana a la orilla del río. Melcorka se percató que había un serbal plantado en cada extremo de cada gablete de la cabaña y uno más donde encallaba el bote en la orilla del lado Fidach—. Se están asegurando que la Gente de la Paz no se acerque —dijo Melcorka.

—Los pictos son gente sensata —dijo Bradan.

Al levantar la mano en señal de reconocimiento el capitán

se subió al barco y remó al otro lado del río, la quilla del bote crujió el guijarro junto a Bradan—. Suban entonces —el hombre miró la espada de Melcorka—, será mejor que tengas cuidado con ese cuchillo señorita, no querrás cortarte un dedo —el hombre se rió de su propio chiste.

El capitán empujó el bote en cuanto se subieron y aunque Melcorka no esperaba que el río fuera más rápido en el centro de la corriente, el capitán navegó el bote hasta el otro lado sin mostrar esfuerzo aparente. Melcorka vio pedazos de madera flotando a un lado de ellos, una rama tan larga como el bote se estrelló contra el casco.

—Este es un río peligroso —dijo Melcorka.

—Nos sirve de fosa —dijo el capitán con alegría.

Los jinetes de Fidach los siguieron a un cuarto de kilómetro de distancia. Melcorka esperaba que se detuvieran a la orilla del agua pero en vez de eso saltaron a la corriente, cinco en cada lado del bote, y guiaron a sus caballos del otro lado. Melcorka vio con más respeto el dominio del caballo y el valor de los pictos.

Los jinetes llegaron a tierra entre dos serbales y Melcorka se dio cuenta que esos árboles seguían la orilla del río cada ciertos metros. Su apreciación por las defensas de Fidach incrementó una vez más.

—Esos hombres deben ser valientes par vadear ese río —dijo Melcorka en voz baja.

—Son guerreros pictos —dijo Bradan simplemente.

Cuando los hombres montados cruzaron la arboleda de serbales se encontraron con un grupo de diez jinetes que venían en fila de Fidach y se dirigieron al páramo.

—¿Las patrullas son regulares? —preguntó Melcorka.

—Al parecer —dijo Bradan.

—¿Cuánto le debemos? —Melcorka se dio cuenta que no tenía nada con qué pagarle al capitán.

—No tiene costo —el capitán sacudió la cabeza—. El pasaje a Fidach es gratuito.

—Gracias —dijo Melcorka—. Eso es bastante inusual.

—No me lo agradezcas a mí —dijo el capitán con alegría—, agradécele a Drest. Él es la ley —el hombre tocó la espada de Melcorka—. Esta debe ser su primera vez en Fidach por lo que tendrán que ir a ver al rey. Le gusta hablar con todos sus huéspedes.

—Eso haremos —prometió Bradan.

—Esa es su ruta —el capitán apuntó a un camino bien cuidado que dirigía al objeto brillante y colorido que Melcorka distinguió desde el Páramo de Dava—. Cruza entre las piedras.

—Es como un portón —Melcorka puso las manos en uno de los dos pilares de piedra, tenía talladas unas figuras de bestias extrañas pintadas con colores brillantes: un toro parado adornaba ambos pilares, su tallado era tan definido que parecía que podría salirse de la piedra en cualquier momento—. Una entrada de piedra.

—Eso es exactamente lo que es —Bradan tocó el pilar—. Esto se erigió en donde terminan las tierras disputadas y donde comienza la nación picta de Fidach. Esos son los símbolos personales del rey y su familia, por lo que no hay disputa sobre quién está realmente a cargo de este lugar.

Melcorka siguió las marcas de una criatura extraña—. Son bellas —admitió Melcorka—, pero no las reconozco, ¿son reales? ¿Existen animales como estos en Fidach?

—No me he topado con ninguna de esas criaturas —dijo Bradan—. Ni siquiera en Fidach. Nunca me he encontrado con un dragón ni alguna otra clase de criatura mítica con las que las madres asustan a sus hijos —Bradan miró hacia el norte, más allá de los campos de cultivo de Fidach—. Si fueran reales no dudo que los pictos ya los habrían exterminado hace mucho tiempo. Son cazadores destacados.

Los jinetes se acercaron para escoltarlos una vez que entraron a Fidach.

—Toman bastantes precauciones para solo tratarse de nosotros, una mujer armada y un hombre con bastón —dijo Melcorka.

—Los pictos son bastante precavidos con cualquiera que no sea un picto —le respondió Bradan.

Con el paso del tiempo el recorrido los llevó por tierras cada vez más fértiles y pobladas; los pequeños campos de cebada y avena ya habían sido cultivados, se localizaban en las tierras bajas, el ganado pardo, cabras y ovejas pastaban en las colinas. Los cerdos y gallinas parecían rondar por donde les placiera, en ocasiones acompañados por un niño pequeño y a menudo desatendidos por completo.

—Es difícil creer que a tan sólo unos días de camino los nórdicos están saqueando, quemando y violando —dijo Melcorka—. Aquí todo parece estar en paz.

—Ese es el modo de los pictos —asintió Bradan—. Sus hombres son tan feroces que nadie se atreve a enfrentarlos y gracias a eso la paz reina en sus tierras.

—Es un buen sistema —aprobó Melcorka—. La gente se ve feliz.

—Vale la pena investigar —dijo Bradan—. Vayamos a hablar con alguien —Bradan señaló a una mujer que se encontraba recolectando huevos en su granja.

—Ustedes son forasteros —dijo la mujer cuando se detuvieron en los límites de su granja.

—Lo somos —asintió Bradan—. Mi nombre es Bradan el Errante y esta es Melcorka la Espadachina de los Cenel Bearnas de Alba.

La mujer era descarada y pelinegra, y su mirada seria y firme—. Ahora están en Fidach —les dijo—. No recibimos muchos visitantes de Alba —su mirada se dirigió a la espada de

Melcorka—, y mucho menos recibimos a quienes portan espadas. De hecho —le dijo a Melcorka—, eres la primer mujer de Alba que he visto en mi vida-

—Venimos a pedir audiencia con su rey, Drest —le dijo Bradan.

La mujer sonrió—. Esperen aquí un momento —luego se retiró a su cabaña, regresando apenas un minuto después con una jarra de leche y unos bannocks recién horneados—. Comida para el camino, de igual modo tendrán su audiencia, la hayan solicitado o no —la mujer reverenció a los hombres montados que cabalgaban a unos cien metros de distancia.

—Así parece —Melcorka probó los bannocks—. Dios bendiga a esta casa y todo lo que hay dentro —le dijo a la mujer.

—Y que Dios bendiga su viaje y les traiga éxito a sus destinos —respondió la mujer—. Sigan el camino y llegarán al Am Broch del rey.

—Tal parece que todos los caminos llevan al rey de Fidach —murmuró Bradan, luego golpeteó el camino con su bastón—. Bien hecho y mantenido. Los pictos se organizan muy bien.

—También saben vigilar —Melcorka gesticuló a sus escoltas. Los diez jinetes silenciosos los rodearon.

—Buscamos a su rey —anunció Bradan.

—Nosotros los llevaremos a él —el hablante no se escuchó poco amistoso. Estaba montado sobre un caballo alto y blanco y no desenfundó su espada cuando desmontó—. ¿Cómo se llaman?

—Mi nombre es Bradan y esta es Melcorka.

—Yo soy Aharn, lord de los jinetes de la ciénaga —su cabello pelirrojo brilló bajo el sol del norte mientras que su capa azafrán le descendía hasta las piernas, las cuales estaban descubiertas y fornidas—. Esperen aquí.

Bradan levantó la mano en señal de reconocimiento mientras Aharn sopló de su pequeño cuerno de bronce. Otra docena

de jinetes apareció detrás de los árboles y cabañas, algunos traían consigo caballos extras.

—Cabalguen con nosotros —ordenó Aharn de manera jovial—, de ese modo llegaremos con Drest el rey antes del anochecer.

—Gracias —Melcorka aceptó la ayuda de un picto sonriente y pecoso con alivio, luego lo abofeteó cuando su mano intentó bajar por su cadera, se unió a la risa resultante y cruzó la pierna del otro lado de la montura—. Tendrán que ir despacio —suplicó Melcorka—. Nunca he montado a caballo.

Aharn sonrió—. Pronto aprenderás —le dijo—. O tendremos que recogerte del suelo si te caes. Sostente bien y deja que el caballo haga todo el trabajo.

Melcorka sostuvo sus riendas tan fuerte como pudo hasta que Bradan se acercó y suavizó su agarre—. El caballo sabe que estás asustada. Relájate y él se comportará.

El hombre con pecas los acompañó—. Vamos Melcorka, yo lo sostengo.

Melcorka dejó que le ayudaran mientras trotaban por los campos verduzcos de Fidach.

—¿Eres de Alba? —preguntó el hombre con pecas—. Me llamo Fergus.

—Soy de Alba y me llamo Melcorka. Este es Bradan el Errante —Melcorka le alejó la mano por segunda ocasión.

Fergus sonrió—. ¿Acaso Bradan es tu hombre? ¿Tendré que matarlo para conocerte mejor?

—No, él no es mi hombre, solo estamos recorriendo el camino juntos —dijo Melcorka—. Y me disgustaría bastante si intentaras matarlo.

—Entonces no lo haré —dijo Fergus—, pues no tengo ganas de disgustarte —su sonrisa incluyó a Bradan—. Estás a salvo conmigo, hombre del bastón.

Melcorka miró de reojo a Bradan, quien murmuró—, me

alegra escuchar eso —luego desvió la mirada y no dijo más. Melcorka no estaba segura de por qué, pero sabía que Bradan no estaba feliz.

Dejando atrás los campos de cultivo y terrenos de granja, y el ocasional fuerte deshabitado pero bien atendido en la colina o el pilar tallado y colorido de piedra, Melcorka no pudo evitar sentir asombro por el orden y la paz presente en Fidach. Las historias que escuchó sobre los pictos la hicieron pensar que eran guerreros pintados y bárbaros, asesinos de hombres que se comían a sus enemigos y respondían a sus atacantes con extrema violencia. Esperaba ver aldeas decoradas con sacrificios humanos, una tierra de muerte y horror con hordas de hombres y mujeres que luchaban entre ellos ante la menor provocación. En vez de eso Fidach era un lugar tranquilo, con granjeros pacíficos que la saludaban con gestos amigables.

Melcorka miró de reojo a su escolta. Dejando a un lado sus manos coquetas, Fergus no podría ser más amigable, mientras que Aharn lideraba a sus hombres con órdenes silenciosas sin la necesidad de utilizar la fuerza. No parecían ser guerreros formidables, en cambio los nórdicos que había presenciado eran más altos, fornidos y en general más agresivos que estos hombres delgados, modestos y arreglados. Recordó su misión y se preguntó si había tomado la elección equivocada, quizás le hubiera convenido viajar a ver al Lord de las Islas primero y dejar a estos pictos recatados a su suerte. No los podía imaginar capaces de ser un desafío para el muro de escudos nórdico.

—Salgan del camino —ordenó Aharn en voz baja—, el Príncipe Loarn se aproxima—. Aharn guio a su caballo fuera del camino y el resto de la escolta lo siguió inmediatamente.

—Acompáñanos Melcorka —Fergus tomó el control de las riendas de su caballo—. El hijo mayor tiene prioridad en los caminos del rey.

La caravana real estaba compuesta por cuatro sirvientes, un

príncipe y una princesa, ambos tenían un águila en el brazo. El príncipe cabalgó al frente, su cabello oscuro le tallaba la nuca y su leine de lino fino fajado en sus pantalones de tartán sobrio. Miró de reojo y levantó la mano para saludar a Aharn, permitió su mirada se fijó en Melcorka, luego desvió la mirada y continuó cabalgando. Su compañera también miró a Melcorka con un aire de soberbia mientras cabalgaba a un lado de ella en su capa brillante y azul. Los sirvientes no se molestaron en mirarlos.

—Al parecer los sirvientes son más principescos que la realeza —dijo Bradan en voz baja.

—Ellos son el hijo mayor y la única hija del rey —explicó Fergus—. A menudo salen a cazar con águilas o con sabuesos.

—No sabía que se podía cazar con águilas doradas —dijo Melcorka.

—Son la realeza —Fergus miró de reojo a Aharn y habló en voz baja—. Pueden hacer lo que quieran.

—Me percaté que no portaban armas. Sus sirvientes no llevaban consigo ni siquiera una espada —dijo Bradan.

—¿Por qué deberían? —Fergus se mostró perplejo—. Están en su reino. ¿Qué necesidad tienen de portar una espada?

—Los nórdicos han invadido Alba —inició Melcorka, pero se detuvo cuando Aharn dejó de cabalgar y señaló una fortificación masiva que se encontraba más adelante.

—Ese es Am Broch —se escuchó un tono de orgullo en la voz de Fergus—. Ahora tendrán su audiencia con el rey.

Conforme viajaban al norte, la tierra se fue inclinando gradualmente hasta llegar a una línea costera que conectaba con el brillo del mar azul. Ahora han llegado a la costa con promontorios y playas de oleajes fuertes. Melcorka examinó sus alrededores y vio a lo lejos, más allá del mar, las montañas altas del Norte lejano y, detrás de ellas, la ligera silueta de la costa de Cet, el territorio del extremo norte de Alba, que probablemente esté firmemente dominada por los nórdicos. Entre ellos, y dominando la costa, se encontraba el castillo real.

Am Broch era diferente a como esperaba Melcorka. Era más grande que el Castillo Gloom, quizás hasta sea mayor que el Dun Edin, aunque no era sencillo calcular el tamaño de Am Broch ya que se encontraba detrás de sus tres muros. La entrada estaba decorada con toros en relieve, y sobre la entrada se mostraba una estampida que penetraba el muro externo, luego se dirigía directamente al segundo muro y una vez más directo hasta la tercera entrada hasta llegar al muro final que yacía frente a los muros de piedra el castillo mismo.

—Am Broch —la voz de Aharn mostró el mismo orgullo que Fergus—. ¿Alguna vez han visto algo similar?

—No —dijo Melcorka—. Es la fortaleza más imponente que he visto.

Aharn asintió satisfecho—. Les aconsejo que aseen las fatigas de su viaje, después los llevaré con el rey.

El interior de Am Broch estaba conformado principalmente de roca, las entradas de piedra tenían relieves de jabalíes tallados y sus cámaras de piedra estaban destinadas para la realeza y nobleza.

—La piedra no se incendia —explicó Aharn con orgullo—. Acompáñenme. Melcorka, esto te parecerá extraño ya que eres una visitante, pero es nuestra tradición así que te pido que la honres.

—No deshonraré a Fidach ni sus costumbres —Melcorka no admitió que estaba anonadada por la organización de todo lo que ha visto hasta ahora.

Aharn los guio a una pequeña habitación, en una de las esquinas había una caldera burbujeante sobre una pequeña fogata mientras que en la otra había dos lavabos de piedra. Había un par de bancas de madera atadas al piso de piedra mientras que una pareja adulta se platicaba en voz baja sobre unas sillas de roble tallado. Las paredes estaban cubiertas con lana entretejida y decoradas con los mismos diseños extraños que Melcorka vio en los pilares fronterizos.

—Esta buena gente viajó desde Alba —dijo Aharn—. Vienen a ver al rey. Cuiden bien de ellos.

El hombre y la mujer se pusieron de pie al mismo tiempo—. Necesitan que los bañemos y aseemos para que puedan ver al rey —la pareja habló al unísono. El hombre, de afeitado perfecto y fragancia discreta, se acercó a Bradan mientras que la mujer, de sonrisa cálida, cuerpo robusto y aire maternal, se acercó a Melcorka.

—¿Qué es este lugar? —preguntó Melcorka.

—Este es el cuarto de lavado para huéspedes —dijo la mujer—. Yo soy Marivonik y este es mi esposo, Egan. Somos los lavadores —Marivonik miró a Defensor—. No lavaré tu espada, pero todo lo demás será lavado. ¡Egan! —dijo con fuerza—. Cierra la puerta. ¡Los invitados del rey necesitan privacidad!

La puerta era de roble claro y su lado interno tenía tallada la semejanza de un toro. Egan la cerró y le cruzó una barra de madera.

—Listo, así está mejor —la sonrisa de Marivonik creció—. Ahora, ¡quítense la ropa! Andando, ¡rápido! —dijo aplaudiendo.

Melcorka no pudo evitar su vergüenza. De pronto se dio cuenta que a pesar de haber viajado a solas con Bradan por algunas semanas nunca se habían visto sin ropa. Bradan le guiñó el ojo cuando lo volteó a ver.

—No te espiaré —le dijo con suavidad—, y estos dos lo han visto todo cientos de veces, o tal vez más.

Melcorka respiró profundo—. No toquen mi espada —advirtió cuando Marivonik le ayudó a desvestirse.

—Por supuesto que no tontita —le dijo Marivonik—. Ahora,

se una buena niña y haz lo que se te pide. Pronto te dejaremos limpia y brillando lista para el rey.

Melcorka dejó a Defensor cerca de la pared más cercana, asegurándose que estuviera a su alcance. Los dedos de Marivonik se mantuvieron ocupados, deslizando el cuerpo de Melcorka fuera de su leine y maniobrándose desde su cadera hasta sus tobillos, en ningún momento paró de hablar. Bradan ya estaba desnudo y por un instante Melcorka permitió que su mirada perdurara en ese cuerpo largo y delgado, desde sus hombros fornidos hasta su trasero turgente. Melcorka desvió la mirada, avergonzada por haber irrumpido. Luego volvió a espiarlo justo en el momento que él volteó a verla. Sus miradas se fijaron por un momento, luego Melcorka vio que la mirada de Bradan bajó para examinar su cuerpo, de la misma manera en que lo hizo ella hace un minuto. Bradan elevó la mirada de nuevo, la miró a los ojos una vez más y ambos se dieron vuelta.

Melcorka estuvo consciente de Marivonik cuando ésta la guio a la tina de lavado. Casi no escuchó el chapuzón de agua caliente de la caldera o sintió el tacto de las manos de Marivonik mientras le escrudiñaba el cuerpo con un puñado de arena de mar fresca. En vez de eso escuchó las palabras de una vieja canción que resonaba en su cabeza.

«No subiré la ladera y no cruzaré el páramo, mi voz se ha ido, ya no cantaré más canciones. No dormiré una hora de lunes a domingo si el joven pelinegro viene a mi mente.»

Melcorka cerró los ojos confundida. ¿Por qué seguía anhelando a ese ladino, traicionero y pérfido jinete de la Frontera?

Miró de nuevo a Bradan, esta vez lo vio desde un ángulo más incómodo y poco glamoroso ya que Egan estaba trabajando en su parte inferior, esa escena le generó una sonrisa.

—Ya podrás comerte con los ojos a tu hombre —le regañó

Marivonik, quien también estaba sonriendo—, ¡por ahora quédate quieta para asegurarme que estés decente para ver al rey! —Marivonik comenzó a trabajar las piernas de Melcorka—, ¡si tu madre pudiera ver el estado en el que estás se quedaría sin palabras!

—Eso creo —asintió Melcorka. Intentó controlar sus emociones y pensamientos mientras Marivonik continuaba su lavatorio.

Marivonik y Egan trabajaron por más de una hora hasta que consideraron que la apariencia de sus invitados era apropiada para los ojos de la realeza y luego se permitieron salir del cuarto de lavado. Melcorka sintió cosquilleos por el tallado riguroso al que la sometieron, pero se sintió más limpia de lo que había estado en su vida o, como sospechaba, más de lo que se sentiría nuevamente, por lo menos hasta su próxima visita a Fidach. Mientras los aseaban unas manos sigilosas se llevaron sus ropas, las cuales les regresaron limpias y planchadas, sus harapientos fueron remendados y ahora olían a pétalos de rosa en lugar de sudor y polvo del camino.

—Eso fue... interesante —Melcorka no podía mirar a Bradan a la cara.

Bradan la miró y luego volteó la cara—. Lo siento —le dijo —. No debí espiarte.

—Yo también te espié —dijo Melcorka. Luchó por encontrar las palabras adecuadas, estaba bastante consciente que el mundo la veía como una guerrera valiente y sin embargo aquí se encontraba con la lengua trabada en la presencia de un hombre con bastón—. Yo también lo siento —sin embargo esa era una mentira. Melcorka no estaba arrepentida de haberlo visto en ese estado.

—Muy bien, ¿ya están limpios y frescos? —Aharn apareció de repente, ajustando su leine inmaculado—. Síganme entonces.

Subieron por unas escaleras de piedra que serpenteaban por el pilar central que los llevó a un gran salón forrado con tapicería. Melcorka esperaba que el trono estuviera sobre una plataforma elevada, en vez de eso había un gran número de sillas talladas bellamente sobre roble junto a unas mesas largas de caballete.

—El rey estará pronto con ustedes —Aharn miró de reojo a Defensor—. Puede que no le agrade que portes una espada.

Melcorka miró a Bradan. Quería preguntar si podía confiar en los pictos, pero sabía que eso sólo insultaría a Aharn, un hombre que sólo les ha mostrado respeto y consideración. Ceridwen le había dicho que confiara en sus instintos, y ahora era su oportunidad de hacer caso a su consejo.

—Aharn —le dijo—. ¿Podrías cuidar de mi espada cuando estemos en presencia del rey? No me gustaría insultarlo con esa imprudencia.

Aharn mostró una pequeña reverencia—. Eso haré —le dijo solemnemente—. Su espada estará a salvo conmigo.

Melcorka se sintió extraña al desabrocharse el cinturón y entregarle su espada a un hombre que conoció hace menos de un día. Se sintió extraña quedarse ahí, a solas con Bradan, en el salón del rey de Fidach, rodeada de pictos feroces de los que sólo había escuchado rumores y muy pocos hechos.

La puerta arqueada del muro más lejano se abrió de repente y dos hombres entraron al salón, ambos eran altos y armados con lanzas de punta ancha, escudos cuadrados y una espada larga enfundada en sus cinturones. Mientras los guardias tomaban su posición a los lados de la puerta, otro par de hombres entró por la puerta, ambos vestían túnicas de tartán opaco y portaban un cuerno de cordero montado en plata. Avanzaron con una velocidad decorosa hasta la cabeza de la mesa larga y retumbaron con un coro de sonidos que provocaban más ruido que melodía, algo que ellos, por lo menos, parecían disfrutar.

—Qué melodioso —dijo Bradan en voz baja.

—El rey adora su música —dijo Aharn. Melcorka no detectó sarcasmo en su voz.

Otro par de hombres entró al salón. Vestían unas túnicas de colores múltiples, idénticas a las de los músicos, además de un delantal sobre sus pechos que llevaban engalanado un toro negro. Ambos se unieron a los músicos.

—¡Aquí viene su majestad la reina Athdara! —anunciaron los dos hombres.

La reina entró sola, era una mujer de unos cuarenta años de edad, su comportamiento era orgulloso y su cabello oscuro presumía unos ligeros tintes plateados. Se sentó con gracia en una de las sillas con brazos, le envió un guiño a Aharn y le mostró una sonrisa sorpresivamente amistosa a Melcorka y a Bradan antes de mirar atrás hacia la entrada.

—¡Ahora se aproxima el rey Drest! —anunciaron los heraldos al unísono—. ¡Todos de pie para recibir al rey! —comenzaron una entonación, los músicos, los guardias y Aharn los acompañaron.

—¡El rey! ¡El rey! ¡El rey!

Los guardias se pararon rígidos y atentos con sus lanzas cortas a los lados y los ojos fijos en un punto neutral en el muro lejano mientras unas pisadas pesadas crujían en el exterior. El hombre que entró era más alto que cualquiera en el salón, con una melena de cabello plateado y una barba perfectamente rasurada con el mismo color. Melcorka supuso que el rey era un hombre que se encontraba en sus cincuenta años de edad, aunque sus hombros amplios, pecho pronunciado y cadera marcada le pertenecían a un joven de veinticinco.

El rey se sentó junto a la silla de la reina y liberó un suspiro.

Le sonrió abiertamente, luego estrechó el brazo y le tomó la mano—. Aquí estamos de nuevo —le dijo.

—Compórtate Drest —dijo Athdara.

El rey suspiró—. ¿Qué tenemos el día de hoy?

Melcorka le echó una mirada a Bradan. Ella no esperaba que el rey de Fidach fuera tan formal. Se miraba y comportaba como un hombre cualquiera en sus aposentos, lo cual, claro, era verdad.

Los dos heraldos respondieron al unísono, gritando sus palabras como si lidiaran con una audiencia de miles de personas—. ¡Hoy tenemos a dos visitantes en Fidach! Melcorka de Alba y Bradan el Errante.

—Ah —Drest golpeteó el brazo de su silla con los dedos hasta que Athdara le detuvo la mano.

—No hagas eso Drest —le sonrió a Aharn de nuevo—. ¿Aharn, usted escoltó a nuestros invitados?

Aharn se reverenció antes de responder—. Así fue, su alteza.

Veo que Bradan portaba una espada —Athdara señaló con la cabeza a Defensor, que aún seguía en las manos de Aharn.

—No, su gracia. La espada le pertenece a Melcorka. Creyó que sería imprudente de su parte portar una espada en presencia del rey y de usted.

Athdara miró fijamente a Melcorka—. ¿Así sucedió, Melcorka? ¿O lo hizo con la sugerencia de Aharn?

—Aharn lo sugirió, su gracia —dijo Melcorka.

La reina asintió—¿Entonces le hiciste caso a su consejo? Esa es una cualidad inusual en los jóvenes. Cómo quisiera que mi hijo mayor fuera igual de sensato.

—Estoy segura que su hijo es un buen hombre —Melcorka intentó ser diplomática.

—¿Eso crees? —La reina elevó una ceja—. Quisiera tener tu seguridad —Athdara gesticuló hacia Defensor—. ¿Eres capaz de blandir esa cosa o sólo la tienes para mantener a los hombres a distancia?

—Sé usarla —dijo Melcorka.

Drest resopló—. Las palabras le salen fácil a Melcorka de Alba. Ten cuidado a menos que tengas que demostrar su valor.

Melcorka asintió—. Tengo cuidado con mis palabras, su gracia.

La sonrisa de Athdara era pequeña y sigilosa—. Sabemos de ti, Bradan el Errante. ¿Esta mujer es tu compañera de viaje o algo más?

MELCORKA SE CONSTERNÓ por el breve silencio antes de la respuesta de Bradan—. Ella es mi compañera de viaje, su gracia, y también es algo más. Ella es su propia mujer en todos los aspectos.

Drest sacudió la cabeza—. ¿Acaso no es ese el caso con todas las mujeres?

Aharn liberó una pequeña carcajada—. ¡Esa no es más que la verdad, su gracia!

—¿Tienes familia? —Athdara le preguntó a Melcorka.

—Soy Melcorka Nic Bearnas de los Cenel Bearnas —respondió Melcorka ante esa pregunta tan extraña.

—Tienes familia —la reina sonó satisfecha—. Eso es bueno.

—¿Por qué vinieron a nosotros? —aunque la voz de Drest era calmada no había duda sobre la sagacidad en su ojos—. No cruzaron las montañas y cruzaron la desolación del páramo solo para maravillarse con mi belleza, sin importar lo grandiosa que sea —el rey se rió de su chiste.

—Así es, su gracia —asintió Melcorka—, aunque es cierto su belleza es reconocida por todo Alba —dijo ignorando la pequeña risa de Athdara—. Hemos venido por asuntos más serios.

—Toma asiento y cuéntanos —la reina aplaudió y dos sirvientes aparecieron a su lado—. Vino y comida para nuestros invitados.

Los sirvientes de pies ligeros regresaron con comida y vino abundantes sobre bandejas de madera tallada que situaron sobre las bancas y se retiraron sin hacer ruido.

—Coman y beban —Athdara les mostró cómo hacerlo al tomar un puñado de avellanas de un tazón de madera.

Drest le dio un sorbo callado a un cuerno de aguamiel—. Dejando mi belleza a un lado por el momento —inició—, cuéntame cuáles son estos asuntos de gran seriedad.

El rey escuchó los recuentos de Melcorka sobre todo lo que había presenciado en Alba, desde la flota vikinga que encalló en el norte y la destrucción de Dun Edin a manos de los nórdicos y la derrota subsecuente del ejército de Alba en la Planicie de Lodainn. Intentó no mostrarse emocional al mencionar la pérdida de su gente en las aguas del Fiordo de Forth y la congregación en el Castillo Gloom. En ningún momento mencionó a la Gente de la Paz ni a Douglas.

—Veo que tus aventuras han sido sorprendentes —dijo Drest.

—Lamento la pérdida de tu madre —la reina extendió la mano para darle una palmada en el hombro—. La pérdida de los padres es algo terrible.

Melcorka asintió—. Gracias.

—Tu relato fue interesante —dijo Drest—. Sabía de la presencia de los nórdicos en Alba y nuestra patrulla naval me informó sobre sus flotas. Me sorprende que Dun Edin hubiese caído con tanta facilidad y que el ejército real haya sido destruido tan fácilmente. Esa es una fortaleza imponente y los guerreros de Alba son capaces de luchar con valentía cuando se les dirige bien.

—Creemos que fue traición —dijo Melcorka—. Sospechamos que una banda de nobles nórdicos fueron a una conferencia con el rey de Alba y lo traicionaron en su salón real.

—Entonces los vikingos ya estaban dentro de sus defensas —Drest le soltó una mirada a su reina—. Qué táctica tan astuta.

—Estoy aquí con dos propósitos —dijo Melcorka—, el primero es para advertirles que los nórdicos podrían intentar la misma táctica aquí, y segundo para pedirles ayuda para recuperar Alba —Melcorka confrontó al rey con osadía, mirándolo directamente a los ojos.

—Gracias por la advertencia —dijo Drest—. Sin embargo no veo por qué debería ayudar al rey de Alba para recuperar su reino.

—Existe una buena razón —Bradan habló inesperadamente —. Una vez que los nórdicos conquisten Alba querrán venir por su reino. Su territorio es menor al de Alba y estarán rodeados por los nórdicos en tres ejes, y en el cuarto junto al mar, que se encuentra bajo el yugo de los nórdicos.

—Hemos luchado contra los nórdicos en el pasado —dijo Drest—, también contra Alba. No los veo como una amenaza.

—Tampoco lo hizo Alba —Bradan dijo inexpresivamente—. Después de todo, el rey de los nórdicos está emparentado con el rey de Alba. Este ataque vino sin provocación.

Athdara frunció el ceño—. Dices que el rey de Alba fue capturado o ejecutado en Dun Edin y su único pariente murió en la Batalla en la Planicie de Lodainn. ¿Correcto?

—Así es —concordó Melcorka.

—¿Entonces por qué están aquí? ¿Quién está organizando la resistencia? —Athdara se inclinó en su asiento—. ¿Cuál de los grandes lores dirige Alba en este momento?

Melcorka respiró profundo. Ahora necesitaba tener fe en ella misma. Aquí es cuando realmente necesitaba la guía de Bearnas, o la de quien fuera—. No creo que alguno de los grandes lores siga vivo. Vi sus estandartes en la Planicie de

Lodainn, liderados por el Jabalí Azul, y todos cayeron ante el Estandarte del Cuervo de los nórdicos.

—¿Todos? —Drest se vio sorprendido—. ¿Todos han muerto?

Melcorka asintió—. Eso creo.

—¿Entonces quién está organizando esta lucha? —preguntó la reina.

Melcorka miró a Bradan y se encogió de hombros—. Nosotros. No hay nadie más.

—¿Y quién liderará a los ejércitos que reúnan? ¿Quién será el rey, o reina, de Alba si llegasen a derrotar a los nórdicos? —Athdara apretó los brazos de su silla con tanta fuerza que sus nudillos se decoloraron.

Melcorka estaba a punto de explicarles acerca de Maelona, pero se detuvo. Aún no ha llegado la hora de revelar todo lo que sabía, es mejor que dejara que sucedieran las cosas guardarse esa información.

—No estoy segura —respondió Melcorka—. Sé que nos las arreglaremos.

La reina le echó un vistazo a Defensor—, estoy segura que sí —le dijo—. La hija de una casa noble que porta una espada como esa será capaz de decidir qué es lo mejor.

Drest se puso de pie—. Gracias por la advertencia, Melcorka y Bradan. Discutiré la situación con mis nobles y regresaré con ustedes—. El rey sacudió la cabeza—. Les advierto que es poco probable que ustedes tengan éxito con la misión. Defenderemos nuestras fronteras pero no esperen que envíe mis ejércitos a luchar contra los nórdicos para recuperarles el reino.

—Yo no deseo un reino —dijo Melcorka.

—Quienes lo hacen rara vez lo logran —dijo la reina—. El destino tiene sus métodos para proveer lo inesperado. Descansen y déjenos reflexionar.

Sus aposentos tenían una vista al mar, el escenario era tan bello que Melcorka lo devoró con la mirada. No se había percatado de lo mucho que extrañaba los sonidos y aromas del océano abierto hasta que vio el vaivén grisáceo que rugía contra el promontorio sobre el que se erigió la fortaleza y luego se alejaba para reunir fuerzas para un nuevo asalto, y así de manera perpetua. Era un enfrenamiento constante, las fuerzas del mar contra la terquedad de la tierra, un movimiento interminable contra una determinación inflexible.

—Desearía que nos hubieran invitado en sus discusiones —dijo Melcorka—. Quiero escuchar todo lo que están diciendo —El par no había hablado desde que entraron en la habitación. No sabía qué estaba pensando Bradan sobre ella después de haberlo espiado cuando estaba desnudo.

—La sala de consejo se encuentra dos pisos debajo de nosotros —le dijo Bradan—. Tendremos que cruzar los aposentos reales para llegar ahí.

—Los aposentos reales estarán vacíos —dijo Melcorka—, si el rey y la reina se encuentran en la sala de consejo. ¿Quizás podamos escabullirnos? —Melcorka respiró profundo—, ¿o piensas que he fisgoneado lo suficiente por un día?

Bradan se puso tenso—. Ambos miramos.

Melcorka estrechó la mano—. Lo siento.

—Yo también lo siento —dijo Bradan.

Melcorka sintió una especie de sacudida cuando se tocaron sus dedos. Apretó la mano de Bradan, lo sintió devolverle el apretón y ambos se soltaron repentinamente de las manos.

—Por aquí —dijo Bradan—. Deja aquí a Defensor, no lo necesitarás en este castillo.

El interior del castillo estaba pulcro, limpio y ordenado, igual que el resto de Fidach, su tapicería le brindaba color a los muros grises de piedra y cada marco de puerta tenía gravado un toro en relieve.

Melcorka escuchó voces que murmuraban dentro de los aposentos reales—. Todavía están ahí —dijo Melcorka—. ¿Dónde están los guardias?

Bradan sacudió la cabeza—. Este es su hogar. No necesitan guardias aquí.

—Esto siempre es impresionante —Melcorka guardó silencio cuando escuchó una risa y la mención de su nombre—. Aguarda un poco —le dijo a Bradan.

La entrada de los aposentos reales estaba ligeramente abierta, y la luz de la antorcha en el interior se permeó por la apertura. Escuchó la voz de Drest con la ocasional interrupción del tono agudo de Athdara.

—Yo veo la situación de este modo —dijo la reina—. Alba no tiene líder, como un barco sin remo direccional. Los vikingos han tomado el control. Bjorn de las Tierras del Norte no quedará satisfecho con una simple invasión. Movilizará a sus ejércitos y los mantendrá aquí. Colonizará el reino y luego avanzará a Fidach.

—Nuestro ejército está mejor organizado que el de Alba, es más compacto y tiene un mejor entrenamiento —señaló Drest.

—También somos más reducidos —dijo la reina—. Una vez que haya subyugado toda Alba, Bjorn concentrará sus ejércitos en nuestras tierras, nos atacará por mar y tierra. Estaremos demasiado dispersos como para defender todas nuestras fronteras.

—Podemos defender Am Broch por varios meses —dijo Drest.

—Sé que lo harás —dijo la reina—. Eres más valiente que cualquier otro hombre en el mundo y sé que lucharás hasta tu último aliento, pero por cada barco que tenemos ellos lo superan por diez y por cada hombre hábil en Fidach los nórdicos tendrán veinte. Mientras defendemos el castillo ellos arrasarán con los campos, nuestra gente, los hombres y mujeres a quienes brindamos protección y liderazgo.

—Estoy de acuerdo —admitió Drest—. Tienes razón —hubo un silencio por unos segundos. Melcorka revisó el corredor de piedra, temerosa de ser descubierta mientras espía los aposentos del rey. Escuchó un sonido y volteó a ver a Bradan, quien sacudió la cabeza.

—Es solo el viento —susurró.

—Debemos asegurarnos que Alba no perezca —dijo Drest—. La chica, Melcorka, tiene algo de presencia. Es la mejor esperanza que tenemos para contraatacar. Los nórdicos no han matado a todos los hombres en Alba, sólo aquellos que pertenecían al ejército real, además de aquellos que capturaron en las aldeas. Todavía quedan muchos, escondiéndose en los valles, esperando a que surja un líder.

La voz de la reina era suave—. Melcorka podría ser esa líder. Es fuerte y determinada y ya ha matado vikingos en batalla.

—Si tuviera un grupo pequeño, quizás logre reunir reclutas a su causa —dijo Drest—. Podríamos ofrecerle unos cuantos cientos de soldados, bajo las órdenes de un comandante experimentado. No la imagino capaz de derrotar a los nórdicos pero quizás logre persuadirlos que Alba es demasiado costosa para ellos.

—Estás pensando en pequeño —dijo Athdara—. Ella es una mujer de la nobleza, al parecer una de las pocas que sobrevivieron, y al juzgar por su espada también es una guerrera. Podría ser la siguiente gobernante de Alba —de pronto hubo unos momentos de silencio en los cuales Melcorka se alejó de la puerta en caso de que Athdara sintiera su presencia—. Y no olvidemos que tenemos un hijo que necesita una esposa desesperadamente.

Melcorka sintió un palpitar intenso y repentino en su corazón. La presión repentina que Bradan le ejerció sobre su brazo fue reconfortante. «¿Acaso esa mujer pretende casarla con Loarn? ¿Acaso Athdara, la reina de Fidach, cree que podría ser la reina de Alba?» Esas ideas recorrieron su mente tan rápido que la marearon y provocaron un pequeño malestar.

—Déjame a solas —le susurró a Bradan—. Necesito pensar en todo esto.

Bradan le tocó en el brazo—. Tú eres tú —le recordó—. No tienes que hacer lo que quieran los demás.

De pronto el pequeño rostro de Ceridwen le vino a la mente junto con su consejo de confiar en sus instintos—. Gracias —Melcorka se alejó en busca de un espacio donde pudiera resguardarse y poner su mente en orden.

Parecía que Drest estaba dispuesto a ofrecerles parte de su ejército. Esa era la buena noticia, pero casarse con el príncipe de Fidach no era el precio que Melcorka estaba dispuesta a pagar. No tenía intención de terminar casada con un hombre desconocido, sin importar la distinción de su linaje. Recordó el rostro malcriado del príncipe que cabalgó frente a ellos en el camino. ¿Qué clase de esposo sería ese hombre?

Melcorka se imaginó por un instante retorcido que sería como la reina del reino unificado de Alba y Fidach, con todo el poder y la autoridad, sentada en un trono real dando órdenes y asegurándose que todas se cumplieran. El prospecto era tan emocionante y exhilarante que no pudo evitar sonreír, tan solo imaginar las órdenes que daría y la adulación que inspiraría como la mejor reina que Alba haya tenido jamás.

«¿Cómo sería el príncipe?» Melcorka pensó en los pictos que conoció hasta ahora. Fergus es generoso, divertido y amable, Drest obviamente está muy apegado a la reina, y Aharn es un soldado honesto y franco, compasivo y profesional. Realmente son un grupo decente de hombres. «¿Podría casarse con uno? ¿Pero por qué?» Melcorka no tenía intención de sentar cabeza con un hombre, mucho menos casarse para ayudarle a Drest de Fidach a lograr su integridad territorial. Aunque Melcorka pensó que ese príncipe cazador debe tener algo buen en él, a pesar de su apariencia arrogante.

¡Vaya prospecto para una humilde chica isleña!

El desfile interminable de ideas y pensamientos recorrieron la mente de Melcorka mientras caminaba por el castillo, alrededor de la torre, junto a los muros y más allá del jardín central. Deambulaba sin rumbo en busca de soledad, algo que resultó una comodidad escasa en un lugar como este.

—¡Oh, algo de diversión! —esa voz no era familiar. Melcorka miró al frente para ver a dos hombres que se aproximaban a ella. No estaba segura de dónde se encontraba, su deambular la llevó a una sección oscura del castillo, un corredor oscuro repleto de cuartos pequeños de piedra. La luz que desprendía la antorcha de junco les ensombreció los rostros.

Melcorka levantó la mano—. Saludos. Soy Melcorka de Alba, vengo a visitar a su rey.

Los dos hombres se echaron a reír. Uno de ellos se acercó a la luz y Melcorka lo reconoció, es Loarn, el joven príncipe. Su cabello rizado le llegaba hasta las orejas y su leine estaba hecho con el más fino de los linos, detalladamente bordado y limpio. El segundo hombre bien podría ser su viva imagen, esbelto, atildado y sumamente apuesto cuya sonrisa sería la envidia de los taimados.

—Es la mujer de Alba —dijo Loarn—. La vi en la frontera viajando en sus harapos —se echó a reír de nuevo—. Ahora lleva puestos harapos limpios.

—Me pregunto si es tan limpia como sus ropas, Loarn —dijo el segundo hombre.

—Ya le habrán tallado la suciedad Albana de encima, Bryan —contestó Loarn—. Pronto lo averiguaremos.

—Debemos asegurarnos que esté lo suficientemente limpia

para Fidach —dijo Bryan. La risa combinada de esos hombres era irritante.

Melcorka volteó en busca de ayuda pero no vio a nadie más. Estaba sola en alguna parte desconocida del castillo picto, sin espada y rodeada por dos hombres depredadores.

—El rey Drest no aprobará que se le insulte a sus invitados —dijo Melcorka al respaldarse con la pared mientras los hombres se paraban en cada uno de sus lados. Sin Defensor y sus habilidades Melcorka no era más que una chica isleña perdida en un lugar oscuro. De pronto toda la confianza adquirida de Melcorka se desvaneció. Ya no era una guerrera imponente ni una emisaria para reunir gente para luchar contra los nórdicos, mucho menos una protoreina de Alba. Ahora sólo quería regresar a su isla y dejar de pensar en los asuntos del reino, las matanzas o ejércitos.

—Ven aquí —Loarn la tomó de la manga de su leine—. ¡No seas tímida! —su risilla aguda fue acompañada por la de Bryan quien también se le acercó y le rodeó el cuello con el brazo.

—Deberías sentirte privilegiada, chica de Alba, ¡tienes la compañía de un lord y un príncipe de Fidach! —las manos de Bryan se sintieron calientes y sudorosas sobre su cuello.

—¡Vamos al cuarto! —el aliento de Loarn era dulce—. Llevémosla ahí. ¡Andando chica forastera!

Melcorka miró arriba y debajo de las escaleras, ahora desesperadamente temerosa y solitaria. El orgullo le prohibió que gritara por ayuda, aunque no dudaba que nadie vendría a ayudarla contra el príncipe Loarn y su indudablemente compañero noble. Estaba sola en este lugar oscuro.

Contrario a su apariencia vanidosa, Loarn tenía experiencia en la persecución y era lo suficientemente fuerte para arrastrarla al cuarto de piedra. Bryan los siguió, aun emitiendo su risilla aguda por la emoción.

—Sostenla —ordenó Loarn—. Sujétala fuerte —tomó un

pedazo de pedernal y produjo una chispa para encender una antorcha que colgaba de un soporte en la pared. La llama produjo una luz diminuta que iluminó esa recámara vacía de piedra, dentro había unas cajas de madera junto a una de sus paredes. La ventana solitaria era pequeña y cuadrada, su vista era la del cielo nocturno donde sólo brillaba una estrella solitaria—. Ahora podemos relajarnos, ¿no es así chica de Alba? —Loarn se echó a reír nuevamente—. Sostenla Bryan y veremos cómo se ve debajo de esos harapos.

Melcorka sintió las manos de Bryan recorriendo sus hombros para amarrarle los brazos. Sabía que una vez que la tuvieran asegurada sería incapaz de enfrentar a estos dos hombres. Debía actuar de inmediato.

Escuchó unas pequeñas pisadas en la ventana y vio la figura blanca y negra de un ostrero que aterrizó sobre el alfeizar. En una fracción de tiempo, demasiado corta para ser un segundo, Melcorka lo miró a los ojos y luego las palabras se formaron en su mente.

«¡Sigue tus instintos!»

Melcorka sintió las manos de Bryan recorrerle más abajo de sus brazos. Si llegaba hasta sus hombros no tendría escapatoria, sería incapaz de moverse contra la fuerza de ese hombre mientras Loarn le quitaba la ropa. La mera idea por poco la hacía entrar en shock, hasta que el ostrero inició un pequeño canto.

Melcorka dejó de pensar y estrelló su cabeza contra la nariz de Bryan. Escuchó su grito de sorpresa y sintió cómo debilitó su agarre. Se deslizó entre sus manos y lanzó sus brazos a los lados, liberándose de su captura.

Al trascurso de un segundo frenético vio que la mirada lasciva de Loarn se convirtió en una de asombro, y entonces apretó el puño y le propinó un gancho con todas sus fuerzas entre las piernas.

Loarn gritó fuertemente y se dobló del dolor con las manos

en la entrepierna. Se retorció de dolor en el suelo, jadeando y llorando mientras tanto Bryan retiró las manos de su rostro y estrechó la mano hacia el príncipe.

—Loarn...

Sin perder el tiempo Melcorka enderezó la mano y encajó sus dedos en la garganta de Bryan, quien jadeó mientras se cubría la garganta con las manos. Intentó hablar pero no pudo, Melcorka le dio una bofetada de revés, luego lo pateó hasta que cayó en el suelo. Bryan se retorció con su leine arrugado hasta la cadera.

Melcorka estaba ocupada pateando a los dos hombres cuando la puerta se abrió con fuerza. Drest y Athdara entraron de prisa.

—¿Qué ha sucedido aquí? —la reina vio a los hombres retorciéndose en el suelo y a Melcorka, quien tenía los pies ocupados pateándolos.

—Intentaron violarme —dijo Melcorka, estaba demasiado ocupada como para percatarse del peligro en que se encontraba. Supuso que patear al hijo del rey en la entrepierna no era parte de las costumbres pictas así que decidió patear la espalda expuesta de Bryan.

—No creo que intente hacerlo de nuevo —la reina volteó a ver a Drest—. Creo que hemos encontrado a una pareja para nuestro príncipe.

—Drest asintió—. Yo también lo creo.

—Ahora todo depende de Broichan —la reina puso una mano sobre el hombro de Melcorka—. Él te examinará, pequeña.

DIECISÉIS

Nunca en su vida había conocido a un druida. Melcorka se paró sobre una colina cubierta de hierba en el centro de un círculo de pilares de piedra, agradecida por tener a Defensor y la presencia reconfortante de Bradan, quien se había sentado con la espalda contra una roca mientras golpeaba el suelo con su bastón. Cada uno de los pilares tenía tres metros de altura, formados enteramente de granito grisáceo y con unos extraños símbolos pictos tallados en su superficie. Juntos crearon una arena diferente a lo que había presenciado antes.

—Quizás no vendrá —Melcorka dijo esperanzada.

—Sólo se ha retrasado un poco —dijo Bradan calladamente.

—Quizás escuchó de tu proeza con Loarn y decidió que no era seguro verte —Bradan golpeó el suelo nuevamente—. Lamento no haber estado ahí.

—No tienes la culpa —Melcorka sabía que Bradan se culpaba por el suceso.

—No debí dejar que deambularas sola en un lugar desconocido.

—¡Melcorka! —una voz extraña se escuchó fuera del círculo de pilares—. ¡Melcorka de los Cenel Bearnas!

—¡Aquí estoy! —Melcorka se enderezó de los hombros—. ¿Quién llama mi nombre?

—¡Broichan! —el nombre resonó como una maldición del pasado distante—. ¡Jefe druida del rey Drest de Fidach!

—¡Venga a verme, Broichan el druida! —Melcorka tocó la empuñadura de Defensor para darse suerte, luego levantó la barbilla. No sabía a qué tipo de preguntas o pruebas la sometería el druida. Sólo sabía que deberá impresionar al druida en su territorio para poder obtener un ejército picto y así combatir a los nórdicos y liberar a su reino. Su relación amenazada con Loarn era una cuestión que deberá esperar por ahora. Melcorka logró sonreír con dificultad; por lo menos el príncipe sabe que no deberá meterse con ella en el futuro.

Broichan entró al círculo de piedras y la miró a la cara. No era más alto que el hombre promedio, tenía cabello canoso arreglado y una pequeña y pulcra barba gris. Su sotana blanca descendía hasta sus pies con sandalias y el cristal en la punta de su bastón de madera torcida brillaba con una luz interna. No vino solo; venía acompañado de un par de jóvenes mujeres, una en cada lado, ambas de cabello negro y seriedad en sus rostros.

Fue solo cuando Broichan la miró directamente que Melcorka se dio cuenta de la fuerza inmensa de ese hombre. Su mirada era más poderosa que cualquier cosa que haya enfrentado antes.

—Mucho gusto, Broichan de Fidach —Melcorka se reusó a intimidarse ante cualquier sacerdote pagano, sin importar su posición tan exaltada.

—Mucho gusto, Melcorka de Alba —el druida respondió de inmediato. Sus compañeras la miraron en silencio. Melcorka intuyó que no deberían tener más de dieciocho años.

Broichan se acercó más, ahuecó ambas manos sobre el

cristal de su bastón y se inclinó hacia Melcorka—. Tienes el poder —le dijo después de una breve pausa.

—No tengo poder —contrarrestó Melcorka.

—Eso lo veremos —dijo Broichan. Sus compañeras mantuvieron el silencio. Se alejaron un poco de Broichan y miraron atentamente a Melcorka.

—Usted ruega por el favor del rey no ofrece nada a cambio —dijo Broichan.

—No ofrezco nada —reconoció Melcorka—, pero si me otorga este favor podría proteger a su reino contra los nórdicos.

—¡No veo ningún nórdico! —dijo Broichan—. En esta generación no ha habido nórdicos en Fidach. Aquellos que vinieron la generación pasada se fueron de estas tierras sin sus cabezas.

Esa fue la primera mención que Melcorka escuchó sobre las decapitaciones a manos de los pictos. Recordó los relatos que escuchó y se preguntó si eran ciertos—. Es difícil regresar a casa sin ojos para ver el camino ni oídos para escuchar direcciones.

—Ni lengua para advertir de los peligros —Broichan completó la letanía.

—Los nórdicos están en Alba —dijo Melcorka—, y Fidach será la siguiente.

—¿Te lo dijeron ellos? —preguntó Broichan.

—No —respondió Melcorka.

—Entonces estás suponiendo —le dijo Broichan. Alejó las manos del cristal de su bastón—. Estás en una niebla de incertidumbre, Melcorka de Alba. ¿Qué haces cuando estás dentro de la niebla? —Broichan enfatizó la última pregunta, y sus dos asistentes la repitieron en un cántico—, niebla, niebla, niebla —sus voces hablaban monótonas y en ningún momento desviaron la mirada del rostro de Melcorka. Ambas titubearon mientras una niebla reptó desde el exterior del círculo de pilares, cada segundo incrementaba su densidad.

—¿Qué haces cuando estás dentro de una niebla,

Melcorka? —La voz de Broichan se escuchó a través de la niebla espesa—. ¿Qué es lo que haces?

—Salgo —gritó Melcorka para contestar.

La niebla la rodeó por completo, dando vueltas en círculos, provocándole mareo por su constante movimiento. Estaba localizada en el centro de un torbellino gris que se retorcía a su alrededor y se acercaba más y más.

—¿Estás ahí Bradan? —gritó Melcorka.

No hubo respuesta. Estaba sola en esa nube turbulenta, incapaz de ver nada excepto la niebla, incapaz de pensar claramente debido al movimiento constante a su alrededor y el cántico insistente que le perturbaba cada patrón de pensamiento.

Melcorka cerró los ojos, logrando bloquear la sensación de movimiento. De inmediato su mente se esclareció de toda confusión. Recordó las viejas historias sobre los druidas y su capacidad de controlar el clima y se preguntó si Broichan había convocado las nubes.

«No lo creo», pensó Melcorka. Era más probable que haya entrado en su mente y le hiciera pensar que lo hizo, en ese caso todo esto era parte de su imaginación. Abrió los ojos, ahí, dentro de las nubes ciclónicas, vio dos pares de ojos, mirándola fijamente, dominando los rostros y cuerpos a los cuales pertenecían. Las asistentes de Broichan seguían ahí, manteniendo fija la mirada incluso a través del tornado de niebla. Melcorka gritó.

—¡Bradan! ¡Si puedes escucharme dale un golpe a la mujer más cercana con tu bastón!

Casi inmediatamente desapareció un par de ojos y la niebla se dispersó y desapareció. Melcorka vio que una de las aprendices de druida yacía en el suelo mientras se tallaba las pantorrillas.

Broichan no se había movido de su lugar. Al verlo el druida le asintió con la cabeza—. Puedes pensar, Melcorka, y he escuchado que puedes manejar a los hombres. ¿Cómo lidias con lo inesperado? —cuando terminó de hablar volvió a tallar su cristal.

Melcorka estaba parada en la cima de una montaña. No había nadie a su alrededor, sus armas y ropas desaparecieron bajo la luz del día. Miró a su alrededor para ver un paisaje de cordilleras, cimas y crestas cubiertas de nieve que se extendían hasta donde alcanzaba su vista, y desapareciendo en cada horizonte.

La nieve le cubría hasta las rodillas y con cada movimiento la nieve se desmoronaba de modo que su posición elevada se disminuía con el tiempo. «¿Qué había debajo de la nieve? ¿Acaso hay suelo de piedra? ¿O será que la nieve se extiende hasta el suelo?» Melcorka miró hacia bajo mientras desvanecía la nieve y pronto se deslizó por una cuesta empinada de la montaña, ganando velocidad mientras descendía más y más. Continuó su descenso hasta llegar a un valle poblado con un pueblo de casas cuadradas con techado de paja. Los residentes la voltearon a ver, las mujeres se mostraron abiertamente sorprendidas mientras que los hombres la miraban, señalaban y se burlaban de su desnudez. Melcorka se agachó para cubrirse mientras la gente la rodeaba, picándola, riéndose, provocándola; algunos levantaron las manos o varas en señal de violencia, y otros mostraron intenciones más siniestras.

—¡No! —gritó Melcorka—. Esto no es real. ¡Ustedes no existen!

Las personas desaparecieron. Ahora Melcorka se encontraba en un bosque denso, tanto que no podía ver más allá de cinco metros por el follaje verduzco. Aún seguía desnuda y vulnerable, y todavía se encontraba sola y confundida.

El oso merodeó por los árboles, de tres metros de altura, con las garras frontales extendidas, revelando sus enormes zarpas que estaban listas para rebanar y descuartizar. El oso se lanzó sobre ella y Melcorka gritó involuntariamente; se agachó y se lanzó a un lado, cayendo al suelo antes de rodar para reincorporarse. Melcorka pateó al oso con sus pies descalzos pero sabía que era una acción inútil contra un monstruo de tales dimensiones.

No hubo dolor; las garras del oso no hicieron contacto, ni la gran boca abierta y babeante de enormes dientes logró cerrarse sobre su carne, el aliento caliente del animal no tenía hedor.

—¡No! —Melcorka gritó de nuevo—. ¡Aquí no hay ningún oso!

El mar la cubrió por completo cuando cayó bajo del agua. Vio a su madre en la profundidad, luchando contra ese vikingo descomunal de cabello trenzado y rostro tatuado. El agua áspera y salada le escaldó la garganta, la sensación le causó náuseas no pudo resistir las ganas de vomitar. Agitó las manos y piernas mientras se hundía hacia las profundidades del océano. A través del manto de agua observó a su madre mientras enfrentaba al vikingo con su espada delgada, su contrincante elevó su hacha. En ese momento vio cómo una flecha se incrustó en el pecho de su madre, luego vio otra que aterrizó en su estómago justo cuando el vikingo la atacó con un hachazo. Melcorka vio el hacha descender lentamente, luego cortó la cabeza de su madre en dos y continuó penetrando su cuerpo.

—¡Madre! —gritó Melcorka. Entonces exclamó de nuevo—, ¡no! Esto no está sucediendo —se puso de pie, sus piernas la propulsaron a través del agua helada y sus pies encontraron tierra firme.

Broichan cubrió el cristal en la punta de su bastón.

—Eres una mujer determinada —dijo el druida.

—¿Tiene el tipo correcto de determinación? —Drest entró al círculo de pilares junto con Athdara—. ¿Es Melcorka la mujer que buscamos?

—Ella liderará al príncipe en el camino que deseas —

pronunció Broichan. Se dio vuelta y salió del círculo de pilares, sus dos asistentes lo siguieron de cerca.

Athdara miró a Melcorka y sonrió.

Melcorka inclinó la cabeza. Parecía como si hubiera obtenido su ejército para recuperar el reino de Alba y si para eso tendría que soportar a Loarn, entonces él también tendría que soportarla. Así es como funciona el mundo.

DIECISIETE

EL VIENTO primaveral resopló y trajo consigo el frío del mar, aullando entre las paredes y silbando a través de las grietas y esquinas del castillo. El ocasional choque de espuma marina cruzaba los muros para rociarse sobre la multitud ensamblada sin generar comentario o queja alguna. Los hombres, mujeres y niños miraban hacia el estrado de piedra en el lado este del jardín, generando conversación, gestos, especulaciones y risas, además del ocasional ladrido de los perros, para avivar la asamblea.

Los dos heraldos subieron a la plataforma, se remojaron los labios y sonaron las trompetas, la multitud guardó total silencio cuando cesó el eco de los instrumentos.

—¡Silencio en la presencia del rey! —exigieron los heraldos.

La capa gris de Drest se onduló con el viento, los hilos dorados del dobladillo decorado reflejaban los rayos del sol. Se paró frente a la multitud y levantó las manos.

—Querido pueblo de Fidach —la voz de Drest se escuchó en todo Am Broch sin esfuerzo aparente—. Los nórdicos están tocando a nuestras puertas. Han invadido Alba y nosotros seremos los siguientes.

Hubo un silencio en la audiencia, seguido de un gruñido grave que Melcorka nunca había presenciado.

—Han pasado varios años desde la última vez que fuimos a la guerra —dijo Drest—. Sin embargo seguimos siendo los pictos de Fidach; somos la gente del toro, y como tal somos guerreros tenaces y hábiles —Drest esperó la respuesta de la audiencia y aquel gruñido desconocido se trasformó en un vitoreo.

La reina caminó al lado de su esposo—. Algunos de ustedes conocen a nuestros huéspedes, Bradan el Errante y Melcorka la Espadachina de los Cenel Bearnas —Athdara les envió un gesto para que la acompañaran en el estrado.

Melcorka escondió la incomodidad que sintió por los rostros que la observaban fijamente, una multitud de ojos y bocas y narices, había hombres con diversas barbas y bigotes, algunos rasurados. Había mujeres pelinegras, pelirrojas, casta-ñas, viejas y jóvenes y el resto, todos la sometieron a ella y a Bradan bajo un intenso escrutinio.

—Melcorka vino a advertirnos del ataque de los nórdicos en Alba —dijo Athdara—. Es una guerrera renombrada de linaje noble que actuó puramente pensando en nuestros intereses.

El vitoreo se detuvo cuando la multitud se preguntó en el nombre de los dioses qué tenía que ver con ellos esta mujer de Alba con espada.

—Melcorka tiene experiencia contra los nórdicos y sus costumbres. Está ayudando a organizar una resistencia contra la invasión nórdica, y se está cerciorando que Fidach no sea atacada —Athdara miró de reojo a Drest, quien la relevó.

—Los hombres de Fidach no se quedarán atrás y permitirán que los nórdicos conquisten a sus vecinos. Enviaremos ayuda a

Alba; ayudaremos a Melcorka en su lucha —Drest alzó la voz—.
¡Fidach irá a la guerra!

Al haberse acostumbrado a la disciplina tranquila de los
pictos Melcorka se sorprendió por el vitoreo entusiasta que
resonó en el jardín de Am Broch.

—Cabezas —alguien gritó, y otros lo acompañaron,
entonces los pictos silenciosos y civilizados de Fidach comenzaron un cántico salvaje—. ¡Cabezas! ¡Cabezas! ¡Cabezas! —el
estruendo continuó hasta que Drest alzó la mano para
comandar su silencio.

—¡Tengo más noticias! —Athdara anunció cuando el orden
regresó en el jardín—. He decidido que nuestro hijo, el príncipe
de Fidach, necesita una esposa, ¿y quién mejor que Melcorka,
la guerrera noble de Alba?

Todas las miradas en el jardín se centraron en Melcorka
mientras los pictos escrudiñaban a esa forastera a quien su rey
eligió como la futura reina. Melcorka se reverenció ante la
multitud. Ya se había acostumbrado a la idea, por lo que fingió
una aceptación encantada. Sabía que no importa qué planes se
llevaran a cabo en la tranquilidad de Am Broch, rodeados por
pictos leales, ya que durante la campaña contra los vikingos que
les enfrentarán con espadas y hachas las cosas serían completamente diferentes. Por el momento Melcorka sólo se preocupará
de sonreír y ser cordial, incluso hacia el molesto de Loarn,
quien con suerte aprendió sus modales, y una vez que los
nórdicos hayan sido derrotados podría hacer uso de su prerroga-
tiva de mujer y cambiar de opinión. Claro, si los nórdicos ganan
entonces estará muerta y todas las conjeturas del mundo serán
irrelevantes.

«En todo caso, ser la Reina de Alba y Fidach se escucha
halagador. ¿Pero qué significará ese cántico de "cabezas"?»

Melcorka sintió la mirada de Bradan sobre ella y se
preguntó por qué se veía tan triste. Han venido a formar un

ejército para recuperar a Alba y ahora tiene el núcleo de uno. «El resto son solo detalles. Seguramente él también podría verlo de ese modo, ¿cierto?»

«¿Cierto?»

—Y ahora —anunció la reina—, aquí está nuestro hijo, el príncipe que liderará al ejército de Fidach al sur para enfrentarse a los nórdicos.

¿Liderar al ejército? Melcorka se estremeció con la idea de que Loarn el príncipe malcriado dirija cualquier número de soldados contra los nórdicos.

—¡Príncipe Aharn! —dijo la reina.

—¿Aharn? —dijo Melcorka sorprendida—, creí que hablaban de Loarn.

—Oh Dios —dijo Bradan en voz baja. Melcorka no comprendió su reacción cuando era obvio que Aharn sería un líder más apto para el ejército de Fidach.

Aharn saltó hacia la plataforma y alzó la mano para su audiencia. Todos lo vitorearon y gritaron su nombre.

—¡Aharn! ¡Aharn! ¡Aharn!

—Mucho gusto, Melcorka —dijo Aharn.

—Mucho gusto Aharn —le respondió Melcorka—. No sabía que eras el hijo de Drest.

—Soy el hijo menor —su mirada era cálida—. Y tu hombre, al parecer —Aharn cruzó su brazo con el de Melcorka, para el deleite de la multitud—. Ahora, organicemos el ejército y vayamos a luchar contra los nórdicos.

Melcorka sintió un aire de alivio ya que no tendría que casarse con Loarn, pero seguía sin comprender por qué Bradan no compartió su alegría.

DIECIOCHO

—Fidach no será el único que luche —dijo Melcorka—. Los jinetes de los pantanales del sur de Alba se están reuniendo, y una vez que dejemos Fidach, Bradan y yo intentaremos persuadir al Lord de las Islas para que se unos una.

—¿Donald de las Islas? —Aharn asintió—. No confiaría en las Islas más de lo que confiaría en los nórdicos. Son grandes guerreros pero son caprichosos y aptos en manipular a quienes les sonrían de último. No sé nada acerca de los jinetes de los pantanales del sur.

Melcorka mostró una sonrisa amargada mientras pensaban en Douglas—. Vi a algunos luchar en la batalla de la Planicie de Lodainn. Son guerreros valientes, aunque en esa batalla lucharon a pie en vez de montar a caballo.

—Ya veremos cuando lleguemos —dijo Aharn.

Melcorka asintió—. Sólo podemos esperar —se preguntó si debería mencionar su devaneo con Douglas y decidió no decir nada. Sin duda Aharn ha estado con una o dos mujeres en el pasado—. Mientras organizas el ejército de Fidach, espero reunir lo que queda de las fuerzas de Alba —las Islas podían esperar hasta que viera cuántos hombres conformaban los ejércitos combinados de Alba y Fidach.

—¿Cómo harás eso? No será fácil con los nórdicos rondando toda la tierra.

—Puede que tenga una manera —dijo Melcorka—. ¿Qué tan poderoso es Broichan el druida? Sé que puede jugar con tus pensamientos, ¿también puede convocar el clima?

—En tiempos de sequía lo usamos para llamar a la lluvia —dijo Aharn—, así que sí puede —Aharn mostró una sonrisa—, esa es una de las razones por las que Fidach es tan fértil.

—Si es tan poderoso como espero que sea —dijo Melcorka—, entonces podría enviar mensajes por todo Alba al norte del Fiordo de Forth —Melcorka decidió revelar un poco de la verdad—. Un hombre llamado Douglas de Douglasdale reunirá a los jinetes de los pantanales —su sonrisa se retorció un poco—. O por lo menos a las mujeres. Es un mujeriego.

Aharn levantó las cejas—. Un hombre como él puede ser muy útil, o peligroso —miró en silencio a Melcorka por unos segundos—. Podemos acudir a Broichan y ver si tiene los poderes que presume —dijo al fin—. Puede ser interesante retar al retador —a Melcorka le gustó el humor discreto en su rostro.

Melcorka y Bradan pasaron dos días construyendo cruces de madera, bañando uno de los brazos de cada cruz en sangre e incrustando lana combustible en el brazo opuesto. El envío de cruces ardientes era el método tradicional que se implementaba para reunir a los clanes en caso de guerra o invasión, pero tras la derrota en la Planicie de Lodainn y el arrasamiento de los nórdicos, no había manera de saber cuántos guerreros quedaban de pie ni cuanto deseo tenían de luchar en lo que parecía ser una causa perdida.

—Ten fe —Melcorka habló con una confianza que no era suya.

Bradan la miró y abrió la boca para decir algo, pero la cerró de nuevo cuando apareció Aharn. Lo que sea que haya pasado por la mente de Bradan quedó sin testificarse—. Llama a Broichan —dijo Melcorka mientras se paraban en el centro del círculo de piedras, esperando a que las nubes en el cielo se dispersaran. El ulular de un búho se escuchó en las cercanías, su canto en la oscuridad era inquietante.

—¿No puedes usar tu poder para ahuyentar las nubes? —preguntó Melcorka.

Broichan bufó—. Puede que seas una guerrera feroz y una viajera notable, Melcorka, pero no sabes nada sobre el mundo espiritual.

—¿Entonces qué pasará ahora?

—Eso —Broichan señaló al cielo mientras las nubes se partían para mostrar la luna. Alzó ambas manos seguido de sus aprendices, quienes hicieron lo mismo.

> «¡Te saludo, gema de la noche!
> Belleza de los cielos, gema de la noche.
> Madre de las estrellas gema de la
> noche.
> Hija adoptada del sol, gema de la
> noche.
> Majestad de las estrellas, gema de la
> noche.»

Habían esperado a la luna llena por ocho días y ahora se había fortalecido, iluminando la tierra como una linterna celestial que destellaba en cada piedra de Am Broch, todas las sombras se desvanecieron en esa luz que era tan intensa como el sol de pleno verano.

Broichan metió la mano en una bolsa de su cintura y tomó un puñado de hierbas secas, las cuales puso sobre una roca hueca que yacía en el centro del círculo. Broichan encendió las hierbas mientras sus asistentes entonaban un cántico rítmico y complejo, el humo del fuego se elevó a los aires, dando vueltas hasta que formó una delgada columna que se alcanzó alturas inalcanzables y se perdían en la vista. Melcorka observó cómo el humo bloqueó la luz de la luna, Broichan gritó una sola palabra y extendió los brazos.

Melcorka se sorprendió cuando el humo se partió y se convirtió en una niebla azulosa que se extendía más y más sobre el cielo nocturno. No vio podría ver sus límites conforme se elevaba perpetuamente.

—Me pediste una niebla que cubriera toda Fidach y Alba —Broichan se escuchó exhausto—. Bueno, aquí la tienes —le hizo una reverencia—. No durará por mucho tiempo, Melcorka de Alba, así que aprovéchala mientras dura.

Melcorka respiró profundo. Esperando que funcionara su plan, tomó el silbato que le regaló MacGregor hace varias semanas y sopló en él. Al principio no produjo sonido, luego, de manera leve en la oscuridad, produjo un ligero canto agudo en la periferia de su oído. Escuchó cómo se perpetuaba, incrementando hasta producir un retumbo prolongado que se escuchó por varios kilómetros mientras recorría cada rincón del reino.

Melcorka imaginó la figura del silbido como si tuviera un cuerpo físico, un sonido que recorría cada valle escondido y cada glaciar montañoso, que seguía el flujo de los ríos y serpenteaba por el gran Bosque Caledonio, que cazaba por las aldeas dispersas que ardieron tras la ira de los vikingos y que se aventuraba en la profundidad de las cuevas oscuras que recorrían el interior de la tierra hasta el corazón de Alba y Fidach.

En su mente podía ver el mensaje escondido en ese silbido agudo, decía—. Gregorach... MacGregor... Melcorka, hija de Bearnas te necesita —El silbido continuó su canto, llamando a Gregorach, el hombre del Clan Gregor, Hijo de la Niebla, frente a Melcorka, mientras se paraba dentro del círculo sagrado de rocas en la niebla creada por el druida.

—¿Bearnas? —MacGregor salió de la niebla, su pecho jadeaba por el cansancio. Era difícil distinguir su rostro debido al brillo débil de la luna que fue opacada por la niebla, sin embargo no había duda de su presencia.

—Bearnas está muerta —le dijo Melcorka en voz baja—. Los vikingos la mataron.

MacGregor asintió, su rostro no se inmutó—. Esa noticia es difícil de aceptar.

—Mi nombre es Melcorka, hija de Bearnas.

—Lo sé —MacGregor la analizó con la vista—. Has madurado desde la última vez que nos vimos. Ahora eres una mujer.

—MacGregor, necesito tu ayuda —Melcorka no respondió a ese cumplido.

—Nómbrala —respondió MacGregor.

—Aharn de Fidach y yo vamos a combatir a los nórdicos —dijo Melcorka—. Necesito reclutar a nuestra causa a cuantos guerreros queden en Alba.

—Será una tarea difícil reunir a tantas personas dispersas si no hay líder o esperanza —dijo MacGregor con franqueza.

—Aharn y yo seremos los líderes —dijo Melcorka—, hasta que surja el monarca legítimo.

—Toda hija de Bearnas será una gran líder de hombres y mujeres —dijo MacGregor. Melcorka se dio cuenta que MacGregor no estaba solo. Otras personas de su clan lo acompañaron, sus siluetas sombreadas esperaban a las orillas del círculo de piedra, hombres y mujeres escondidos en la niebla, todos del Clan MacGregor.

—Quiero saber si los Hijos de la Niebla podrían llevar las Cruces Ardientes en mi lugar —preguntó Melcorka—. No conozco a nadie que conozca los caminos y atajos mejor que los

Gregorach, tampoco conozco a nadie que pueda pasar desapercibido de los vikingos.

—Los Gregorach podemos hacer eso —dijo MacGregor—. ¿Dónde se van a reunir?

—En el Dun de Ruthven en pleno verano —contestó Melcorka—. Es un lugar con alrededores planos para reunir a los guerreros, y tiene cerca las colinas de Monadhliath para escapar en caso que los nórdicos nos ataquen antes de poder reunir las fuerzas suficientes para resistirlos.

Un viento ligero débil provino del mar del norte. Perturbó la niebla y la debilitó, la vorágine se estaba quebrantando; poco a poco el cielo nocturno se estaba volviendo más visible. De inmediato los Gregorach comenzaron a retroceder, alejándose de Melcorka.

—¿Por cuánto tiempo más durará esta niebla, Broichan? —preguntó Melcorka.

—No por mucho —respondió Broichan.

—¿Puedes utilizar tu magia para prolongar su vida? Los Gregorach tienen mucho territorio por cubrir y necesitan la niebla.

Broichan volteó a ver a Aharn, quien asintió.

—Inténtalo, Broichan. Por Fidach.

—Inténtalo por Fidach —repitió Broichan—. Siempre es por Fidach y nunca por Broichan —suspiró—. Está bien, pero no esperes milagros.

—Siempre espero milagros de ti —Aharn le guiñó el ojo a Melcorka—, y siempre los cumples.

—Vamos, ustedes dos —Broichan miró a sus asistentes—. Tenemos trabajo que hacer —una vez más el druida elevó las manos hacia la luna desvanecida mientras sus dos asistentes seguían su mando y entonaban un cántico. El viento se detuvo y la niebla se espesó una vez más.

—No podré mantenerla por mucho tiempo —Melcorka

escuchó el estrés en la voz de Broichan—. ¡Envía a los Gregorach a su misión y diles que se apresuren!

—Gracias Broichan —dijo Melcorka—, y gracias a ustedes, Clan Gregor. Sólo ustedes pueden lograrlo.

Cuando MacGregor se acercó para hablar, su voz causó estruendo dentro de la niebla—. Vayan, Hijos de la Niebla; vayan y reúnan a los hombres de Alba. Vayan con el Clan Cameron, los más feroces entre los feroces; vayan al Clan Chattan, la gente gato de Badenoch; reúnan a los hombres de las Laderas de Atholl, llamen a los sonrisas retorcidas de Campbell y a los jinetes de Gordon, denle la cruz a los Graham, quienes atravesaron el muro romano, reúnan a los Grant de Strathspey, primos de su nombre; reúnan a los MacFarlane cuya linterna es la luna, y a los MacRae, el escudo y armadura de los Mackenzie.

Los MacGregor encendieron las cruces que Melcorka y Bradan hicieron y las alzaron en el aire. De pronto la niebla se iluminó con un número de cruces en llamas y pronto el Clan Gregor desapareció, corriendo con su misión de reunir a los hombres de Alba, para iniciar el contraataque y liberar sus tierras de los invasores nórdicos.

Melcorka observó mientras las cruces avanzaban en una larga columna y se dispersaron una y otra vez hasta que se transformaron en una masa de llamas, los MacGregor se volvieron un mar de luminosidades que se desvanecieron hacia el sur, este y oeste. Pronto desaparecieron de su vista y Melcorka quedó a solas con Aharn y Bradan dentro del círculo de rocas mientras que Broichan y sus asistentes mantuvieron sus brazos lanzados hacia el cielo y enviaron el manto de niebla a través del reino.

—Será mejor que alistemos al ejército —Aharn dijo en voz baja—. Sería penoso que los guerreros de Alba se congreguen en Ruthven y que no haya nadie ahí.

Melcorka asintió, de pronto se sintió abrumada por la inmensidad de sus responsabilidades—. Tienes razón — Melcorka alzó la voz—. Bradan, ¿nos acompañarás a Ruthven? Sé que no eres un guerrero.

—¿Querrías tenerme allá? —Bradan miró a Aharn de reojo mientras hablaba.

—Por supuesto que te quiero conmigo, si así lo deseas — Melcorka de pronto se sintió amedrentada por el prospecto de abandonarlo. Ambos habían compartido tanto que no podía visualizar su vida sin él.

DIECINUEVE

Melcorka jamás había visto a un ejército prepararse para
el combate. Vio a los hombres formándose para su inspección,
los capitanes de infantería inspeccionaron cada arma y soldado
a su disposición. Vio a los capitanes de la caballería examinando a los caballos, los herreros inspeccionaban las monta-
duras de repuesto y los herradores forjaban herraduras de
repuesto, los talabarteros revisaron las monturas y bridas,
riendas y estribos, y por último los sargentos inspeccionaron
cada lanza y espada, cada cuchilla y pedazo de armadura de
malla.

Había carretas con provisiones para cada hombre y caballo,
carretas que cargaban flechas y arcos de repuesto para los
arqueros, vagones en los cuales viajarán los médicos para
atender a las bajas, tres con mujeres para atender las necesidades de los guerreros, además de vagones cerrados cuyos
contenidos eran un secreto que sólo Aharn conocía.

—Sabrás lo que hay dentro sólo si los necesitamos —dijo
Aharn—, hasta entonces permanecerán como están —Aharn se

reusó a decir más al respecto, a pesar de los esfuerzos de Melcorka.

Por fin, después de semanas de preparaciones frenéticas durante las cuales Melcorka se mantuvo inquieta y los largos días de primavera que se mezclaron con los largos días de verano, el ejército de Fidach estaba preparado para marchar.

—Te he dado mil hombres —le dijo Drest a Melcorka—, bajo el cargo de mi hijo menor, Aharn. Confío en que ustedes dos no los desperdiciarán. Mantendré a tres mil soldados para defender a Fidach, que también harán de reserva en caso que sean requeridos.

Los soldados se formaron en tres largas columnas, liderados y protegidos de los flancos por la caballería, los soldados de infantería, lanceros y arqueros, conformaban la mayoría del ejército. LA caballería portaba lanzas y espadas, y cada tercer hombre cargaba consigo una ballesta en su espalda. Las carretas y vagones los seguían en la retaguardia protegidos por jinetes de armadura ligera.

—No había visto a tantos hombres formados —dijo Melcorka—, no desde las Planicies de Lodainn.

Aharn miró a sus soldados—. Son buenos hombres, pero no están entrenados para la guerra. Esperemos que tus cruces ardientes hayan reunido más guerreros de Alba, y que después puedas persuadir a las Islas a nuestra causa; y esperemos que resulten confiables. Los nórdicos superan en número a Fidach y son asesinos veteranos.

Melcorka recordó la eficiencia despiadada del muro de escudos y asintió—. Son guerreros formidables, y hombres peligrosos —concordó Melcorka.

Ella no esperaba que los acompañaran músicos en la marcha por lo que volteó a ver a Aharn cuando éstos se aproximaron cargando consigo unos largos cuernos de guerra, decorados con cabezas de toro de bronce en la parte superior, superaban la altura del ejército con más de metro y medio.

—No había visto algo como eso en mi vida —admitió Melcorka.

—La vista no es nada, espera a escucharlos —dijo Aharn—. Aunque yo no lo he hecho. Dudo que más de cien personas en todo Fidach sepan cómo se escucha el cuerno, el bramar del toro de guerra; sólo se ha soplado en la guerra.

Aharn gesticuló a uno de los cuidadores y pronto les llevaron un par de caballos—. Aquí tienes Melcorka, un caballo para ti y uno para Bradan. No es apropiado que los líderes del ejército caminen mientras los demás cabalgan.

—No soy un líder —señaló Bradan.

—Si yo cabalgo entonces tú cabalgarás a mi lado —dijo Melcorka. Al ver la expresión de extrema gratitud de Bradan retorció algo en su interior.

—¡Desenrollen los estandartes! —rugió Aharn y, con la agitación del lino, dos grandes banderas se desenrollaron con la luz del amanecer. Una mostraba al toro de Fidach, con la cabeza abajo y los cuernos arriba como si estuviera listo para embestir, y el otro estaba adornado con algunas de las extrañas figuras animales que Melcorka vio en las entradas de piedra del territorio picto.

—¡Esperen! —se escuchó un grito desde la retaguardia. Melcorka miró a su alrededor y para su sorpresa vio a otro grupo de jinetes trotando desde la entrada de Am Broch. Loarn venía al frente seguido de Lynette, su hermana estoica, y el grupo de cazadores que vieron en el Páramo de Dava, incluyendo a las águilas y sirvientes—. Iremos con ustedes.

—Esto es una guerra, no se trata de un juego, Loarn —dijo Aharn—. Regresa a donde perteneces.

—Iremos con ustedes —dijo Loarn—. No puedes detenernos —miró de reojo a Melcorka—. Si una isleña de Alba puede acompañar al ejército de Fidach entonces también pueden hacerlo un príncipe y una princesa del reino.

Melcorka le mostró una sonrisa cordial—. ¿Cómo estás Loarn? ¿Has violado a alguna mujer recientemente?

—Las mujeres están encantadas de dormir conmigo —su respuesta fue más atacante de lo que Melcorka esperaba—, bestias salvajes de la salvaje Alba... —Loarn se detuvo cuando Aharn puso la mano en la empuñadura de su espada.

—Ten cuidado hermano —le dijo en voz baja—, el reino no necesita más de un príncipe.

Loarn levantó las manos—. Está bien Aharn. No quise ofender a esta bella dama.

Aharn se le acercó y bajó la voz—. Si lo haces, hermano mío, me haré a un lado y dejaré que Melcorka termine lo que empezó. Y si ella se niega, lo haré yo —Aharn se enderezó sobre su montura—. Ahora encuentra un lugar en nuestro ejército, y mantente fuera del camino y no causes problemas.

Loarn le mostró a Melcorka una sonrisa triunfante—. Nunca lo hago —le dijo. Lynette se cubrió la cabeza con la capa cuando cabalgó al lado de ellos, como si el contacto con Melcorka la fuera a contaminar.

—Me disgusta tener a mi hermano en el ejército tanto como tú —le dijo Aharn a Melcorka—. Si te molesta... —su sonrisa no era de amor fraternal—. Él no será un buen rey para Fidach. Drest me ha elegido como su sucesor, tal como es su derecho, por lo que Loarn tiene la libertad de cazar y divertirse.

—No me causará problemas —dijo Melcorka—. Gracias por tu preocupación. Eres un buen hombre, Aharn —Melcorka estaba consciente que Bradan estaba sentando incómodamente en su montura.

Aharn levantó la mano—. ¡Marchemos!

Melcorka se sintió extraña por cabalgar en un corcel tan poderoso y liderar a tantos hombres, pero esa extrañez era agradable. Enderezó su espalda y miró sobre su hombro para ver a las tres columnas que marchaban detrás de ellos. La infantería portaba una lanza en cada mano derecha, los arqueros cargaban sus arcos pequeños o medianos sobre su espalda. Las espuelas y equipo de la caballería tintinearon al cabalgar mientras las ruedas de las carretas y vagones crujían y rechinaban sobre el ferry que los estaba remolcando al otro lado del río, hasta los caminos dañados de Alba.

—Henos aquí —dijo Aharn—, por primera vez en mi generación, llega un ejército de Fidach a tierra de Alba —sonrió—, y venimos como amigos.

El avance fue lento. Aharn envió exploradores en busca de vikingos mientras el resto del ejército marchó al paso de los vagones, causando estruendo y traqueteo en cada curva atroz que serpenteaba al sur a cien pasos del Río Spey.

A mediodía, dejando atrás la entrada de Fidach en el horizonte, Aharn llamó con un grito a uno de sus capitanes—. ¡Brynmor! A este paso seremos los últimos en llegar a Ruthven. Toma a diez hombres y cabalga en la vanguardia. Dile a todos los presentes que el ejército de Fidach está en camino.

Brynmor era un hombre joven, de unos veintidós años, con rostro sincero y sonrisa dispuesta. Le mostró un saludo rápido y galopó de regreso a sus hombres, llamando a una sección y trotaron al frente, con toda la gloria y orgullo mostrándose en sus cotas brillantes y corceles saltarines.

—Desearía poder ir con ellos —dijo Melcorka—. No me gusta avanzar tan despacio como un caracol de una pierna.

—Los caracoles no tienen piernas —dijo Bradan.

—Es por eso que mi caracol es tan lento —Melcorka le respondió solemnemente—. ¡Tiene una pierna y no sabe qué hacer con ella!

—Quiero ir a cazar —dijo Loarn.

—Toma a Lynette contigo —Aharn se escuchó despectivo

—, y envíales mi cariño a los nórdicos. Ya deben haberse percatado de nuestra presencia.

Loarn le lanzó una mirada de disgusto y regresó a su lugar en el centro de la caballería. No fue a cazar.

Cayó la noche y apenas se encontraban a mitad del camino. Aharn ordenó que acamparan, instaló centinelas y envió jinetes a patrullar para vigilar a los nórdicos.

—¡Fergus! —gritó Aharn—, toma a dos hombres y ve con Brynmor para hacerle saber de nuestra ubicación. No te tardes.

Fergus le mostró una sonrisa ubicua y cabalgó a toda prisa, seguido por sus escoltas que se esforzaban por seguirle el paso.

—Ese cachorro es muy desesperado —dijo Aharn—. Tendrá que aprender a tomar las cosas con calma.

—No es como ustedes, ancianos —bromeó Melcorka—. No tienen tanta diferencia de edad.

—La edad se muestra en la madurez, no en los años —Aharn respondió solemnemente.

—Disculpe, Matusalén —Melcorka hizo una reverencia desde su montura. Luego alzó la cabeza con el ceño fruncido—. Algo anda mal; Fergus está de regreso —momentos después Fergus y sus dos jinetes galoparon rodeando unos estribos de las colinas Monadhliath, su formación era estrecha.

—¿Olvidaron algo? —preguntó Aharn.

—¡Están muertos! —reportó Fergus con urgencia—. ¡Brynmor y sus hombres han muerto! —respiró profundo para recobrar la compostura—. Se encuentran a medio kilometró de aquí, Aharn. Yacen en un círculo, parece que intentaron defenderse.

—Toma el cargo aquí —ordenó Aharn—, debo verlo por mí mismo.

Los diez pictos yacían enfrentando fuera de su círculo con sus caballos muertos. Fueron perforados por tantas flechas que parecían erizos.

—Una emboscada, por Dios —dijo Aharn, inspeccionó a cada hombre—. Asesinados como perros.

—No hay señal de cuerpos nórdicos —dijo Melcorka—. No veo rastros de sangre por ningún lado —tres de los pictos yacían con bocabajo con sus ballestas listas para disparar—. Por lo menos lo intentaron.

—Estoy de acuerdo —dijo Aharn—. Los atacaron a distancia, como ganado —miró a su alrededor—. Veamos si encontramos pisadas o marcas de casco.

Aún con la luz del ocaso no les fue difícil encontrar los rastros en el brezo, el lugar donde solía estar el campamento nórdico y las marcas de los hombres que esperaban a las fuerzas pictas.

—El primer ataque va para los nórdicos —dijo Melcorka en voz baja.

—Mis hombres se mantendrán en silencio esta noche —dijo Aharn—, y furiosos —se rascó la cabeza— Parece que los nórdicos sabían que Brynmor venía en camino. ¿Cómo pudieron saberlo?

—Los locales no les habrán dicho —dijo Bradan—. De modo que los nórdicos deben estar observándonos.

—Tiene sentido —dijo Melcorka—. Somos un grupo enorme que se mueve lentamente. No es difícil seguirnos el rastro.

—O quizás alguien pudo haberles informado —dijo Bradan con sobriedad.

—No fue uno de mis hombres —Aharn defendió a su gente. Observó a los muertos—. Enterraremos a estos chicos mañana. Esta noche regresaremos al batallón.

Fue una noche sobria para el campamento de Fidach, estas son sus primeras bajas en treinta años. Aharn duplicó los centinelas y patrullas montadas mientras Bradan acompañaba a Melcorka en la fogata del campamento.

—No es un buen inicio para esta guerra —Bradan sorbió del hueso frío de una pierna de carnero.

—No me gusta sentirme responsable por la muerte de hombres de Fidach —Melcorka observó sus alrededores. Las fogatas nocturnas se ensamblaron en círculos parejos cerca de los caballos y vagones. Había murmullos constantes de varias conversaciones, pero no hubo cantos, no había vociferaciones ni risas. La muerte de Brynmor y sus hombres les pesó como un féretro en sus espaldas.

—Vete acostumbrando a esa responsabilidad —Bradan golpeteó el suelo con su bastón—. Una vez que te cases con tu principito tendrás que cuidar de todo el territorio del rey, o de la reina si tú estás a cargo —su sonrisa era demasiado cínica para el gusto de Melcorka.

Melcorka volteo a ver a Aharn quien se cercioraba de la condición de los centinelas del flanco sur—. Es un buen hombre —le dijo.

—No lo dudo —Bradan no la miró a los ojos—. ¿Cómo te sientes con la idea de ser una reina?

Melcorka suspiró—. Me debería sentir complacida —confesó—. Es una vida completamente diferente a la de una isleña.

—¿«Deberías»? —Bradan se aprovechó de esa palabra—. ¿Eso significa que no lo estás? —esta vez Bradan la miró a los ojos.

—Significa... —Melcorka se encogió de hombros—. No sé lo que significa, ni cómo me siento. No puedo verme como una reina. Por otro lado —se encogió de brazos de nuevo—, la felicidad de una isleña es un pequeño precio a pagar por un ejército que liberará a Alba de los nórdicos.

—¿Felicidad? ¿Cuántas mujeres no desearían ser la reina de Fidach y Alba? —Bradan mostró una sonrisa forzada—. Tú misma dijiste que Aharn era un buen hombre.

—Así es —dijo Melcorka—. Sé lo que dije y lo dije en serio —suspiró—, hay muchos más hombres buenos que no son príncipes de Fidach. Incluso hay mejores hombres que no son príncipes de nada, ni desean serlo. ¡Ya es suficiente! —Melcorka se puso de pie—. No puedo quedarme sentada mientras hay personas tristes —le sonrió—. Debo atender mis responsabilidades.

Melcorka dejó a Bradan junto a la fogata y caminó al centro del campamento, subiendo a uno de los vagones, observó el campamento y alzó la voz—. ¡Hombres de Fidach! Ahora sabemos a qué clase de enemigos nos enfrentamos. Los nórdicos vienen en camino pero —alzó la voz hasta gritar—, ¡no saben lo buenos que somos!

No hubo respuesta hasta que Aharn se paró junto a ella y gritó—, ¡Y somos muy buenos!

Se escuchó una risa tímida entre la multitud, por lo que Melcorka rugió.

—¿Qué tan buenos somos?

—¡Muy buenos! —gritó en coro media docena de hombres.

—¿Qué tan buenos somos? —Melcorka y Aharn preguntaron juntos.

Un centenar de voces respondieron juntas—, ¡muy buenos!

—¿Y qué haremos la próxima vez que nos encontremos a los nórdicos? —preguntó Aharn. Dominó el silencio con una sola palabra—. ¡Cabezas!

—¡Cabezas! —el pecoso de Fergus fue el primero en repetir la palabra—. ¡Cabezas! —desenfundó su espada y la blandió hacia el cielo oscuro—. ¡Cabezas!

El grito se propagó por el campamento mientras las lanzas, espadas y arcos apuntaban hacia los cielos—. ¡Cabezas! ¡Cabezas! ¡Cabezas!

Aharn dio un paso hacia Melcorka para que estuvieran lado a lado—. Hoy —dijo Aharn—, los nórdicos masacraron a once pictos de Fidach. La próxima vez que los veamos tendremos nuestra venganza. Quiero diez cabezas de nórdicos por cada muerte de Fidach —tomó la mano derecha de Melcorka con su izquierda y las alzo al aire—. ¡Cabezas!

—Cabezas —el grito provino de casi todos los hombres y mujeres del campamento—. ¡Cabezas!

Melcorka gritó con el resto, estaba temporalmente embriagada con la emoción. Hasta que vio a Bradan y vio que él, de entre todos en el campamento, se sentó en silencio junto a su fogata, observándola mientras se tomaba de la mano con Aharn.

Y sólo entonces lo entendió y toda su emoción se drenó de su cuerpo—. Oh por Dios que estás en los cielos —dijo mientras lo miraba—. Bradan, mi pobre y solitario Bradan.

VEINTE

Enterraron los cuerpos de los pictos caídos lo ceremonial que les fue posible, con palabras solemnes e ira mezcladas con el dolor en sus pechos. En todo momento había centinelas observando el Páramo de Dava y las montañas de Monadhliath, con las manos ansiosas sobre sus armas y los corazones esperanzados de encontrarse a los nórdicos. Lynette se veía aburrida mientras que Loarn contuvo un bostezo y observó una parvada de gansos que volaban al norte a lo lejos.

Aharn se paró sobre las tumbas de sus hombres—. Ahora marchamos al sur —les dijo— Ahora iremos al Dun de Ruthven —miró al ejército reunido—. Manténganse alerta —ordenó—, y si ven algo que desconozcan, sin importar qué, infórmenselo a su capitán —Aharn envió una vanguardia de veinte jinetes seguidos de otros veinte soldados para que no hubiera guerreros aislados en determinado momento.

—Arqueros, tengan listas sus flechas. ¡Marchen!

Hoy no hubo risas; el ejército de Fidach marchó en total silencio salvo por el crujido del suelo bajo las suelas, el movimiento de las piernas entre el brezo, el ritmo de los cascos de los caballos y el crujido y retumbe de las carretas.

—¡Por allá! —el llamado vino del flanco derecho, donde las Montañas Monadhliath se conectaban con la planicie inundada del Spey—. ¡Escucho algo!

Melcorka acompañó a Aharn en su galope hasta el flanco—. ¿Dónde? —preguntó Aharn.

—Detrás de la estribación de aquella colina —Melcorka señaló una colina con varias cimas que descendía en ángulos rectos de la montaña principal—. Yo también lo escucho.

—¡Fergus! —Aharn habló tranquilo—, toma a veinte hombres y ver a investigar. Repórtate antes de actuar. No te metas en problemas.

—Conozco a los nórdicos mejor que tú, Fergus —ignorando la ansiedad en el rostro de Bradan, Melcorka cabalgó junto a Fergus—. Los acompañaré, alisten sus armas muchachos.

A pesar de su impulsividad personal, Fergus era un comandante precavido. Envió una vanguardia de dos hombres y mantuvo al resto unido mientras trotaban por el flanco de la colina.

—Debería ir con la vanguardia —dijo Melcorka—. Sé cómo actúan los nórdicos.

Fergus no perdió su sonrisa—. No harán nada sin darles la orden. Se reportarán conmigo si ven algo.

No pasó mucho tiempo antes de que regresaran los exploradores, deteniendo su galope en una muestra de cascos agitados y caras excitadas—. ¡Son veinte de ellos! —balbucearon juntos —, ¡vienen por el valle en una turba!

—Debe ser un grupo de saqueo —infirió Melcorka—. Iré a observar —galopó escabulléndose por la colina, liberando a Defensor de su funda mientras avanzaba. Desmontó del caballo antes de acercarse al enemigo, corrió por el flanco del valle y se escabulló detrás de uno de los numerosos bloques glaciares para observar el ruido que se aproxima.

La descripción del grupo fue correcta. Los hombres es acercaron en masa, no había cohesión ni forma. Seguían a un hombre calvo y barbudo que cargaba una cruz, mientras los otros cargaban una colección de herramientas rústicas, picos y palas, guadañas o incluso bastones simples mientras se hablaban entre ellos con voces ruidosas.

—Esos no son nórdicos —Melcorka le reportó a Fergus—. Parecen más granjeros que guerreros —lo vio con una expresión dudosa—. Aharn te ordenó que le informaras antes de actuar —le recordó.

La sonrisa de Fergus era de esperarse—. ¡Entonces eso es lo que haremos! —dando media vuelta, guio a sus hombres cuesta abajo mientras el ruido detrás de ellos se incrementaba.

Se encontraron con los granjeros cuando emergieron del valle.

—Soy Melcorka de los Cenel Bearnas —Melcorka le anunció al líder calvo—. En este momento marcho con el ejército de Fidach para reunirnos en el Dun de Ruthven.

Los granjeros se reunieron en una turba ruidosa detrás de su líder, todos agitaban sus armas improvisadas en el aire mientras hablaban al mismo tiempo—. Somos el Clan Shaw —dijo el hombre calvo—, ¡los MacGregor enviaron la cruz ardiente y vamos a unirnos a la pelea! —gesticuló con su pulgar hacia la colección de hombres viejos y barbudos y los jóvenes lampiños detrás suyo—. Debería decir que somos lo que queda del Clan Shaw. Los nórdicos nos atacaron cuando estábamos recolectando las cosechas primaverales.

—Sí —dijo Melcorka—, los nórdicos —No había necesidad de decir más.

—Con que estos son los albanos —Lynette liberó una

pequeña carcajada—. Seguramente los nórdicos deben estar aterrados.

Loarn refunfuñó—. ¿Vale la pena luchar por ellos? Será mejor que regresemos a Fidach ahora y dejar que luchen sus propias batallas.

—Vengan y sean bienvenidos, Clan Shaw —Aharn fue más generoso—. Tenemos una causa en común contra los nórdicos.

A pesar de las esperanzas de que hubiera guerreros de Alba reunidos en Ruthven, el fuerte estaba vacío. Se paró frente a los remanentes de la fogata que ella y Bradan compartieron en esa noche feliz en la que él hizo bannocks y rieron juntos, miró al ejército de Fidach en la planicie de Spey y ponderó sobre sus circunstancias alteradas. Por primera vez en semanas tocó la cruz rota de su madre y suspiró. Había obtenido lo que quería en Fidach, sin embargo el precio fue muy alto.

«Aharn es un buen hombre, y debería estar feliz por ser elegida como su mujer. Pero...» Melcorka miró las cenizas del campamento mientras el recuerdo de la risa de Bradan reverberó en su cabeza. «Ya es demasiado tarde; la negociación se llevó a cabo y el trato está sellado. No hay nada más qué decir».

—¿Dónde están los hombres de Alba? —Aharn subió a las murallas del fuerte y observó los alrededores. Al oeste se encontraban las montañas grises de Monadhliath; al este y sur se encontraba la cordillera azul de Cairngorm. Estaban en un valle entre las montañas, un millar de pictos y un pequeño grupo de granjeros de Alba, esperando ejércitos que quizás nunca aparezcan.

Los pictos esperaron mientras realizaban sus preparativos. Crearon zanjas alrededor del fuerte, trabajaron con habilidad y energía para construir dos muros defensivos con entradas interconectadas para frustrar cualquier ataque nórdico. Afilaron espadas y pulieron las mallas; marcaron distancias y construyeron hitos con rocas blancas para fungir como marcadores para los arqueros. Enviaron patrullas montadas para rodear en círculos cada vez más grandes hasta que conocieron la geografía del lugar. Entrenaron para la guerra y esperaron los refuerzos hasta que el líder de la patrulla, un hombre llamado Llew, se reportó con Aharn.

—Nórdicos, mi lord, arqueros y hacheros a veinte kilómetros al sur —Llew tocó la empuñadura de su lanza—. Quizás sean los hombres que mataron a Brynmor.

—¿Cuántos son? —preguntó Aharn.

—Por lo menos una centena, mi lord. Quizás más.

—¡Melcorka! —gritó Aharn—. Eres la única entre nosotros con experiencia en luchar contra los nórdicos. ¿Cómo quieres aproximar esto?

Melcorka ya estaba montada en su caballo—. Lidera, Aharn.

—¿Irán tanto el heredero aparente y su reina elegida a la batalla? —Bradan golpeteó el suelo con su bastón—. ¿Es sensato? ¿No sería mejor que te quedes aquí Melcorka y dejar que los hombres de Fidach luchen como mejor lo saben hacer?

Melcorka se detuvo mientras ajustaba sus riendas—. No, Bradan, no sería una buena líder si hiciera eso—. Pateó con sus talones y salió cabalgando del campamento, odiándose por herir a Bradan de ese modo incluso cuando sabía que sería peor si permitía que crecieran los sentimientos que sentían el uno por el otro. En ocasiones la amabilidad puede ser cruel.

Aharn salió junto con dos compañías completas, una cautela que Melcorka no esperaba, doscientos pictos luchadores, incluyendo vanguardistas y exploradores, además de una mezcla de lanceros y arqueros. Melcorka cabalgó al frente junto con Llew, sintiendo la ya familiar sensación de tensión y emoción.

—Estaban cerca del río —explicó Llew—, firmes junto a sus botes.

—Los nórdicos adoran sus botes —Melcorka miró hacia el curso rápido del río—. Me sorprende que sea lo suficientemente profundo para ellos.

Los nórdicos se encontraban exactamente donde Llew dijo que estarían, acamparon en una sección curveada del río, rodeados por agua en tres direcciones y con sus tres botes pequeños arrastrados sobre la tierra que fungían como barreras protectoras. Dos hombres se sentaron sobre uno de los botes volteados, bebiendo de sus cuernos mientras entablaban una conversación casual.

—Botes de fondo plano —murmuró Aharn—, así es como pudieron navegar por el Spey, ¿pero dónde están sus exploradores? —Aharn volteó a ver a Melcorka—. ¿Ese comportamiento es normal entre los nórdicos?

—Los que enfrenté no se comportaron así —dijo Melcorka—. Se están volviendo descuidados.

—O confiados —Aharn desenfundó su espada y probó el filo en su pulgar. Una gota de sangre recorrió la hoja de la espada—. Hagamos que paguen caro por su descuido —su voz de príncipe había perdido toda semblanza de dulzura—. Los vikingos se acorralaron en ese campamento. No tienen escapatoria en el agua a menos que muevan sus botes, y eso les tomará tiempo, y nosotros nos encontramos en tierra —Aharn miró el resto del campo—. Quiero una sección de arqueros en ese grupo de árboles —indicó hacia una arboleda localizada a medio kilómetro al sur del campamento nórdico—, y otra sección detrás de ese pantanal en el norte. Lanceros, hagan una formación entre las dos secciones, pero manténganse ocultos. Son los únicos que pueden encargarse de los nórdicos que huyan.

—¿Cómo vas a enfrentar esto, Aharn? —preguntó Melcorka.

—Voy a liderar a la caballería directamente hacia el campamento y matar a todos los que pueda. Cualquiera que logre escapar caerá preso de la lluvia de flechas o se encontrará con mis lanceros —la voz de Aharn era lúgubre—. Mis hombres necesitan una victoria aplastante después de la pérdida de la patrulla de Brynmor, no nos conformaremos con menos.

Melcorka asintió—. Estoy de acuerdo —le dijo.

Aharn los dirigió lentamente hacia adelante, cincuenta jinetes contra el doble de guerreros nórdicos. Melcorka sintió la tensión en su silla mientras escuchaba el tintineo del arnés y las espuelas y el pisoteo suave los cascos en el suelo.

—Los centinelas nos descubrieron —murmuró Aharn.

—Están confundidos —dijo Melcorka—. No saben quiénes somos —Melcorka levantó la mano para saludar—. ¡Saludos, guerreros de Odín! —su voz era fuerte y clara.

Uno de los centinelas le regresó el saludo mientras el otro gritó un desafío—. ¿Quién eres? ¡Identifíquense!

—¡Bjorn nos envió! —gritó Melcorka, luego habló en voz baja—. El primer centinela está alertando al resto del campamento.

Aharn levantó la mano derecha—. ¡Anuncia el ataque! —elevó la voz hasta convertirla en un rugido—. ¡Soy Aharn de Fidach! ¡Somos Fidaaaach!

El soplido agudo y urgente del cuerno se escuchó por todo el terreno inundable del Spey.

—¡Somos Fidaaaach! —gritaron los jinetes y luego entonaron un cántico corto y más agudo, como el ladrido de cincuenta perros—. ¡Cabezas! ¡Cabezas! ¡Cabezas!

Mientras uno de los centinelas desaparecía tras el rugido de Aharn, el otro se paró sobre uno de los barcos volteados y arrojó una lanza. Melcorka la vio venir y movió a su caballo. La lanza aterrizó a un lado.

—¡Fidaaaach! —rugió Aharn. Tomó las riendas del caballo de Melcorka con la mano izquierda, incitando poderosamente para que ambos caballos saltaran al mismo tiempo. Melcorka sintió el impacto de los cascos de su caballo cuando chocaron con el fondo plano del bote y pronto se encontró en el campamento, los nórdicos corrían a su alrededor, el aire estaba dominado por el humo de la fogata, el olor de la carne cocida y un puñado de esclavos semidesnudos que gritaban y corrían a todos lados.

—¡Cabezas! ¡Cabezas! —los jinetes de Fidach los siguieron, saltando sobre los botes volteados como si mostraran deliberadamente su destreza con el caballo, blandiendo espadas o apuntando con lanzas mientras se extendían en una formación alrededor del campamento. Un caballo se tropezó sobre un bote, dejando caer a su jinete en el suelo. Un vikingo tomó su hacha y le partió la cabeza en dos, luego se tambaleó cuando la lanza de otro jinete lo atravesó limpiamente.

—¡Cabezas! ¡Cabezas! —gritaron los hombres de Fidach mientras arremetían contra los defensores nórdicos dispersados —. ¡Cabezas! ¡Cabezas!

—¡Odín! —el grito de guerra nórdico se escuchó con la aparición de vikingos rubios que gruñían su desafío.

Un par de guerreros nórdicos corrió hacia Melcorka, uno era alto, de cabello suelto y rostro rasurado. El segundo era más viejo, con una cicatriz en el rostro barbudo y blandía una espada larga. Por primera vez en varias semanas Melcorka desenfundó a Defensor, se acercó al cuello de su caballo y le atravesó la garganta al guerrero joven antes de retroceder y bloquear la espada del guerrero viejo. El impacto del acero hizo que el guerrero barbudo jadeara sorprendido. Gritó «Odín» mientras Melcorka torcía la muñeca y rebanó hacia arriba, penetrándole el brazo desde el codo hasta el hombro. La sangre fluyó libremente mientras el hombre barbudo miraba iluso su herida. Melcorka siguió cabalgando, sabiendo que el viejo guerrero ya no podía luchar con una herida como esa.

—¡Cabezas! ¡Cabezas! —los guerreros trabajaron en equipos y en parejas, cada uno apoyando al otro mientras aprovechaban su ventaja de altura y alcance para rebanar y cortar a los nórdicos.

—¡Odín! —Los nórdicos se agruparon en círculos pequeños, espalda contra espalda mientras desafían la muerte montada que cabalgaba entre ellos—. ¡Odín!

Melcorka refrenó a su caballo. Ella no era una jinete sino una guerrera de infantería; luchar sobre un caballo no era lo suyo. Desmontó, respiró profundo, sostuvo a Defensor con ambas manos y avanzó. Por un breve momento vino a ella la visión de su madre flotando en el Forth, acompañada de todo el enojo y frustración y horror de esa memoria. Luego se concentró en su misión; ella es Melcorka, portadora de la espada de Calgacus y Bridei. Ella es Melcorka de los Cenel Bearnas. Ella es Melcorka, la vengadora. Ella es Melcorka, la defensora de Alba. Ella es Melcorka, la Espadachina.

—¡Vamos, nórdicos! ¡Vengan y enfréntenme! —el poder de Defensor recorrió en su interior, incrementando su fuerza, su habilidad y su velocidad. Vio a un vikingo correr hacia ella como si se moviera con lentitud, y se movió para bloquear su hacha. El vikingo abrió la boca para rugir en lo que Melcorka le rebanaba la empuñadura de su hacha, el acero cayó en el suelo. Melcorka giró los pies, se agachó y alteró el ángulo de su espadazo, atravesándole las costillas al vikingo antes de seguir su camino. Vio a Fergus arrojarle su lanza a un hombre en plena huida; vio a un picto espetar a un vikingo con la punta de su espada, y luego tres nórdicos salieron de una cabaña con techo de paja utilizando a una esclava como escudo. Empujaron a la esclava hacia Fergus como distracción y lo rodearon, dos con espadas y uno con una lanza.

—¡Fergus! —Melcorka vio a Fergus detener su ataque por miedo a atacar a la esclava. El lancero nórdico se escabulló para espetarlo por la espalda, justo en ese momento llegó Melcorka. Mató al lancero antes de que se percatara de su presencia, bloqueó el azote salvaje de uno de los espadachines y asintió mientras Fergus blandía su espada de lado a lado, partiéndole la cabeza en dos y cortándole la oreja al otro.

Melcorka remató al vikingo herido y siguió corriendo, cazando, matando, permitiendo que Defensor la guiara, perdiéndose en su papel excitante de guerrera.

El estruendo de un cuerno se escuchó sobre el impacto de los aceros, los gritos roncos de los guerreros y los alaridos terribles de los mortalmente heridos. Melcorka volteó hacia la colina y vio a Aharn quien estaba dando la señal de retirada.

—Regresen —gritó —abandonen el campamento.

—¡Estamos ganando! —gritó Melcorka.

—¡Retirada! —Aharn giró a su caballo y dirigió la retirada lejos del campamento mientras su anunciador soplaba notas largas en el cuerno.

Sin perder el tiempo la caballería de Fidach se dio vuelta y emprendió la retirada. Maldiciendo, Melcorka subió a su caballo y los siguió—. ¡Estábamos ganando! —gritó.

Mientras saltaba sobre la barrea de botes vio a la caballería de Fidach en su retirada, Aharn estaba llamando a los que se quedaron atrás—. ¡Melcorka! ¡Vamos! —le hizo una seña—. ¡De prisa!

—¿Qué estás haciendo? —Melcorka no intentó controlar su enojo—. ¡Los teníamos vencidos!

Aharn la volteó a ver. Con el sudor recorriéndole el rostro hasta encontrarse con la herida en su mentón, parecía un guerrero en vez de un príncipe—. Aún los tenemos vencidos —le respondió—. Cabalga conmigo.

Cabalgando juntos, Aharn puso la mano sobre el brazo de Melcorka—. Confía en mí Melcorka, no soy solamente un capitán de caballería, también debo tener en cuenta a mi infantería —le mostró una sonrisa repentina—. Luchaste bien.

—¿Me estabas observando?

—Por supuesto que sí —Aharn miró sobre su hombro—. Ahora cabalga conmigo. Los nórdicos se acercan.

Aharn estaba en lo correcto. Creyendo que habían ahuyentado a los pictos, los nórdicos salieron rugiendo de su campamento. Gritando «Odín», escalaron los botes volteados y corrieron hacia la caballería, setenta u ochenta hombres, todos portando hachas, espadas o lanzas.

—¡Vamos! —ordenó Aharn cuando una jabalina aterrizó entre ellos—. Se están acercando.

La caballería continuó su trote, apenas manteniéndose fuera del alcance de los nórdicos alborozados, excepto cuando uno que otro daba vuelta para intercambiar espadas con el enemigo más cercano.

—Por aquí —Aharn guio a sus hombres entre dos árboles y la loma. Melcorka miró hacia donde se acercaban los nórdicos, quienes gritaban triunfantes mientas ahuyentaban a los pictos.

—¿Dónde están los lanceros? —preguntó Melcorka.

Aharn le indicó a su anunciador—. ¡Ahora! —ordenó.

El cuerno resopló de nuevo; una nota alta y gorjeadora le puso los pelos de punta a Melcorka, acto seguido aparecieron los lanceros. Emergieron del suelo entre la caballería y los nórdicos, una doble fila de hombres; la fila frontal estaba arrodillada mientras que la trasera estaba de pie, todos portaban una lanza de tres metros de largo y una punta en forma de hoja. Los nórdicos titubearon al verse enfrentados contra esa formidable barrera de puntas filosas, en ese momento el cuerno se escuchó otra vez y ante esa señal atacaron los arqueros.

Dispararon en oleadas, apuntando hacia los nórdicos más lejanos, forzando a los guerreros del frente a acercarse a las lanzas. Melcorka observó cómo caían uno tras otro los guerreros vikingos por la lluvia de flechas, mientras algunos vikingos levantaban sus escudos coloridos y circulares para protegerse del infierno aéreo. Los arqueros lo tenían contemplado y cada tercer arquero apuntó bajo y directo hacia las piernas y torsos desprotegidos de los nórdicos. Finalmente, con un rugido de frustración pura, los nórdicos atacaron directamente a las puntas filosas de las lanzas.

Hubo ciertos momentos donde la presión que ejercía el ataque nórdico casi rompía la formación picta, y fue entonces que las lanzas comenzaron un juego mortal en el que los guerreros hincados atacaron la entrepierna de los nórdicos mientras que los guerreros de pie apuntaban a las gargantas y rostros. Los nórdicos respondieron atacando las astas para cortarles las puntas y dejando las lanzas como piezas inservibles de madera. Los lanceros las descartaron y desenfundaron sus espadas para enfrentar a los nórdicos en combate cercano.

El cuerno resopló de nuevo y la lluvia de flechas se detuvo, permitiendo que Aharn dividiera a la caballería en dos, cabalgando entre los árboles para atacar a los nórdicos desde los flancos.

Al verse encarados con una doble fila de lanzas espeteras y mutiladoras, diezmados por los arqueros y con esta nueva amenaza en los flancos, los nórdicos rompieron filas y huyeron.

—¡Ahora! ¡Ahora es cuando muchachos! —gritó Aharn—. ¡Fidaaaach!

Al liberar ese grito imponente, todo el ejército picto emprendió la persecución, los arqueros derribaron a todos los vikingos que parecían haberse escapado.

—¡Dejen a uno vivo! —el grito de Aharn se perdió en el frenesí asesino mientras los pictos descendían sobre los nórdicos.

—¡Cabezas! ¡Cabezas! —gritaron los pictos—, ¡Honren a Brynmor!

Melcorka no esperaba que los hombres de Fidach descendieran sobre los nórdicos con una sed de sangre tan grande. Los soldados orgullosos y disciplinados se transformaron en salvajes devastadores que mutilaron a los nórdicos sin clemencia y se reían mientras cortaban las cabezas de los nórdicos caídos.

Aharn estaba jadeando, su espada estaba bañada en sangre al igual que su cota de mallas y los flancos de su caballo. Le sonrió a Melcorka con una mirada salvaje—. Los romanos le llamaban a esto «Furor Celtica» —le dijo—, la ira de los celtas. Ahora los nórdicos la conocerán en carne, ya no estarán ansiosos por matar a mis hombres —Alzó la voz nuevamente—. ¡Fidaaaach!

La palabra fue repetida por cada hombre picto con un rugido grave y gutural que resonó por las Montañas de Monadhliath—. ¡Fidaaaach!

Aharn le dio vuelta a su caballo para regresar a la matanza, Melcorka vio que en cada costado de su arzón se balanceaba una cabeza nórdica. Cada uno de los pictos tomó su trofeo, los soldados de infantería colgaron una cabeza en sus cinturones mientras que la caballería las colgaba de sus monturas. Melcorka respiró profundo cuando se reveló frente a ella el significado del grito de guerra «cabezas».

—¿Ahora vez por qué fingí la retirada? —Aharn preguntó más tarde mientras regresaban al Dun de Ruthven—. No sólo soy un capitán de caballería sino el comandante de un cuarto de las fuerzas de Fidach. Todos mis hombres deben compartir en la batalla y la gloria. Todos mis hombres deben tener la oportunidad de tomar la cabeza de un enemigo.

—Tengo mucho que aprender sobre la batalla —Melcorka miró a los pictos mientras se relajaban en el fuerte. Se reían, bromeaban, algunos cantaban y otros limpiaban sus armas mientras hablaban de su reciente escaramuza, jactándose de sus hazañas mientras la tensión de la batalla desaparecía gradualmente. Esa noche estarán sobrios y perturbados cuando los recuerdos de muerte y agonía regresen para acosarlos en sus sueños, pero de momento disfrutaban el placer de la victoria. Loarn y Lynette se escabullían entre los soldados, la princesa miraba fijamente el derrame de los trofeos de guerra. Se acercó a Fergus, seguida de cerca por sus sirvientes.

—Veo que tuvieron una cacería exitosa —Bradan no mencionó las cabezas que rebotaban de los cinturones y monturas, ni la sangre que todavía goteaba de varias de ellas.

—Los masacramos —Melcorka no sentía ganas de hablar. Se apoyó contra la esquina de un cobertizo junto al muro que Bradan construyó en el interior del fuerte—. No hubo prisioneros ni sobrevivientes. Aunque sí salvamos a unos cuantos esclavos; unas jóvenes que los nórdicos utilizaban por placer.

—Entonces fue exitoso —repitió Bradan.

—Lo fue —Melcorka asintió. La excitación del día se desprendía de su cuerpo conforme la dominaba el cansancio. Las ganas de luchar se le habían apagado y todo lo que podía ver ahora era las heridas abiertas y cabezas sin cuerpo; todo lo que podía escuchar eran las consignas de los guerreros y los gritos de los mortalmente heridos.

—Melcorka —Aharn asomó la cabeza por la entrada del cobertizo—. Vas a ser mi reina. No es propio que pases la noche con otro hombre —miró a Bradan—, incluso si éste ha sido tu compañero de viaje por meses.

—¿Qué es lo que quieres decir Aharn? —preguntó Melcorka.

—Esta noche compartiremos mi tienda.

VEINTIUNO

MELCORKA DESPEJÓ las memorias sombrías de su mente para concentrarse en este nuevo problema.

—Bradan y yo somos viejos amigos —dijo Melcorka—. Nos entendemos mutuamente.

—Estoy seguro que así es—, dijo Aharn—, pero no deseo llevar el título de cornudo antes de casarnos.

—No te estoy engañando con Bradan —Melcorka sintió que la dominó la ira al escuchar esa indicación—. Somos amigos, no amantes —fue incapaz de voltear a ver a Bradan cuando lo dijo.

—De todas formas —dijo Aharn—, mis hombres están comenzando a hablar.

—Que lo hagan —Melcorka de pronto se volvió imprudente—. Si quieren hablar que vengan y lo hagan en mi cara y yo hablaré directamente con ellos, ¡lo haré con lengua de acero y una respuesta filosa! —miró de reojo a Defensor que yacía entre Bradan y ella.

—No hay necesidad —Bradan se puso de pie—. No estoy aquí para causar disputas entre una mujer y su futuro esposo —Bradan puso la mano sobre el hombro de Melcorka—. La solución es simple. Me iré. No soy un guerrero y no tengo lugar en este ejército.

—Bradan... —Melcorka le sostuvo el brazo—. No es necesario que hagas eso.

—Es muy necesario —Bradan tomó su bastón—. Necesitabas un guía y un compañero, Melcorka. Ahora tienes a ambos y ya no soy necesario; eres tu propia dueña, y tienes responsabilidades qué atender. Yo soy un errante por los caminos de la vida —su sonrisa se retorció y Melcorka vio dolor en sus ojos—. Que el camino se muestre ante ti, —Melcorka.

—Que los vientos estén siempre a tus espaldas, Bradan —le respondió automáticamente.

—Que el sol siempre brille cálido sobre tu rostro —continuó Bradan.

—Y que las lluvias caigan suaves sobre tus campos —Melcorka sostuvo su mano con fuerza, esperando que no la traicionaran las lágrimas que sentía punzantes detrás de sus ojos.

—Hasta que nos volvamos a ver —dijeron juntos—, que Dios te sostenga en la palma de su mano.

—Y que cuide de tu vida siempre —Melcorka se le acercó—. No quiero que te vayas —habló de modo que sólo Bradan la escuchara pero se alejó sin decir más y se agachó sobre la entrada baja del cobertizo. Melcorka escuchó sus pasos hasta que se confundieron con el ruido del campamento.

—Ya, ya —dijo Aharn—. Ahora que se solucionó esto. ¿Ahora sí me acompañarás a mi tienda? —Aharn miró el interior de la cabaña—. Es mucho más cómoda que este cobertizo.

—Quizás mañana en la noche —temporizó Melcorka. Miró al espacio donde estaba sentado Bradan.

—Tendré que insistir —Aharn no perdió su sonrisa.

—Ambos terminaríamos arrepintiéndonos —le dijo Melcorka.

Aharn la miró fijamente por un minuto, los ojos de ese

rostro fuerte no se inmutaron, luego se dio vuelta y salió lentamente, con la cabeza en alto y la espalda derecha, como es de esperarse de un príncipe de Fidach.

Melcorka se apoyó contra el muro rugoso para sentarse en el suelo y esta vez no intentó combatir sus lágrimas. Ella no quería ser la reina de los pictos. Ella no quería ser una guerrera. Sólo quería volver a su isla, estar con su madre y recuperar toda la seguridad que tuvo en su juventud. Se acercó al lugar donde solía estar Bradan y permitió que las lágrimas fluyeran.

VEINTIDÓS

—¡AHARN! —el centinela apuntó hacia el oeste—. Algo se acerca.

—Fergus, lleva una patrulla para investigar —ordenó Aharn.

—Yo también escucho algo —dijo un lancero mientras sus compañeros se reían con suspicacia.

El ejército de Fidach había estado en el Dun de Ruthven por seis días y a excepción del clan Shaw no habían recibido refuerzos de Alba. La euforia de su victoria sobre los nórdicos del campamento Spey se desvanecía mientras los hombres se preguntaban por sus esposas y novias que los esperaban en Fidach y se daban cuenta que estaban solos en territorio hostil.

—Estamos perdiendo el tiempo —se quejó abiertamente un lancero—. Y todo por la palabra de una forastera que no comparte la cama de Aharn.

—Mantén la boca cerrada —dijo Llew—, o la cerraré por ti.

—Eres amigo de ella, prefieres estar con una persona de Alba que con los pictos —el lancero se levantó, seguido de sus amigos—. ¡No eres un hombre de Fidach!

Cuando Llew dio un paso adelante, Fergus se bajó de su caballo—. Suficiente, tienen trabajo qué hacer —después de la represalia ambos bandos se retiraron para quejarse en murmullos, agradecidos en secreto de no tener que probar su acero entre ellos.

Melcorka escuchó la discusión y no dijo nada. Simpatizaba con el lancero. Fidach ha suministrado mil hombres para una guerra que no era suya, mientras que Alba sólo ha presentado a unos veinte granjeros en harapos, equipados con palos y palas afiladas que no serían más que una carga en una batalla entre guerreros de verdad.

El sonido de las gaitas se escuchó en el viento, distante al principio y volviéndose más fuerte con cada minuto. Melcorka volteó hacia arriba, ni los pictos ni los nórdicos utilizan gaitas.

—Fergus está de regreso —reportó Llew—, y trajo algunos amigos consigo.

Fergus regresó liderando a diez de sus hombres, seguido de dos gaiteros que soplaban poderosamente. Detrás de los músicos caminaba un hombre con el estandarte de un gato con la pata extendida que arañaba el cielo.

—Entonces no son vikingos —dijo Aharn—. Parece que los primeros albanos han llegado.

Directamente debajo del estandarte cojeaba un hombre de hombros amplios con un bigote feroz y una capa hecha de pieles de gatos, y unas patas de gato lo decoraban como un cinturón. Detrás de él caminaba una hilera de hombres que marchaban en una formación suelta.

—Fergus parece haber reunido un pequeño ejército —Aharn dijo en voz baja. Se paró junto a Melcorka sin intentar tocarla.

—El Clan Chattan ha llegado —dijo Melcorka—. El clan del gato —intentó contar a los hombres marchantes—. Veo a unos ciento veinte guerreros.

Algunos llevaban puestas cotas de malla que descendían hasta las rodillas, otros portaban tartanes de diferentes patrones. Los hombres en cota blandían claymores y un puñado de dardos, mientras que otros portaban lanzas, arcos cortos o cuchillas medianas de las tierras altas; todos marchaban con el contoneo arrogante de los guerreros gaélicos.

Marcharon directamente al fuerte, donde Aharn y Melcorka los esperaban para recibirlos—. Yo soy Mackintosh —dijo el hombre con la capa de piel de gato—. He traído al Clan Chattan para combatir a los nórdicos —miró a Melcorka—. Lo que queda de nosotros después de la batalla en Lodainn.

—Bienvenido Mackintosh —dijo Melcorka—, tú y los tuyos son bienvenidos. Son el primer clan mayor en llegar.

A pesar de su apariencia bombástica, Mackintosh no se regodeó de su llegada—. Mis hombres estaban dispersos —dijo con sobriedad—. Algunos seguían en camino a casa desde Lodainn, otros intentaron recuperar las cosechas. Los otros clanes vendrán una vez que escuchen que los Chattan ya están aquí.

—Espero que tengas razón —dijo Aharn.

—Somos los Chattan; a donde vayamos, los clanes menores nos seguirán.

Mackintosh estaba en lo correcto. El día siguiente un pequeño contingente del Clan Cameron llegó desde el lejano oeste. Miraron a los Chattan y se asentaron en el lado opuesto del campamento.

—Los Chattan y los Cameron estamos en feudo —explicó Mackintosh—. Por mi parte, me aseguraré que mis chicos no espeten sus espadas en los cuerpos de los Cameron en el transcurso de esta guerra, siempre y cuando ellos hagan lo mismo.

—Le presentaré tu generosidad a los Cameron —dijo Aharn.

Los remanentes de otros clanes llegaron en cantidades

pequeñas. Un grupo de Mackinnons, una docena de MacNabs, y un puñado furioso de MacRaes y un centenar de Mackays de Strahnaver en el lejano noroeste.

—Los clanes se están reuniendo —dijo Aharn—, aunque no en las cantidades que esperaba.

—Los nórdicos arrasaron con Alba —dijo Melcorka—. Será mejor atacar ahora antes de que amasen sus fuerzas para atacar a Fidach.

—Hemos esperado tres semanas —Aharn miró al cielo—. El verano está por terminar y el otoño se avecina. Si esperamos más tiempo el clima empeorará y quedaremos estancados. Los ríos se desbordarán, la nieve bloqueará los caminos de las montañas y los hombres regresarán a casa —Aharn observó la planicie donde las fogatas de los pictos ahora estaban rodeadas por los campamentos dispersos de los guerreros Albanos, cada clan había elegido su lugar propio.

—Un día más —asintió Melcorka—, luego nos marcharemos —desde su invitación rechazada para que compartieran la tienda, Aharn se había comportado cordial pero distante. La ha mantenido al tanto de cada decisión militar sin comportarse con intimidad.

«Este hombre será mi esposo», pensó Melcorka. «Es un hombre en varios sentidos. No me agradó su cacería de cabezas, pero los nórdicos son nuestros enemigos y se merecen la misma misericordia que nos ofrecieron. Aharn no ha hecho nada para ofenderme. Debería ser más amable con él si es quiero concretar la alianza entre Alba y Fidach»

«¿Me desagrada? No; para nada.»

«¿Lo amo? No.»

«¿Amo a alguien siquiera?»

Melcorka no intentó responder esa pregunta. En vez de eso dio un paso adelante que la acercó a Aharn y deslizó su mano con la suya—. ¿Tu oferta de compartir la tienda sigue en pie?

Hubo tanto sorpresa como placer en su rostro cuando respondió—. La oferta siempre está disponible para ti, Melcorka.

—Quizás sea una buena idea que pasemos la noche juntos Aharn, si estás de acuerdo. Quién sabe lo que nos deparará el futuro.

Aharn le apretó la mano—. ¿Puedes darme algo de tiempo para arreglar la tienda?

Ahora que la propuesta se había dicho Melcorka estaba impaciente para llevarla a cabo. Sacudió la cabeza, sonriendo—. Eso no será necesario, mi lord Aharn. He visto tiendas desordenadas en el pasado, ¡aunque es cierto que me resulta difícil de creer que seas una persona desordenada! —le sonrió a los ojos y caminó hacia sus aposentos en el lado opuesto del fuerte—. ¡Vamos Aharn! Tenemos muchos días y noches que compensar —lo jaló detrás de ella debido a una impaciencia repentina—. Vamos hombre, ¿o será que no me encuentras atractiva?

Melcorka caminó en zancadas, casi arrastrando a Aharn por el suelo y consciente de las miradas y gestos de aprobación de los pictos.

—¡No lo desgastes demasiado! —sugirió Fergus—, ¡mañana podríamos necesitar su brazo espadachín! —esas palabras provocaron una risa ribalda pero amistosa de la caballería.

—Dame unos momentos Melcorka —suplicó Aharn. Ella lo ignoró y entró de prisa en su tienda, deteniéndose repentinamente en la entrada. No estaba ni ligeramente desordenada. En vez de ver una pila de cobijas y ropas Melcorka se encontró con un interior inmaculadamente limpio y ordenado. Las únicas cosas fuera de lugar era un par de jovencitas que la miraban fijamente cuando entró.

—¿Quiénes son ustedes? —preguntó Melcorka desde la entrada de la tienda con las manos en las caderas y las piernas separadas.

Las chicas se veían de unos diecisiete años, de figura atractiva y los ojos brillantes de avellana de los pictos. Sus cabellos bermejos descendían rizados más allá de sus cuellos mientras se reían al unísono y se miraron la una a la otra—. Somos las gemelas Cwendoline —dijeron en coro.

—¿Y por qué están aquí? —Melcorka mantuvo tranquila su voz. Sabía que Aharn estaba parado detrás de ella.

—Me ayudan a mantener ordenada la tienda —dijo Aharn.

—¿Con que eso hacían? —Melcorka se hizo a un lado y apuntó hacia la puerta—. Quedan liberadas de todos sus deberes de limpieza. Largo.

Las chicas se rieron de nuevo y miraron a Aharn, quien asintió. Cuando caminaron junto a ella, Melcorka levantó el pie como para patear a la más cercana, pero vio de reojo a Aharn y lo bajó nuevamente. —¡Largo!

Huyeron de prisa y continuaron sus risas afuera. Melcorka las siguió—. ¡Fergus! —gritó—. ¡Escuché que estas dos jovencitas son buenas caseras! Quizás los caballos necesiten de sus servicios; ¡su estiércol se está apilando! —Melcorka regresó a la tienda y la cerró desde adentro.

—En cuanto a ti, Aharn —le dijo—, parece que necesitas de dos mujeres para ocupar mi lugar.

Melcorka se sorprendió de verlo avergonzado, como si fuera inusual que un príncipe se diera placer con las mujeres. Melcorka aprovechó su ventaja—. Muy bien Aharn, ya estoy aquí y ya no habrá otra mujer en tu vida excepto yo.

Aharn asintió sin decir nada.

«¡Ni siquiera está respondiendo!» Luego Melcorka recordó el comportamiento rotundo en que la reina habló con Drest. Las mujeres en Fidach son importantes; tienen su valor.

—Muy bien, eso ya está arreglado —Melcorka dejó de lado el asunto. No sentía amor por Aharn y no tenían un acuerdo formal por lo que su comportamiento con esas gemelas curvilíneas no tenía importancia. Era algo de esperarse de un hombre o un príncipe—. El pasado quedó en el pasado. He descuidado tus necesidades por lo que la culpa es mía.

De pronto Melcorka recordó su experiencia con Douglas. Sintió una pasión en su interior que no había experimentado desde aquella noche y se sentó en la cama. Este hombre será su esposo; esta será su vida.

Le indicó que lo acompañara en la cama—. Creo que es tiempo de conocernos mejor —Melcorka borró la visión de aquel otro hombre que acosaba su cabeza. Aharn era su futuro ahora; le ha dado su palabra y no había más que decir, o pensar.

VEINTITRÉS

—No puedes dejarnos para ir a las Islas —Aharn habló en voz baja mientras yacían sobre la pila de pieles que conformaba su cama—. Los guerreros de Alba acuden a ti por tu liderazgo. No van a seguir a los pictos.

—Eres lo suficientemente hombre para manejarlos —le dijo Melcorka. Sus manos exploraban bajo las cobijas—. ¿Lo ves?

Aharn retiró de su cuerpo esos dedos exploratorios—. Estamos hablando de estrategias militares, Melcorka, no de «eso».

Melcorka retiró la mano—. Sí, Aharn.

—Si viajas a las Islas te ausentarás por semanas o incluso meses. Tu gente no se mantendrá unida por tanto tiempo. Ya están mostrando señales de descontento, los Chattan y los Cameron se tienen con las navajas en la garganta y los MacNab y los MacNeishes comenzaron a darse golpes.

Melcorka estaba de acuerdo—. En ese caso deberemos actuar sin Donald. Debemos marchar contra los nórdicos antes de que los guerreros de Alba pierdan el control.

—Marcharemos en dos días —dijo Aharn—. Y que Dios nos

ampare —Aharn levantó y comenzó a vestirse, dejando a Melcorka con una sensación de frustración. Sus planes militares y personales no estaban procediendo como quería.

Los ejércitos de Alba y Fidach marcharon del Dun de Ruthven con una ligera llovizna sobre sus cabezas y se dirigieron al sur para buscar a los nórdicos. Su formación no era tan precisa como lo era antes de partir de Fidach, los clanes de Alba eran una colección diversa que se confundía con la formación disciplinada del ejército principal de Fidach y los flancos de caballería.

—Hacia el sur —ordenó Aharn—. Los nórdicos ya deben estar enterados de nuestra alianza y a estas alturas se darán a la fuga o vendrán a darnos la bienvenida. Si sucede lo primero entonces habremos logrado nuestro objetivo de liberar a Alba y habremos evitado una invasión a Fidach. Si es lo segundo, entonces tendremos que luchar por nuestra libertad mutua.

—¡Lucharemos! —rugió un miembro del clan Cameron, se encontraba rodeado de guerreros con espadas y las hachas largas de Lochaber que blandían entusiastas en el aire.

—Marcharemos al Dun de Edin —anunció Aharn—. Y purgaremos a los nórdicos del reino en el camino —Aharn envió una patrulla montada de armadura pesada a la vanguardia y en cada dirección, sus órdenes eran las de observar y reportar, pero también que mataran a todo grupo pequeño de nórdicos sin compulsión.

—Ahora que he visto como lucha tu gente —dijo Melcorka en voz alta—, tengo menos miedo de que nos vayan a vencer los vikingos.

Aharn estaba más relajado el día de hoy. Se acercó a Melcorka y le palmeó el muslo—. Recuperaremos a Alba —le dijo—, y la reinaremos juntos.

Melcorka le devolvió la sonrisa—. Eres un buen hombre —le dijo con sinceridad—, y serás un rey excelente —«si no es que el más atento de los esposos», pensó, notando la mirada apreciativa que le enviaba a las gemelas Cwendoline que viajaban en el vagón de carga.

Dirigiéndose al sur, escalando el Paso de Drummochter donde las crestas de granito los miraban amenazadoras y los vientos del verano tardío aullaban sobre las cuestas demacradas como el llanto de una banshee. El ejército marchó estrecho, los jinetes de los flancos estaban tan cerca que podían verse, guiándose a través de los brezos empapados peligrosamente atestados de turberas, y los exploradores vanguardistas elegían su camino cauteloso a tan solo medio kilómetro al frente.

—Estas no son como las colinas de Fidach —murmuró Aharn—. No tenemos estos horrendos peñascos de granito.

Melcorka asintió—. No me gustan estas montañas —concordó.

—¡Ciervos! —la voz de Lynette se escuchó a lo alto sobre el redoble de los caballos y la marcha fatigada de la infantería. Apuntó a un penacho en la derecha, donde una manada de ciervos rojos, varios fuertes, se abrían paso al descender por las cuestas.

—¡Suelten las aves! —gritó Loarn, luego avanzó hacia las presas.

—¡Quédense donde están! —gritó Aharn—, ¡no tienen idea de lo que se encuentre allá afuera!

—¡Tú no puedes darnos órdenes! —Lynette lo provocó mientras espoleaba a su caballo lejos del ejército. Loarn la siguió, intentando dejar atrás a su hermana.

Aharn golpeó su montura con la mano, maldiciendo—. ¡Es como si estuviera cuidando a un par de niños! ¿En serio compartimos la misma sangre? —volteó a su alrededor—, Llew, lleva a veinte hombres contigo y escolta a ese par de tontos.

—Los ciervos no estarían tan confiados si hubiera nórdicos cerca, mi lord —dijo Llew.

—Lo sé, pero esos dos cabalgarían hasta el mismo infierno para cazar a su presa. Son tan capaces de hundirse en un pantanal o caer en picada por un barranco que cualquier otro infortunio.

Llew asintió—. Sí, mi lord. Me encargaré de ellos —al silbarle a dos secciones de jinetes, Llew y su compañía fueron tras de Loarn y Lynette.

—Esos dos son un par de tontos sin remedio —dijo Aharn—. Espero que no piensen que detendré la marcha para acomodarnos a sus placeres.

—A la velocidad que avanzamos no creo que les sea difícil alcanzarnos —le aseguró Melcorka.

El ejército ralentizó su paso cuando la lluvia obligó que los hombres y caballos agacharan las cabezas. Aharn ordenó a sus hombres que se turnaran para ayudar a empujar los vagones y carretas por un camino que se estaba volviendo cada vez más empinada y angosto.

El trueno retumbó de repente, rodeándolos, resonando por las crestas de granito, rugiendo a lo lejos y resonando de modo que los hombres comenzaron a murmurar sobre la ira de Dios.

—¡Desmonten! —ordenó Aharn—. Los caballos están demasiado estresados como para cargarnos.

Los hombres reconfortaron a los caballos perturbados mientras Aharn seguía su camino, con pasos cada vez más lentos hasta la cima del paso. El ejército se escurrió como una serpiente alargada en un camino tan angosto como dos jinetes o un vagón entre las colinas altas y con una corriente marrón que fluía al precipicio a su derecha.

—Si los nórdicos fueran a atacarnos ahora nos masacrarían —dijo Aharn—. No tenemos espacio para defendernos. Vamos, Melcorka —Aharn espueleó al frente de la hilera, urgiéndoles que aceleraran el paso—. ¡Debemos cruzar este paso antes del anochecer!

—¿Por dónde podrían atacarnos? —preguntó Melcorka—. Deberían hacer como cabras de montaña para negociar con estas alturas.

Fergus lideró la vanguardia—. Si nos movemos muy rápido —ahuecó las manos cerca de su boca para escuchar el azote de la lluvia y el rugido creciente de la corriente—, habrá una brecha entre nosotros y el resto del ejército. Los albanos quedarán al frente y los vagones quedarán en la retaguardia.

—Encárgate de sacar a tus hombres y los albanos del paso —ordenó Aharn—, ¡deja que yo me encargue de los vagones! ¡Muévanse y encuentren un lugar para acampar esta noche!

Fergus asintió—. ¡Como ordene, mi lord!

Melcorka vio el regocijo con el que la infantería albana arrancó hacia el frente. Libres de las restricciones del ejército disciplinado, duplicaron su velocidad a través del camino montañoso, ignorando la lluvia aplastante mientras charlaban felizmente sin preocupación por el trayecto traicionero bajo sus suelas de cuero. Melcorka vio detrás suyo, justo cuando un destello de relámpago iluminó el centro de la higuera, trayendo a los vagones a un alto relieve contra el fondo de montañas oscuras y lluvia torrencial.

—Es bastante surreal —dijo Melcorka.

—La campaña de guerra no es como la esperabas, ¿verdad? —Aharn logró sonreír un poco—. Puro trabajo duro y nada de romance —sacudió las gotas de lluvia de su cabeza—. Déjale el glamur y la fama a los bardos y sennachies. Deja que nosotros nos encarguemos del trabajo duro y la matanza—gesticuló a las cabezas que colgaban de su montura—. Además de reunir trofeos.

—Movamos esos vagones —Melcorka no tenía deseos de hablar sobre los trofeos.

Gracias al poder muscular de la mayoría de la infantería y toda la caballería disponible, la velocidad de los vagones cambió de paso de tortuga a una marcha ardua. Los hombres empujaron las ruedas enormes de las carretas, jalaron junto con los toros por la subida o empujaban los carros con la espalda y jadearon, maldijeron, sudaron e insultaron a los vagones a lo largo del paso.

—Me pregunto a donde habrán ido Loarn y Lynette —Aharn miró sus alrededores. La lluvia pululante reducía la visibilidad por lo que apenas podía ver a trescientos pasos de él—. Debería enviar una patrulla para traerlos de vuelta.

—Llew es un capitán competente —le recordó Melcorka—. Él se encargará de ellos.

Aharn investigó las cuestas gris verdosas—. De todos modos... —miró a Melcorka—. Sé que tú y Loarn no se llevan bien.

Esa declaración la tomó por sorpresa—. Así es.

—¿Quieres que lo mate?

Eso fue mucho más sorpresivo proviniendo de este soldado urbano de voz tranquila.

—No, gracias. Creo que nos entendemos bien —dijo Melcorka—. Es mejor que olvidemos aquél incidente.

Aharn refunfuñó y giró a su caballo para ver hacia adelante —. Avísame si lo intenta de nuevo.

—Lo dejé adolorido y humillado —elaboró Melcorka—. No creo que deseé intentarlo de nuevo.

Aharn le mostró una pequeña sonrisa—. Recuérdame no discutir contigo —le dijo—. Conozco a Loarn mejor que tú. Puede que intente vengarse.

Melcorka asintió—. Tendré cuidado de él —le respondió.

Debido a la lluvia y los vagones la noche se avecinó antes de que emergieran del paso y bajaran por un camino serpenteante hasta tierras bajas en un lugar escueto conocido como Dalnaspidal, donde Fergus había establecido el resto del ejército. Un río extenso se abría paso por el oeste a través de unas colinas más demacradas y el camino se elevó nuevamente hacia el sur. La tierra dolía bajo el azote de la lluvia.

—Este es un punto funesto —Aharn miró a su alrededor—. Desearía estar de regreso en Fidach.

—Si los deseos fueran oro todos viviríamos en palacios, ¿pero entonces quién atendería los campos? —dijo Melcorka sin dulzura—. No estamos solos, Aharn —tocó la empuñadura de Defensor—. No puedo ver nada pero algo anda mal.

—¿Nórdicos? —Aharn miró a sus hombres—. ¡Pongan los vagones en un círculo con los caballos y bueyes adentro! ¡Fergus! ¡Quiero patrullas en todo el perímetro! ¿Alguien ha visto a mi condenado hermano y hermana?

—No estoy segura —Melcorka intentó escuchar más allá de la lluvia constante y el silbido del viento a través del brezo—. Aquí hay algo —volteó a mirar a Aharn—. Iré a dar un vistazo.

—No irás sola —Aharn dijo de inmediato—. Me estás comenzando a agradar—. Su sonrisa era sincera—. No quiero perderte.

Melcorka se acercó y le tocó el rostro. Tenía grandes deseos de besarlo, aunque con las gemelas Cwendoline cerca sospechaba que sería un esfuerzo inútil—. No me perderé, te lo prometo.

Melcorka espueleó a su caballo y cabalgó por el campamento empapado hacia el camino del sur. Después del pequeño descanso en la pendiente empapada de Dalnaspidal, el camino subió nuevamente hacia otro paso entre las colinas. Más largo y escueto que Drummchoter, recibió a Melcorka con un vendaval chirriante que soplaba del este acompañado de una cellisca fuera de temporada que le punzó el rostro y las manos.

Melcorka estrechó la mirada para ver las figuras que se asomaban en la oscuridad que la rodeaba.

—¡Alto! —Melcorka desenfundó su espada—. ¡Soy

Melcorka de Alba, vengo con el ejército de Fidach! ¡Anúnciense!

—Oh, te conozco bien, Melcorka —Douglas el Negro emergió de la cellisca. Sonreía pese al mal clima, Melcorka no pudo evitar admirar su seguridad y desenvoltura.

Melcorka guardó a Defensor en su funda—. Saludos Douglas. ¿Has seducido alguna mujer recientemente?

—Sólo a las más atractivas —dijo equitativamente—. ¿Has obtenido algún reino últimamente?

—Sólo un par —respondió Melcorka. A pesar de su historia aún le agradaba este hombre simpático—. ¿Has venido a unirte al ejército?

—Alguien tiene que enseñarle cómo pelear a esos cazadores de cabeza del norte —dijo Douglas—. Los hemos visto arrastrarse por ese paso desde hace horas.

—¿Cuántos hombres conseguiste? —Melcorka vio emerger más lanzas entre el brezo cuando Douglas levantó la mano.

—La mitad de los que quedamos —dijo Douglas—. El resto se quedó para proteger los pantanales del sur. No confío en que los sajones permanezcan pacíficos cuando Alba está en problemas —Douglas le dio vuelta a su caballo y se dirigió al ejército.

Aharn recibió a Douglas con una sonrisa—. Saludos, Douglas. Tu nombre te precede, y los relatos de tus hazañas son reconocidos.

—Lord Aharn de Fidach —Douglas le dio mostró la más breve de las reverencias—. Lidero a trescientos lanceros de la frontera de Liddesdale, Teviotdale y Ettrick —gesticuló a cincuenta que cabalgaban detrás de él. Jinetes ligeros, cada uno vestía una chaqueta de cuero acolchado y un yelmo de acero, portaban una lanza de tres metros de largo y una espada ancha. Se veían jóvenes pero rudos, con las miradas más recias que Melcorka haya visto.

—¿El resto de tus hombres acampó más adelante? —Aharn mantuvo su diplomacia.

—Están rodeándonos en este instante —Douglas llevó un cuerno de toro a su boca y sopló una nota larga. De inmediato aparecieron cientos de jinetes del brezo húmedo de cada flanco del campamento y trotaron para unirse a los hombres de Douglas. Se reunieron en silencio, observando el campamento sin expresión en sus rostros y con una presencia formidable.

—Escuché que no hay mejor caballería ligera en el mundo que ustedes —dijo Aharn—. Ahora que están aquí háganse útiles y vean si pueden encontrar a mi hermano y hermana. Fueron en busca de ciervos en aquellas colinas hace unas horas.

La sonrisa de Douglas desprendió todo su encanto, Melcorka no pudo evitar sonreírle el gesto del mismo modo—. Iré yo mismo. Mis muchachos se quedarán para ponerse cómodos —Dándole vuelta a su caballo, se fue a medio galope por el campo hacia el camino agitado.

—Yo en tu lugar me preocuparía de dejarlo solo con tu hermana —Melcorka le advirtió en voz baja a Aharn, quien había sido un observador interesado.

Aharn refunfuñó—. Yo me preocuparía de él más que de mi hermana —respondió. Lynette sabe cómo lidiar con los hombres. Los drena por completo antes de ir por el siguiente.

Melcorka le mostró una pequeña sonrisa—. Entonces son el uno para el otro —miró hacia la oscuridad en donde desapareció Douglas, luchando contra una apuñalada traicionera de celos por la posibilidad de que esos dos estuvieran a solas.

VEINTICUATRO

El águila voló en círculos dos veces descendió en picada hacia Aharn antes de elevarse de nuevo. Aharn miró al cielo con una mezcla de sonrisa un quejido exasperado—. Ese es uno de los juegos tontos de Loarn —le dijo a Melcorka—. Le gusta anunciar su llegada con su águila.

—Por lo menos Lynette está a salvo —Melcorka intentó disfrazar el descontento en su voz cuando vio a Lynette cabalgando hombro a hombro con Douglas, mostrándole cómo entrenar a su águila dorada—. Encontró a alguien con quien compartir sus intereses.

—Fornicación y cacería —Aharn mostró una pequeña sonrisa cínica—. Mi pobre hermano mayor ahora tendrá que salir a cazar solo.

—No le hará daño —Melcorka dijo con acidez—. Tiene a la mano a su amigo Bryan para ayudarle a buscar mujeres solitarias, por lo menos puede compartir la fornicación.

Aharn frunció el ceño—. Esta mañana despertaste con un humor nefasto. ¿Qué sucede?

Melcorka se detuvo justo antes de darla una respuesta

violenta. «¿Qué me sucede? No se trata del pequeño amorío entre Aharn y las gemelas; esperaba eso de un príncipe. ¿Entonces de qué se trata? ¿Acaso son las verbosidades amorosas que Douglas le muestra a Lynette? ¿O será algo más?»

—Hay un lugar espléndido más adelante —Loarn jaló de sus riendas para encabritar a su caballo, los cascos posteriores destellaban con el sol de otoño—. Hay un terreno plano junto al Río Tummel, con espacio suficiente para que acampe todo el ejército, agua fresca y una ruta que se dirige al sur, hacia Dunkeld.

—¿Qué opinas Fergus? —preguntó Aharn.

—Es un buen lugar para acampar —asintió Fergus—. No hay nórdicos allá.

—Parece un excelente lugar para cazar —añadió Loarn.

—Está bien —dijo Aharn—. ¿Qué tan lejos se encuentra? —miró hacia atrás para ver a la armada serpenteando por el Paso Killiecrankie, el tercer paso consecutivo en su marcha hacia el sur.

—Cerca de tres millas. Después de hoy dejaremos atrás las montañas para continuar en tierras bajas —respondió Fergus.

Emergieron del paso angosto hasta la planicie junto al Tummel en la sombra de la cima de granito Ben-Vrackie. Para entones se habían vuelto expertos en establecer campamentos y se pusieron a trabajar en su nueva base.

—Douglas, toma algunos de tus hombres e investiga al este y al sur —ordenó Aharn—. Llew, tú y Fergus revisen el oeste.

Para cuando cayó la noche el ejército se había asentado y montado centinelas y pequeños grupos para cabalgar por el perímetro.

—Investigamos diez millas al este —Fergus se veía agotado cuando le reportó a Aharn—. No hay señales de los vikingos.

—Ve a descansar Fergus, tú y tus hombres se lo han ganado —Aharn estudió a su ejército—. Ahora que cruzamos las montañas tendremos que movernos más rápido y estos terrenos son más adecuados para mis hombres —mientras se encendían las fogatas de los campamentos, las luces brillantes resaltaron las líneas profundas de responsabilidad en su rostro.

—Vamos Aharn —Melcorka lo tomó del brazo—. Necesitas descansar —lo ayudó a bajarse de su caballo—. Puedes dejar descansar a las gemelas esta noche.

Aharn se ruborizó—. Yo no...

—Sí lo hiciste —le dijo—. Andando, Príncipe de Fidach.

Melcorka no estaba segura de qué fue lo que la despertó. Yacía en la oscuridad, escuchando los sonidos del campamento que eran ahora bastante familiares, el pisoteo inquieto de los caballos atados, los retos de los centinelas, la voz ocasional que se elevaba desafiante o alguna discusión. Identificó cada sonido, catalogándolos mentalmente y dejándolos a un lado, sabiendo que lo que restaba era desconocido y por lo tanto peligroso.

—Aharn —se dio vuelta y le susurró al oído—. ¡Aharn!

—No otra vez, Delyth —Aharn se dio la vuelta.

Melcorka refunfuñó. Delyth es la más activa de las gemelas Cwendoline. Le enterró un dedo entre las costillas—. ¡Aharn!

El ataque llegó sin advertencia. Había tres hombres dentro de la tienda, unas siluetas oscuras en un fondo oscuro, olían a sudor y sangre. Fue ese olor lo que la despertó, no un sonido desubicado.

—¡Aharn! —Melcorka buscó a Defensor, que estaba a un lado del sillón, lo tomó a tientas y rodó a un lado cuando alguien la atacó con un hacha.

Desnuda como un recién nacido, desenfundó a Defensor, agradecida por esa fuente de poder familiar—. ¡Aharn! —Melcorka bloqueó la estocada semioculta que iba dirigida al príncipe, torció su espada y maldijo la oscuridad que ocultaba a los intrusos.

Por fin Aharn se levantó, maldiciendo y buscando su espada.

—¡Son tres hombres! —suspiró Melcorka. Por primera vez se dio cuenta que Defensor se encontraba en desventaja; era demasiado largo para un espacio tan angosto.

Dos de los atacantes se concentraron en Aharn, jadeando mientras intentaban apuñalarlo con cuchillas largas. Melcorka escuchó los insultos de Aharn, redujo su agarre de Defensor de modo que lo sostuvo a dos tercios de la hoja y utilizó la empuñadura como un marro, estrellando su espada contra la cabeza de su oponente.

El hombre maldijo pero permaneció de pie por lo que Melcorka se arrojó hacia él, con el peso combinado de los dos se estrellaron contra el otro par de intrusos cayeron sobre Aharn. En medio de la confusión Melcorka mantuvo a Defensor en sus manos, insertó su punta en un cuello expuesto y parpadeó cuando la sangre chorreó directamente en su rostro.

La entrada de la tienda se abrió y unas antorchas iluminaron el interior mientras un grupo de hombres entraron de prisa, atacando con cuchillos y lanzas.

—Mi lord —Llew hizo a un lado a uno de los vikingos muertos—, Aharn, ¿se encuentra bien?

Aharn se levantó. Miró la sangre que fluía de dos heridas en su muslo y asintió—. Melcorka me salvó la vida —respondió—. ¿Cómo fue que... —miró a uno de los vikingos que yacían a sus pies—, cómo pasaron a los guardias?

—Los guardias están muertos, mi lord —dijo Llew—. Los degollaron.

—¿Qué es esto? —Aharn levantó una pequeña bolsa que estaba a un costado de los nórdicos—. Una antorcha de turba y un puño de pedernales.

—¿Querían iniciar un incendio? —supuso Llew.

—¿Por qué harían eso? —preguntó Aharn.

—Para utilizarlo como señal —Melcorka respondió de prisa —. Querían asesinarte y enviar una señal para alguien que se encontrara en las afueras del campamento.

—¿Por qué? —Aharn seguía mareado por la falta de sueño y el shock del ataque.

—Sólo se me ocurre una razón —dijo Melcorka—. Contigo muerto, y quizás yo también, no habría nadie para liderar nuestro ejército o para organizar la resistencia. Planean atacar esta noche.

Aharn respiró profundo—. Entonces mandémosle la señal y recibámosles como se merecen —Aharn comenzó su caminar hacia la salida hasta que Melcorka lo detuvo del brazo—. Tu ejército preferiría ver a su líder vestido —le dijo con discreción —. Estás desnudo.

Aharn se echó a reír—. Tú también lo estás. Creo que los soldados estarán más felices de verte en ese estado que a mí — Aharn se vistió de inmediato—, ahora, organicemos el ejército e incendiemos esta tienda.

VEINTICINCO

—No hay señal de Douglas —dijo Aharn—, ni de mi querida hermana.

—Tampoco de Loarn —agregó Melcorka.

—Tampoco de Loarn —Aharn se escuchó sombrío—. Lidiaré con ellos después. Primero derrotaremos a los nórdicos —Aharn inspeccionó a sus hombres—. Enciendan la tienda —ordenó.

Todos observaron cómo las llamas emergieron del interior de la tienda, elevándose naranjas y amarillas por el celo nocturno como una señal que podía verse a kilómetros de distancia.

El primero de los exploradores llegó agitado en los primeros instantes—. Se acercan desde las cuestas de Ben-Vrackie, mi lord.

—Es donde Douglas debió haber explorado —Aharn dijo sombríamente—. ¿Cuántos?

—Creo que miles —dijo el explorador—. No pude contarlos en la oscuridad.

Un segundo explorador reportó al poco tiempo—. Están vadeando el río, mi lord.

Sólo cuando escuchó atentamente fue que Melcorka se percató del retumbo ahogado de miles de pisadas en el suelo, y el constante chapuzón de los hombres que cruzaban el Río Tummel—. Se acercan silenciosamente.

—Si no hubieran intentado asesinarnos nos habrían tomado por sorpresa.

—Ese fue el grave error de Bjorn —dijo Melcorka.

—Sospecho que alguien más está detrás de esto —Aharn se escuchó más sobrio que nunca.

Melcorka sintió que la respiración se le atoró en la garganta —. ¿A qué te refieres?

La respuesta de Aharn se postergó cuando un tercer explorador regresó cojeando—. Han cruzado el río —reportó—, y están a cien pasos del primer marcador.

—Muy bien —Aharn contó lentamente hasta diez, respiró profundo y emitió una orden. El sonido del cuerno viajó por todo el campamento—. ¡Disparen!

Todos los arqueros del ejército combinado de Fidach-Alba sabían qué hacer. El retumbo del cuerno les informó que los nórdicos habían cruzado el marcador externo, el límite extremo del rango de disparo. Los solados de arco largo tiraron de la cuerda hasta cruzar sus mentones, se arquearon y dispararon. Melcorka escuchó el siseo de cientos de flechas que volaban por los aires y su silbido cuando cayeron en picada como una lluvia mortal.

—¡Disparen! —Aharn anunció de nuevo. La segunda oleada voló por los aires antes que aterrizara la primera.

Un coro de gritos y aullidos provino del río. Por unos segundos Melcorka se imaginó al ejército nórdico. En un instante avanzaban contra lo que creían sería un campamento desprevenido cuyos habitantes estarían impactados por la muerte de sus líderes, y en el siguiente cientos de flechas aterrizaban sobre ellos desde la oscuridad, matando y mutilando todo a su paso.

—¡Disparen! —Aharn ordenó de nuevo y una tercera lluvia de flechas siseó hacia los cielos.

Melcorka escuchó un rugido desde la oscuridad y supuso que los nórdicos emprendieron una embestida.

—Siguiente marcador —gritó Aharn, y el cuerno cambió de tono, ordenándoles a los arqueros a que redujeran su rango.

—¡Disparen! —rugió Aharn—, ballestas y arcos largos, ¡comiencen disparos independientes!

Melcorka sintió una oleada de emoción mientras los arqueros de Fidach y Alba elegían sus rangos de ataque y disparaban a su propia velocidad de modo que las flechas cubrieron un terreno más amplio entre el río y el campamento.

—¡Antorchas! —dijo Aharn, y un grupo de voluntarios corrió hacia la oscuridad en dirección de los nórdicos atacantes. Una por una las antorchas emergieron, dándole vida a la oscuridad lejana. Por un momento Melcorka no podía ver nada más allá de las flamas, luego vio una masa de rostros gritones y rugientes que palidecían con las antorchas, y el brillo de las flamas reflejadas en las cuchillas de miles de hachas, lanzas y espadas.

—¿Cuántos dirías que son, Melcorka? —Aharn se escuchó bastante calmado mientras miraba a los nórdicos corriendo de prisa hacia su posición.

—No sabría decir —Melcorka se preguntó si los rangos dispersos de albanos podrían soportar su primera prueba. Los pictos de Fidach estaban acostumbrados a actuar como un equipo disciplinado; caso contrario de los varios clanes y grupos albanos.

—Tres mil —estimó Aharn—. Quizás cuatro mil.

Las flechas estaban haciendo su trabajo, debilitando a los

atacantes nórdicos, uno por uno o incluso pequeños grupos a la vez, pero la proeza no era suficiente para ralentizarlos.

—¿Ya es hora? —preguntó Melcorka.

—No, —Aharn sacudió la cabeza.

Los nórdicos se estaban aproximando. Quinientos pasos; cuatrocientos; trescientos y ahora los arqueros dispararon verticalmente mientras los atacantes arremetieron contra la línea de antorchas y emitieron un aullido de odio que se transformó en su grito de guerra mientras se acercaban al campamento del ejército unido.

—¡Odín! ¡Odín! ¡Odín!

—¡Ahora! —dijo Aharn, y el cuerno retumbó de nuevo.

Mientras los nórdicos se aproximaban, una fila de lanceros pictos se formó frente a ellos, seguidos de una segunda fila y luego por otra. Los nórdicos de la vanguardia flaquearon, y los pictos avanzaron para recibirlos, bajando sus lanzas para rebanar a los más cercanos.

Hubo una gran confusión de gritos de los muertos y hombres moribundos cuando los guerreros nórdicos se encontraron con los lanceros tercos de Fidach. Las puntas filosas en forma de hoja espetaron contra estómagos y barrigas y pechos, destriparon y cercenaron y arrancaron de modo que la fila frontal de los atacantes murió en cuestión de segundos.

En vez de retirarse los nórdicos rugieron con fuerza y empujaron más fuerte para alcanzar a sus torturadores. La fuerza bruta de su ataque obligó a retroceder a algunos de los lanceros, empujando más y más hasta que Aharn emprendió su avance.

—¡Resistan! —ordenó—. ¡Resistan! —su respiración profunda se escuchó con claridad—. ¿Están listos tus albanos?

—Eso espero —Melcorka miró a los hombres reunidos detrás de ella y los rostros salvajes de los nórdicos en el frente, apenas visibles dentro de la luz intermitente de las antorchas linderas—. Oh Dios, eso espero.

—Entonces libera a los sabuesos —ordenó Aharn.

Los albanos no reconocieron las señales del cuerno de Fidach por lo que Melcorka le gesticuló a los gaiteros. Estos hombres habían permanecido impacientemente callados desde que inició el combate. Esperando con las gaitas infladas y sus gargantas adecuadamente humedecidas con whisky y aguamiel. Ahora escupieron en sus canteras y comenzaron su melodía. Melcorka sabía que el sonido de tan sólo una de las grandes gaitas de guerra era estimulante, por lo que reunió a los gaiteros de todos los clanes para una gran reunión musical.

Ahora la música acumulada de más de treinta gaitas ensordecieron los gritos, alaridos y rugidos de la batalla, los choques de lanza contra espada, el estruendo de las pisadas marchantes y el sonido enfermizo que emitían las lanzas sobre la carne viva.

Liderados por Mackintosh y el Clan Chattan en un flanco y los Cameron en el otro, los clanes de Alba avanzaron por la retaguardia del campamento, rodeando el enfrentamiento y atacando a los nórdicos desde sus flancos, gritando sus consignas para incrementar el estrépito horrendo de la batalla.

—Aharn —Melcorka tocó la empuñadura de su espada—. No puedo dejar que mis albanos luchen mientras me quedo a observar.

—Lo sé —Aharn le apretó el brazo—. Que Dios te acompañe Melcorka.

—Que Dios te cuide en sus manos —dijo Melcorka. Desenfundó a Defensor, sintiendo la ola inmediata de fuerza y poder. Elevó la cabeza en alto—. ¡Alba! —gritó, escuchando como su voz se mezclaba con la cadencia de las gaitas de guerra—. «¡Alba gu brath!» ¡Alba por siempre!

Corriendo por el flanco izquierdo de las defensas, Melcorka se adentró en el combate, abriéndose paso por los rangos dispersos de albanos hasta que llegó al frente, donde Mackintosh rugía y blandía su imponente claymore contra los nórdicos.

Melcorka permitió que Defensor tomara el control. Se lanzó a la batalla, escuchando las espadas que chirriaban contra los huesos, cómo las hachas partían huesos como ramas frágiles, viendo la sangre escurriendo de los cuerpos tajados, brazos y piernas cercenadas, el mar de intestinos que brotaba de los estómagos abiertos y la masa rosada y grisácea de los cerebros que caían de los cráneos aplastados. Durante todo ese tiempo las gaitas gritaban y las consignas roncas de los clanes se enfrentaban contra los ladridos de los nórdicos que anunciaban «Odín» y el grito alargado de los pictos, «Fidaaaach».

Melcorka no estaba consciente de los actos individuales, sólo de la sucesión de hombres que la enfrentaban, de Defensor que guiaba su mano, de los cortes y bloqueos, los rostros chillantes y bocas aulladoras, de un mar de sangre que cubría todo y el constante horror que tuvo que bloquear de su mente para siempre.

—¡Melcorka! —Mackintosh estaba su lado—, ¡Melcorka! ¡Mira!

Jadeando, ensangrentada de pies a cabeza, Melcorka se detuvo. Lentamente, paso a paso, los nórdicos emprendieron su retirada. Los hombres al centro de la masa formaron un muro de escudos hacia donde se retiraban los guerreros delanteros.

—¡Están emprendiendo la huida! —rugió un Cameron, seguido de la consigna de su clan—. ¡Hijos de sabuesos, vengan a comer carne!

—¡No! —Mackintosh lo detuvo con una abanicada de su brazo—. Mira hacia allá.

Melcorka vio junto con el hombre Cameron hacia donde apuntó Mackintosh. Habían luchado hasta el amanecer, por lo que una luz grisácea iluminó los horrores del campo de batalla. Ahora, del otro lado del río se aproximaba una segunda oleada de vikingos. No era tan grande como la primera, quizás sólo era un par de millares, sin embargo avanzaban con una determinación desalentadora. Al frente caminaba un hombre más alto que los demás en sus filas, un hombre que Melcorka reconoció incluso desde esa distancia, con el cabello trenzado y tatuajes en su rostro.

—Conozco a ese hombre —dijo Melcorka—. Él mató a mi madre.

—Ese es Egil —dijo Mackintosh—. Su nombre significa horror.

—Voy a matarlo —dijo Melcorka. No estaba fanfarroneando. Simplemente estaba declarando un hecho.

Los pictos avanzaron cautelosamente detrás de su muro de lanzas mientras el primer ejército nórdico emprendía su retirada.

—Ahora el ejército nórdico que ganó la batalla en las Planicies de Lodainn se ha reunido con el ejército que invadió desde el norte —Aharn estaba tan ensangrentado como Melcorka—. Parece que eligieron este Río Tummel como su punto de encuentro.

—Eso parece —Melcorka no apartó su mirada de Egil.

—El destino de toda Alba al igual que Fidach se decidirá aquí, cuando luchemos otra vez —dijo Aharn.

—Voy a matar a ese hombre —repitió Melcorka. En ese instante no le importaba el destino de Alba. Sólo quería vengar a su madre. Nada más importaba.

VEINTISÉIS

—¿Buscaban esto? —Douglas no se veía retraído en lo más mínimo cuando cabalgó al campamento una hora después que los nórdicos se retiraron. Tenía a alguien atado bocabajo en su caballo. Lynette cabalgó detrás de él, su rostro tan estoico como siempre, y mucho más desaliñado de lo habitual.

—¿Qué pasó con ustedes? —Aharn tenía la mano en la empuñadura de su espada. Gesticuló a dos guardias para que tomaran al prisionero de Douglas—. ¿Dónde estaban cuando los necesitábamos?

Douglas se encogió de hombros—. Quedamos atrapados detrás de líneas enemigas y tuvimos que esperar a que el fuego y el furor se apagaran.

—¡Es Loarn, mi lord! —el mayor de los guardias miró al prisionero ensangrentado—. ¿Lo libero?

—Si lo haces estarás liberando a un traidor —dijo Douglas—. Encontramos a este príncipe suyo hablando con esos amigos nórdicos —Douglas señaló con el pulgar hacia los ejércitos nórdicos del otro lado del Tummel—. Y lo hizo de un modo muy amigable.

—¿Vimos? —Aharn no volteó a ver a Loarn.

—Lynette está conmigo —le recordó Douglas.

—Eso veo —Melcorka se paró junto a Aharn mientras supervisaban la limpieza del campamento. Los cuerpos de los hombres albanos y pictos fueron reunidos para prepararles un entierro cristiano mientras que los muertos nórdicos fueron arrastrados cerca del río para quemarlos. Habiendo terminado eso, se afilaron espadas y lanzas, se atendieron a los caballos, se produjeron flechas y se recolectaron las disparadas la noche anterior y el resto del centenar de cosas que necesitaba el ejército se llevó a cabo a manos de hombres que estaban demasiado cansados como para ponerse de pie.

Douglas le sonrió—. Hola, Melcorka. No sabía que estabas aquí.

—Siempre estoy aquí —le contestó Melcorka—. Verás, Aharn y yo nos casaremos.

—No pudo haber encontrado una esposa más adecuada —dijo Douglas resueltamente.

Aharn levantó a Loarn con su pie—. ¿Qué estaba haciendo esta criatura con los nórdicos?

—Estaba haciendo un pacto —dijo Lynette directamente—. Quiere ser el rey de Fidach pero tú se lo impides.

—¿Qué clase de pacto? —Aharn preguntó con frialdad.

—Los nórdicos te matarán a ti y a ella —Lynette no intentó ocultar su disgusto hacia Melcorka—, y derrotar a tu ejército, luego conquistarán Fidach cuando terminen con Alba e instaurarán a Loarn como su rey apoderado.

—Eso no es cierto —Loarn se agitó—. Es mentira.

Melcorka tocó a tientas la empuñadura de Defensor—. No —dijo en voz baja—. Es la verdad. Es por eso que Loarn vino con nosotros —volteó a ver a Douglas—. Nos decepcionaste, Douglas. En lugar de investigar en busca de nórdicos preferiste juguetear con Lynette, eso casi nos cuesta la guerra.

Douglas se echó a reír y comenzó a negarlo, hasta que Lynette lo tomó del brazo con su mano pequeña—. Ella no tiene poder sobre nosotros, Douglas.

—Eso es correcto —dijo Melcorka—. No tengo poder sobre ustedes —le sonrió—. Y no les importa mi opinión.

—¿Te interesa el fronterizo negro, Lynette? —Aharn empujó a Loarn de vuelta al suelo.

Lynette guio a su caballo cerca de Aharn y habló en voz baja—. Me dijo que me ama.

Melcorka le guiño el ojo a Douglas—. ¿Le dijiste «querida Lynette, creo que me estoy enamorado de ti»?

—Normalmente funciona —dijo Douglas.

—Necesitaremos a tus jinetes de la frontera la próxima vez que nos enfrentemos a los nórdicos —dijo Melcorka—. No me interesan tus aventuras amorosas, siempre y cuando me encargue yo misma de Egil.

Douglas se encogió de hombros—. Puedes quedártelo —su atención ya se encontraba en otra dirección. Melcorka siguió su mirada a los vagones en el centro del campamento, donde las gemelas pelirrojas mostraban tanto de ellas como les era decente, y gesticulando a otras que eran claramente indecentes.

Melcorka sonrió. A Aharn no le haría daño tener algo de competencia en su vida amorosa.

—Has demostrado ser un traidor —Aharn le dijo a su hermano—, y debería ahorcarte ahora mismo. En vez de eso te daré la oportunidad de redimirte. La próxima vez que enfrentemos a los nórdicos estarás en la vanguardia del ejército. Morirás como un héroe y los sennachies contarán historias de tu valentía.

VEINTISIETE

Lo primero que escucharon fue el soplido de las gaitas. El sonido viajó con la briza, poniéndole los pelos de punta a Melcorka y generando sonrisas en los varios rostros de los albanos.

—Son las gaitas —los pies de Mackintosh estaban golpeteando en el suelo en respuesta a la música—. Las grandes gaitas de las tierras altas, y son muchas de ellas.

—¿Cuántas son? —preguntó Melcorka.

—Por lo menos veinte, quizás más —dijo Mackintosh—. Escucha la música; no es la de un aficionado. Un maestro la dirige —Mackintosh trepó hasta la cima de una pequeña loma y elevó la cabeza—. Podría jurar que se trata de los MacArthur... no, espera, la floritura es demasiado sutil como para que se trate de los MacArthur. Es el mismísimo MacCrimmon, el gaitero de MacLeod de Dunvegan.

—¿MacCrimmon? —silbó el líder calvo de los Shaw—. Si se trata de MacCrimmon entonces el mismo MacLeod está aquí, y si ese es el caso entonces las Islas están marchando.

—¿Las Islas? —preguntó Melcorka—. ¿Te refieres a Donald de las Islas? —Melcorka acompañó a Mackintosh en su loma, pero una cresta de tierras altas los separaba de cualquier señal de los gaiteros —. ¡Vamos muchachos! —lideró el camino, bajando por la cuesta de derrubio suelto, ignorando las rocas accidentadas y saltando por los agujeros atrapa tobillos entre el brezo hasta que llegó a la cima de la cresta, frente a ella se extendía una vista que le robó el aliento.

Marcharon en una formación desde el oeste liderados por los gaiteros y el gran estandarte de las Islas, una galera negra en un campo de amarillo, simple, sin barnizar e inflexible, que flotaba sobre ellos.

Un pequeño grupo de hombres cabalgaba orgulloso justo detrás de los gaiteros.

—Ese es Donald de las Islas —la voz de Mackintosh bajó en reconocimiento—Ese es el mismísimo Donald.

Donald de las Islas era mucho más joven de lo que esperaba Melcorka. Un poco mayor que un joven, tenía un bigote escaso y se sentaba totalmente erguido, como si compensara su falta de edad. Alto y delgado, se veía un poco incómodo para ser un hombre que cargaba con tanto poder. El hombre a su derecha era casi tan alto y el doble de ancho, un manto de lana le cubría la cabeza y le ocultaba el rostro. A su izquierda estaba una figura delgada con una chaqueta de cuero entallada y pantalones de tartán oscuro—. Y ese es Rory MacLeod de Dunvegan —dijo Mackintosh.

El ejército de las Islas marchó en orden, rango tras rango con mandobles y escudos circulares tachonados con clavos conocidos como targes, o vestían largas cotas de malla y portaban hachas de guerra. Mackintosh leyó los estandartes que proclamaban los clanes individuales de ese ejército—. MacLeod de Dunvegan, MacDonald de Sleat, MacLean de Duart, MacMillan, Morrison, los piratas MacNeil —dio los nombres de gran poder de lucha de las Islas y sus clanes asociados.

—Gracias Dios —Melcorka cerró los ojos—. Gracias Dios —observó al ejército de MacDonald marchar medio kilómetro, vadeando el río Tummel y formando un campamento circular a tres escasos kilómetros de distancia.

Del lado opuesto de una cresta entrometida y aún en las cuestas bajas del Ben-Vrackie, se encontraban los nórdicos, lamiéndose las herida, contando a sus muertos, y afilando las armas que les han servido tan bien.

—Allí está Egil —dijo Mackintosh.

Al escuchar la mención de ese nombre Melcorka sintió cómo incrementaba su ira. Tocó la media cruz que colgaba de su cuello y acercó su mano a la empuñadura de Defensor, desesperada por sentir esa ola de poder y habilidad, desesperada por bajar disparada por esa cuesta larga y torcida hacia donde se encontraba Egil y partirlo a la mitad con su espada, separar la cabeza de su cuerpo para que pudiera acompañar a Aharn con la decoración de su cinturón con la cabeza de un guerrero enemigo.

—No Melcorka —Melcorka volteó hacia arriba, sorprendida por escuchar esa voz familiar.

—¡Bradan! —Melcorka no intentó ocultar su placer o la enorme sonrisa que se extendía en su rostro—. ¿Qué haces aquí? ¡Creí que te habías marchado, creí que estarías deambulando por el reino y olvidándote de mí!

—Creo que ambos sabemos que nunca podría olvidarme de ti —Bradan le sostuvo el brazo entre sus manos—. Y no podía dejar que lucharas sola.

—¿Me has estado siguiendo?

—Por supuesto que sí —dijo Bradan—. Veo que Douglas el Negro tiene un nuevo amor en su vida.

—Lynette —confirmó Melcorka. Liberó un largo y falso—. Oh, mi pobre corazón...

—Espero que no sea así —la voz de Bradan se escuchó fatigada.

—¡Melcorka!

Esa era la voz de Aharn. Para cuando se dio cuenta que el príncipe se abría paso por la cresta, el errante se había desvanecido. Saber que se encontraba cerca era muy reconfortante. Ignorando a Aharn, Melcorka dijo—, Bradan... tengo muchas cosas que contarte.

No hubo respuesta.

—Melcorka —Aharn la acompañó en la cima de la cresta—. Con que esta es la armada de las Islas. Debe haber dos o tres mil hombres allá abajo. Son más que suficientes para cambiar el balance entre nosotros y los nórdicos.

—Yo también lo creo —asintió Melcorka. Esperaba que Bradan no estuviera lejos—. La fuerza combinada de los nórdicos debe superar los siete mil; siguen superándonos en número.

Aharn le tocó el brazo—. ¿Quieres que nos hagamos presentes?

Melcorka asintió—. Sería lo mejor, creo. Podemos decirle a Donald de las Islas que el ejército nórdico también se encuentra en aquella cresta.

—Los acompañaré —dijo Mackintosh.

—No —dijo Melcorka—. Si vamos todos no habrá nadie que se encargue del ejército. Tú eres el jefe de clan más establecido que tenemos.

Melcorka tiene razón —dijo Aharn—. Te necesitamos para mantener la paz entre los albanos.

Las gaitas reanudaron su música, el sonido estimulante de almas se elevó desde el campamento de los isleños, combinado con las risas y cantos, el chasquido del metal de los herreros y armeros preparaban las armas, y el olor de la carne rostizada.

La dada en alto se escuchó mientras descendían—. ¡Alto! ¡Identifíquense! —media docena de isleños emergieron del brezo, cada hombre portaba un targe redondos de cuero y un mandoble. Rodearon a Aharn y Melcorka, preguntando una serie de preguntas y revisando sus espadas.

—Mi nombre es Aharn de Fidach —dijo Aharn con calma —.Vengo a hablar con Donald de las Islas. Esta es Melcorka de los Cenel Bearnas, líder del ejército de Alba.

—Y yo —dijo el más alto de los isleños—, soy Angus MacDonald de Colonsay —de mediana altura y cuerpo robusto, tenía unos cuarenta años de edad y presumía unas líneas grises en su barba ceñida. Miró a Melcorka de cerca—. ¿Quién dijiste que eres?

—Me llamo Melcorka de los Cenel Bearnas —confirmó Melcorka.

—¡Esta es la mujer! —dijo Angus—. Sabemos todo sobre ti Melcorka. Mi jefe quiere recibirte en persona —su sonrisa lo hizo parecer varios años más joven—. ¿Quieres venir con nosotros? —le gesticuló a sus hombres con la mano—. Está bien muchachos, esta es Melcorka. No necesitan mostrar sus espadas.

Los hombres guardaron sus espadas, colgaron sus targes circulares sobre sus espaldas y formaron una escolta dispersa mientras descendían por la cuesta con una mayor facilidad que Melcorka había presenciado antes.

Otros isleños vinieron a verlos, sus rostros estaban llenos de intriga hasta que Angus gritó con entusiasmo—. Esta es Melcorka de los Cenel Bearnas y él es Aharn de Fidach —se echó a reír al ver sus expresiones de incredulidad—. Los llevaré a ver al jefe.

El campamento se centró en un pequeño clachan, con un

grupo de cabañas de techo de paja y una pequeña iglesia techada con paja. Unas grandes antorchas de abeto combatían la oscuridad envolvente, mientras que las carcasas de los ciervos y jabalíes giraban espetadas sobre las fogatas ardientes rodeados por guerreros risueños.

—El jefe está en la iglesia —Angus bajó la voz—. Es un hombre devoto, nuestro jefe.

Deteniéndose frente a la puerta, Angus se quitó la espada de encima y la dejó afuera—. Al jefe no le gusta que haya armas en la casa de Dios —miró de reojo a Defensor—. Será mejor que hagan lo mismo.

Melcorka miró a Aharn, quien desató la funda de su espada sin titubear—. Debemos respetar a los hombres religiosos —le dijo.

Al estar menos confiada, Melcorka titubeó—. ¿Estás seguro Aharn? —preguntó.

—Necesitamos el poder de Donald de las Islas —dijo Aharn —. Una muestra de confianza no nos cuesta nada.

Melcorka asintió y desató a Defensor. Había crecido escuchando historias del poder del Lord de las Islas. Ahora estaba a punto de conocerlo, una vez más pasó de ser de una valiente guerrera a una joven isleña. Respiró profundamente y siguió a Aharn al interior de la iglesia.

Dentro había tres hombres. Uno era un hombre fornido con bigote y con el traje de capitán de los mercenarios, la infantería pesada de las Islas; el segundo era el hombre alto con capucha y el tercero tenía un rostro tatuado y cabello rubio trenzado; Egil.

—¿Qué? —Melcorka recurrió a Defensor, dándose cuenta que ya no cargaba consigo su espada y se dio vuelta para salir por la puerta, sólo para encontrar la punta de la daga de Angus firmemente marcada en su garganta.

Aharn se dio vuelta, desenfundando una pequeña cuchilla en forma de hoja de su manga y se lanzó sobre Egil. Cuando el capitán se interpuso entre ellos, Aharn lo intentó penetrar pero la cuchilla sólo raspó contra la cota de malla. Egil se quedó observando mientras el hombre encapuchado caminó hacia Aharn y le estrelló la funda de su espada en la cabeza. Aharn cayó inconsciente en el suelo.

—¿Dónde está Donald de las Islas?

—Hablando con sus aliados —Angus empujó la daga más profundo de modo que Melcorka no tuvo otro remedio que retroceder—. Nuestro amigo, Bjorn de los nórdicos.

—¡No pueden confiar en los nórdicos! —dijo Melcorka.

—Prefiero confiar en los nórdicos que en ti Melcorka —el hombre encapuchado se descubrió el rostro. Era Baetan.

VEINTIOCHO

—Atenlos firmemente —ordenó Baetan—. Mañana se los entregaremos a los nórdicos. Un príncipe de Fidach y su novia serán el regalo perfecto para concretar una alianza. Luego aplastaremos al ejército mestizo de Alba y Fidach y completar nuestra conquista —Baetan se acercó a Melcorka y le dio una bofetada justo en la boca—. Quizás los usen como esclavos, o tal vez hagan un águila sangrienta en sus espaldas.

—Le diste la espalda a tu propia gente —Melcorka sintió la sangre recorrer la orilla de su boca.

—Los Isleños son mi gente —Baetan la bofeteó de nuevo—. Asegúrense que esta esté asegurada y manténganla lejos de su espada —le dio una tercera bofetada—. Ahora es mi espada.

—Tú no te mereces la espada de Calgacus —Melcorka intentó tragarse la sangre acumulada en su boca.

Baetan se echó a reír —esa es la espada de un hombre, es demasiado poderosa para una mujer —Baetan se acercó un poco—. Mira lo fácil que me fue quitártela de las manos.

Angus la sostuvo con firmeza, Melcorka no se podía mover. En vez de eso escupió sangre sobre Baetan. Él se retorció para darle una bofetada con el reverso de la mano, una y otra vez hasta que sintió que la cabeza le mareaba. Melcorka cayó inconsciente y descendió lentamente en el reino de las pesadillas.

Había muerte y mutilaciones, los gritos finales de hombres agonizantes y una nube de sangre sobre el cielo. Melcorka sintió que nadaba en un río de sangre, donde la Gente de la Paz aparecía y desvanecía a voluntad, feroces vikingos la atacaban sonrientes con sus hachas, los pictos urbanos decapitaban humanos y levantaban sus trofeos grotescamente triunfantes. Vio a Egil matar a su madre una y otra vez, lanzando su cuerpo en el Forth mientras se acercaba, incapaz de ayudar. Sin embargo había algo más, una pregunta persistente, un par de ojos solidarios que la cuidaban mientras el ostrero volaba sobre ella, y esa pregunta que martilleaba en su mente.

—Déjame en paz —Melcorka intentó repeler las palabras, retirar el dolor que comprendía, perderse en la culpa de una oportunidad perdida, pero esa pregunta persistía en su consciencia.

—Melcorka —la voz era insistente, perturbadora, la regresaba de ese horror familiar a su dolor consciente. Intentó ignorarlo, sacudiendo la cabeza—. Melcorka —ese nombre de nuevo. Alguien la sacudió, luego la empujó.

—¿Qué sucede? —Melcorka abrió los ojos e intentó moverse. No pudo. Estaba atada de manos y pies—. ¿Dónde estamos?

—En una de las cabañas del clachan —esa voz le resultaba familiar pero en su estado aturdido no podía identificarla.

—¿Quién eres?

—Soy yo, Aharn —Aharn yacía junto a ella e igualmente atado—. Lo siento Melcorka. Es por mi culpa que entregaste tu espada.

Hablar le resultaba doloroso—. Soy yo quien debería disculparse. Baetan no es amigo mío y fue él quien persuadió a las Islas para que se aliaran con los nórdicos.

—Las Islas siempre han estado listas para explotar las debilidades de Alba. ¿Por qué dejarían a solas a Fidach? —Aharn forcejeó con las sogas que lo sujetaban—. Lo más importante, Melcorka, es qué sucederá con nosotros.

—Esclavitud o muerte —dijo Melcorka. Intentó liberarse de sus ataduras—. Nos han atado firmemente.

—Quizás podamos ayudarnos a desatarnos —dijo Aharn.

Se dieron vuelta con dificultad hasta darse la espalda. Melcorka buscó los nudos que le ataban las muñecas a Aharn, manteniendo sus dedos ocupados—. Es inútil —le dijo—. Utilizaron soga alquitranada.

Escucharon un ruido en el techo y Aharn volteó a ver.

—Ahora las ratas se reúnen para devorarnos.

—Quizás vienen a comerse las sogas —dijo Melcorka.

—Vaya rata —algo mucho más pesado que una rata aterrizó a su lado y se acercó sobre ellos—. Mírense, príncipe y princesa de Fidach, caminando a una trampa tan simple. ¡Deberían sentirse avergonzados!

—¿Bradan? —Melcorka apenas se atrevía a decir su nombre.

—Ahora quédense quietos y guarden silencio.

Melcorka sintió las manos de Bradan sobre ella mientras revisaba las sogas. Es escuchó el pequeño sonido del acero, un momento de corte nervioso y sus manos quedaron liberadas—. ¡Guarda silencio! —advirtió Bradan—. Hay guardias afuera—. Le cortó la cuerda de los tobillos y comenzó a trabajar en Aharn.

Melcorka se retorció por el dolor cuando le regresó la circulación. Se talló furiosamente mientras liberaban a Aharn.

—Debemos salir por el techo —dijo Bradan—. Iré primero y te ayudaré a subir Melcorka.

Utilizando la parhilera como apoyo, Bradan subió por el

agujero que hizo en la delgada capa de techado de paja, se acostó sobre el techo y extendió la mano hacia abajo—. Vamos Melcorka.

El aire nocturno la recibió mientras Bradan la subía a su lado. Su cabaña era una de las tantas aglomeradas en el clachan. El humo de cientos de fogatas opacaban las estrellas, y las voces distantes combatían los sonidos agudos de la noche. Bradan puso un dedo en sus labios y gesticuló hacia los tres guardias que resguardaban la puerta de la cabaña. Uno estaba apoyado en un hacha de mango largo mientras que los otros rondaban de un lado a otro con el aburrimiento que los centinelas han adoptado desde hace varios siglos, y lo seguirían aplicando por varios siglos más.

Aharn escaló por su cuenta y rodó por el techo. Miró a su alrededor, apuntó a los centinelas y deslizó un dedo sugestivamente por su garganta.

Bradan sacudió la cabeza y levantó ambas manos, mostrando los diez dedos. Cerró las manos y apuntó hacia la oscuridad. Melcorka comprendió que cerca se encontraban otros diez hombres.

Bradan le tocó el hombro a Melcorka, se arrastró por el techo hasta la brecha entre esa cabaña y su vecina. Cruzó al otro techo, esperó a que Melcorka y Aharn se le unieran y avanzaron a la siguiente cabaña del clachan.

La iglesia se encontraba en el centro, se distinguía del resto de las casa por tener el doble de tamaño y una cruz tallada en madera sobre la puerta.

—¡Defensor! —dijo Melcorka—. ¡Debo recuperar mi espada!

—Baetan la tiene —Bradan sacudió la cabeza con una empatía negativa—. Es demasiado peligroso.

—¡Necesito a Defensor! —dijo Melcorka con urgencia—. ¡Sin ella no puedo luchar! ¡Sólo sería una carga! —Sintió la mirada de Aharn sobre ella por lo que tuvo que explicarse—. Es la espada de Calgacus, bendecida por Jesucristo y la Gente de la Paz. No soy nada sin ella.

—¡Nunca dejas de ser algo! —dijo Bradan pero Aharn asintió.

—Necesitamos que lideres a los albanos —le dijo—. Si tu poder proviene de la espada entonces debemos recuperarla.

—¡Harás que la maten sólo por recuperar una espada! —siseó Bradan—. No vale la pena el riesgo—. Le lanzó una mirada a Aharn—. Es una locura.

—Soy el príncipe de Fidach —dijo Aharn.

—¡Entonces no seas un príncipe loco de Fidach y hagas que maten a Melcorka!

—Somos guerreros reales —dijo Aharn—. Debemos hacer lo que podamos por el bien del reino.

—¡No arriesgarás la vida de Melcorka por una espada! —Bradan enfrentó a Aharn, errante contra guerrero, plebeyo contra príncipe, hombre contra hombre.

Melcorka intervino—. A menos que guardemos silencio —les dijo—, no habrá necesidad de discusión ya que los isleños nos escucharán y matarán.

Bradan respiró profundo y retrocedió—. Tienes razón, será mejor que nos vayamos de prisa.

—Entre más rápido tengamos la espada más rápido podremos irnos —dijo Aharn y una vez más los dos hombres se enfrentaron.

—¿Qué es ese ruido? —uno de los centinela estaba alerta—. Por allá; ¡son los pictos!

—¡Corran! —Bradan empujó a Melcorka frente a él—. ¡Por allá! —se dio vuelta para enfrentar a los Isleños, hasta que Melcorka se lo llevó arrastrando.

—¡No eres un guerrero Bradan! ¡Corre!

Aharn titubeó ya que todo su entrenamiento lo impulsaba a pelear—. Yo no soy un cobarde como para huir —le dijo.

—Eres el príncipe de Fidach —le recordó Melcorka—. Tu gente te necesita vivo. ¿Cómo sería tu reino en manos de Loarn o Lynette? —ese pensamiento fue tan terrible que Aharn se estremeció.

Los tres corrieron. Corrieron rápido y con fuerza y directo a un grupo de Isleños.

—Muerte a los pictos —un hombre fornido y de cabello enmarañado desenfundó una daga larga debajo de su brazo. El resto hizo lo mismo, sonriendo mientras rodeaban a los fugitivos.

—No los maten —ordenó uno de los guardias cuando llegó retrasado desde la retaguardia—. Estos son los prisioneros de Baetan. Serán entregados a los nórdicos mañana.

El hombre de cabello enmarañado dijo algo poco complementario y obsceno sobre los nórdicos y escupió en el suelo.

—Quizás —el guardia no discutió—, pero Él los quiere vivos.

—Él no sabe nada sobre ellos —hubo un humor seco en su voz. Todos miraron alrededor mientras el destello de una antorcha iluminó a tres hombres detrás de ellos. El hombre central del grupo era Donald de las Islas, se veía bastante joven entre sus dos guardias musculosos. Miró a Aharn—. ¿Quién eres tú?

—Soy Aharn de Fidach —comenzó Aharn.

—Tu nombre es reconocido —Donald hizo una pequeña reverencia—. Aunque tu presencia no lo es. ¿Por qué el príncipe de Fidach está aquí sin mi conocimiento?

—Órdenes de Baetan, mi lord —dijo uno de los guardias.

—¿Y desde cuando Baetan da las órdenes en mi campamento? —aunque Donald no alzó la voz su autoridad quedó clara.

—Creímos que actuaba en su lugar, mi lord —dijo el guardia.

Donald asintió—. ¿Y tú? ¿Quién eres? —le dijo a Bradan.

—Soy Bradan el Errante —Bradan miró a Donald, parpadeó, miró de cerca y sacudió la cabeza, como si algo lo perturbara.

—Tu nombre también es conocido. Eres un hombre de paz que no porta armas ni derrama sangre —Donald se acercó—. Es una lástima que te hayas involucrado en mi guerra —ahora miró a Melcorka.

—Tú eres una mujer —le dijo.

—Estoy consciente de eso —Melcorka no estaba de humor para halagar a nadie, mucho menos a un joven lord que se alió con Baetan y los nórdicos.

La sonrisa pequeña de Donald mostró un toque de la humanidad—. Me alegra escucharlo. Es inusual encontrar una mujer en un ejército, a menos que seas una prostituta, y no pareces una.

—Soy Melcorka Nic Bearnas de los Cenel Bearnas —dijo Melcorka con orgullo.

—Una mujer como ninguna otra en las Islas —añadió Bradan.

—Y la mujer que será mi esposa —dijo Aharn.

Donald suspiró—. Ya no más, al parecer, si Baetan desea entregarlos a los nórdicos —se acercó a Melcorka—. ¿Nos conocemos de algún lado?

—No, no nos conocemos —Melcorka tuvo que reclinarse para mirarlo directamente.

Donald frunció el ceño—. Yo creo que sí, tu rostro me es muy familiar —su expresión se alteró mientras se acercaba—. Quien quiera que seas, ¡eres una ladrona! —Donald apuntó la media cruz que colgaba de su cuello—. ¡Tú me robaste eso!

—¡No seas absurdo! —Melcorka le respondió con agresividad. Le alejó la mano cuando se acercó a su cruz—. ¡Esto perteneció a mi madre!

—Mi lord —Bradan dijo respetuosamente—. Usted sigue portando una cruz así —le apuntó a un pendiente similar que colgaba de una cadena dorada alrededor de la garganta de Donald.

Donald miró hacia abajo y tocó su media cruz—. Santa María Madre de Dios —proclamó. Miró de nuevo a Melcorka —. ¿Quién dijiste que te dio ese pendiente?

—Mi madre —dijo Melcorka—. Bearnas de los Cenel Bearnas.

—¡Mi lord! —Baetan llegó con ellos—. Este es Aharn de Fidach y una mujer... ellos lideran las fuerzas enemigas.

—Estoy consciente de quién es Aharn —Donald no alzó la voz—. También estoy consciente que no me informaste de su captura.

—No había necesidad de preocuparlo con eso... —Baetan se estaba explicando hasta que Donald le hizo un ademán para que guardara silencio.

—Ven conmigo —le dijo a Melcorka—. Ustedes dos... —miró a sus escoltas fortachones—, manténganlos seguros y a salvo. No los lastimen.

Donald marchó a un espacio abierto junto a una fogata en el centro. Un número de jefes de clan se reunieron, observando en silencio.

—¿Dices que esta media cruz le perteneció a tu madre? —Donald tocó la cruz de Melcorka.

—Así fue —asintió Melcorka.

Donald se desabrochó el pendiente para mostrarle su media cruz—. Mira —dijo uniendo ambas cruces—. Combinan a la perfección.

—Así es —Melcorka se asombró—. ¿Dónde conseguiste esa cruz?

—Era de mi padre —dijo Donald en voz baja—. Donald de las Islas.

Melcorka miró ambas mitades. No había duda alguna, eran un juego perfecto—. ¿Qué significa esto?

—¿Estás familiarizada con la historia? —preguntó Donald y al ver la reacción de Melcorka continuó—. Escucha bien Melcorka, e intenta encontrarle sentido a esto. En otras épocas, durante la última guerra nórdica, mi padre estaba luchando para defender las Islas en dos frentes. Los nórdicos atacaban desde el norte y los albanos desde el este. Sucedió que su flota conoció a una banda de guerra albana y lucharon hasta quedar estancados. Arreglaron una tregua con el líder de los albanos, una guerrera salvaje.

Cuando se conocieron se enamoraron en lugar de luchar, decidieron que era mejor que fueran por caminos separados. Pero antes de hacerlo rompieron una cruz por la mitad y cada uno conservó una parte. Prometieron que no se volverían a ver, pues su amor traicionaría a sus respectivos reinos —Donald sostuvo la cruz completa—. Tu madre debió ser esa mujer.

—Así parece —Melcorka tocó la cruz completa.

—Eso significa que eres mi hermana, o por lo menos mi media hermana —Donald la miró con extrañez—. Con razón me resultabas familiar. Veo tu rostro, o uno muy parecido, cada vez que me rasuro.

A punto de comentar que el escaso bigote de Donald no tomaría mucho tiempo en desaparecer, Melcorka decidió que la diplomacia sería mejor que la burla, incluso con su hermano recién descubierto. Mejor decidió tocarlo en el brazo—. No tengo deseos de declararle la guerra a mi propio hermano —le dijo—. La sangre lo es todo.

—La sangre lo es todo —asintió Donald—. Entonces ahora que somos sangre, ¿si te libero vas a ordenar a tu ejército que se marche?

—¿Que se marchen? —Melcorka sacudió la cabeza—. No tengo ni el poder o el deseo de hacerlo. Aharn es el líder de este ejército y lucharemos para derrotar al enemigo.

Donald frunció el ceño—. Somos sangre Melcorka. Ya no puedes estar en guerra con las Islas.

—Nunca tuve ni tendré la intención de declararle la guerra a las islas —dijo Melcorka con seriedad—. Los nórdicos invadieron Alba y mataron a cientos, quizás miles, de personas. Quiero vencerlos y Aharn me está ayudando.

—Los nórdicos atacaron Alba para ayudar a las Islas —dijo Donald—. Bjorn de los nórdicos escuchó que Alba tenía planeado atacar a las Islas por lo que decidió atacar primero. Él es mi primo lejano.

Melcorka frunció el ceño—. Si Alba tuviera planeado atacar a las Islas yo no estaba enterada. ¿Quién te lo dijo?

—Fue Baetan.

—Yo no confiaría en Baetan incluso si me dijera que el agua es húmeda —dijo Melcorka—. Es un embustero.

Donald miró a la cruz unida de nuevo. Alzó la voz sólo un poco, sin embargo se escuchó en todos los presentes—. Traigan a mis consejeros —dijo—, y tráiganme a MacLeod, MacLean y los jefes de MacDonald.

Esos eran los jefes de las islas, los hombres que lideraban a los clanes más numerosos.

—Y después quiero a Aharn y Bradan —bajó la voz levemente para emitir un gruñido siniestro—. Y tráiganme a Baetan.

VEINTINUEVE

—No encontramos a Baetan en ningún lado, mi lord —MacLeod era el hombre con la chaqueta ajustada de cuero—. Ha desaparecido.

—Envía a tus hombres y encuéntrenlo —ordenó Donald. Se dirigió a Aharn—. Melcorka me informa que tu ejército no está reunido para atacar a las Islas.

—Ella está en lo correcto —dijo Aharn.

Donald miró a MacLeod —¿Qué opinas MacLeod?

—Pienso que si Fidach tuviera planeado atacar a las Islas Aharn habría marchado hacia el oeste y no al sur. Hubiera construido una flota de barcos y reclutado a los hombres de los clanes costeros. No hizo tal cosa. Un ejército que marcha al sur no es amenaza para el Lord del oeste.

Donald asintió—. ¿Y tú MacLean?

MacLean era un hombre mayor con líneas plateadas en su bigote curvo—. Pienso lo mismo. Fidach no tiene motivos para atacar a las Islas. No tenemos fronteras en común y no confío en Baetan.

—¿Aún no han encontrado a Baetan? —Donald frunció el ceño.

—Envié a mis hombres a buscarlos —dijo MacLeod.

—Envía más —ordenó Donald—, Aharn, me disculpo por la manera en que los hemos tratado. Fui engañado.

El estrépito se escuchó en las afueras del campamento, un golpe descarado que hizo que todos los líderes reunidos alcanzaran sus espadas—. Eso suena a problemas —dijo MacLean.

—MacLean, ve a ver qué sucede —ordenó Donald—. Aharn, me gustaría ofrecerte mi hospitalidad pero este parece no ser el mejor de los momentos.

—Las cosas se están poniendo interesantes —respondió Aharn.

—Te puedo asegurar, Aharn, que mi ejército no te atacará, a menos que decidas agredirnos.

—Nuestro único enemigo son los nórdicos —dijo Aharn.

—MacLeod, busca un escolta para llevar a Aharn a salvo de regreso con sus hombres —la suposición casual de Donald sobre autoridad contradecía su juventud—. Bradan, no estoy seguro de cuál sea tu papel en todo esto...

—Liberé a Melcorka y Aharn de su confinamiento —dijo Bradan.

—Entonces será mejor que te unas a Aharn —dijo Donald. Ahora se dirigió a Melcorka—. Eres mi sangre, la hermana que no sabía que tenía —inclinó la cabeza a un lado con un gesto que era tanto atrayente y extrañamente familiar hasta que Melcorka se dio cuenta que ella hizo lo mismo. A pesar de los estragos de liderar un ejército, Donald logró mostrar una sonrisa cálida—. No quiero perderte antes de conocernos mejor —miró hacia arriba mientras el ruido del campamento incrementaba—. Sin embargo parece que hay otros asuntos que demandan nuestra atención.

—El campamento está bajo ataque mi lord —el anunciador

era un joven que sangraba de una herida en la frente—. MacLean me envió para informarle.

—¡Albanos! ¡Estaba equivocado! —MacLeod miró a Bradan como si él fuera el responsable de todos los errores de Alba.

—Nórdicos mi lord —dijo el hombre herido—. Baetan está en la vanguardia.

Melcorka miró a Donald—. Vinieron a atacar mientras estaban relajados y desprevenidos, como es su costumbre.

—Debo irme —Donald enfundó la espada en su cinturón mientras se alejaba de la fogata. Los líderes restantes lo siguieron de inmediato.

Melcorka y Bradan corrieron de regreso a su campamento con una escolta de tres MacLeod. Se abrieron paso entre la marejada de Isleños que corrían hacia el ahora evidente ruido del conflicto—. Espera —Bradan se detuvo para recuperar su bastón que yacía debajo de un serbal retorcido—. Mi bastón y yo hemos estado juntos por mucho tiempo —explicó.

Una multitud de Isleños se cruzó en su camino por lo que tuvieron que esperar, Melcorka chasqueó la lengua por la impaciencia.

—Así sucede —Bradan se apoyó en su bastón—. Deja que el tiempo corra a su paso.

Pasaron diez minutos antes de que la confusión se esclareciera y pudieran continuar. La leve luz de las estrellas iluminó la cresta mientras la escalaban a prisa, Bradan subió a zancadas largas, aunque jadeaba por su esfuerzo.

—¿Qué piensas hacer Melcorka?

—Traer al ejército y atacar —dijo Melcorka—. Ya que los nórdicos se encuentran luchando con los Isleños podemos atacarlos por los flancos.

—¿Qué pasará si Aharn no está de acuerdo?

—Entonces iré con los albanos y dejaré atrás a los pictos —

decidió Melcorka—. Donald es mi sangre, la única familia que tengo, creo.

—Los albanos ya han perdido a muchos hombres —dijo Bradan—. Puede que no estén listos para luchar sin el apoyo de Fidach.

—Si no luchan entonces iré sola —respondió Melcorka. Estaba consciente de lo melodramática que se escuchó su decisión, por más decidida que haya sido.

—Parece que eso no será necesario —dijo Bradan cuando llegaron a la cima de la cresta—. Tal parece que tus intencionados están de acuerdo con tu plan.

Aharn había estado ocupado. Los hombres de Fidach marcharon en formación, con la infantería en el centro, los heridos marchaban con los sanos, los lanceros avanzaban junto a los arqueros y la caballería protegía los flancos.

—¡Aharn! —Melcorka lo encontró en la vanguardia—. Los nórdicos están atacando a Donald.

—Entonces marcharemos para ayudarle —Aharn mostró una pequeña sonrisa—. Después de todo, Donald es tu sangre, y eso lo vuelve mi sangre por matrimonio.

—Aún no nos hemos casado —dijo Melcorka.

—Estamos casados excepto por nombre—, dijo Aharn, y la besó. El vitoreo resultante que provino del ejército demostró que su moral no había sufrido por la batalla reciente.

Melcorka se dio cuenta que los albanos estaban una mayor confusión detrás de sus jefes individuales decidió montar su caballo y cabalgar en el centro de los clanes.

—¿Dejaremos que los hombres de Fidach nos den una lección?

—¡!Es Melcorka —el grito se escuchó entre los clanes—. ¡Escuchamos que estabas prisioneras a manos de los Isleños!

—Los Isleños están de nuestro lado —Melcorka tuvo que gritar por encima del vitoreo—. En estos momentos están luchando contra los nórdicos. ¿Dejaremos que ganen esta pelea ellos solos? —Melcorka levantó la mano para reprimir el vitoreo—. ¡No! ¡Iremos a ayudar a nuestros primos de las Islas!

Mackintosh paseó meneando su capa de piel de gato con su claymore suspendida sobre su espalda—. Los pondré en movimiento Melcorka —el jefe de los Chattan alzó la voz—. Vengan a mí Mackintosh; no podemos permitir que los Cameron nos lleven la delantera.

—¡Cameron! —gritó Melcorka—, son los más feroces en la batalla, pero tienen que llegar primero, ¡el Clan Chattan se quedará con toda la gloria el día de hoy!

Con los albanos reunidos con sus respectivos líderes, Douglas trotó con sus jinetes de la Frontera—. Nos adelantaremos.

—Quiero que hostigues a los flancos nórdicos —Melcorka pensó que era mejor si no mencionaba su jugueteo con Lynette—. Entren y salgan, ataquen y retrocedan, acosen y lastimen. Eso es lo que mejor saben hacer —sin embargo Melcorka no podía evitar sentir una pequeña molestia—. Recuerden que están aquí para luchar, no para fornicar.

Douglas liberó una carcajada, le dio vuelta a su caballo y dirigió a sus hombres hacia la oscuridad que estaba por disiparse.

—Pronto amanecerá —dijo Melcorka—. Vamos muchachos.

—Melcorka... —Bradan le entregó una espada—. No tienes a Defensor—, le recordó—, así que por lo que más quieras mantente alejada del peligro. Lidera y dirige en lugar de involucrarte en combate mano a mano. Los soldados te necesitan, elevas su espíritu. Si mueres su voluntad colapsará.

Melcorka sabía que sin Defensor era una guerrera tan buena como cualquier otra chica de su edad. Debía mantener esa verdad oculta. Una vez que los nórdicos hayan sido derrotados podría pensar qué hacer después.

Pronto sería la reina de Aharn. Ese hecho la hostigó de nuevo; el futuro no era suyo. Negoció para obtener un ejército para luchar contra los nórdicos y liberar a Alba. Bueno, había trabajo que hacer antes de que diera su mano en matrimonio y se asentara en Fidach.

En vez de subir y cruzar la cresta, el ejército combinado de Alba y Fidach marcharon por sus flancos. El viento traía consigo el ocasional choque de espadas más allá del brezo de la cuesta, animándolos a apresurar el paso. Douglas lideró a sus jinetes por delante del ejército de modo que la caballería de Fidach pudiera dirigir la caravana y proteger los flancos del oeste, los Cameron avanzaban a través de la arboleda cubierta de maleza sobre la cresta para proteger el flanco del este. En la retaguardia una parte de la caballería de Fidach protegía los vagones que trasportaban flechas para los arqueros, lanzas de repuesto, algunos suministros médicos y comida. Los tres vagones cerrados también se encontraban ahí, estremeciéndose como el resto.

Douglas chapoteó a través del Río Tummel, sudando y con sangre empapando el asta de su lanza. Se detuvo frente a Melcorka—. Los nórdicos enviaron unos exploradores a esta área —dijo sombríamente—. Ahora no tienen ninguno.

—Buen hombre, Douglas —aprobó Aharn—. Si tus hombres nos despejan el camino podremos encontrarnos con los nórdicos con mayor prisa.

—¡Mantengan la velocidad! —Melcorka exhortó a los albanos. Miró a sus hombres bajo la luz del amanecer. Ahora veteranos, avanzaban casi en silencio, sin desperdiciar el aliento que necesitarán más adelante. La agitación de sus leine y el ruido de las armas dominaban la marcha del ejército.

Había cuerpos dispersos en el suelo, algunos vikingos espetados por lanzas de la frontera y un par de fronterizos mezclados entre ellos. El ejército combinado continuó su marcha; algunos observaron a las bajas, la mayoría ignoró las señales del combate.

—Rodeando esta última estribación —dijo Douglas.

El amanecer emergió sanguinario desde el este mientras Melcorka lideraba a los albanos por la orilla de la cresta y frente a ellos apareció el campo de batalla. El ejército aliado se encontraba en las cuestas inferiores de la cresta, a unos sesenta metros arriba del campo. Se detuvieron involuntariamente para observar cómo se desenvolvía la batalla.

El ataque sorpresa inicial de los nórdicos se adentró en el corazón del campamento de los Isleños. Después de eso los Isleños se reunieron y sus gallowglass pesados se enfrentaron contra los nórdicos en un abrazo mortal, el ruido de la batalla incrementaba con el sol. Los vikingos lograron organizarse y formaron un muro de escudos detrás del cual se refugiaron los hacheros cuando quedaban agotados.

—Ahí están —dijo Aharn, luego respiró profundo—. Debieron haber vaciado cada aldea y valle de las tierras del Norte para reunir a tantos guerreros. Incluso con nuestro ejército aliado y el de los Isleños, ellos nos superan en número.

Aharn volteó a ver a su ejército, la infantería de Fidach estaba formada en rangos disciplinados, esperando la orden para marchar, la caballería en los flancos revisaba sus armas y la masa de infantería albana estaba furiosa con el deseo de atacar. En la vanguardia los jinetes de la Frontera se movían de un lado a otro, provocando los rangos de los nórdicos, retándolos a que avanzaran y atacando a cualquiera que rompiera su formación. A un cuarto de kilómetros, en la retaguardia, los vagones rodaban detrás de su barrera de caballería.

Aharn miró de reojo a Melcorka—. No tienes tu espada mágica —le recordó—. Mantente alejada de la pelea.

—Esta batalla se trata de Alba y Fidach —le respondió—, no de mí.

Aharn asintió y alzó la mano—. Que Dios nos ampare — Aharn se sentó en su montura y les ordenó a sus hombres—. ¡Mantengan la formación! ¡Avancen!

Marcharon lentamente, paso a paso, el sonido de su avance se escuchó como un tamborileo sombrío, firme, sin remordimiento y, de algún modo, inhumano, como si el ejército estuviera conformado por una sola entidad decidida a destruir, en lugar de una multitud de individuos, cada uno con su vida, esperanzas, sueños y temores. Melcorka tocó la empuñadura de la espada prestada y sintió nauseas. Sin Defensor no tenía nada que ofrecerle a esta guerra, nada que agregar a este proceso de destrucción mutua excepto el sacrificio de su vida. Era la última Cenel Bearnas con vida y antes de que terminara el día posiblemente terminaría como un cadáver más en el suelo, sin haber logrado nada excepto alentar a la masacre masiva de hombres en una causa perdida. Soplar el cuerno de guerra, cantar la consigna, todos los soldados eran meros sacrificios para los dioses oscuros de la muerte; marchando en vestimentas coloridas y acero brillante, marchando hacia el crisol inevitable de destrucción.

Melcorka analizó sus opciones; vivir o morir, luchar o huir. Es por ella que se creó este día, ella era la causa principal de esta pelea.

No tenía otra elección más que marchar, impulsada por la multitud que ella misma reunió. Fue su intención la que creó este ejército, y la toda la muerte y horror, toda la agonía y mutilación de este día era su responsabilidad. No tenía el derecho de sobrevivir cuando otros hombres mucho más valiosos y valientes morirían a manos de sus enemigos en esta escapada fútil para ver cuál hombre arrogante se persuadiría a creer que liderará.

Que comiencen los juegos; que las flechas vuelen para penetrar la carne, que los guerreros alardeen de hazañas realizadas y las que falten. Melcorka era parte de este emprendi-miento sin sentido; una criatura pequeña, insignificante entre un mar de tontos infernales atados por el dolor y la mutilación.

Se dice que sólo un guerrero conocía realmente lo terrible que puede ser una guerra. Bueno, Melcorka era una guerrera y ha visto las monstruosidades del campo de batalla y el terrible sufrimiento de mujeres y niños que quedaron a la merced de los soldados entrenados para la guerra y permitían la crueldad contra los indefensos.

Una vez más Melcorka sintió la empuñadura de su espada prestada, el arma con la que no tenía habilidad, el arma con la que se esperaba que luchara contra un ejército mayor de guerreros vikingos de las tierras del Norte, hombres más gran-des, fuertes y mucho más habilidosos que veinte chicas isleñas como ella. Juega tu papel, mujer guerrera; finge ser la campeona, finge tu confianza al encarar el rostro de tus enemi-gos, muere con una sonrisa en tu rostro y valor en tu boca.

Melcorka estaba tan perdida en sus oscuros pensamientos que no se dio cuenta de lo rápido que se acercaban al enemigo. Ahora regresó agresivamente a la realidad para ver a los nórdicos en formación frente a ella, una multitud densa de hombres que se extendía hasta donde abarcaba su vista.

Los nórdicos los vieron venir desde hace tiempo y la mitad del ejército dio vuelta para confrontarlos, organizándose habili-dosamente como los guerreros expertos que eran—. ¡Escudos! —tras esa orden el muro de escudos se formó inmediatamente. Era como una tortuga, una barrera de escudos interconectados reflejaban el sol naciente en sus umbos de hierro y otros miles de diseños pintados dichosamente para aliviar la realidad detrás de la fachada. Había rojos y dorados, verdes y azules, escudos pintados con líneas contrastantes, escudos que mostraban serpientes o dragones o imágenes de sus dioses bárbaros.

—¡Lanzas!

La orden provino de los nórdicos y un millar de puntas de lanza emergieron por detrás de los escudos, unas lenguas puntiagudas que ahuyentarían cualquier ataque.

—¡Flechas!

Así comenzó el vuelo de las flechas, ardiendo sobre el aire frío de la mañana para aterrizar sobre el ejército aliado de Alba y Fidach. Los hombres cayeron uno por uno o en grupos, les atravesaron las cabezas, torsos, piernas o pecho. Algunos gritaron, otros liberaron un quejido o cayeron en silencio mientras continuaba la lluvia despiadada, por lo que el silbido de las flechas en picada era tan sólo un fondo de todo lo que sucedió.

—Es como si se repitiera la batalla de Lodainn —dijo un veterano del clan Chattan.

Melcorka miró detrás de ella. Los albanos sostenían sus targes circulares sobre la cabeza, algunos parecían erizos, habían aterrizado demasiadas flechas. Algunos, los más débiles, estaban por doblegarse, mirando a sus alrededores en busca de una ruta de escape. Otros estaban enojados, rugiéndole a Melcorka, francos en sus demandas para ser desencadenados, instándole para ordenar el ataque, el poderoso torrente de espadas, hachas y lanzas y furia rugiente que podía arrasar con todo a su paso, o quebrantarse en el muro de escudos y retroceder con una frustración perpleja.

A su derecha se encontraba Aharn quien mantenía a sus hombres en orden. Esperaban en filas disciplinadas sosteniendo los escudos sobre sus cabezas para protegerse de las flechas nórdicas, esperando pacientemente por las órdenes de Aharn. Melcorka observó las cabezas nórdicas que colgaban de las monturas de varios jinetes pictos y se preguntó si habría muchas más antes de que terminara este día, o si los nórdicos alabarían a Odín sobre los cuerpos de Fidach.

Aharn trotó hacia ella—. ¿Estás lista Melcorka?

Ella asintió, respiró profundo y asintió de nuevo—. Eso creo.

—Pensar no sirve de nada —la sequedad de Aharn traicionó su ansiedad—. Debes estar segura, o por lo menos parecerlo. Los hombres no siguen a los incrédulos.

Melcorka forzó una sonrisa que atravesó todo su rostro como una máscara de muerte en un cadáver—. Estoy segura que no estoy segura —una vez más tocó la empuñadura de su espada—. Me sentiría mucho mejor si tuviera a Defensor.

—Y yo me sentiría mejor si fueras más como la Melcorka que conozco —reprendió Aharn—. Por el amor de Dios recobra tu compostura. ¡Este no es el momento para mostrar debilidad!

Melcorka frunció el ceño. Abrió la boca para responder, pero decidió que lo último que necesitaba era una discusión con Aharn antes de ir a la batalla, y en su lugar produjo otra sonrisa falsa—. Inspiremos a esta gente—le dijo.

—Mucho mejor —aprobó Aharn—. Ahora, démosles a estos muchachos algo que vitorear antes de la batalla —ignorando una lluvia de flechas que siseaban en picada a unos cuantos pasos de ellos, Aharn acercó su caballo a Melcorka, se acercó y la besó en los labios, sosteniéndola en un abrazo apretado hasta que el ejército aliado vitoreó vigorosamente.

—¿Qué pensarán los nórdicos de eso? —Melcorka suspiró cuando se separaron eventualmente—. ¿Los comandantes del ejército de Fidach y Alba se besaron?

Aharn liberó una carcajada—. Probablemente estarán intensamente celosos. Espero que Bjorn le dé su lengua a un berserker, aunque probablemente disfruten ver eso si lo hace.

—¡Me sorprendes! —dijo Melcorka, y lo dijo en serio.

—Vete acostumbrando —Aharn le dio un último beso en la mejilla y alejó su caballo. Alzó la mano, la movió a un lado para evitar una flecha errante y dio le dio la espalda a sus enemigos para ver a sus hombres.

—¡Fidaaaach! —Rugió Aharn mientras cabalgaba lentamente frente a su ejército—. ¡Somos Fidaaaach!

Los hombres vitorearon y repitieron el canto—. ¡Fidach! ¡Fidach! ¡Fidach!

Aharn se detuvo, desenfundó su espada y la alzó en alto—. ¡Arqueros! Ya pueden ver a sus objetivos ¡Disparen!

Los arqueros de Fidach no necesitaron más motivación. Se formaron en cinco filas, se dieron espacio para que los hombres de las filas anteriores pudieran avanzar, estiraron sus arcos y dispararon una lluvia que se elevó lentamente, se mantuvo en el aire por un segundo en la cúspide de su vuelo, y cayeron en picada en una nube oscura que descendía con sus flechas con púas y de astas tan largas como un brazo capaces de penetrar escudos o atravesar a los vikingos de lado a lado.

—¡Arqueros y tiradores! —gritó Melcorka, escuchando su voz desproporcionalmente aguda—. ¡Disparen!

Los arqueros y hombres con honda albanos habían esperado su oportunidad de devolver el fuego y ahora desataron su respuesta al granizo de flechas nórdicas. Sus arcos eran más cortos que los de Fidach, y en lugar de apuntar alto para dejar caer las flechas sobre sus cabezas decidieron apuntar a las piernas y torsos expuestos cuando los nórdicos alzaron sus escudos.

Los hombres con hondas tenían menor alcance por lo que corrieron a la delantera, lanzaron sus proyectiles del tamaño de un puño como si fuera granizo, retrocedieron y corrieron a la delantera de nuevo de modo que los nórdicos debían mantener sus escudos en constante movimiento para poder confrontar ese asalto triple.

Douglas jaló de sus riendas—. No están utilizando a mis muchachos.

—No es así —dijo Melcorka—. Necesito que patrulles las periferias del ejército nórdico, busca cualquier rezagado o grupos separados, cualquier explorador o nórdico que intente atacarnos. Mantenme informada y estén atentos —Melcorka se detuvo junto a él y puso una mano en su brazo—. Oh, y Douglas, protege a los guerreros con hondas. Estoy segura que algunos nórdicos romperán filas y los atacarán cuando se acerquen demasiado.

Douglas asintió, le dio vuelta a su caballo y partió a medio galope.

Trascurrieron varios minutos mientras las flechas silbaban en ambas direcciones, las bajas se acumularon en ambos bandos. Melcorka miró a sus hombres, juzgó su comportamiento y deseaba tener a Defensor.

—¡Mi lord! —el corredor vino desde el ejército de los Isleños—. Y mi señora —se dirigió a Aharn y Melcorka—. Donald me envió en persona para preguntar si planean atacar pronto —el cabello del mensajero estaba empapado de sangre y su pecho jadeaba por el cansancio.

—Puedes regresar con tu lord —dijo Aharn—, e infórmale que atacaremos dentro de cinco minutos—. Aharn se dirigió a Melcorka—. ¿Están listos tus albanos?

—Están ansiosos por atacar a los nórdicos —respondió Melcorka.

—Que sean tres minutos —Aharn le anunció al mensajero, luego alzó la mano—. Suenen la preparación —dijo y rugió por el campo de batalla—. ¡Prepárense para el combate!

Hubo un movimiento repentino entre los pictos mientras miraban a los vagones. Los hombres corrieron de aquí a allá con paquetes para los capitanes y comandantes, mientras otros trabajaban con martillos y clavos, correas y barras de metal, construyendo algo que Melcorka no lograba ver.

Algunos de los capitanes vistieron máscaras de bronce o yelmos adornados con cuernos altos, portaron unos grandes escudos ovalados adornados con patrones en espiral alrededor del adorno central que mostraba un toro parado y esperaron frente a sus hombres. Otra orden proveniente de Aharn mostró al gran toro de Fidach bordado sobre un estandarte espléndido, y luego los grandes cuernos de guerra se elevaron, con sus cabezas de toro dirigidas al muro de escudos nórdico.

Una vez emitida la señal de Aharn, los instrumentadores soplaron en los cuernos. El sonido que produjeron era como ninguno que haya escuchado Melcorka; el aullido descarado de los toros se mezcló con las carcajadas de cientos de voces mientras las lenguas sueltas dentro de los cuernos repiqueteaban en una disonancia harmoniosa.

—¡Tráiganme a Loarn! —aulló Aharn—. Miró como arrastraban a su hermano mayor desde uno de los vagones mientras se forcejeaba con las manos atadas en su espalda,

—Corten sus ataduras —ordenó Aharn—, y denle una lanza y escudo.

—No soy un guerrero —Loarn lo miró con ojos a punto de quiebre—, esto es asesinato.

—Es una muerte honorable —le dijo Aharn—. Los sennachies contarán el modo en que lideraste con valentía a los soldados de Fidach para combatir a las hordas paganas de los nórdicos.

—No puedes hacerme esto. Soy un príncipe de Fidach —Loarn atacó desesperadamente a su hermano con su lanza.

—Y yo soy el heredero —Aharn evitó el ataque con facilidad, le dio media vuelta a su hermano y lo empujó hacia los nórdicos—. ¡Ahora ve y muere como un héroe, hermano querido!

—Melcorka —Douglas se acercó de nuevo—. ¡Veo que los hombres de Fidach blandieron sus estandartes!

—Así es —asintió Melcorka. «Maldición, aunque sé exactamente la clase de hombre que es, lo sigo encontrando asombroso y apuesto». Le mostró una sonrisa enorme—. Estamos a punto de avanzar. ¡Me alegra que estés con nosotros Douglas!

—Oh, sólo estamos aquí por el botín —Douglas dio lo que podría ser su respuesta más honesta. La sangre en su rostro sólo causó que su sonrisa fuera más elegante—. Y ya que no será mucho a menos que ganemos, creo que te gustaría esto —Douglas buscó dentro de su chaqueta acolchada, y sacó una tela envuelta de seda azul y amarilla—. La estaba usando como protección extra contra las flechas, pero tu tendrás un mejor uso para ella —se la entregó, se acercó y le robó un beso fugaz.

—¿Por qué todo el mundo me besa el día de hoy? —preguntó Melcorka.

—Mírate en un espejo y lo averiguarás —le dijo Douglas—. Esa cosa ha estado cerca de mi cuerpo por días —le susurró—, todavía está tibio —le guiñó y luego se acomodó en su montura.

Melcorka desdobló la seda. El Jabalí Azul de Alba la amenazó sobre su fondo de seda amarilla.

—¡Mackintosh! —gritó Melcorka—. ¿Tienes un asta, una lanza, o algo similar?

Mackintosh sonrió cuando vio el estandarte—. Cameron tiene —le dijo, luego regresó con su rival, el jefe del Clan Cameron.

A Cameron le tomó dos minutos sujetar el estandarte entre dos hachas Lochaber de mango largo y le pidió a dos voluntarios reales, uno del Clan Chattan y otro del Clan Cameron, para caminar a la vanguardia del ejército albano.

Un rugido provino de los rangos cuando dejaron de cantar sus consignas y pronunciaron aquel que englobaba toda la nación.

—¡Alba! —gritaron—, ¡Alba Gu Brath! ¡Alba para siempre!

Los cuernos sonaron su carcajada terrible de bronce y el ejército aliado marchó detrás de sus banderas. «Era un espectáculo hermoso», pensó Melcorka, los rayos del sol iluminaron los grandes estandartes, brillando sobre los yelmos y espadas, brillando en las puntas de lanzas y extendiendo unas sombras largas de los jinetes. Vio los colores y esplendor, escuchó el rugido de los guerreros y los gritos de las consignas, el relinche de los caballos y el tintineo del equipo, los gritos y gruñidos de los heridos y el silbido fugaz de las flechas y rocas.

Esto era la guerra. Y este sería su último día con vida. Convencida de que no sobreviviría sin la magia de Defensor para protegerla, Melcorka se volvió repentinamente arriesgada. No le importó lo que hiciera; moriría el día de hoy, así que era mejor que dejara un buen nombre atrás, uno digno de la última sobreviviente de los Cenel Bearnas. Elevando la voz, gritó—. ¡A ellos, hombres de Alba! ¡Albaaa Gu Braaath!

Los albanos repitieron la consigna, todavía marchando, acelerando el paso mientras las flechas descendían sobre sus filas, matando, hiriendo y mutilando por lo que los hombres de las filas anteriores tuvieron que caminar sobre los cuerpos agonizantes de sus colegas y amigos. Los arqueros de Alba y Fidach dispararon tan rápido como pudieron y pronto cubrieron el suelo y llegaron al muro de escudos nórdico, cara a cara con las puntas giratorias de las lanzas y las hachas listas para arremeter,

—¡Síganme! —gritó Melcorka. Sabiendo que hoy podría ser el día en que moriría era liberador; no había necesidad de temerle a lo inevitable. Blandiendo su espada, saltó alto en los aires y atacó sobre los escudos nórdicos. Tuvo una visión de un hombre alto con el cabello elaboradamente trenzado un hacha en alto y las lanzas punzantes de los hombres en fila, una hilera de escudos en cuyos umbos se reflejaba la luz del sol y entonces se encontró rebanando al hombre con el cabello trenzado, gritando con una mezcla de enojo y exaltación.

—¡Alba! ¡Alba gu Brath!

Los nórdicos lanzaron su propio grito de guerra, el «Odín»

que se escuchaba como el ladrido punzante de una jauría de perros, pero ahora que la batalla había iniciado los hombres de ambos bandos estaban gritando y rugiendo con sonidos incoherentes, o los alaridos cuando las hachas, espadas o lanzas se clavaban en la carne vulnerable. La sangre se acumuló como nubes, Melcorka estaba bañada en carmesí y vio todo a través de un manto rojo. Cada corte con la espada, cada arremetida de hacha, cada estocada de las lanzas producían una fuente de sangre, mientras que los hombres nervudos con dagas de los clanes se escabullían bajo el muro de escudos nórdico para empalar hacia arriba con un ataque dirigido a las ingles que perforaban las arterias femorales o le arrebataban la hombría a los ya no tan valientes guerreros.

En dos lugares del frente albano los navajeros crearon pánico entre los nórdicos, quienes retrocedieron, blandiendo sus armas hacia el suelo en señal de desesperación. Los clanes aglomerados siguieron a los Cameron utilizando los ganchos en el reverso de sus hachas Lochaber para arrebatar escudos y de los espadachines pudieran matar a los portadores; o sujetar de los cuellos y brazos a los hacheros nórdicos para permitir que las dagas o espadas hicieran el trabajo sucio.

Melcorka miró a su derecha, donde los soldados de Fidach presionaban con fuerza contra las filas nórdicas, escudo contra escudo mientras las lanzas de ambos bandos perforaban y estocaban y las hachas subían y bajaban, manchándose con sangre y cerebros y fragmentos de hueso humano.

Esto era la gloria; este era el trabajo de los héroes; así es como se veía el infierno.

Oh Dios pero Melcorka estaba asustada debajo de su falso valor, petrificada detrás de esa sonrisa rígida por la inevitabilidad.

Uno hombre gritó, prolongado y agudo; Loarn había caído, su antebrazo izquierdo fue cortado por una hacha nórdica. Se retorció en el suelo mientras los lanceros de Fidach marchaban al combate, estrellándose contra los escudos nórdicos.

Frente a ella sólo veía nórdicos, empujando, estocando, jadeando, gritando y muriendo. Había movimiento a su izquierda cuando un gran número de vikingos se desnudaban, tomaban sus espadas largas y se lanzaban contra las filas enemigas para intentar tomar a los hombres de alba en los flancos.

—¡Berserkers! —Mackintosh estaba herido y bañado en sangre—. ¡No conocen el miedo! —Miró sobre su hombro—. Están drogados con alguna pócima incluso si les cortamos los brazos y piernas.

—Entonces cortemos sus cabezas y atacarán ciegos y sordos —rugió Cameron, y demostró sus palabras cuando su hacha Lochaber cortó al primero de los berserkers—. Santo Dios en el cielo —se echó a reír cuando el hombre desnudo corría decapitado—. ¡Realmente atacan incluso si no tienen cabeza!

—¡O por Dios! —en un momento de sanidad que apareció entre su furia, Melcorka vio a los hombres desnudos formar una turba gritona, blandiendo espadas enormes y atacando a los hombres cansados de Shaw, los granjeros que situó en el lugar que creyó era el más seguro de su ejército.

Hubo un momento de calma en la pelea frente a ella mientras los nórdicos retrocedieron un poco y los albanos se detuvieron para recuperar el aliento, listos para la siguiente arremetida, fue gracias a eso que pudo ver el ataque de los berserkers contra sus hombres más vulnerables.

Para su sorpresa, muchos de los Shaw blandieron sus armas rústicas y confrontaron a sus atacantes, y entonces Douglas lideró a sus lanceros de la Frontera. Atacaron por el flanco de los nórdicos desnudos casi por sorpresa, viendo sus lanzas delgadas espetándose contra los riñones y entrepiernas, rostros, gargantas y todas las partes vulnerables y tiernas que la desnudez de los berserker dejaba expuesta. A pesar de toda su salvajada y valor indudables, los nórdicos no pudieron enfrentar las lanzas de los jinetes ligeros más habilidosos del reino. El ataque de los berserker se doblegó bajo la fuerza de los Fronterizos, y cuando voltearon a confrontarlos, Douglas retiró a sus hombres, guiando a los nórdicos lejos de los hombres abatidos pero desafiantes de Shaw para que éstos pudieran apuñalar, herir y matar cada vez que tuvieran una oportunidad.

—¡Melcorka! —Mackintosh gritó la advertencia cuando el muro de escudos avanzó de nuevo, los pies nórdicos pisaban el suelo mientras consignaban «¡Odín!» mientras los guerreros se lanzaban en un contraataque determinado.

—¡Alba! —Melcorka respiró profundo. Aunque el breve momento en la batalla le había otorgado energías, también le dio tiempo para pensar. El miedo regresó. Aún no estaba lista para morir.

—¡Melcorka! —Mackintosh se lanzó al frente, seguido de los hombres de su clan en una ola aulladora de tartán y azafrán, lino y acero.

Fue entonces que lo vio parado por su cuenta y sosteniendo a Defensor con ambas manos. Baetan también la vio al mismo tiempo y se enderezó ante ella, con Defensor apoyado sobre su hombro izquierdo y su punta dirigida al cielo.

—¡Maldito perro traidor y embustero! —Melcorka ignoró a los vikingos en lucha mientras avanzaba hacia él—. ¡Voy a disfrutar tu muerte! —eso era cierto. No sólo fue por el deseo de pelear; esta sensación era más profunda y mucho más personal. Sintió un sentimiento de tanto odio como nunca había sentido antes mientras avanzaba con su espada en alto.

Y entonces Baetan sonrió—. Creo que la muerte será la tuya, Melcorka. Tengo tu espada mágica mientras tú tienes... eso —Baetan señaló la espada funcional y simple de Melcorka. Su risa no fue placentera.

—Debí dejarte morir en la playa —Melcorka lo rodeó en busca de una oportunidad para atacar. Sabía que Baetan era bueno con la espada; durante sus prácticas nunca logró golpearlo con su espada.

—En vez de eso me llevaste a tu hogar —dijo Baetan—. ¿Qué se siente haber visto a un hombre de verdad por primera vez?

—Tú no eres un hombre, Baetan. Eres un cobarde y un bruto —Melcorka se lanzó contra él pero Baetan la esquivó con facilidad.

Baetan hizo una finta por la izquierda, sonrió cuando reaccionó Melcorka y la atacó con Defensor. La hoja siseó en el aire a unos centímetros de su brazo derecho—. Eres muy fácil de matar —le dijo—. Haré esto lentamente, Melcorka, y te mataré poco a poco.

Melcorka no respondió. Incluso con una espada ordinaria Baetan siempre fue demasiado diestro para ella. Ahora con Defensor en sus manos podía hacer lo que le plazca y no había nada que Melcorka pudiera hacer excepto intentar morir con dignidad.

—Espérame, madre —dijo en voz baja—. Estaré contigo dentro de poco.

Baetan amagó por la izquierda, luego a la derecha, luego blandió bajo por lo que Melcorka tuvo que saltar para evitar el acero brillante de la hoja de Defensor—. Baila para mí, Melcorka —la provocó—. Creo que primero te cortaré los dedos de tus pies, y luego después los de tus manos, y luego...

—¡Te cortaré ahí! —interrumpió Melcorka al lanzarse hacia enfrente con una estocada en dos manos que causó que Baetan se doblara para evitar la espada.

—¡Maldita perra! —su humor se disipó cuando se dio cuenta que Melcorka no se iba a dar por vencida sin luchar. Caminó hacia ella, con ojos estrechados y pies ligeros sobre el suelo. Gruñendo, Baetan blandió a Defensor con una batida horizontal que le hubiera cortado la pierna izquierda a Melcorka de no ser porque bloqueó frenéticamente. El chasquido del acero contra acero resonó por el campo de batalla y el impacto del contacto casi le entumecía el brazo. Melcorka liberó un soplido y retrocedió, su mirada estaba totalmente abierta mientras Baetan sonreía con una seguridad renovada.

—¡Ya no eres tan valiente, pequeña isleña!

Baetan retrocedió para obtener balance y blandió de nuevo, fue un ataque imponente que la habría cortado a la mitad de haberla alcanzado. Melcorka alzó la espada y gritó cuando su hoja se partió cuando Defensor arremetió contra ella. Retrocedió pasmada, se tropezó con el cuerpo flechado de un vikingo y cayó de espaldas sobre el suelo ensangrentado.

—¿Ahora qué harás, pequeña isleña? —Baetan se paró sobre ella. Alteró su agarre sobre Defensor para utilizarlo como una daga, la apuntó hacia abajo y la plantó sobre el estómago de Melcorka—. Tu ejército cae a tu alrededor, toda tu familia ha muerto y te voy a destripar como a un pescado.

El ostrero volaba en círculos sobre ella, su plumaje blanco y negro sobresalían sobre el cielo despejado de la mañana. Melcorka miró hacia arriba; su ave de la suerte, pero el día de hoy no había tal cosa. ¿O sí la había? Recordó las palabras de su madre acerca de Defensor, «Esa espada no luchará en nombre de la injusticia o del mal. Recuérdalo bien, Melcorka».

Melcorka miró a los ojos de Baetan. Si la mataba ahora, entonces eligió la lucha equivocada y merecía morir. Si por algún milagro lograba salvarse, entonces su causa era la correcta. Melcorka se liberó una risa abiertamente y vio la duda en su mirada justo cuando el ostrero voló en picada.

Baetan se encogió ante el movimiento borroso. Se hizo a un lado para evitar al ave, justo cuando Melcorka había levantado el brazo para protegerse del ataque de Baetan. La punta de

Defensor le acuchilló el antebrazo pero no le penetró la piel. Melcorka se rió una vez más y sostuvo la hoja de la espada, confiada de que el filo absurdamente filoso no la cortaría.

—Mi espada, Baetan —dijo Melcorka, retorció la espada de su agarre sin esfuerzo aparente, le dio la vuelta y la incrustó directamente en el corazón de Baetan. Murió instantáneamente y cuando miró hacia el cielo el ostrero había desaparecido.

Melcorka miró a su alrededor, esquivó a un nórdico con un movimiento casual de su espada y miró el progreso de la batalla. La formación en cuña de los nórdicos se adentró más en el campamento de los Isleños, obligaron a retroceder al ejército de Donald, paso a paso aunque a un precio muy alto pagado en muertos y moribundos. Los albanos de Melcorka habían penetrado las filas nórdicas en tres lugares diferentes y se encontraban luchando fervientemente, sin embargo los nórdicos los mantenían a raya y su muro de escudos también estaba reteniendo a los hombres de Fidach, aunque los habían forzado a retroceder unos cien pasos. La batalla estaba frenada en un punto muerto; un avance más en cualquiera de los bandos lo decidiría todo. Vio a Egil en el centro de las filas nórdicas, una figura esencial gracias a su tamaño descomunal y rostro tatuado.

—Te mataré eventualmente —prometió Melcorka.

Vio al jabalí azul flotando sobre las filas albanas; vio al toro de Fidach con la cabeza baja y pose desafiante cerca del frente de los pictos, y vio al cuervo negro de los nórdicos, con las alas extendidas como si estuviera vivo.

Cada vez que el ejército aliado presionaba en la vanguardia el cuervo batía sus alas más y más y los nórdicos tomaban una fuerza renovada de su estandarte y resistían de nuevo, con sus lanzas y hachas sedientas. La fuente de su poder residía en ese cuervo. Si pudiera llegar a él los nórdicos perderían su arma más poderosa. Melcorka miró más adelante; debería haber unos quinientos guerreros nórdicos entre ella y el Estandarte del

Cuervo; incluso con la ayuda de Defensor sabía que no podía encarar esos números.

Melcorka vio la sombra sobre las cabezas de los guerreros, volando sobre los yelmos y armas extendidas. La sombra era irreal, una criatura de cuatro patas y unas alas inmensas, dos veces más grande que un hombre, silenciosa, ominosa e intimidante.

Melcorka se cubrió los ojos de los rayos del sol—. Es un dragón —suspiró—. Bradan se equivocó; sí hay dragones en Alba.

Sostuvo con fuerza la empuñadura de Defensor. Ya era demasiado malo enfrentar a los nórdicos sin tener que lidiar con un dragón. Melcorka deseó que Bradan estuviera ahí; él sabría qué hacer.

Cuando una nube obstruyó el brillo del sol Melcorka volteó hacia arriba nuevamente y liberó una carcajada. Ese no era un dragón, no había una bestia mítica volando sobre los ejércitos combatientes. En su lugar había un par de águilas doradas que volaban tan cerca la una de la otra que parecían una sola entidad mientras rodeaban en círculos hasta descender en picada sobre ellos.

—Sí vas a luchar contra un cuervo —Melcorka se dijo a sí misma—, entonces utiliza un ave de rapiña.

Con su canto grave y garras completamente extendidas, las águilas rasgaron el Estandarte del Cuervo, sus picos destrozaron la seda. El Cuervo alzó su pico para contraatacar mientras un águila lo mantenía ocupado y la otra despedazaba el estandarte en grandes pedazos.

—¿Quién? —Melcorka miró entre las filas del ejército aliado, vio a Lynette en un corcel blanco, parada sobre sus estribos mientras dirigía a sus aves con el estruendo de un pequeño silbato. Por un segundo vio a Melcorka a los ojos y después desvió la mirada con desdén. Sin importar su estatus como guerrera y futura reina de Fidach, Lynette nunca vería a Melcorka como algo más que una pobre chica isleña.

Los nórdicos atacaron a las águilas son sus espadas y hachas, gastando sus energías en vano mientras las águilas esquivaban sus ataques torpes. A escasos segundos de haber descendido, las águilas habían completado su trabajo y volaron a las alturas, seguidas de una oleada desesperada de flechas.

Hubo un momento de conmoción por parte de los nórdicos cuando vieron los remanentes rasgados de su talismán, y entonces, al mismo tiempo que Melcorka observaba, Aharn se paró firme sobre su montura e hizo un ademan. Lynette cabalgó a su lado con los brazos extendidos para el regreso de sus águilas de caza. Por un momento Melcorka miró directamente a los ojos de Aharn. Levantó su espada para saludarlo y luego miró como algo emergió de la retaguardia de las filas pictas y repiqueteó por las filas del ejército aliado. Eran vehículos ligeros con dos enormes ruedas, cada uno impulsado por dos caballos con armadura y montado por dos hombres; un conductor y un guerrero. La luz del sol se reflejaba de unas cuchillas enormes que sobresalían de las ruedas.

—Ese es un carro de guerra —Melcorka se dijo a sí misma—. ¡No sabía que todavía existían! Deben ser lo que estaba dentro de los vagones cubiertos —miró como una media docena de carros de guerra rodaban por los flancos del ejército aliado, cambiando de dirección y dirigiéndose hacia las filas de Fidach. Disciplinados incluso en medio de la guerra, los pictos se separaron para permitirles acceso a los carros y después se reincorporaron en su formación. Melcorka vio como los carros de guerra rodaban alrededor mientras sus guerreros disparaban flecha tras flecha contra los vikingos y después su vista se bloqueó cuando una oleada de nórdicos corrió hacia ella.

—¡Mátenla! ¡Es una de sus líderes!

Diez hombres altos en mallas de cota corrieron hacia ella

liberando sus rugidos. Melcorka miró más allá de ellos hacia el hombre que había dado la orden. Egil la miró desde sus más de dos metros de altura, su rostro tatuado yacía inmóvil aunque sus ojos estaban llenos de odio.

—¡Egil! —Melcorka escuchó su voz alzarse alto por sobre el rugido de la batalla. Caminó hacia él, blandiendo a Defensor con ambas manos. ¡Mataste a mi madre! —los diez hombres que se encontraban entre ella y su objetivo eran insignificantes; los hizo a un lado como si fueran sobras de comida sobre una mesa.

—He matado a un gran número de personas —dijo Egil—. Y ahora te mataré a ti —Egil apartó a sus hombres utilizando el lado plano de su espada—. ¡A un lado! ¡Esta es mía!

Se escuchó un ruido repentino detrás de Melcorka, un gruñido bramado traqueteante intensificado por el tamborileo rápido de los cascos de los caballos. Los carros de guerra se abrieron paso por el muro de escudos y se dirigían al núcleo de las filas nórdicas, las cuchillas de sus ruedas cortaban a través de las piernas como una guadaña entre la avena. Una columna de soldados de Fidach siguieron de cerca, clavando sus lanzas y espadas en la formación quebrantada de los nórdicos. Melcorka blandió su espada para enfrentar a Egil mientras los hombres de Fidach se abrían paso como una gran marejada, seguida de los albanos en los flancos.

—¡Egil! —gritó Melcorka, su voz desapareció dentro de la estridencia del ejército triunfante—. ¡Enfréntame, cobarde!

«¡Fidaaaach!», la consigna abrumó el estruendo de la batalla, y luego se alteró a un más agudo e insistente, «¡cabezas! ¡Cabezas! ¡Cabezas!» mientras los pictos iniciaban la masacre de los nórdicos que se dieron a la huida. Desde el otro lado los Isleños resistían el último ataque de los nórdicos y después comenzaron su contraataque, los mercenarios forasteros atravesaron lo que restaba de la formación defensiva del Norte.

Una multitud de nórdicos en retirada atravesó frente a ella, separándola de Egil. Vio como a él también lo empujó la turba sin apartar la mirada de ella; su rostro tatuado se veía horrendo sobre su ejército desmoronado. Melcorka bajó a Defensor. Estaba rodeada de masacre; hombres muertos, hombres moribundos y hombres matándose entre sí. No había concepto de piedad mientras los albanos e Isleños descuartizaban todo a su paso y los pictos decapitaban nórdicos para obtener sus trofeos.

—¡Egil! —Melcorka gritó su nombre—. ¡No te mueras Egil! ¡Yo misma quiero matarte!

El retumbo prolongado del cuerno provocó que todos cesaran sus ataques. Donald de las islas subió a una pequeña loma cerca del centro de donde solían estar las filas nórdicas. El cuerno retumbó de nuevo, enviando sus notas sonoras a través de la zona de muerte.

—Soy Donald de las Islas —anunció—, y mis hombres le darán cuartada a cualquier nórdico que se rinda y de su juramento de nunca volver a declararle la guerra a las Islas, Fidach, o Alba.

—Bien hecho, hermano mío —dijo Melcorka en voz baja, luego habló en alto—. Le pido a los hombres de Alba que ofrezcan la misma misericordia —estaba insegura de cuánto poder tenía sobre sus hombres, y esperó que los jefes de los clanes la apoyaran.

Bañado en sangre de pies a cabeza, y sosteniendo la cabeza de un nórdico en su mano, Aharn agregó—. Que no se diga que Fidach no ofreció la lenidad cristiana —gritó—. Nos uniremos a nuestros amigos de Alba y de las Islas.

La masacre no se detuvo de inmediato, pero poco a poco la matanza cesó y los remanentes del ejército nórdico se reunieron, rodeados por cientos de albanos, isleños y pictos sonrientes.

—Bien hecho, Aharn de Fidach —Donald lo abrazó—. Mantuviste tu palabra y tu fe.

—Al igual que tú, amigo mío —Aharn lo recibió.

Melcorka vio a Egil entre sus hombres, tan arrogante en la derrota como lo fue en victoria. Abriéndose paso hacia él, Melcorka blandió a Defensor.

—¡Enfréntame, cobarde!

Egil extendió sus brazos—. Tus reyes y gobernantes han prometido cuartada —dijo provocándola—. ¿Quieres hacerlos quedar como mentirosos? ¿Iniciarías otra guerra con eso?

Melcorka posicionó a Defensor en la garganta de Egil—, mataste a mi madre —le dijo.

El ostrero cantó sobre ellos, su plumaje blanco y negro contrastaba con el cielo matutino.

«Suelta tu espada», las palabras se escucharon claramente en la mente de Melcorka, esa voz le pertenecía a Bearnas, «Defensor no puede utilizarse en nombre de la venganza».

—¿Madre? —Melcorka miró a su alrededor.

«Has aprendido mucho pero todavía te falta mucho más por aprender», la voz de Bearnas la reprochó. «¡Enfunda tu espada!»

—Sí, madre —Melcorka obedeció, y sólo entonces intervino la otra voz.

«Llegó el momento».

—Esas palabras entraron en la mente de Melcorka sin invitación y con una delicadeza que no estaba segura si las escuchó correctamente. Melcorka parpadeó mientras la escena de la masacre desaparecía frente a sus ojos. Los victoriosos ensangrentados, los muertos y heridos, los estandartes ondulantes, las espadas y lanzas y hachas de guerra, los carros de guerra y la caballería, todas desaparecieron detrás de la niebla gris que la rodeó.

«Melcorka», esa voz clara y gentil le era familiar, «es hora».

—¿Para qué? ¿Qué sucederá ahora? —preguntó Melcorka.

—Es hora que aceptes la siguiente etapa de tu destino —

Ceridwen emergió de la niebla en su vestido blanco y negro. Maelona estaba a su lado, con la cabeza descubierta y vestida con un vestido blanco de seda brillante.

La niebla se disipó mientras Ceridwen y Melcorka caminaron despacio entre el ejército. Los guerreros se hicieron a un lado para dejarlas pasar, formando un corredor de hombres cansados, esquilados de su sed de matanza cuando vieron a las dos mujeres avanzar con facilidad. Incluso los guerreros más aguerridos quedaron asombrados al ver a Ceridwen, aunque Maelona era la mujer más bella que Melcorka haya visto jamás. Tenía un cabello bermejo que fluía libre sobre su cuello, y un rostro y figura digno de una diosa. Exudaba una pureza y amor puros.

—Aharn de Fidach —la voz de Ceridwen era suave y clara—. Estás en presencia de tu futura esposa.

Aharn miró a Melcorka—. Lo sé —le respondió— Y estoy orgulloso de ella.

—Me refiero a ella —Ceridwen dio un paso atrás para que Maelona se acercara a Aharn—. Su nombre es Maelona y es la reina legítima de Alba.

Aharn la miró por un instante y luego sacudió la cabeza—. No importa si es la reina legítima o no, mi señora. Le he dado mi palabra y mi mano a Melcorka.

—Eres un buen hombre —dijo Melcorka con suavidad. Comparada con Maelona, Melcorka se veía exactamente como era en realidad, una torpe chica isleña, maltratada y desgastada por sus viajes, mientras que Maelona tenía el semblante digno de una princesa, etérea, intocable e inmaculada.

—Maelona es la hija de Olaf y Ellen. Ella es la reina de Alba y las tierras del Norte por derecho —Ceridwen se alejó más mientras Maelona se paraba junto a Aharn.

—Estoy comprometido con Melcorka —repitió Aharn, sin

embargo Melcorka se percató de su cambio de expresión cuando Maelona le tocó el brazo.

—Creo que están hechos el uno para el otro —dijo Melcorka con suavidad. Maelona deslizó su mano en la de Aharn. El príncipe no la rechazó. Se acercaron para estar hombro con hombro y cadera con cadera.

—Melcorka —la voz de Aharn estaba cansada—, te di mi palabra.

—Te libero de cualquier voto que hayas jurado en nuestro nombre. Ve con Dios, Aharn, y reina bien, Príncipe de Fidach.

Ceridwen se alejó más. Se dirigió a Melcorka—. Ve, y sigue tu destino. Tu hombre aguarda.

—¿Mi hombre? —Melcorka escuchó el golpeteó del bastón sobre el suelo.

—Si es que me aceptas —Bradan estaba de pie rodeado por la masacre del campo de batalla—. No soy un príncipe.

—Yo no soy una princesa —Melcorka ajustó el ángulo de Defensor en su funda—. ¿A dónde iremos?

—A donde nos lleve el camino —respondió Bradan.

—Entonces encontremos nuestro camino, hombre con bastón.

Querido lector,

Esperamos que hayas disfrutado leyendo *La Espadachina*. Tómese un momento para dejar una reseña, incluso si es breve. Tu opinión es importante para nosotros.

Atentamente,

Malcolm Archibald y el equipo de Next Chapter

La Espadachina
ISBN: 978-4-82414-544-4

Publicado por
Next Chapter
2-5-6 SANNO
SANNO BRIDGE
143-0023 Ota-Ku, Tokyo
+818035793528

9 agosto 2022